rororo

Roman Rausch, 1961 in Würzburg geboren, arbeitete nach dem Studium der Betriebswirtschaft im Medienbereich und als Journalist. Für seine Trilogie um den Kommissar Johannes Kilian wurde er 2002 auf der Leipziger Buchmesse mit dem Book on Demand Award ausgezeichnet. Heute lebt er als Autor und Schreibcoach in Würzburg und Berlin.

Mehr über den Autor und sein Werk:
www.Roman-Rausch.de

«Der falsche Prophet» ist nach «Die letzte Jüdin von Würzburg», «Das Caffeehaus», «Die Kinderhexe» und «Die Kinder des Teufels» Roman Rauschs fünfter historischer Roman. Aus der Reihe um den Würzburger Kommissar Kilian und seinen Kollegen Heinlein liegen bereits vor: «Tiepolos Fehler», «Wolfs Brut», «Die Zeit ist nahe», «Der Gesang der Hölle», «Der Bastard», «Das Mordkreuz» und «Die Seilschaft». Der Hamburger Profiler Balthasar Levy ist Protagonist in den Thrillern «Und ewig seid ihr mein», «Code Freebird» sowie «Weiß wie der Tod».

Roman Rausch

# Der falsche Prophet

*Historischer Roman*

Rowohlt Taschenbuch Verlag

Originalausgabe
Veröffentlicht im Rowohlt Taschenbuch Verlag,
Reinbek bei Hamburg, April 2016

Redaktion Tobias Schumacher-Hernández
Umschlaggestaltung any.way, Walter Hellmann
Umschlagabbildungen Schedelsche Weltchronik,
1493/wikimedia.org/public Domain; Straßburg 1466,
GW 4205/Universitätsbibliothek Salzburg
Satz DTL Fleischmann, InDesign,
bei Pinkuin Satz und Datentechnik, Berlin
Druck und Bindung CPI books GmbH, Leck, Germany
ISBN 978 3 499 27086 4

*Rudolf Schiestl: Der Pfeifer von Niklashausen*

# 1

## Niklashausen
## ANNO 1476

An Händen und Füßen trugen sie den Leichnam aus der Hütte.

Der Bartlmes war kein alter Mann gewesen, er zählte nicht mehr als dreißig Jahre, war an Herz und Nieren gesund, aber für dieses entbehrungsreiche Leben war er auf Dauer zu schwach. Es blieb nur dieser ausgemergelte Körper übrig, bestehend aus fahler Haut, Knochen, Sehnen und einem Schopf verfilzter Haare. Die Würmer hatten schon Sättigenderes vorgesetzt bekommen.

Das Stück Land, das Bartlmes von seinem Herrn übertragen bekommen und mit seinem Weib und seinen zwei Kindern bewirtschaftet hatte, war kaum größer als der Gottesacker der kleinen Gemeinde am Ufer der Tauber. Darauf ließen sich gerade mal ein paar Büschel Weizen anbauen, Kohl und Rüben – alles in allem zu wenig für vier hungrige Mäuler. Eine Ziege nannte er sein Eigen, sie gab Milch, nicht viel, aber es reichte, damit die Kinder etwas zum Frühstück hatten und nicht – wie viele andere – bereits kurz nach der Geburt verhungert waren.

Dabei lag das Schlaraffenland direkt vor seiner Haustür. Unzählige Fische tummelten sich im nahen Fluss, in den Wäldern ringsum gab es Hasen, Rehe und Federvieh im Überfluss.

Einzig, er durfte keines dieser Tiere erlegen, das war Gesetz. Seine Herren, die ehrenwerten Brüder aus dem nahen Kloster Bronnbach, hatten alleinigen Zugriff auf alles Getier, das sich in Wasser und Wald befand. Zuwiderhandlungen wurden schwer bestraft. Besser, man legte sich nicht mit den frommen Brüdern an.

So starb der Bartlmes offenen Auges auf das Paradies.

Sein Arbeitshemd war gleichsam sein Sterbehemd gewesen, die Hose löchrig, zerrissen, die Filzpantoffeln hatte er im März gegen ein Stück Schinken eingetauscht. Eine Decke gegen Kälte und Nässe, die im April das Taubertal mehr als sonst heimgesucht hatten, war in vier nahezu gleich große Stücke zerschnitten worden, um der Familie ein wenig Wärme zu schenken. Brennholz konnte er sich nicht leisten. Nach Zahlung des Zehnten an den Herrn gab es nicht mehr viel, das er zu Markte hätte tragen können. Und selbst Holz zu schlagen war aus den bekannten Gründen undenkbar – es war ein Herrschaftswald, kein Bauernwald.

Das Eheweib vom Bartlmes, eine ausgemergelte junge Frau, die mit ihren zwanzig Jahren nicht von einer Sechzigjährigen zu unterscheiden war, heulte vor Verzweiflung mit den zwei Kindern im Arm. Sie fiel neben dem Toten auf die Knie und beschwor die Gottesmutter Maria, ihr zu helfen. Doch die Himmelskönigin schwieg. Sie musste sich vor einer anderen Strohhütte das Flehen einer anderen Frau anhören, irgendwo in einem der vielen Dörfer des Landes, wo sich Gleiches Tag für Tag zutrug.

Tagelöhner und leibeigene Bauersleute, wie sie welche

waren, waren den Launen der Natur ausgeliefert – oder denen ihres Grundherrn. Der hatte nämlich ihren Bartlmes direkt vom Acker zum Frondienst herangezogen, eine Brücke musste instand gesetzt, Frostschäden ausgebessert und die Saat ausgebracht werden, just zu dem Zeitpunkt, als der Bartlmes auf dem eigenen Stück Land die schwere körperliche Arbeit zu vollbringen gehabt hätte. Es war offensichtlich, dass dies über seine Kräfte gegangen war.

Jetzt lag er da im Staub, die Tränen seiner Frau als einzige Wegzehrung hinüber ins Reich Gottes.

«Hol den Pfarrer!», sagte einer der beiden Knechte, ein knorriger Kerl mit schmutzigem Gesicht und schwarzen Zähnen. «Er soll ihm die letzte Gnade erweisen.»

«Dafür ist es jetzt zu spät», widersprach der andere, ein nicht minder schroffer Geselle, der keinen Sinn darin erkennen konnte. «Am besten wir werfen ihn in ein Loch ... Erde drüber und gut ist es.»

«Zum Teufel mit dir.»

«Sollen sich die Schweine an ihm vergnügen. Ich geh zurück an meine Arbeit.»

Er drehte sich um und ging davon.

«Verfluchter Hundsfott!», rief der andere ihm hinterher. «Wenn ich dich mal aus deiner Hütte schleife, werd ich's dir gleichtun.»

«Fluche nicht, mein Sohn», sagte unvermittelt jemand hinter ihm. Es war Bruder Anselm aus dem Kloster Bronnbach, er war der Verwalter der Pfründe, die in Niklashausen lagen. Wie um alles in der Welt hatte er vom Tod des Bartlmes so schnell erfahren?

«Ehrwürdiger Bruder», sagte der Knecht und verneigte sich, «verzeiht, ich wusste nicht ...»

«Komm morgen in die Beichte, und vergiss nicht, was du unserem Herrn als Entschädigung für deine Entgleisung anbieten willst.»

«Ich habe doch letzte Woche schon …»

«Wie willst du deine Seele vor der Verdammnis retten, wenn du nicht zurückgibst, was deine Sünde Schlechtes in die Welt gesetzt hat?»

Der Knecht seufzte. «Natürlich, Hochwürden. Ein Huhn könnte ich anbieten.»

Anselm nickte zufrieden. «Das Himmelreich steht jedem offen, der bereit ist, eine Sünde mit Gutem zu vergelten. Aber achte darauf, dass mehr Fleisch an dem Federvieh dran ist als beim letzten Mal.» Das war geregelt, und nun schnell zur nächsten Aufgabe, er hatte noch anderes zu tun. «Der arme Bartlmes, Gott sei seiner Seele gnädig.» Er schlug das Kreuzzeichen über dem Leichnam, murmelte ein paar Worte mit gefalteten Händen.

«Nun, Weib, was hast du mir anzubieten?»

«Habt Erbarmen», winselte die Frau, «wir haben nichts, was wir Euch geben können.»

Anselm schaute sich um. Da war neben der Hütte eine Ziege angebunden, ein dürres Exemplar, aber besser als nichts.

«Die Ziege», sagte er.

«Nicht die Ziege», flehte sie. «Ich habe sonst nichts, was ich den Kindern zu essen geben kann.»

«Es ist das Recht deines Herrn, auf seinem Erbe zu bestehen. Das Gesetz sagt eindeutig: Wenn der Leibeigene stirbt, hat sein Herr Anspruch auf das beste Stück, das in seinem Besitz ist. Und das ist doch zweifellos diese Ziege. Oder verbirgst du etwas vor mir?»

«Nein, Herr, nichts.»

«Dann ist die Entscheidung gefallen.»

Die Frau rutschte vor ihm auf den Knien, küsste ihm die schmutzigen Füße und sein Mönchsgewand. «Habt Erbarmen, Herr. Die Kinder hungern.»

«Kommt heute zur Armenspeisung, und euch wird gegeben.» Er band die Ziege los und ging seines Weges.

Zurück blieb die bemitleidenswerte Frau mit ihren hungrigen Kindern, einem ausgelaugten Leichnam und einem ratlosen Knecht. Was um Himmels willen sollte er nun mit dem toten Bartlmes anstellen? Anselm hätte ihm ein ehrenhaftes, christliches Begräbnis bereiten können, doch der Halsabschneider kannte nur das Geldeintreiben. Verfluchter Schinder.

Dann musste sich Ulrich, der Dorfpfarrer, um den Bartlmes kümmern. Doch außer dem verheulten Weibsbild mit ihren Bälgern war niemand auf der Straße zu sehen. Die Knechte, Bauern und Mägde waren auf den Feldern über ihre Arbeit gebeugt. Er musste selbst nach ihm suchen. Es war früh am Morgen. Wo würde er Ulrich um diese Zeit finden? Zu Hause auf seinem Lager bestimmt nicht, Ulrich nächtigte oft außerhalb. In der Kirche wäre er auch nicht zu finden, denn das Morgengebet war bereits gesprochen. Blieb nur noch das Badehaus. Aus dem Dach neben dem Wirtshaus drang Rauch, der Ofen wurde also schon geheizt.

Der Dampf des heißen Wassers stand wie Nebel in dem kleinen Raum, etwas Licht fiel durch das Fenster herein, ließ die Szenerie verschwimmen. Die nackten Kinder der Großbauern standen bis zu den Knien in kleinen Bottichen, plantschten und ließen sich von ihren Müttern bereitwillig waschen. Die Frauen ihrerseits waren nur mit einem dünnen Badehemd bekleidet, das in der feuchten Wärme seinen Zweck aufgegeben hatte, allzu neugierige Blicke abzuhalten.

Ulrich ließ sich das gerne gefallen. Bis zum Kinn saß der Pfarrer im Badezuber und genoss die offensichtliche Freude der Kinder und der Frauen an der täglichen Waschung. Das zweite Frühstück hatte er sich auf einem Brett servieren lassen, das über den Zuber gelegt worden war. Er trank warmen Wein, prostete den Kindern zu und segnete sie. Für seine Zufriedenheit war Magdalena zuständig, ein hübsches Mädchen von sechzehn Jahren mit langem, dunklem Haar, das sie zu einem Zopf geflochten hatte, und rehbraunen, aufmerksamen Augen. Sie trug lediglich eine hinten offene Schürze, was Ulrich nicht entgangen war. Er hielt gerne direkten Kontakt zu ihr.

«Gut bist du gewachsen in den letzten Monaten.» Seine Hand tätschelte ihr Hinterteil.

Sie schreckte zurück. «Aber Herr Pfarrer, das schickt sich nicht.»

«Du musst dir nichts dabei denken, Kind, ich meine es doch nur gut mit dir.»

«Da bin ich mir nicht so sicher.» Sie tat einen Schritt zur Seite, entfernte sich damit aus der Reichweite seiner vorlauten Hände. «Soll ich Euch nachschenken?»

«Nur zu», antwortete er mit einem erwartungsvollen Lächeln und winkte sie heran. Doch Magdalena zögerte.

«Nun komm schon. Ich beiße nicht.»

Die Tür ging auf und eine unangenehme Kälte strömte herein. Es war der Knecht.

«Ihr müsst kommen, Herr Pfarrer.»

«Was willst du so früh am Morgen? Siehst du nicht, dass ich bade?»

«Den Bartlmes hat der Schlag getroffen.»

«Ist er tot?»

«Er liegt vor seiner Hütte.»

«Aber er war doch noch so jung.»

«Schätze, es war zu viel für ihn in den letzten Wochen.»

«Und sein Weib, die Kinder?»

«Folgen ihm nach, wenn sie nicht bald was zu essen bekommen.»

Ulrich erhob sich geräuschvoll aus dem warmen Wasser, stand da, wie der Herrgott ihn erschaffen und die gute Küche des Wirtshauses vollendet hatte. «Dann muss es wohl sein.» Er fuchtelte mit den Händen nach einem Handtuch. Magdalena hielt es ihm im gebührenden Abstand hin. «Schaff ihn zum Friedhof, heb ein Grab aus. Ich erledige das gleich.»

«Jemand muss mir helfen», warf der Knecht ein.

«Geh zu einem der Höfe.»

«Alle sind auf dem Feld. Auch ich muss ...»

«Schon gut.» Er rubbelte sich trocken, dachte nach. «Der Hans ... wo steckt der Tagedieb?»

Die Frage war an alle gerichtet. Schulterzucken reihum.

«Ich glaube, ich weiß, wo er ist», sagte Magdalena.

«Dann geh ihn holen», bestimmte Ulrich.

«Aber ...» Sie blickte an sich herunter, sie war halbnackt.

«Zieh dir was über.» Er warf ihr das Handtuch zu.

Mit dem Stück Stoff um die Hüfte gewickelt ging sie hinüber zur Scheune und öffnete das Tor. Letzte Nacht hatte sie ihn heimkommen gehört, betrunken, heiter, laut.

Vom Fenster ihrer Kammer aus hatte sie ihn beobachtet, wie er mit dem Riegel kämpfte, dann versuchte, die Hunde zu beruhigen, schließlich mit ihnen am Boden saß und sie mit seiner Flöte bespielte, denn er hatte allen Grund zur Freude.

«Wo bleibt sie nur, mein schöner Schatz?», hatte er gesungen. «Ich bin bei ihr mit einem Satz ...»

Die Elsbeth würde ein Kind bekommen. Ein kräftiger Junge sollte es werden, schön und stark, wie er es war.

Der Gedanke schnitt Magdalena ins Fleisch. Warum ausgerechnet Elsbeth? Diese Hure trieb es mit jedem, der ihr ein Lächeln schenkte. Und jetzt noch ein Kind. Da hatte sie sich den Richtigen als Vater ausgesucht. Hans, der Musikant, der Viehhirte, der Tunichtgut. Keinen Knopf in der Tasche. Was für eine Partie ... Aber er war auch der Einzige, mit dem sie es machen konnte – gutmütig wie er war, ehrlich, warmherzig und treu. Er fragte nicht nach ihren anderen Abenteuern, ganz so, als sei er blind vor Liebe. Dabei war es für jeden offensichtlich: Elsbeth war eine läufige Hündin, die jedem ihr Hinterteil entgegenstreckte, der danach verlangte.

Sie sah ihn im Stroh liegen, seinen Rausch ausschlafen. Den Kopf auf der Trommel, die Flöte in der Hand, eine gefleckte Katze hatte es sich neben ihm bequem gemacht und stellte die Ohren auf, als sie Magdalena kommen hörte. Das blonde, lockige Haar hing ihm ins Gesicht, nur die Nase schaute darunter hervor. Er schlief fest, hörte sie nicht kommen. Was für ein Mannsbild. Sie könnte ihn tagelang anstarren und würde sich nicht sattsehen.

Die Gelegenheit war günstig. Magdalena legte den Riegel vor, ging vorsichtig auf ihn zu. Das Handtuch glitt zu

Boden. Sie legte sich zu ihm, Seite an Seite, streifte ihm die Haare sanft aus dem Gesicht. Wie schön er war. Sie konnte sich nicht erinnern, jemals einen schöneren Menschen gesehen zu haben. So jung, betörend, wohlgestaltet. Ein wahrer Engel.

Die Katze fauchte, doch Magdalena wich nicht zurück. Schließlich gab sich das räudige Vieh geschlagen und zog sich murrend zurück.

«Hans», flüsterte Magdalena.

Er reagierte nicht, sie konnte es wagen. Ein schüchterner Kuss. Sie seufzte, schmiegte sich an ihn. Könnte sie nur bis in alle Ewigkeit mit ihm so daliegen …

«Hans!»

Magdalena schreckte auf. Der Knecht kam, um nach ihm zu suchen. Jetzt musste es schnell gehen.

«Hans, wach auf.» Sie rüttelte ihn.

«Was …?»

«Der Pfarrer schickt nach dir.»

Er öffnete die Augen, diese wunderbaren smaragdgrünen Augen.

«Du sollst mit dem Knecht gehen.»

«Welcher Knecht?» Allmählich kam er zu sich, fuhr sich durchs Haar.

«Der Bartlmes ist gestorben. Du musst helfen.»

«Bartlmes?»

«Jetzt komm schon.» Sie half ihm hoch, er stand unsicher und stützte sich auf sie.

«Ist es schon so spät?», gähnte er, als wolle er den Morgen verschlucken.

Zusammen gingen sie hinaus, die Sonne blendete ihn. Der Knecht erwartete sie knurrend.

«Da bist du ja endlich. Komm jetzt, wir haben Arbeit.»

«Es ist viel zu früh, um zu arbeiten», entgegnete Hans.

Der Knecht fackelte nicht lange, nahm ihn beim Kragen und gab ihm noch einen Tritt hinterher. «Los, du Schande von einem Nichtsnutz.»

Zurück blieb Magdalena in ihrer dünnen und viel zu knappen Schürze und blickte den beiden hinterher, bis sie hinter der langen Reihe der Strohhütten verschwunden waren. Der kühle Wind blies ihr entgegen. Aber das machte ihr nichts aus. Sie lächelte und fuhr sich mit der Zunge über die Lippen. Er schmeckte gut, dieser Hans, ein Engel auf Erden.

Die Witwe vom Bartlmes hatte aufgehört zu weinen. Wie erstarrt saß sie neben ihrem toten Mann und blickte auf die Hügel, die das Dorf umgaben. Die Kinder stellten an ihrer Seite den Ameisen nach, die den Leichnam für sich entdeckt hatten.

«Fass mit an», bestimmte der Knecht. «Nimm die Füße.»

«Armer Bartlmes», erwiderte Hans stattdessen und kniete sich neben die Witwe hin. Er legte ihr den Arm um die Schulter. «Gräm dich nicht, er ist jetzt an einem besseren Ort.»

Sie antwortete nicht. Ihr Blick war starr, leblos, als wolle sie ihrem Gatten nachfolgen. Die Tränen hatten den Schmutz aus den hohlen Wangen gespült. Bleich war sie wie ein fahler Wintermorgen, dabei blühte alles um sie herum auf. Der Frühling war angebrochen, Vögel zwitscherten, ein frischer Wind kam auf, Vorboten eines neuen Jahrs in diesem Jammertal der Recht- und Besitzlosen.

Der Knecht wollte nicht länger warten. Er gab Hans einen Tritt, dass er zur Seite umkippte.

«Verfluchter Pfeiferhannes! Fass endlich mit an.»

Hans rappelte sich auf. «Ein rechter Grobian bist du ... hast du kein Herz?»

Zusammen trugen sie den Bartlmes an der langen Reihe der verlassenen Strohhütten vorbei zum kleinen Gottesacker. Die Männer und Frauen waren auf den Feldern, die Kinder, die eine Hacke halten oder die Saat ausbringen konnten, arbeiteten an ihrer Seite. Die Kranken und Gebrechlichen hüteten die Kleinsten. Mit leerem Blick verfolgten sie den letzten Gang vom Bartlmes – ein Vorgeschmack darauf, wie auch sie enden würden, wenn nicht noch ein Wunder geschah.

Die Erde des Friedhofs war weich vom vielen Regen der letzten Wochen. Es würde schnell gehen. Drei Ellen tief, das sollte reichen für das dünne Gerippe. Der Knecht nahm die Hacke, Hans die Schaufel. Der Pfarrer war auch schon im Anmarsch, in Filzschlappen, das Haar nass, die Kutte schnell übergestreift. Ein kurzes Gebet und ein Kreuzzeichen war alles, was er zur Bestattung beizutragen hatte. Dann machte er sich eilends zurück ins Badehaus, bevor er sich noch eine Erkältung holte.

«Schütt das Loch zu», sagte der Knecht und drückte Hans die Schaufel in die Hand. «Danach kümmerst du dich um deine Schafe.»

Hans nahm es widerspruchslos hin. Besser, er war den Kerl endlich los, als noch weiter von ihm herumkommandiert zu werden. Bevor er dem armen Bartlmes das letzte Tageslicht nahm, sollte er noch etwas Schönes mitnehmen hinüber in die große Dunkelheit. So setzte sich Hans auf den kleinen Berg ausgehobener Erde, nahm seine Flöte zur Hand und spielte ihm ein Lied.

## Die Ballade von den Armen und den Reichen

*Als Lazarus einst in der Asche hocken musste,*
*den Leib von Eiterschwären ganz entstellt;*
*wer von den treuen Nachbarsleuten wusste,*
*was Elend heißt? Sie lebten nur dem Geld*
*und rührten keinen Finger für die Armen.*
*Sie sagten: Wen Gott straft mit harter Hand,*
*dem darf kein Christ sein Mitleid schenken*
*und Erbarmen,*
*sonst macht der Mann Geschäfte mit dem Höllenbrand*
*allüberall, wo sich die Menschen drängen;*
*denn wer's lang hat, der lässt es auch lang hängen.*

*Sie wussten wohl, warum sie diesen Spruch*
*herunterschnurren, diese Seelenfänger*
*und Oberhäupter aller Kirchengänger,*
*sie standen bei den Armen nie in einem Wohlgeruch.*
*Sie lagen bei den Weibern vorn, bei Männern umgekehrt,*
*sie fraßen Fleisch und ließen ihre Schäflein fasten.*
*Ich sah noch keinen Fürsten krank und abgezehrt,*
*sie darbten nie, sie soffen nur und prassten,*
*und zogen, wenn's nicht langte, an den Glockensträngen;*
*denn wer's lang hat, der lässt es auch lang hängen.*

*Alle fragten mich, woher ich das denn wisse,*
*da ich doch nie die höhre Philosophie*
*mit solchem Fleiß studierte so wie sie,*
*stattdessen aber in die schlimmsten Finsternisse*
*hinunterstieg und mich dem Satanas verschrieb*
*für einen schwülen Venusinen-Reim ...*
*Ach ja, ich brachte manche lasterhaften Lieder heim*
*von meinen oft sehr angenehmen Gängen*
*als Schürzenjäger, Vagabund und Dieb;*
*denn wer's lang hat, der lässt es auch lang hängen.*
François Villon

## 2

## Im Grenzgebiet zwischen Würzburg und Ansbach

Lichtkaskaden im aufblühenden Wald, das friedliche Plätschern eines Rinnsals, an dessen Ufer Krokusse in voller Blüte. Darüber Vogelgezwitscher, ein vielkehliges Werben. Im Unterholz ein einsames Reh, die frischen Knospen ein Leckerbissen. Das Reh ahnte nichts.

Der Ruf eines Jagdhorns hallte durch die kahlen Bäume, wurde hin- und hergeworfen. Woher er kam, ließ sich nicht feststellen. Ziellose Flucht war der einzige Gedanke. Drei, vier schnelle Sprünge, Ästen knackten unter seinen Hufen, ein Fuchs kreuzte den Weg, ebenso in Panik, wo war der nächste Unterschlupf?

Mit Urgewalt brach sich ein Wildschwein seinen Weg durchs Dickicht, grunzend und geifernd, die beiden Hauer ragten wie Krummdolche aus dem Maul. Es war von beeindruckender Größe und würde der Jagdgesellschaft um den Markgrafen Albrecht Achill von Brandenburg zur Ehre gereichen. Nun galt es das zentnerschwere Monstrum zu erlegen. Die Hunde an den Fersen schlug es Haken, schnaubte und schnappte zur Seite, bis es den Überblick verlor und sich in einer Senke wiederfand, aus der es kein Entrinnen gab.

Der erste Hund sprang ihm an den Hinterlauf, eine schnelle Drehung, und der Kläffer flog im hohen Bogen davon. Der zweite versuchte sein Glück im Frontalangriff und machte Bekanntschaft mit den scharfen Zähnen des Keilers. Ein klägliches Jaulen drang aus seinem sterbenden Körper. Die verbliebenen Hunde waren vorsichtiger. Sie nahmen dieses bebende Ungetüm in ihre Mitte, knurrten und fletschten die Zähne, bis Verstärkung eingetroffen war.

Zuerst kamen zwei Läufer aus den Büschen, keuchende Burschen mit Spießen in den Händen. Der eine stieß ins Jagdhorn, winkte seinen Herrn heran, der andere stillte seinen Durst mit der Wasserflasche, wischte sich den Schweiß von der Stirn.

«Ich geh da nicht runter», sagte er mit Blick auf das Wildschwein. «Das ist Selbstmord.»

«Du tust, was der Herr verlangt», entgegnete der andere. «Aber wie ich ihn kenne, wird das gar nicht nötig sein. Geh zur Seite, da kommt er schon.»

Nervöses Getrappel und das Schnauben von Pferden, ein Wiehern. Aus dem Unterholz kam die Jagdgesellschaft, drei hohe Herren und eine nicht minder einflussreiche Dame. Markgraf Albrecht Achill ritt an der Spitze, ein bulliger Kerl mit starken Armen und festen Beinen, dahinter der Graf von Wertheim, Ihre Ehrwürden Lutger von Schwarzenberg und Freifrau Clarissa von Winterfeld.

Albrecht Achill, hoch zu Ross, blickte in die Senke hinunter. Die Schnauze des Keilers triefte vor Blut, er führte kurze Attacken aus, um die Hunde auf Abstand zu halten.

«Ein Prachtexemplar», sagte er zufrieden. «Was meint Ihr, edle Dame?»

Clarissa kam an seine Seite. Eine Strähne ihres blonden Haares hatte sich gelöst und hing ihr ins Gesicht. Ihre Bewunderung erschöpfte sich in wenigen Worten. «Wahrlich, ein Monstrum. Es ist Euer Gnaden würdig.»

Lauthals lachte der Markgraf auf. «So ist es. Die Kraft zweier Bullen steckt bald in mir. Sagt mir, soll ich ihn für Euch keulen?»

«Tut es nicht, Herr», meldete sich der Läufer mit der Wasserflasche ungefragt zu Wort. «Das Vieh hat schon zwei Eurer Hunde getötet.»

Der andere Läufer ging dazwischen. «Schweig!», aber da war es schon zu spät. Der Markgraf riss sein Pferd herum, es bäumte sich auf. Die Hufe tanzten über dem Kopf des Knechts, er duckte sich.

«Du wagst es, Bursche?!», schrie ihn Albrecht Achill an.

«Verzeiht, Herr, verzeiht.»

«Wer hat dir erlaubt zu sprechen?»

«Niemand, Herr.»

«Dann halt gefälligst dein Maul.»

«Ja, Herr, nie wieder will ich ...»

Doch der Markgraf kannte kein Erbarmen. Er gab dem armen Kerl einen Tritt, sodass er die Senke hinunterkullerte und zwischen Hunden und Wildschwein zu liegen kam.

«Nun zeig uns, was für ein Held in dir steckt.»

«Aber, Herr», kam ihm der andere Läufer zu Hilfe. «Das Biest wird ihn zerfleischen!»

«Willst du ihm folgen?!»

Nein, das wollte er nicht. Er trat zurück.

«Ein ungleicher Kampf, Euer Gnaden», sagte der Graf von Wertheim mit Blick in die Senke, wo sich der Läufer erhoben hatte und mit bloßen Händen den Hauern des Keilers gegenüberstand. «Macht es etwas unterhaltsamer und gebt dem Burschen wenigstens einen Spieß.»

Eigentlich war Albrecht Achill nicht danach, er wollte ein schnelles, blutiges Ende, aber mit Blick auf Clarissa, die demonstrativ Desinteresse zeigte und ihre blonden Strähnen unter die Jagdmütze steckte, gab er nach. Er ließ sich einen Spieß geben und warf ihn hinunter, allerdings landete er nicht zu Füßen des Läufers, sondern keine Armlänge vom Wildschwein entfernt. Das wiederum ließ sich davon nicht beeindrucken, sein Feind war ein anderer, ein Zweibeiner, der sich gerade daran machte, aus der glitschigen Senke zu krabbeln, aber ein ums andere Mal abrutschte.

«Helft mir! Um Himmels willen ...»

«Hilf dir selbst, dann hilft dir Gott!» Albrecht Achill lachte. «Ist es nicht so, Euer Hochwürden?»

Lutger von Schwarzenberg, ein schmaler und grauer Vertreter der Würzburger Priesterschaft und Mitglied des Domkapitels, nickte beflissen. Aber auch er fand keinen Gefallen an den groben Späßen des Markgrafen. «Seid barmherzig, Euer Gnaden, so will es der Herr.»

«Pfaffengeschwätz.»

Albrecht Achill widmete sich wieder seiner Inszenierung. Der Angriff des Keilers stand unmittelbar bevor. Er schnaubte, schlug die Hauer klackend aneinander und senkte den Kopf. Dann rannte er mit all seiner Wut los, geradewegs auf den Läufer zu. Die Hunde sprangen zur Seite, bellten und sahen, wie sich der Keiler in den Oberschenkel des Läufers verbiss. Blut spritzte, ein Schrei gellte durch den Wald. Der nächste Biss ging zum Hals, er ließ nicht locker, rüttelte und drang tiefer, als es der Läufer überleben konnte. Ein letztes, blutersticktes Röcheln.

«Seht nur dieses Teufelsvieh», sagte Albrecht Achill bewundernd.

«Macht diesem unwürdigen Schauspiel endlich ein Ende», entgegnete Clarissa. Sie schaute nicht hin, rieb sich die Hände. «Mir ist kalt.»

«Möchtet Ihr wirklich, dass ich es tue?» Ein hoffnungsvolles Lächeln flog über sein Gesicht.

Clarissa nickte nur.

«Nun, denn. So sei es.»

Albrecht Achill saß ab. Der Läufer reichte ihm seinen Spieß, doch er schlug ihn aus. Stattdessen zog er eine schwere, ellenlange Klinge aus dem Gürtel und stieg die Senke hinunter.

Der Läufer lag regungslos auf dem Boden, das Gesicht blutüberströmt. Der Keiler hatte ganze Arbeit geleistet, nun wartete er in seiner Ecke auf den nächsten Herausforderer. Die Hunde hielten seltsam still, sie waren verwirrt, schnupperten an ihrem toten Herrchen, leckten sein Blut.

Auf den Geschmack schien auch Albrecht Achill gekommen zu sein. Er stand breitbeinig da, das Saumesser in der rechten, mit der linken zwirbelte er seinen Schnauzer, fixierte den Keiler aus erwartungsvollen, funkelnden Augen.

«Du Teufelsbraten ... worauf wartest du noch? Komm schon. Reiß mich um, wenn du kannst.»

Oberhalb der Senke herrschte Überdruss. Die kleine Jagdgesellschaft übte sich in Geduld, bis der Schaukampf ein Ende genommen hatte. Niemand bezweifelte, zu wessen Gunsten er entschieden würde.

«Irgendwann trifft er auf seinen Meister», sagte der Graf von Wertheim, nahm eine Flasche aus der Satteltasche und genehmigte sich einen Schluck Kräuterschnaps.

«Unser Herr im Himmel hat wohl an ihm getan», sagte Lutger von Schwarzenberg, «wenngleich ein wenig Demut ihm gut zu Gesicht stehen würde.»

Clarissa verzog das Gesicht. «Wer's mit sechzig Jahren noch nicht gelernt hat …»

«Ist er schon so alt?», fragte der Graf Wertheim. «Ist ihm nicht anzusehen.»

«Macht Euch keine Hoffnungen», erwiderte Clarissa, «er wird den Hundertsten mit Schild und Schwert im Sattel feiern.»

«Wie geht es seiner lieben Frau?», fragte Lutger. «Ist sie nicht …?»

Clarissa nickte. «Irgendwann im Sommer müsste es kommen.»

«Das wievielte?»

«Das zwölfte. Die drei Verstorbenen nicht mitgerechnet.»

Aus der Senke erhob sich das zornige Grunzen des Wildschweins und die spöttischen Kommentare des Markgrafen. Der Läufer stand gespannt am Rand mit dem Spieß nach unten gerichtet, bereit sofort einzugreifen, wenn sich die Verhältnisse zugunsten des Keilers ändern sollten.

«Und Ihr, lieber Graf», fragte Clarissa, «wie geht es Euch unter der strengen Zucht Eures Bischofs?»

«Ich kann nicht klagen, werte Freifrau. Die Zucht ist es, die alles zusammenhält.»

«Ich hörte, dass sich der Bischof über die schleifende Disziplin der Pfaffen in Eurem Land besorgt geäußert hat.»

«Ich bin nicht ihr Herr, sondern er.»

«Und doch sei es an Euch, für Anstand und Ordnung zu sorgen. Das Volk ächzt unter den Abgaben an ihre Herrschaft ...»

«Was des Kaisers ist, soll auch des Kaisers bleiben», ging Lutger bemüßigt dazwischen. «Der Bischof ...»

«... und unter der Liederlichkeit der Priesterschaft», vollendete Clarissa ihren Satz. «Erst kürzlich sah ich einen der Euren betrunken mit zwei Huren im Arm in aller Unbekümmertheit über die Straße gehen, so, als gäb's nichts Selbstverständlicheres.»

«Ein verirrtes Schaf.»

«In den Badehäusern sitzen sie zu Dutzenden und verprassen ihre Pfründe.»

Ein Aufschrei unterbrach ihre Unterhaltung.

«Heilige Mutter Gottes», rief der Läufer in die Senke und bekreuzigte sich. «Das Teufelsvieh wird Euch töten.»

Die Antwort: «Noch ist es nicht so weit.»

Clarissa fuhr unbeeindruckt fort. «In Augsburg, Speyer und in Worms macht man sich große Sorgen, wohin das alles noch führen soll. Ein Funken genügt ...»

«Die Augsburger und Speyerer sollen vor ihrer eigenen Haustür kehren», widersprach der Graf von Wertheim. «Wir haben uns nichts vorzuwerfen.»

Clarissa hielt für einen Moment inne. Sie musste es anders versuchen. «Auch sollt Ihr Thema eines Gesprächs gewesen sein, das Euer Herr mit dem von Mainz geführt hat.»

Der Graf horchte auf, tat es aber schnell wieder ab. «Das dürfte nichts Außergewöhnliches sein.» Das klang wenig überzeugend. «Worum ging dieses Gespräch?», hakte er nach.

Sie zuckte die Schultern. «Ich weiß nichts Genaues, aber wenn Ihr Thema wart, dann muss es etwas Wichtiges gewesen sein.»

Mehr brauchte es nicht. Die Saat war gelegt. Der Graf geriet ins Grübeln. Clarissa war zufrieden. Sie gab dem Pferd eine in die Seiten. Am Rand der Senke machte sie halt. Noch immer belauerten sich der Keiler und der Markgraf, allerdings nicht ohne Spuren hinterlassen zu haben. Der Keiler blutete am rechten Hinterlauf, der Markgraf am Arm. Die Hand, die das Messer hielt, triefte vor Blut. Er blickte erwartungsvoll nach oben. Clarissa nickte.

«Zeit fürs Abendessen», raunte der Markgraf. Er packte einen der toten Hunde und hielt ihn als Köder vor sich her. Furchtlos ging er auf den Keiler zu. «Na los, greif schon an! Dein Schädel wird noch heute meine Jagdhütte schmücken.»

Die Provokation fruchtete. Wieder klackten seine Hauer aufeinander. Er senkte den Kopf und rannte blindlings auf den Wahnsinnigen zu, als könne er ihn mit einem Stoß aus der Senke hinauskatapultieren. Clarissa beorderte ihr Pferd zurück. Das Töten war nicht ihre Sache. Auf den dumpfen Aufprall folgte ein lautes Quieken … und ein triumphaler Jubelschrei.

Die Nacht war hereingebrochen, und die kleine Jagdgesellschaft hatte sich in einem Gasthof eingefunden, um sich von den Strapazen der Jagd zu erholen. In der schummrigen Gaststube saß der Läufer mit einem Kutscher und zwei Dienern an einem Tisch, die Hunde zu ihren Füßen zerbissen die übrig gebliebenen Knochen des Wildbrets. Man würfelte und trank schweren Tauberwein, während sich ihre Herrschaften ein Zimmer weiter der Körperpflege hingaben.

Der Badezuber fasste drei Personen, quer darüber lag ein Brett, das Trinkbechern, Tellern und Kerzen ausreichend Platz bot. Das Wasser dampfte und war mit Milch, Honig und ausgesuchten Kräutern vermischt. Zwei Bademädchen – leicht geschürzt, das knackige Hinterteil blieb unbedeckt – versorgten die Gäste mit Wein, Wild und Süßspeisen, manche auch mit erwärmenden Blicken. In einer benachbarten Nische widmete sich Lutger von Schwarzenberg einer Witwe, die kurz vor Ende der Fastenzeit noch ein Geständnis abzulegen hatte. Einen Badezuber weiter vergnügte sich derweil ein Kaufmann aus Mergentheim mit einem aufgeschlossenen Fräulein aus Rothenburg. Man hatte sich gerade erst kennengelernt und war sich sofort sympathisch gewesen. Ein Musikant spielte auf der Flöte und wusste zur Erheiterung der Gäste so manche Anekdote zu erzählen, meist mit schlüpfrigem Inhalt.

Dem Grafen von Wertheim lag Clarissas Anspielung noch immer im Magen. Er konnte die unbeschwerte Atmosphäre des Badehauses nicht richtig genießen. Selbst die fachkundigen Hände der Magd hatten die Verspannung nicht lösen können. Jetzt saß er bis zur Brust im dampfenden Wasser und stierte auf den Weinbecher vor ihm.

«Sagt, liebe Clarissa», begann er, «wer hat Euch davon

erzählt?» Er drehte den Becher mit zwei Fingern, der eingravierte Hirsch wurde von der Meute gehetzt. Hasen hingen aufgeknüpft an einem Ast.

Die Freifrau war bereits beim Dessert. Die Grießköpfchen mit Nüssen und Zimt schmeckten ihr. «Ihr habt nicht zu viel versprochen, Euer Gnaden. Die Küche ist ausgezeichnet.»

Der Markgraf Albrecht Achill saß ihr gegenüber, den Weinbecher in der einen Hand, die Wachtel in der anderen. Er biss genüsslich hinein, lächelte verschmitzt, während er mit den Füßen ihren Schenkel liebkoste. «Wartet, bis Ihr die kleinen Pfannkuchen mit Birnen probiert habt ...»

Der Graf wiederholte sein Anliegen. «Wer hat Euch davon erzählt? Worum ging es in dem Gespräch?»

Aus der Nische drang ein Keuchen. Der Musikant hielt das Ohr an den dünnen Vorhang und schnitt eine Grimasse. Seine Zuhörer lachten.

«Es wird schon nichts Schlimmes gewesen sein», beruhigte ihn Albrecht Achill. «Oder habt Ihr Grund zur Sorge?»

«Mein Gewissen ist rein», verteidigte sich der Graf. «Aber dennoch ...»

«Wenn Ihr unter meinem Befehl stündet, bräuchtet Ihr Euch keine Gedanken machen. Jeder weiß, wie er mit mir dran ist.»

Clarissa schreckte auf. Der Fuß ihres Gönners wurde langsam unangenehm. Sie rückte ein Stück ab.

«Habt Ihr Euch denn etwas zuschulden kommen lassen?», fragte sie. «Der Bischof ist recht nachtragend in diesen Dingen.»

Dem Grafen wurde es zu viel. Er erhob sich. «Gestattet, wenn ich mich zurückziehe. Ich habe morgen eine lange Reise vor mir.»

«Nur zu, Graf», sagte Albrecht Achill. «Betet, dass Ihr der Gnade Eures Bischofs noch gewiss sein dürft.»

Ohne ein weiteres Wort entstieg der Graf dem Zuber und zog sich in seine Kammer zurück.

«Du wirst ihm folgen», sagte Albrecht Achill, «und mir berichten, was den Grafen umtreibt.»

«Jeder hat vor seinem Herrn etwas zu verbergen ... es muss nichts Wichtiges sein», wiegelte Clarissa ab.

«Genau das wirst du herausfinden, mein Täubchen. Ich verlasse mich auf dich.»

Clarissa war nicht begeistert. Der Ritt nach Wertheim war lang und anstrengend. Viel lieber hätte sie den Weg nach Würzburg angetreten, wo sich Gesandte aus dem ganzen Reich aufhielten, luxuriöse Badehäuser zum Informationsaustausch einluden und man weitaus angenehmer die Zeit verbringen konnte als auf einer zugigen Burg.

«Ich könnte mich auch am Hof des Bischofs umhören.»

«Alles zu seiner Zeit. Finde heraus, wie wir ihn auf unsere Seite bringen. Je mehr Ritter ich in meinem Orden vereinen kann, desto größer wird mein Einfluss beim König ... und desto schwächer wird der Würzburger.»

Dieser vermaledeite Streit mit dem Würzburger Bischof ... Albrecht Achill konnte es nicht länger ertragen, die zweite Geige im Frankenland zu spielen. Ihm, dem tapferen und unbezwingbaren Ritter, stand die Herzogswürde zu und nicht diesem greisen Pfaffen vom Main, der nichts anderes als sparen und beten konnte. Außerdem wollte er Zugriff auf das Landgericht in Nürnberg bekommen. Es war höchste Zeit, den Würzburger endlich vom Thron zu stoßen.

Das Geständnis der Witwe neigte sich in der Nische dem Ende zu, ein letzter Seufzer, und die Absolution wurde erteilt. Lutger von Schwarzenberg streifte den Vorhang zurück, verschwitzt, erschöpft, letztlich zufrieden. Er stieg zu Clarissa und Albrecht Achill in den Zuber, trank des Grafen Becher leer.

«Ihr seid mir ein Mann nach meinem Geschmack», sagte Albrecht Achill und ließ ihm nachschenken. «Sagt, was hat Euch die alte Vettel nun gestanden?»

Lutger antwortete nicht darauf. Stattdessen: «Wo ist der Graf?»

«Zu Bett», antwortete Clarissa.

«Gute Idee», sagte Lutger, «ich werde mich auch bald zurückziehen. Es war ein anstrengender Tag.»

«Nicht so schnell», sagte Albrecht Achill. «Wir haben noch etwas zu besprechen.»

«Keine Sorge, Euer Gnaden», antwortete Lutger, «ich weiß, was Ihr von mir erwartet. Nichts Geringeres als den Sturz des Bischofs.»

# 3

Morgentau im Auengrund. Nebelschwaden. Die Luft frisch und rein. Die Sonne über den Baumwipfeln, noch blass und schwach, würde bald an Kraft gewinnen. Das Leben erwachte. Vögel, die Frühaufsteher, hießen einen wunderschönen Tag willkommen.

Die Mägde kamen mit Reisig aus dem Wald, schichteten ihre Bündel neben dem Ofen am Badehaus auf, während die Knechte Baumstämme spalteten und Scheite schnitten. Der Ofen musste schnell das Wasser in den Bottichen heizen, die Herrschaften erwarteten ein warmes Bad zum Frühstück.

Aus dem Gasthaus trat Clarissa, atmete die frische Luft und zog die Reithandschuhe über. Die Pferde waren bereits aufgezäumt. Ihr Diener half ihr in den Sattel, er bestieg das zweite Pferd und machte die Zügel des Packpferds fest. Wenn sie stramm ritten, würden sie Wertheim noch vor Einbruch der Dunkelheit erreichen.

Am Fenster im oberen Stockwerk des Gasthauses stand Albrecht Achill im Morgenrock und schaute auf sie herunter. Clarissa spürte seine Anwesenheit. Ein kurzer Blick hinauf. Sie wusste, was er von ihr erwartete, ein Scheitern hätte Konsequenzen. Sie gab dem Pferd die Sporen und los ging's, geradewegs in die dichten Wälder hinein. Hier war es dunkel und der Diener ritt voraus mit Schwert und

Morgenstern bewaffnet, bereit, jeden aus dem Weg zu räumen, der sich ihnen entgegenstellte.

Es dauerte nicht lange, bis sie die ersten Weggefährten trafen, eine Gruppe Wallfahrer, ein unsortierter Haufen mit der Hand am Wanderstab und einem Gebet auf den Lippen. Von ihnen ging keine Gefahr aus. Clarissa ritt im Galopp an ihnen vorüber, ließ sich das eine oder andere Schimpfwort hinterherrufen, ohne es zu strafen.

Wieder im Taubergrund, änderte sich das Bild. Die Sonne brach sich Bahn entlang des geschwungenen Flusses. Sträucher und Bäume standen in voller Blüte, Schmetterlinge tanzten, Bienen summten. Auf den Feldern, die vor ein paar Wochen noch kniehoch im Wasser standen, herrschte jetzt Hochbetrieb. Hafer und Gerste wurden ausgesät, wer im Herbst noch Gründünger ausgebracht hatte, pflügte diesen jetzt unter, säte neuen auf den Feldern, die in diesem Jahr brachliegen sollten. Bei all diesen Arbeiten gingen Frauen und Kinder den Männern zur Hand, Vieh, das eine Egge oder einen Pflug hätte ziehen können, gab es nicht. Männer übernahmen die schweißtreibende Zugarbeit. Es war eine elende Plackerei, reich an körperlichen Strapazen und arm an Ertrag, wenn der Großteil der späteren Ernte an den Lehnsherren abgetreten werden musste.

Hin und wieder blickte eine dieser bemitleidenswerten Figuren auf, schaute, wer da im Galopp an ihnen vorüber ritt, senkte dann aber schnell wieder das Haupt, um die Herrschaft nicht herauszufordern. Immer wieder kam es vor, dass ein betrunkener Lehnsherr oder einer seiner übermütigen Sprösslinge sich einen seiner Bauern zur Brust nahm, sei es aus einer Laune heraus oder weil er glaubte, der Nichtsnutz hätte es verdient. Dann war mit allem zu rechnen. Besser, man hielt den Kopf gesenkt und die Pflugschar in Bewegung.

Noch vor der Mittagszeit passierten Clarissa und ihr Diener drei weitere Wallfahrerhorden, größere und kleine Gruppen. Manche waren gar alleine unterwegs, oft als Stellvertreter, wenn derjenige krank war oder schlicht die Mühen eines langen Fußmarschs scheute. Die einen liefen zum Kloster Bronnbach, die anderen gegenläufig zum Kloster Frauental und die dritten zum Heiligen Blut nach Walldürn. Es schien, als sei das ganze Land zu irgendeiner Pilgerstätte unterwegs, um Ablass von seinen Sünden zu erhalten. Angeschoben wurde das Wallen von Ablassurkunden, die fast jede Kirche besaß, ausgestellt vom Bischof oder gar vom Papst – das war nicht umsonst, Bischof und Papst ließen sich dieses Vorrecht fürstlich versilbern. Letztlich war es eine gute Geldanlage, wenn man einträgliche Pilgerströme anziehen wollte.

Unter die Heilsuchenden mischten sich Buß- und Wanderprediger, zwielichtige Gestalten, abgerissen und verschlagen. In schillernden Worten prangerten sie die Zustände im Land an, die Verderbtheit der Geistlichkeit, das unsittliche Verhalten des Adels und die Ausbeutung der einfachen Menschen. War einer dieser Prediger sprachgewandt, verstand er es, viele Zuhörer für sich und seine Hetztiraden zu gewinnen, füllte sich seine knochige Hand mit der einen oder anderen Münze. Die vielen Bauern, die nur einen Steinwurf entfernt auf den Feldern schufteten, erreichte er selten, und falls doch, dann nur für die Dauer seiner ketzerischen Reden. Spätestens am Abend waren die hehren Worte verflogen, wenn er im

Gasthaus saß und sein ergaunertes Geld mit den Huren verprasste.

Das göttliche Heil war nur mit dem notwendigen Kleingeld zu erringen, und davon hatte ein leibeigener Bauer wenig bis gar nichts. Letztlich fehlte es dem Prediger auch an Glaubwürdigkeit. Wer war dieser Kerl überhaupt, fragte man sich, der da gegen die Herrschaft aufbegehrte? Einer, der Gottes Wort nicht nur sprach, sondern auch vorlebte? Sicher nicht. Er war ja noch nicht mal einer von ihnen, jemand, der das Joch der Knechtschaft täglich auf den Schultern spürte und an der Ungerechtigkeit der Welt zerbrechen musste. Nein, ein verlauster Rumtreiber war er, ein heimtückischer Scharlatan und Betrüger, der ihre Gutgläubigkeit ausnutzen wollte. Von dieser Sorte hatte man schon genug gesehen. Besser, man senkte das Haupt und ließ die Pflugschar laufen.

Der Nachmittag ging in den Abend über, und obwohl man gut vorangekommen war, blieb das Ziel außer Reichweite.

«Wir werden es nicht vor Anbruch der Nacht schaffen», gab der Diener zu bedenken. «Besser, wir suchen Schutz in einem Gasthaus und reiten morgen weiter.»

Der Vorschlag war nicht von der Hand zu weisen. Die Pferde waren erschöpft, bald würden sie die Hand vor Augen nicht mehr sehen. Sollten sie in das letzte Dorf zurückreiten?

«Da vorne ist ein kleiner Ort», schlug der Diener vor, «Niklashausen heißt er, zu Fuß der Gamburg.»

«Ist für meine Bequemlichkeit gesorgt?», fragte Clarissa.

«Es gibt ein Wirtshaus.»

«Auch ein Bad?»

«Nicht was Ihr gewohnt seid, Herrin.»

«Dann werden wir dem Burgherrn einen Besuch abstatten.»

«Die Burg ist verlassen. Von Zeit zu Zeit wird sie von Amtsleuten genutzt, aber ...»

«Schon gut», herrschte Clarissa ihn an. Den ganzen Tag im Sattel und dann nicht einmal ein anständiges Bad. Sie hätte früher daran denken müssen, jetzt war es zu spät.

Das Dorf Niklashausen lag am Ufer der Tauber, umgeben von hohen, bewaldeten Hügeln, dazwischen Weinberge, Felder und Wiesen mit Obstbäumen. Der Ort war überschaubar und mit einem geflochtenen Zaun gegen wilde Tiere geschützt. Durch ein hölzernes Tor gelangte man schnell in die Ortsmitte, vorbei an einer winzigen Kirche mit eingefasstem Kirchhof und einem Backhaus ging es zum Wirtshaus, aus dessen oberstem Giebelfenster eine Stange mit einem Holzreifen schaute. Keine Menschenseele war zu sehen.

«Wir sind da», sagte der Diener und saß ab.

«Das ist nicht dein Ernst», schimpfte Clarissa. «Das ist nicht mehr als ein Bauernhof.»

Tatsächlich waren es vier große Bauernhöfe, getrennt durch einen schmalen, langgezogenen Bachlauf, der in die Tauber mündete. Am Ufer reihten sich strohgedeckte Hütten auf, jede nicht größer als ein Unterstand für ein Pferd. Tiere waren in der Dämmerung keine zu sehen, außer ein paar Hunden, die sich knurrend vorsichtig näherten. Stattdessen roch man sie. Ein beißender Gestank nach Jauche hing in der Luft, von irgendwoher verhöhnte sie eine Ziege.

«Wir können nicht mehr zurück», sagte der Diener, «es ist nur für eine Nacht.»

Clarissa hätte ihm am liebsten die Reitgerte um die Ohren gehauen. «Das wirst du mir büßen.»

«Ich werde gleich ein Zimmer für Euch herrichten lassen», versprach er, «es ist gar nicht so übel.» Er öffnete die Wirtshaustür. Der Lichtschein eines Kaminfeuers fiel heraus und mit ihm das vielstimmige Geplapper der Gäste.

Clarissa klopfte sich den Staub aus den Kleidern, korrigierte den Sitz ihrer Kopfbedeckung und folgte ihm mit einem Seufzer nach. In einer Bauernschänke sollte sie also die Nacht verbringen. Sie konnte nur hoffen, dass wenigstens saubere Laken vorhanden waren.

Die Wirtsstube war bis zum Bersten gefüllt. Unter der niedrigen Decke drängten sich Männer, Frauen und Kinder im flackernden Kerzenlicht auf grobgehauenen Bänken, vor ihnen Krüge und Becher mit Wein, Holzteller mit Gemüsebrei, Brot und sogar etwas Fleisch und Fisch. Inmitten der Dorfgemeinschaft eine Braut und ihr Bräutigam. Als sie zur Tür blickten und die feine hochherrschaftliche Dame erkannten, verstummten die Gespräche. Misstrauen und Überraschung in den Augen, einige zeigten ihren Groll unumwunden, knurrten und ballten die Fäuste wegen des ungebetenen Gastes. Für einen Augenblick war Clarissa wie erstarrt. Sie hatte Ratten und Läuse erwartet, eine karge Küche, den Gestank von Schweiß und Moder ... doch sie fasste sich schnell, hob das Kinn und schaute selbstbewusst auf die Dorfgemeinschaft herab.

«Wirt!», rief ihr Diener in die Menge, «eine Kammer für die edle Dame. Die beste, die Ihr habt.»

Ein dicker, verschwitzter Mann bahnte sich einen Weg zwischen den Bänken hindurch, wischte sich die nassen Hände an der speckigen Hose ab, deutete ungelenk einen Diener an.

«Verzeiht, Eure Herrschaft, auf hohen Besuch bin ich nicht eingestellt. Das ist ein einfaches Wirtshaus ...»

«Schweig», fuhr der Diener ihn an, «soll ich deinem Herrn berichten, dass du seinen Gast abgewiesen hast?!»

Der Wirt schaute ratlos, rieb sich die fettigen Hände. Schließlich befahl er seiner Frau: «Weib, richte unsere Schlafkammer her. Schnell, die edle Dame wünscht zu ruhen.»

Hinter ihm erhob sich der Bräutigam, schenkte einen Becher Wein ein und kam auf sie zu.

«Seid willkommen, edle Dame.» Er reichte ihr den Becher. «Trinkt und esst mit uns, wenn es Euch beliebt.»

Clarissa zögerte. Dieser gepanschte Wein war alles andere als nach ihrem Geschmack, aber für den Moment wollte sie es gut sein lassen. Sie nahm den Becher, nippte und wurde in ihrer Vermutung bestätigt.

«Ich wünsche euch beiden ein langes Leben», sagte sie mit dünnen Lippen, «viele Kinder und ein rechtschaffenes Auskommen.»

«So sei es», fügte ihr Diener hinzu und nahm den Becher entgegen. «Und nun tritt zur Seite.»

Der Bräutigam verbeugte sich und ging auf seinen Platz zurück, der Wirt wies den Weg. «Kommt und erfrischt Euch.»

Unter dem anwachsenden Gemurmel der Hochzeitsgesellschaft führte er sie in einen Nebenraum. Ein Tisch, vier Stühle und ein Kamin, der wohlige Wärme spendete.

Es war auffallend sauber hier, kein Vergleich zur verrußten und gammeligen Schankstube.

«Ein einfaches Wirtshaus», sagte Clarissa umherblickend, «mir scheint, du hast so manche Überraschung auf Lager.»

«Die Kammer und das Badehaus gehören mir nicht», antwortete der Wirt. «Ich bewirtschafte es nur für die Hofbesitzer.»

«Das Badehaus?» Clarissa wollte ihren Ohren nicht trauen. «Lass es mich sehen.»

Er zündete eine Kerze an, öffnete die Tür. Tatsächlich, ein Badezuber stand da, der leicht sechs Personen Platz bot, und noch ein kleinerer Bottich für die Kinder, eine Umkleide, Eimer, Seife und Scheren und kleine Messer für die Rasur und das Schneiden der Haare.

Sie konnte ihr Glück kaum fassen. «Lass mir ein Bad ein und sorg für ein Mahl und Wein.»

Ihr Diener drückte ihm Münzen in die Hand. «Das Beste ist gerade gut genug. Los, beeil dich.»

Der Lohn war fürstlich, das Feuer zur Erwärmung des Wassers brannte schnell. In der Zwischenzeit ließ sich Clarissa bewirten. Es gab Gans und Fisch, Huhn und Zicklein, und obwohl das Ganze mehr Raffinesse verdient hätte, schmeckte es Clarissa nach dem anstrengenden Ritt gut. Jetzt noch ein temperiertes Bad und sie würde darüber nachdenken, ihrem Diener die zwanzig Stockschläge zu ersparen, die er eigentlich verdient hatte, sie in einer Bauernschänke unterzubringen.

Da hörte sie ein Johlen und Applaus, kurz darauf Musik. Die Gesellschaft begann zu tanzen und zu singen. Das Spiel auf der Flöte klang zu ihr herüber. Es konnte natürlich an ihrer Zufriedenheit liegen, dass sie doch noch passabel untergekommen war und gegessen hatte, sicherlich auch an der Güte des Spiels; sie war neugierig geworden, ging zur Tür und öffnete sie einen Spalt. Die Stimme war ungestüm, voller Leidenschaft und Hingabe.

«Wo bleibt sie nur, mein schöner Schatz? Ich bin bei ihr mit einem Satz ...»

Ein junger Mann stand da inmitten der Wirtsstube, spielte die Flöte, fröhlich beschwingt und überraschend eingängig. Der Jüngling war ansprechend gebaut, feste Schenkel, schmale Taille, schulterlanges, blondes Haar und ein Strahlen im Gesicht, dass es selbst einer alten Witwe warm ums Herz geworden wäre. Frauen und Kinder umschwärmten ihn, gaben ihm Küsse auf die erhitzten Wangen, tanzende, angeheiterte Jungfern konnten ihre Hände nicht mehr bei sich lassen. Schamlos war das, aber auch betörend.

Seine Worte waren süß und verheißungsvoll.

«Wie gemalt sind ihre Brüste, drück sie fest, der Po ist rund.»

«Wer ist das?», fragte sie ihren Diener.

«Hans heißt er, ein Musikant und Tunichtgut, sagen die Leute.»

Aber singen konnte er.

«Ich drück sie nieder und schön fest, was sie gut geschehen lässt.»

Clarissa schnappte nach Luft. «Was für ein frecher Kerl.»

«Soll ich ihm eine aufs Maul geben?», fragte der Diener eilfertig.

«Nein, lass ihn.» Sie lächelte. Dieser Jüngling verstand

es, seine Zuhörer für sich einzunehmen, nicht allein der frivolen Worte wegen, es war seine ganze Erscheinung, die ihn anziehend machte. Sogar die Männer wollten ihm nicht wirklich böse sein, wenn ihre Frauen und Töchter an ihm hingen. Es war ein Spiel um Verführung, das er auch in ihrem Namen spielte. Er sprach aus, was sie im Geheimen dachten.

«Euer Bad ist hergerichtet.»

Magdalena, das Bademädchen, stand in der Tür zum Badehaus, aus dem der Dampf des heißen Wassers und der Duft nach Lavendel drang. Das Gesicht war hinter den offenen langen Haaren versteckt, ein dünnes Badehemdchen kündigte von wohliger Wärme.

«Bring ihn nachher zu mir», sagte Clarissa, bevor sie der Aufforderung folgte.

Das Wasser hatte die richtige Temperatur. Mit einem wohligen Seufzer glitt Clarissa hinein, Magdalena an ihrer Seite wartete auf Anweisungen.

«Wie heißt du?», fragte Clarissa.

«Magdalena», antwortete sie.

«Wasch mich.» Sie hielt ihr den Arm hin. «Aber wehe, du fügst mir einen Kratzer zu.»

«Ich werde aufpassen, Herrin.»

So einfach das kleine Badehaus auch gehalten war, auf göttlichen Beistand wollte man nicht verzichten. Auf einem Regalbrett standen geschnitzte Holzfiguren, Maria mit dem Jesuskind, Engelchen, Sankt Christophorus, Sankt Kilian, doch in der Mehrzahl Mariendarstellungen, eine sogar mit einem aufwendigen, strahlenden Kranz.

«Kommt euer Pfarrer auch zu Besuch ins Badehaus?», fragte Clarissa.

«Gleich nach dem Morgengebet, Herrin.»

«Und da bringt er seine Heiligen gleich mit?»

Magdalena schaute kurz auf. «Die macht Anton, unser Knecht. Er schnitzt sie aus allem, was ihm in die Hände fällt. Wenn Ihr eine haben wollt?»

«Kauft sie sonst niemand?»

«Es finden nicht viele Wallfahrer den Weg in unser kleines Dorf.»

«Obwohl doch so viele unterwegs sind.»

«Ja, Herrin, aber sie rennen alle dorthin, wo ihnen die Sünden schneller vergeben werden. In die großen Wallfahrtsorte.»

«Dabei ist der eine so unnütz wie der andere.»

«Was meint Ihr, Herrin?»

«Nichts.»

Clarissa schloss die Augen, genoss das warme Bad, den Duft des Lavendels und den Schwamm, der über ihre Haut fuhr.

«Euer Hans, der Musikus, scheint sehr beliebt zu sein», sagte sie.

«Er ist ein Gottesgeschenk», antwortete Magdalena bewundernd. «Immer fröhlich, immer gut gelaunt.»

«Bist du verliebt in ihn?»

Sie erschrak. «Aber nein, Herrin.»

«Also doch.»

Letztlich musste sie es eingestehen. «Jede wünscht sich mit ihm zusammen zu sein, doch ... er ist schon vergeben.»

«So jung und schon verheiratet?»

«Er lebt in Sünde mit Elsbeth, der Magd vom Großbauern Konrad. Sie erwarten ein Kind.»

«Dann wird bald Hochzeit gefeiert?»

«Hans ist ein armer Schafhirte. Das Wenige, das er verdient, reicht nicht einmal für ihn selbst.»

«Will er nicht fortgehen, sein Glück woanders versuchen?»

«Zurück nach Würzburg kann er nicht.»

«Würzburg?»

«Er stammt von dort ... er musste den kleinen Hof verlassen, als die Eltern ihn dem älteren Bruder vermachten.»

«Und wenn er nach Wertheim geht?»

Magdalena zuckte die Schultern. «Ich weiß es nicht, Herrin. Für arme Leute wie uns ist es nicht leicht, ein anständiges Leben zu führen. Wenn nicht ein Wunder geschieht, geschieht nichts. Wir sterben so arm, wie wir geboren wurden.»

Was für ein trostloses Dasein, dachte Clarissa für einen Augenblick, dann besann sie sich. «Hat denn euer Herr, der Graf von Wertheim, keine Verwendung für einen talentierten Musikus an seinem Hof?»

«Ach, der Graf», Magdalena seufzte, «der hat keine Zeit für solche Dinge. Er muss sich um seine Herrschaftsangelegenheiten kümmern.»

Clarissa horchte auf. «Was genau meinst du damit?»

«Ich kann nicht viel dazu sagen, Herrin ... Des Grafen Land liegt an der Grenze von vier Ländern ...» Sie meinte die Herrschaftsgebiete von Mainz, Würzburg, dem Deutschen Orden und der Markgrafschaft Ansbach-Brandenburg des Albrecht Achill. «... Wer weiß, wann es wieder zum Streit zwischen ihnen kommt. Der Graf muss vorsichtig sein, sich genau überlegen, wem seine Treue gilt.»

Richtig, die Kleine war gar nicht dumm. Die allseits ge-

genwärtige Gefahr schärfte offenbar die Sinne, selbst bei so einfachem Bauernvolk. Andererseits rief sie Clarissa auch den Auftrag ihres Herrn in Erinnerung. Denn soeben tat sich eine ungeahnte Möglichkeit auf.

Was wäre, wenn die kleine Grafschaft plötzlich so interessant würde, dass sich gleich drei Herren darum stritten? Wohlgemerkt drei und nicht vier, denn der Markgraf Albrecht Achill ließe besser seine Finger aus dem Spiel, wenn sich zum Schluss herausstellte, dass es sich bei der ganzen Sache um einen Schwindel gehandelt hat. Dann wären die drei Herren kräftig blamiert, nur der Markgraf hätte Umsicht bewiesen – eine Eigenschaft, die in den Augen des Königs sicherlich Gewicht haben würde, wenn es galt, das Landgericht in Nürnberg mit einem neuen Herrn zu besetzen.

Die Idee war herausfordernd, Clarissa lächelte zufrieden, sie musste in Ruhe darüber nachdenken.

«Genug», sagte sie, «bring mir jetzt Essen und Wein.»

Magdalena legte den Schwamm beiseite und ging in die Küche. Als sie die Tür öffnete, schwappte der Lärm aus der Wirtsstube herein. Noch immer tanzten und sangen sie zur Musik des Musikanten Hans – ein armer und orientierungsloser Jüngling, der dringend schauen musste, wie er der Schande eines unehelichen Balgs entging, wie er Weib und Kind würde ernähren können. Menschen in derartigen Zwangslagen waren Clarissa immer willkommen. Sie stellten nicht zu viele Fragen und kannten auch wenig Skrupel, wenn es darum ging, den Kopf aus der Schlinge zu ziehen. Man musste nur wissen, wie man sie einsetzen konnte.

Die geschnitzten Heiligenfiguren auf dem Regalbrett

fielen ihr ins Auge. Die heilige Mutter Maria, Sankt Christophorus und Kilian ... Was für eine Mühe doch hinter diesen Arbeiten stand.

Wozu eigentlich? Warum vergeudete ein Mensch so viel Zeit, um aus einem leblosen Stück Holz ein Abbild seiner Phantasie zu zimmern? Was löste es bei den Käufern aus, warum gaben sie ihr mühsam erarbeitetes Geld dafür her?

Die Angst, der Hölle anheimzufallen, trieb sie sicherlich, wenn sie ihren Glauben nicht offen zur Schau stellten, die Hoffnung auf Erlösung aus ihrem Jammertal, die Hoffnung auf ein ...

«Wunder», sprach Clarissa laut aus.

Was waren noch einmal Magdalenas Worte?

*Wenn nicht ein Wunder geschieht, geschieht nichts. Wir sterben so arm, wie wir geboren wurden.*

Es klopfte an der Tür.

«Komm herein», sagte Clarissa. «Stell das Essen ...»

«Verzeiht, Herrin», unterbrach eine Männerstimme. «Ihr wolltet mich sprechen?»

Zögernd trat Hans an den Badezuber. So fröhlich, wie er noch in Gesellschaft der Bauern aussah, so unsicher schien er jetzt.

«Der Musikant», sagte Clarissa mit einem anzüglichen Lächeln auf den Lippen. «Lass dich ansehen.» Sie deutete einen Kreis an.

«Ich verstehe nicht.»

«Du sollst dich drehen.»

Hans folgte ihrer Anweisung. «Wie es Euch beliebt.»

Clarissas Augen musterten den Jüngling, der auch noch aus der Nähe besehen attraktiv wirkte. Ein geschwungener Körper, Polster an den richtigen Stellen, das gelockte blonde Haar …

«Streif dein Haar zurück», sagte sie, «ich will deine Augen sehen.»

Hans tat es. Aus stechend grünen Augen blickte er auf sie herab, dass ihr flau im Magen wurde.

«Lächle.»

Er konnte nicht.

«Lächle, sagte ich.» Sie erhob sich aus dem Wasser, stand nackt vor ihm.

Auf die Überraschung folgte ein Lächeln.

«Wie ein Engel», sagte sie.

# Die Wallfahrt im Mittelalter

Das Leben im Mittelalter war von Angst und Krankheit geprägt, der unverhoffte Tod war allgegenwärtig. Eine infizierte Wunde, mangelhafte Ernährung, Infektionen wie Masern, Pocken oder Tuberkulose führten oft und schnell zum Tod.

Eine gewisse Erleichterung brachte der Glaube an Gott und an sein Himmelreich, das frei von Sorgen und Nöten war. Aufnahme fand man jedoch nur, wenn man ein gottgerechtes Leben führte, wenn man den Ge- und Verboten der Bibel Folge leistete beziehungsweise alles tat, was die Kirche und die Priester den Gläubigen verkündeten. Wer sich dagegen versündigte, musste Abbitte leisten (indem er zum Beispiel einen Ablass kaufte), wollte er nicht ein über Hunderte von Jahren andauerndes Fegefeuer fürchten. Im schlimmsten Fall drohte einem der Teufel mit ewiger Pein in der Hölle.

Ab dem 5. Jahrhundert «wallten» die Menschen zwecks Buße oder eines Gelöbnisses vermehrt zu Orten, an denen sie sich Heilung beziehungsweise Linderung körperlicher Gebrechen erhofften. Solche Orte beherbergten unter anderem Reliquien berühmter Heiliger, später waren es Stellen, wo sich ein verstorbener Heiliger den Menschen offenbart hatte. Jeder gläubige Christ war aufgerufen, wenigstens eine Wallfahrt in seinem Leben zu unternehmen. So entstand ein stetes und großes «Laufen», das an die göttliche Botschaft erinnerte, dass das Leben eine einzige Durchgangsreise zum Jenseitigen ist.

Im fränkischen Raum war und ist der Glaube an die heilige Jungfrau Maria groß, sie gilt als Patronin, als Mutter ganz Frankens.

Marienwallfahrten standen daher an erster Stelle, um sich das Seelenheil im Himmel zu sichern.

Wallfahrten hatten aber auch immer eine finanzielle Seite, die Pilgerreise musste schließlich bezahlt werden, wenn das Ziel viele hundert Kilometer entfernt lag.

Ausgaben für Essen, Trinken und Unterkunft schlugen zu Buche, ausreichend Kleidung und Schuhe musste angeschafft, viele Brücken- und Weggelder gezahlt werden, hinzu kamen spezielle Pässe, Almosen für Bedürftige, Votivgaben und einiges mehr. Nicht viele konnten sich das leisten, insbesondere die armen Bauern und Tagelöhner nicht, die von der Hand in den Mund lebten. Dennoch brachen sie auf, unterwegs verdingten sie sich als Erntehelfer oder nahmen jede andere Arbeit an, die ihnen die Reise finanzierte.

Wallfahrten waren auch ein Wirtschaftsfaktor. Heiligtümer mussten erhalten und gepflegt werden, das dort beschäftigte Personal wollte verköstigt und untergebracht sein, genauso wie Straßen, Brücken und Herbergen in Schuss gehalten werden mussten, um die vielen Wallfahrer zu bewältigen. Mancherorts meinte man, das ganze Land befände sich in einem einzigen Stadium des Wallens, so viele folgten der Verheißung nach Linderung ihrer Leiden oder Aufnahme ins Himmelreich.

Ein weiterer Wirtschaftszweig entwickelte sich aus dem Handel mit Reliquien oder Devotionalien von Heiligen. Für Unsummen wurden Knochensplitter, Haare, Zähne, Fingernägel, Schuhe, Kleidung und etliches andere von Heiligen gehandelt.

Dass nicht nur das ungebildete Volk auf die Versprechen der gewieften Händler hereinfiel, sondern auch gebildete Fürsten, zeigt sich am Beispiel von Friedrich III. (Friedrich der Weise), der ein leidenschaftlicher Sammler von Reliquien war – über 19 000 Stücke befanden sich in seinem Besitz mit einem Gegenwert von rund zwei Millionen Jahren Ablass vom Fegefeuer.

Das Wallen oder die Pilgerreise erfreuen sich auch heute noch großer Beliebtheit. Auf den Jakobsweg nach Santiago de Compostela begeben sich jährlich Millionen, so wie in die vom Heiligen Stuhl autorisierten heiligen Wallfahrtsorte Lourdes oder Fatima.

Eine noch heute gebräuchliche Segnung von Pilgern lautet:

*Gott, du hast deinen Knecht Abraham auf allen Wegen unversehrt behütet. Du hast die Söhne Israels auf trockenem Pfad mitten durch das Meer geführt. Durch den Stern hast du den Weisen aus dem Morgenland den Weg zu Christus gezeigt.*

*Geleite auch diese hier versammelten Gläubigen auf ihrer Pilgerfahrt.*

*Lass sie deine Gegenwart erfahren, mehre ihren Glauben, stärke ihre Hoffnung und erneuere ihre Liebe.*

*Schütze sie vor allen Gefahren und bewahre sie vor jedem Unfall.*

*Führe sie glücklich ans Ziel ihrer Fahrt und lass sie wieder unversehrt nach Hause zurückkehren.*

*Gewähre ihnen, dass sie sicher das Ziel ihrer irdischen Pilgerfahrt erreichen und das ewige Heil erlangen.*

*Darum bitten wir dich durch Christus, unseren Herrn. Amen.*

# 4

Ein klappriger Wagen rumpelte über die Straße entlang der Tauber, gezogen von einem grauen Esel mit weißem Bart, gelenkt von einem feisten Mönch, bei dem man rätseln konnte, ob ihn allein die Löcher der Straße hin- und herwarfen oder die angeheiterte Stimmung, in der er sich befand.

Die Zügel lagen schlaff in seiner linken Hand, mit der rechten führte er einen Weinkrug zum Mund. Geladen hatte er neben Wein eine Truhe voller kleiner Kostbarkeiten – Knochenstücke, Haare, Fingernägel, blutgetränkte Tücher, Pfeilspitzen, Schuhe und Becher von Heiligen, besonders Werkzeuge, mit denen Märtyrer gefoltert worden waren. Sie alle versprachen Heilung eines Gebrechens oder gar das Heil an sich.

Wenn man überzeugend auftrat, konnte man so ziemlich alles unter die Leute bringen. Noahs Barthaare, das Menstruationsblut der heiligen Mutter Maria, Steine vom Berg Golgatha, auf die Jesu Blut gefallen war, und selbst die Federn des Hahns, der dreimal gekräht hatte, waren meistbietend versteigert worden.

Besonders einfallsreich: Schwanzfedern und ein Ei des Heiligen Geistes, der sich den ersten Christen als Taube gezeigt hatte.

Das Volk war ungebildet und fromm, der Wunsch nach

Erlösung vom irdischen Leid oder zumindest die Linderung von Leiden waren groß. Die gelehrten Mönche und Priester schwiegen über so viel dreiste Geldschneiderei, sie spielte ihnen in die Karten, sie beförderte den Heiligenkult. Es galt der logische Umkehrschluss: Je größer das Wunderbare, desto stärker offenbarte sich der göttliche Wille darin.

Zweifel an den Reliquien konnte hingegen gefährlich werden. Ungläubige hatten mehr zu fürchten als die Fälscher. Das Heilige zu hinterfragen, stellte den Heiligen in Zweifel. Der Fälscher aber leistete dem Glauben Vorschub.

In der nächsten größeren Stadt gedachte der geschäftstüchtige Mönch die wunderheiligen Gegenstände unter die Gläubigen zu bringen. Auch Ablassurkunden waren darunter. Für ein paar Geldstücke musste nur noch der Name des Sünders in den vorgefertigten Text eingesetzt werden, und im Handumdrehen war die Gottesstrafe getilgt oder zumindest gemäßigt. Zweihundert Jahre Fegefeuer konnten so auf einhundert zurückgeschraubt werden, und bei einer besonders großzügigen Spende konnte man sich auch einen Platz neben einem Heiligen im Himmel kaufen. Das Angebot kannte keine Grenzen, was für eine segensreiche Profession!

Dem Vorhaben, schnell in die Stadt zu kommen, standen die schweren Wolken entgegen, die sich zu einem mächtigen Regensturm zusammenbrauten. Erste Blitze zuckten über den Hügelspitzen, gefolgt von einem donnernden Grollen. Er gab dem Esel eine auf den Rücken.

«Lauf, mein treuer Freund», rülpste er dazu, wischte sich den Wein von den Lippen und wusste, dass er in dem kleinen Dorf da vorne Unterschlupf finden musste, damit der Regen ihn nicht in die Tauber spülte.

Die Bauern auf den Feldern hielten in ihrer Arbeit inne, schauten besorgt zum Himmel. Das, was da auf sie zukam, war kein kurzer Platzregen, sondern ein ausgewachsenes Gewitter. Die Ersten nahmen die Beine in die Hand, gefolgt von den Frauen und Kindern. Sie alle suchten Schutz vor Blitz und Regen im nahen Dorf. Ein Blitz fuhr herab, teilte den grauen Himmel wie eine Axt das Scheit.

«Renn, mein Guter, renn!»

Umgeben von seinen Schafen saß Hans auf einem Hügel und blickte ins Tal hinunter. Wie sie rannten und flohen, Ameisen, die von einem höheren Wesen aufgescheucht wurden. Dort droben im Himmel amüsierte sich bestimmt jemand über die lächerlichen Kreaturen am Boden. Dabei war noch kein einziger Regentropfen gefallen. Es war die Angst vor der schieren Himmelsgewalt, die sie erzittern ließ.

Ganz anders Hans. Das Gewitter kam auf ihn zu, aber es störte ihn nicht. Er würde nass werden, na und? Nichts, was man am Feuer nicht wieder trocken bekäme.

Hier oben auf der Weide, ungestört vom Geschnatter der Leute, hatte er die Ruhe und die Zeit, über alles nachzudenken, was ihm diese seltsame Frau vorgeschlagen hatte. Ein Wunder wünschte sie sich, eines, zu dem die Menschen staunend aufblickten und darüber in Verzückung gerieten. Ein Wunder ... Es sei ja nichts Schlimmes daran, hatte sie gesagt. Wunder gab es früher schon, selbst heute und in allen Teilen der Welt. Allenthalben hörte man von Blinden, die wieder sehen, Lahmen, die wieder gehen, und Ungläubigen, die plötzlich das Glaubensbekenntnis sprechen konnten. Der Papst sei ein einziges Wunder, tagtäglich vollbrachte er welche, auch der Kaiser tat Wunderbares.

Aber ein einfacher Schafhirte wie er?

Sie hatte die passende Antwort auf seine Zweifel gehabt: Jesus war der Sohn eines Zimmermanns gewesen, Simon Petrus ein einfacher Fischer und die anderen Apostel waren weitaus schändlicheren Berufen nachgegangen als er. Ein halsabschneiderischer Zöllner, ein verruchter Trunkenbold und ein Herumtreiber waren die Apostel Jesu gewesen. Maria Magdalena war eine liederliche Straßendirne, bevor sie an Jesu Seite ging.

Also, worüber mache er sich Gedanken? Mut brauchte es, ja, die Überzeugung, das Richtige zu tun, auch, den Menschen die Hoffnung zurückzugeben, sicherlich, sie womöglich retten? Es sei immer wieder vorgekommen, dass sich jemand erhoben hat, der zuvor ein Niemand gewesen war, einer wie er, ein Schafhirte und Tagträumer, der schließlich zu einer Lichtgestalt wurde, der die Menschen glaubten und die sie verehrten. Er solle sich also nicht länger grämen.

«Tu es, du hast nichts zu verlieren, aber alles zu gewinnen.»

Seine Gedanken überschlugen sich, das war alles zu viel für ihn. Jeden Einspruch hatte sie mit einer Erklärung gekontert, dass er zum Schluss gar nicht mehr wusste, wer er überhaupt war. Dabei war es doch für alle ersichtlich: Er war der Nichtsnutz, der Possenreißer, der Viehhirte und der Tunichtgut, zu nichts anderem zu gebrauchen als zur Arbeit von Kindern. Gut, die Pauke konnte er schlagen und die Flöte spielen wie kein Zweiter, singen wie eine Lerche an einem Sommermorgen, den Weibern schöne Augen machen, dass ihren Männern vor Eifersucht der Kamm schwoll ... und der armen Elsbeth ein Kind machen. Um Himmels willen, wie sollte er sie ernähren? Wenn ihr Herr sie nicht mit seinem Bastard vom Hof jagte, dann wär's ein Wunder. Was hatte er da nur angerichtet?

Eine Stimme rief ihn. «Hans, komm rein. Das Gewitter ...»

Es war Jeronimus, der Begarde, der am Mühlenberg in einer Höhle hauste. Er winkte vom Höhleneingang her, ein Feuer brannte hinter ihm, er hatte frischen Kräutertee gebrüht.

Völlig durchnässt erhob sich Hans, folgte dem weisen Rat seines Freundes. Draußen blieben die Schafe, die sich eng an eng zusammentaten und ängstlich dreinschauten.

«Wieder mit den Gedanken in den Wolken?», fragte Jeronimus, ein dürrer Schlaks, dessen Alter nicht zu bestimmen war. Dunkle, wildwuchernde Haare und ein langer zerzauster Bart verstellten das Gesicht, einzig die Hände verrieten, dass er noch zupacken konnte. Er trug eine zerschlissene graue Kutte, die mit einer Schnur um die schlanke Hüfte gefasst war, die schmutzigen Füße steckten in Sandalen, mit geflickten Lederriemen leidlich zusammengehalten.

Hans hielt die Hände über die Flammen, rieb sie aneinander. «Es gibt so viel, worüber ich nachzudenken habe ... Es macht mich ganz verrückt.»

«Was treibt dich um?» Jeronimus nahm eine Holzkelle und füllte damit eine Schale, die er selbst aus einem Holzstück geschnitzt hatte. «Los, sag schon, sonst bist du doch auch nicht auf den Mund gefallen.»

Hans nahm die Schale mit zittrigen Händen entgegen und schlürfte den heißen Sud.

«Es ist Elsbeth ... Sie erwartet ein Kind.»

«Von dir?» Jeronimus zog zweifelnd die Augenbrauen hoch.

«Ich weiß, du bist nicht gut auf sie zu sprechen, wie jeder andere in diesem gottverdammten Nest.»

«Das hat ja wohl auch seinen Grund.» Er setzte sich auf den nackten Boden, verschränkte die Beine und hielt die Hände ans Feuer. «Sie ist ein liederliches Weibsbild, das jedem schöne Augen macht ...»

«Ja, ja», unterbrach Hans die ewig gleichen Vorhaltungen, «aber sie ist ein guter Mensch.»

Jeronimus lachte auf. «Das hat bestimmt noch keiner über sie gesagt. Letztens soll sie einem Knecht den Rosenkranz gestohlen haben.»

«Das ist nicht wahr.»

«Sie selbst hat ...»

Ein Donnerschlag schwappte zur Höhle herein, dass Hans und Jeronimus zusammenschreckten.

«Heilige Maria und Josef», murmelte Jeronimus und schlug das Kreuzzeichen, «der Herr im Himmel ist aufgebracht. Die Welt versinkt in Sünde.»

Hans schaute zur schmalen Höhlenöffnung hinaus. Es regnete Bindfäden. In der Ferne sah er Blitze zucken. Der Himmel war schwarz und schwer, als wolle er zu Tal stürzen.

«Meinst du auch», fragte er, «dass nur noch ein Wunder uns retten kann?»

«Die Welt wird bald untergehen, das weiß ich gewiss.»

«Was ist mit einem Wunder? Könnte es uns noch retten?»

Jeronimus verschränkte die Hände zum Gebet. «Glückselig die Armen im Geiste, denn ihrer ist das Reich der Himmel. Glückselig die Sanftmütigen, denn sie werden das Land erben. Glückselig, die nach Gerechtigkeit hungern und dürsten, denn sie werden gesättigt werden ... Das hat uns der Herr verkündet. Ich aber sehe nur Falschheit und Niedertracht unter den Edlen, Völlerei und Gier unter den Pfaffen. Wir werden alle sterben, eher früher als später.»

«Ja, aber wir armen Leute, haben wir Aussicht auf das Himmelreich?»

Wieder bemühte er Jesu Worte. «Wenn nicht deine Gerechtigkeit vorzüglicher ist als die der Schriftgelehrten und Pharisäer, so wirst du nicht in das Reich der Himmel eingehen.»

«Gerechtigkeit ... Ich weiß nicht, was das zu bedeuten hat.»

«Gerecht ist, wenn wir nicht länger hungern müssen, während sich die Pfaffen und Edlen die Mägen mit den vornehmsten Speisen vollstopfen, gerecht ist, wenn ein jeder, auch die Edlen und Pfaffen, ihren Lohn mit der eignen Hände Arbeit verdienen, gerecht ist, wenn es keinen Unterschied mehr macht, ob du Bettler oder König bist, gerecht ist das eine Recht, das für alle gilt. Ausnahmslos. Doch wir sind so weit von Gerechtigkeit entfernt wie von der Gnade Gottes. Ein furchtbares Strafgericht wird uns heimsuchen.» Er erhob sich, ging in die Ecke und kniete vor einem Kreuz nieder. Dabei murmelte er ein Gebet.

«Was kannst du mir über Wunder erzählen?», fragte Hans. «Haben Wunder jemals etwas geändert?»

Aber Jeronimus war nicht mehr erreichbar, wie so oft, wenn er in eine stundenlange Trance verfiel und betete, als gäbe es kein Morgen. So ging Hans wieder zurück zum Eingang der Höhle und blickte hinaus. Seine Schafe standen zusammengepfercht wie ein einziges nasses Wollknäuel, unfähig, alleine nach Schutz vor dem Regen zu suchen. Sie hätten nur ein paar Schritte weitergehen müssen, um unter dem Felsvorsprung in Sicherheit zu sein, aber sie warteten auf den Befehl ihres Hirten. Was für dumme Tiere. Wenn er sie zu einer Klippe führte, würden sie vermutlich auch springen.

Das Gewitter hatte sich im Tal festgesetzt, Blitze zuckten, der Donner rollte. Wüsste er nicht, dass es mitten am Tag war, hätte man meinen können, die Dämmerung sei hereingebrochen. Der Regen prasselte unaufhörlich, Rinnsale vereinigten sich zu Strömen, schossen den Hang hinab, nahmen mit sich, was nicht niet- und nagelfest war. Eine Sintflut. Nur einer würde sie überleben, nämlich der, der fest im Glauben stand und Gefallen vor dem göttlichen Auge fand. So wie Noah, ein armer Bauer, kein Prinz oder König.

Die Herrin hatte ihm eine fürstliche Belohnung versprochen, genug, um diesem gottverlassenen Ort für immer den Rücken zu kehren und woanders ein neues Leben zu beginnen. Hier gab es keine Zukunft für ihn. Er könnte es wagen, nein, er musste es. Es war die Chance seines Lebens.

«Für Elsbeth und mein Kind.»

Dann rannte er los.

In der kleinen Kirche von Niklashausen hatten sich die Furchtsamen und Gläubigen versammelt. Durchnässt und frierend, standen sie eng beieinander und beteten. Möge der Herr im Himmel ein Einsehen haben und ihre sündigen Taten vergeben, bevor die frische Saat aus den Furchen gespült und in der Tauber verschwand. Gewitter, gleich welcher Art, war man zwar gewöhnt, doch es gab immer einen Grund dafür, dass es ausgerechnet hier niederging und nicht jenseits der Hügelkette, wo es andere Felder zerstörte und andere Hütten niederriss.

«So lasset uns den Herrn um Gnade bitten.»

Pfarrer Ulrich hatte die Arme ausgebreitet wie ein Schafhirte, der seine Schäfchen im sicheren Unterstand willkommen hieß.

«O Herr, vergib uns unsere Schuld ...»

Ähnliches hatte der feiste Mönch vor, der den Inhalt seiner Truhe auf dem kleinen Tisch neben dem Eingang ausgelegt hatte. Neben den Ablassbriefen gab es Knochensplitter von Heiligen zu kaufen, konservierte Schweißtropfen von Märtyrern, Becher und Schalen, die einst von den Händen eines Papstes berührt worden waren, vor allem aber gab es Gegenstände aus dem wunderreichen Leben der heiligen Mutter, selbst über tausend Jahre nach ihrem Tod. Sie war die Patronin des Frankenlandes schlechthin, ihr Schutz wurde nur von Christus oder dem Heiligen Geist übertroffen. Das Gebet eines Dorfpfarrers hatte gegen diese Sensationen nur wenig aufzubieten.

«Kauft einen Ablass, Brüder und Schwestern», warb der Mönch um seine Zettel. «Das Seelenheil sei euch damit gewiss.»

«Was kostet einer?», war wohl die häufigste Frage, die er am Tag zu beantworten hatte.

Aber egal, welchen Preis er nannte, für diese armen Schlucker war selbst die Vergebung einer Notlüge zu viel.

«Kauft ein Marien-Amulett. Es wird euch vor Not und Krankheit schützen.»

«Was kostet eins?»

Er ging zum nächsten Artikel über. «Hier, echte Wachstropfen von der Sterbekerze unserer lieben Gottesmutter. Kauft einen Tropfen ... für eure Kinder, für das teure Vieh, dass es anständig Milch gibt, fett und ...»

Die Kirchentür flog auf. Ein bis auf die Knochen durchnässter Hans starrte sie an, die blonden Haare mit Erde beschmiert, das Wams aufgerissen.

Pfarrer Ulrich kam auf ihn zu. «Hans, was ist los mit dir, was ist geschehen?»

«Ein Wunder», stammelte er.

«Ein was?»

«Die heilige Gottesmutter ...»

Was hatte er da gesagt? Ein Wunder?

Der Zweifel saß tief bei den umstehenden Männern und Frauen. Jeder wusste, wer dieser Hans war, ein Rumtreiber und Tunichtgut, ein Flötenspieler und Sänger, der mit seinem Teufelswerk die Sinne seiner Zuhörer vernebelte. Außerdem sah man ihn sonst nie in der Kirche, geschweige denn in der Beichte. Was sollte man davon halten?

«Ein Wunder», wiederholte Hans. «Oben, auf dem Mühlenberg.»

«Komm erst mal rein», sagte Ulrich, schloss die Tür und

führte ihn vor zum Altar, wo er auf einem Hocker Platz nahm. «Jetzt erzähl. Was ist passiert?»

Hans zitterte am ganzen Körper, er klapperte mit den Zähnen, als säße ihm der Teufel im Nacken. Doch am eindrücklichsten war dieser Blick – er ging durch sie hindurch, die Augen, weit aufgerissen, strahlten, forderten die Neugier heraus.

«Ich habe mit meinen Schafen einen Unterstand gesucht», begann er, «die Blitze fuhren auf mich herab, der Donner beutelte mich, warf mich zu Boden ...»

Einige nickten. Das hatten sie auch schon erlebt, wenn sie nicht rechtzeitig vom Feld zurückgekehrt waren.

«Ich dachte, mein letztes Stündlein hätte geschlagen ... ich rief unsere liebe Gottesmutter um Hilfe an ...»

Das war neu. Wann hatte jemand diesen Teufelsmusikanten schon einmal beten sehen? Wann immer die Kirchenglocke läutete, hörte man sein Schnarchen aus der Scheune.

«Da fuhr ein Blitz herab, keine Elle von mir entfernt ... in einen Busch. Sofort brannte er lichterloh.»

Ein Raunen. Das Bild war den frommen Kirchgängern gut bekannt.

«Und dann?», fragte Ulrich.

«Nicht wie normales Feuer ...» Hans suchte aufgeregt nach den richtigen Worten. «Der Busch brannte, ohne zu verbrennen.»

Erstarren. Selbst Ulrich musste schlucken.

«Du ... du ...» Er brachte keinen Ton heraus.

«Und dann geschah das eigentliche Wunder», fuhr Hans fort. «Jemand sprach zu mir, direkt aus dem brennenden Busch.»

«Um Himmels willen», entfuhr es Ulrich. Einige bekreuzigten sich.

«Es war die Stimme einer Frau ... so sanft, so lieb, wie ich es noch nie zuvor gehört habe.»

Ulrich kam ihm zuvor. «Unsere heilige Mutter ... Maria?»

Hans nickte. «Wie ein Engel zart.»

«Was ... hat sie gesagt?»

«Zuerst war da nur Stille. Blitz und Donner um mich herum verstummten, der Regen prallte ab, als hätte ich ein unsichtbares Dach über dem Kopf.»

«Sie breitete ihre schützende Hand über dich aus.»

«Dann hörte ich die wundervollsten Klänge, so schön und rein, wie Schnee an einem frostigen Wintermorgen. Es wurde immer stärker ... bis ich Gesang hörte, nicht wie wir ihn kennen, es war ein Flüstern und Jauchzen vor Freude, in einer Sprache, die mir unbekannt ist. Kein Mensch vermag diese Sprache zu sprechen ... sie ist von Gott gegeben. Doch dann hörte ich ihre Worte, so klar wie die Quelle aus dem Fels.»

«Und, was sagte sie?»

«Die Gottesmutter gab mir den Auftrag, zu euch zu sprechen, zu jedem hier in dieser Kirche. Sie sagte: ‹Geh hinunter zu meiner Kirche nach Niklashausen, gesegnet sei sie und all die Menschen, die in ihr beten› ...»

Mochte es an dem noch immer wütenden Gewitter gelegen haben, am Grollen und Krachen jenseits der Kirchentür, die Situation hatte himmlischen Beistand. Ausgerechnet ihr kleines Gotteshaus war von der Gottesmutter ausgesucht worden? Ulrich hielt vor Schreck den Atem an, genauso wie alle anderen, einzig der Mönch mit seinen Reliquien hatte noch Leben in den Knochen. Er bahnte sich den Weg durch die Umstehenden, bis er direkt vor diesem seltsamen Jüngling stand.

«Hat sie noch etwas gesagt?», fragte er, denn jedes weitere Wort der Himmelskönigin machte das Tal zum Gottesreich auf Erden, wo den Menschen ein neues Evangelium gepredigt wurde.

Hans musste kurz nachdenken, dann fielen ihm die Worte wieder ein.

«‹Ein fürchterliches Strafgericht Gottes wird kommen›», sagte er, «‹und jeden verschlingen, der nicht Buße tut.›» Ein Schrecken ging um. «‹Ich fordere Gerechtigkeit›, trug sie mir auf, ‹für alle und jeden ... Denn gerecht ist, wenn ihr nicht länger hungern müsst, gerecht ist, wenn ein jeder seinen Lohn mit der eignen Hände Arbeit verdient, gerecht ist, wenn es keinen Unterschied mehr macht, ob du Bettler, König oder Papst bist, gerecht ist das Recht, das für alle gleich gilt.›»

Was hatte der Pfeiferhannes da gerade gesagt? Gerechtigkeit für alle? Egal, ob Bettler, König oder Papst? Das war ... Blasphemie, dafür würde er gevierteilt, gehängt und auf dem Scheiterhaufen verbrannt. Ulrich wandte sich ab. Die anderen starrten Hans an, als hätte nicht die Gottesmutter, sondern der Teufel aus ihm gesprochen. Dieses Wunder war kein Wunder. Es war Gotteslästerung.

Nur einer fühlte sich angesprochen, der Mönch. In seinen Augen konnte man das Feuer erkennen, das Hans' Worte entfacht hatten.

# 5

«Hans, wach auf!»

Die Wolken hatten sich über Nacht verausgabt und aufgelöst, die Sonne brach sich Bahn und drang durch die Ritzen im Scheunentor. Staub schwebte glitzernd im Licht. Eine Kuh maulte nebenan, die aufgescheuchten Hühner gackerten, ein stolzer Hahn mit aufgestelltem Kamm stakste umher. Im Stroh lag Hans, schlief wie ein Kleinkind fest und jeder Sorge enthoben.

«Die Knechte suchen nach dir.»

Elsbeth war über ihn gebeugt, rüttelte ihn, bis er die Augen öffnete.

«Elsbeth.» Er zog sie an sich, doch sie schlug die Umarmung aus.

«Hör auf. Du musst verschwinden. Schnell.»

Er gähnte nur. «Was ist?»

«Dein vorlautes Mundwerk von Gerechtigkeit und Gleichheit. Die Großbauern haben ihre Knechte losgeschickt, um dich zu fassen.»

Jetzt verstand er und war schlagartig hellwach. «Was wollen sie von mir?»

«Du sollst dich verantworten.»

«Aber ...»

«Von Kloster Bronnbach ist ein Inquisitor unterwegs.» Sie zerrte ihn auf die Beine. «Du musst fliehen.»

«Die Inquisition?» Ihm wurde schwindelig vor Augen. «Ich bin doch nur ...»

«Ein Narr. Das weiß ich und jeder andere in Niklashausen. Aber nicht die Herren in Bronnbach.»

Sie bugsierte den taumelnden Hans zum Scheunentor, schaute durch die Ritzen hinaus. «Am besten, du versteckst dich in den Wäldern. Wenn sie dich hier nicht finden, werden sie glauben, du seist nach Würzburg geflohen.»

Er verstand nicht. «Warum gerade Würzburg?»

«Herrgott! Weil deine Familie dort lebt.»

Ja, das war naheliegend. Außerdem hatte der Graf von Wertheim in Würzburg keine Rechtsgewalt über ihn. Nur, würde der Bischof einen wie ihn, dem die Inquisition auf den Fersen war, in seiner Stadt dulden?

«Komm jetzt.» Sie öffnete das Tor. «Lauf!»

Hans zögerte. «Wann sehe ich dich wieder?»

Sie schaute ihm nicht in die Augen. «Irgendwann.»

«Du willst nicht?»

«Ach, du bist ein dummer Kerl.»

«Liebst du mich nicht mehr?»

«Liebe ... nie habe ich von Liebe gesprochen.»

«Aber unser Kind?»

«Geh jetzt!»

Hans stolperte hinaus, unfähig zu begreifen, was sich gerade ereignete. Wo sollte er hin? Die Wälder boten zwar Schutz, aber sie waren auch gefährlich. In die nächste Stadt? Auf jeden Fall weit weg von Bronnbach und Wertheim, dem Sitz des Grafen.

Doch bis dahin hatte er ein anderes Problem zu lösen. Die Knechte traten auf die Straße, Prügel und einen Strick in den Händen. Zum Wald würde er es jetzt nicht mehr schaffen. Das nächste Haus, das Wirtshaus. An der Türschwelle hörte er Stimmen.

«Wo ist er?»

Hans hielt inne. Da waren sie also auch schon. Er rannte zur Rückseite und landete vor dem kleinen Badehaus. Die Tür ließ sich öffnen. Gott sei Dank.

«Wen haben wir denn da?»

Im Dunst des warmen Wassers saß Clarissa im Badezuber. Neben ihr Magdalena, die ihr das Haar wusch. Beide waren überrascht, aber nur Clarissa lächelte.

«Hans, der Musikant, und seit gestern Abend Hans, der neue Freund unserer lieben Gottesmutter. Ein Wunder», und sie lachte laut und ohne schlechtes Gewissen.

«Seid nicht so laut, Herrin», erwiderte Hans, «sie hören uns noch.»

«Wen meinst du?»

«Die Knechte.»

«Suchen sie dich etwa?»

«Ich verstehe das nicht.»

«Was?»

«Warum sie das tun. Ich bin doch nur ein kleiner Musikant ... hüte das Vieh, helfe, wo ich gebraucht werde. Ein Niemand.»

«Sie suchen dich, weil ich nach ihnen geschickt habe.»

Hans drehten sich die Sinne. «Was habt Ihr?»

«Ich sagte, ich habe Hilfe aus Kloster Bronnbach bestellt.» Wieder lachte sie, trank den Becher Wein leer.

«Warum habt Ihr das getan?»

«Damit dieses wundersame Ereignis gewürdigt wird.»

«Aber Ihr habt mich doch dazu angestiftet.»

«Habe ich das?»

Hans trat an den Zuber heran. «Sicher, letzte Nacht, hier im Badehaus.»

«Davon weiß ich nichts.»

«Ihr habt mir Geld versprochen, wenn ich es tue.» Er hielt ihr die Hand hin. «Klärt die Sache auf und gebt mir meinen Lohn.»

Clarissa lächelte schief. «Man hat mir nicht zu viel versprochen, Hans. Du seist ein Narr, sagt man, ein einfältiger Pfeifenkasper, ein Tölpel, der eine Hure mit einer Jungfrau verwechselt. Und ich muss sagen, du hast mich nicht enttäuscht ... Mal sehen, was sich daraus entwickelt.»

Ihr Triumph hielt nur einen Augenblick. Da ergoss sich ein Eimer kaltes Wasser über sie. Clarissa jaulte auf.

«Du ... nichtsnutziges Miststück!»

«Verzeiht, Herrin», sagte Magdalena, «der falsche Eimer.»

Clarissa prustete, der kalte Schock ließ sie erzittern.

«Wirt! Ruf die Knechte!»

«Seid still!» Hans war drauf und dran, ihr mit Gewalt den Mund zu stopfen, da schritt Magdalena ein.

«Komm mit.»

Sie ging voran, öffnete die Tür zum Wirtshaus, eine weitere ging über die Weinkammer nach hinten raus. «Da vorne beginnt der Wald. Du kannst es schaffen.»

Er war Stunden herumgeirrt, als er das helle Läuten der Kirchenglocke hörte. Er schaute hinunter ins Tal. Im Dorf war alles still. Die Knechte mussten die Verfolgung mittlerweile aufgegeben haben.

Ziellos war er umhergestreift, mit tausend Gedanken

im Kopf, die ihn zur Verzweiflung trieben. Warum hatte die fremde Herrin das getan? Die Intrige, der Verrat? War es nur zu ihrer Belustigung, damit ihr nicht langweilig wurde? Dabei sollten sie die armen Leute vor Unrecht und Gewalt schützen. Aber was hatte sie getan? Ihn benutzt wie ein dummes Spielzeug. Er würde sich nie wieder in Niklashausen sehen lassen können. Verdammt seien die hohen Herrschaften.

Was jetzt? Wohin? Was tun?

Wer würde ihm jetzt noch helfen? Es gab nur einen, der sich nichts aus den Leuten und ihrem Geschwätz machte, sie im Grunde verabscheute und für sich alleine lebte – Jeronimus. Niemand kam zu ihm in seine einsame Höhle, außer Hans. Dort könnte er die Nacht verbringen und darüber nachdenken, was zu tun sei. Er machte sich auf den Weg.

«Hans», fragte sich Jeronimus verwundert, als er seinen Freund sah, aber die Schafe nicht, die er sonst hütete, «was machst du hier?»

Es gab kein Herumreden, kein Lavieren mehr, er kam gleich zur Sache. «Ich habe einen schrecklichen Fehler begangen.»

«Setz dich und erzähl. So schlimm wird es schon nicht gewesen sein.»

Doch Jeronimus' Miene wurde ernst, als er hörte, was Hans widerfahren war. Am Ende des Geständnisses seufzte er, rieb sich die Stirn und überlegte, wie er seinem Freund aus der Patsche helfen konnte.

«Du hast eine schlimme Sünde begangen», sagte er schließlich. «Die heilige Mutter Gottes zu beleidigen, sie zu entehren ... dafür kannst du brennen. Ist dir das klar?»

Hans schaute zu Boden, scheute den Blickkontakt. «Wenn es nicht für das Geld gewesen wäre ...»

«Noch schlimmer!», fuhr ihn Jeronimus an, «für Mammon, den der Teufel unserem allerhöchsten Herrn, Jesus Christus, schon anheimgestellt hat. Das macht die Sünde nur noch schlimmer.»

«Es sollte doch für Elsbeth und unser Kind sein.»

*Elsbeth.* Wenn Jeronimus den Namen schon hörte ...

«Hast du etwa noch immer mit dem Weibsbild zu tun?»

«Sie ist die Mutter ...»

«Red keinen Unsinn.»

Hans merkte auf. «Was meinst du?»

«Ach ...» Jeronimus winkte ab. «Schon gut, ich habe verstanden.»

«Was soll ich jetzt nur tun?»

«Du sagst, diese fremde Herrin hat nach einem Priester aus Kloster Bronnbach geschickt?»

Hans nickte.

«Ist er schon eingetroffen?»

«Ich weiß es nicht.»

Es war anzunehmen, das Kloster lag nicht weit entfernt. Fraglich war, wen sie geschickt hatten. Jeronimus kannte viele von den Brüdern. Das absurde Gerede eines Schafhirten würden sie nicht überbewerten. Ein paar Stockschläge und ein erweiterter Frondienst für das Kloster sollten die angemessene Strafe für die Dummheit sein.

Was Jeronimus hingegen richtig zornig machte, war das Verhalten der fremden Herrin.

«Wer ist sie?», fragte Jeronimus.

«Man sagt, sie diene dem Markgrafen von Ansbach, und sie stellte immer wieder Fragen nach dem Grafen von

Wertheim. Wie es ihm mit dem Bischof von Würzburg ergehe.»

«Ist sie noch da?»

«Sie wollte eigentlich heute Morgen weiter, aber sie hat es sich wohl anders überlegt.»

«Gut, dann lass uns gehen.» Jeronimus nahm ihn am Arm.

«Wohin willst du?»

«Zu ihr natürlich. Es ist die einzige Möglichkeit ...»

«Was?»

«Sie soll sagen, dass es nur ein dummer Scherz war. Dann bittest du um Vergebung, und wenn du Glück hast, kommst du mit ein paar Streichen davon.»

«Das wird sie niemals tun.»

«Lass das meine Sorge sein.»

Widerstrebend folgte Hans Jeronimus hinunter ins Tal. Es war ihm nicht wohl dabei. «Es wird nicht gutgehen», sagte Hans.

«Das muss es», widersprach Jeronimus. «Das Volk hungert und leidet unter den Abgaben und den Frondiensten. Die Herren behandeln uns wie Tiere. Sie müssen endlich zur Einsicht kommen, dass sie mit uns nicht alles machen können.»

«Das tun sie doch schon immer.»

«Ebendarum. Jetzt muss Schluss sein.»

«Jeronimus ...»

Der Einsiedler hörte nicht mehr. Er war fest entschlossen, es darauf ankommen zu lassen. Im Grunde genommen hatte er ja recht, das Leben eines leibeigenen Bauern oder eines Tagelöhners war die Hölle auf Erden, aber musste er es ausgerechnet auf seinem Rücken austragen? Vielleicht sollte er sich still und heimlich davonstehlen ... doch da standen sie schon vor dem Wirtshaus. Niemand war auf der Straße zu sehen. Vermutlich hatten sich die Knechte wieder an die Arbeit gemacht und die Sache längst vergessen.

«Siehst du», sagte Hans, «es ist keiner da. Lass uns wieder gehen.»

Jeronimus schaute sich um. Seltsam, mochte er sich gedacht haben, der Abend war hereingebrochen, die Bauern sollten jetzt vom Feld zurückgekehrt sein, die Frauen an den Kochstellen, im Wirtshaus die Knechte vor einem Krug Wein ...

Stattdessen war der kleine Ort wie ausgestorben, außer einer entfernten Stimme, die da sprach. Sie kam aus der Scheune, unweit des Wirtshauses. Sie gingen hinüber.

Das Tor war angelehnt, im Inneren drängte man sich Schulter an Schulter.

«Bleib zurück», flüsterte Jeronimus und mischte sich unter die Bauern und Frauen, Kinder und Alten, die einem Mann in Ordenstracht Gehör schenkten.

Hans gehorchte. Er suchte nach einer Ritze in der Bretterwand. Umgeben von den Dorfbewohnern stand da ein Dominikanermönch, zu seinen Füßen Elsbeth, die ihm unter Tränen versicherte, nichts über den Aufenthaltsort des Ketzers zu wissen. Ein Knecht schlug sie, forderte sie auf, endlich zu reden.

«Er ist in den Wald gegangen», schluchzte sie, «mehr weiß ich nicht.»

«Ich bin sicher, er hat dir gesagt, wohin er fliehen will», insistierte der Dominikaner.

«Aber nein ...»

Der Knecht schlug sie abermals, und Hans wollte dem Treiben nicht mehr länger zusehen. Er würde sich stellen. Da kam ihm Jeronimus zuvor.

«Sie spricht die Wahrheit», sagte er, «lasst das Weibsbild gehen.»

Der Dominikaner zeigte sich überrascht, war sich für einen Moment unsicher, mit wem er es da in einer verschmutzten und abgerissenen Kutte zu tun hatte.

«Wer bist du?»

Ein beistehender Zisterziensermönch aus Kloster Bronnbach kam ihm zu Hilfe. «Das ist Jeronimus, ein ergebener Diener unseres Herrn Jesus Christus.» Jeronimus nickte ihm freundlich zu, sie kannten und schätzten sich.

«Nun, Jeronimus, sprich», sagte der Dominikaner.

Jeronimus trat vor die Versammlung, richtete das Wort nicht an den Dominikaner, sondern an die Bauern. «Hört, liebe Brüder und Schwestern, was sich zugetragen hat ...»

Jetzt würde es herauskommen und Elsbeth von der Anklage befreit. Jeronimus sei es gedankt. Doch bevor es so weit war, ließ eine Stimme Hans herumfahren.

«Verfolgst du deinen Prozess?», sagte Clarissa mit einem höhnischen Lächeln.

«Herrin ... Ihr?»

«Ich hörte, die Knechte der Großbauern sind dir auf den Fersen.»

«Ihr habt sie selbst dazu angestiftet.»

«Stimmt, allerdings haben sie nun das Weibsbild in der Mangel. Sie soll deine Freundin sein ...»

«Warum habt Ihr das getan?»

«Du musst nicht alles verstehen. Es reicht, wenn du tust, was man dir befiehlt.»

In der Scheune erhoben sich wütende Stimmen, prangerten die Willkür der Herren an. Die Knechte wurden angehalten, für Ruhe zu sorgen, damit Jeronimus weitersprechen konnte.

«Aber, Herrin», sagte Hans, «ich verstehe nicht … Warum habt Ihr mir den Auftrag erteilt, um mich kurz darauf zu verraten?»

«Geschäfte», antwortete Clarissa lapidar, «nichts, worüber du dir Gedanken machen müsstest.» Sie schaute nun selbst durch die Ritze in der Bretterwand. «Ist der Graf von Wertheim auch zugegen?»

«Der Graf», sinnierte Hans, «geht es Euch um ihn?»

«Einen Ketzerprozess in seinem Land sollte er nicht verpassen.»

«Ketzer?» Seine Gedanken überschlugen sich. «Was meint Ihr damit?»

«Sein Herr, der Bischof von Würzburg, wird wissen wollen, was sich da vor seiner Haustür abspielt.»

Noch ein Name, der nicht zur Aufhellung der Geschehnisse, sondern zur Verwirrung von Hans beitrug. Er mochte ihn gar nicht in den Mund nehmen.

«Der Bischof darf mindestens erwarten, dass der Graf diese Lappalie in den Griff bekommt. Kaum auszudenken, was passiert, wenn das Feuer um sich greift.» Sie lächelte.

Dass sie damit nicht unrecht hatte, zeigte sich an der Reaktion der Bauern. Sie wurden lauter, ungezügelter. Erste Flüche auf die Herrschaft erhoben sich. Der Dominikaner würde handeln müssen, bevor die Sache aus dem Ruder lief.

«Aufgepasst», sagte Clarissa, «der Richterspruch.»

Hans musste sich ein anderes Guckloch suchen. Er sah

Elsbeth am Boden liegen, aus Mund und Nase blutend, die Augen verweint. Sie hielt sich den Bauch, das Gesicht schmerzverzerrt. Um Himmels willen, was haben sie ihr nur angetan …

Was der Dominikaner sagte, verstand er nur halb. Die Bauern nahmen ihm die Sicht, schimpften und haderten. Aber eine Sache hörte er klar und deutlich: Zwanzig Hiebe.

Das war genug. Hans würde dem Wahnsinn ein Ende bereiten. Er hastete zum Scheunentor, lief dem Bademädchen Magdalena direkt in die Arme.

«Hans, was machst du hier?»

«Geh zur Seite», erwiderte er ungehalten.

«Es ist zu spät. Das Urteil ist gesprochen.»

«Es ist ungerecht. Mich suchen sie, nicht Elsbeth.»

Jeronimus tauchte aus der Menge auf, erschrak, als er Hans erblickte.

«Hab ich dir nicht gesagt, dass du dich verstecken sollst?»

«Aber Elsbeth …»

«Es macht keinen Unterschied, ob Elsbeth oder du. Sie brauchen einen Schuldigen.»

«Ich bin schuldig, nicht sie.»

«Sie wurde beobachtet, wie sie dir zur Flucht verholfen hat. Deswegen wird sie bestraft. Willst du nun auch deine Strafe kassieren? Glaub mir, mit zwanzig Stockschlägen ist es nicht getan.»

«Das ist mir egal.» Hans riss sich los, doch Jeronimus stellte sich ihm in den Weg.

«Sei kein Narr, Hans. Gegen den Dominikaner und die Knechte kommst du nicht an. Versteck dich. Ich kümmere mich um Elsbeth.»

Die Bauern hatten sich wieder auf ihre armseligen Strohhütten verteilt, nicht ohne vorher gegen die skandalöse Bestrafung einer der Ihren zu protestieren. Das Urteil, das dieser fremde Dominikaner gesprochen hatte, war viel zu hart ausgefallen. Eine Ermahnung und ein Frondienst zu Ehren der heiligen Gottesmutter im Kloster Bronnbach hätten es auch getan. Aber der Dominikaner, der eigentlich nur auf der Durchreise war, hatte darauf bestanden. Die guten, besänftigenden Worte der Klosterbrüder waren wirkungslos geblieben – eine kleine Verfehlung, die im verwirrten Zustand schon einmal vorkam, nicht der Rede wert.

Jetzt saß Elsbeth auf dem Tisch im Badehaus, den Rücken blutig geschlagen, das Gesicht geschwollen, ein Arm war vermutlich gebrochen. Doch viel tiefer saß der Schmerz an anderer Stelle. Elsbeth hielt sich den Bauch, jammerte und schluchzte. Die Tritte der Knechte hatten Wirkung gezeigt, und sie verhießen nichts Gutes. Der Wirt war als Bader nur bedingt zu gebrauchen. Zähne konnte er ziehen, einen gebrochenen Knochen bandagieren, eine Schulter einrenken, Blasen und Geschwüre aufstechen. Was sich jedoch im Inneren eines Frauenkörpers abspielte, blieb für ihn ein Geheimnis. Eine eilig dazugerufene Hebamme machte keinen ermutigenden Eindruck.

«Etwas stimmt nicht mit ihr», sagte sie.

Sie bereitete warme Wickel vor, um den Schmerz zu lindern, kochte einen Wurzeltee. Magdalena ging ihr zur Hand, wie sie es immer tat, wenn Nachwuchs unterwegs war. Sie spürte die Zweifel, die die Hebamme umtrieben, sie teilte sie. Etwas stimmte hier ganz und gar nicht.

Mit versteinerter Miene saß Hans in der Ecke, an seiner Seite Jeronimus.

«Es ist alles meine Schuld», sagte Hans mit leerem Blick. «Hätte ich nur nicht auf die Herrin gehört.»

«Das hättest du dir früher überlegen müssen», erwiderte Jeronimus. «Wir können von den Herren nichts anderes erwarten außer Schmach und Ungerechtigkeit.»

«Ich glaubte mit dem Geld fortgehen und ein neues Leben beginnen zu können.»

«Und, hast du es bekommen?»

Hans antwortete noch nicht einmal darauf. Clarissa hatte nach den lauthals erhobenen Vorwürfen der Bauern ihr Pferd bestiegen und war in die anbrechende Dunkelheit geritten. Er konnte nur hoffen, dass das Pferd über eine Wurzel stürzte und mit ihm das Teufelsweib in der Tauber ertrank.

Im Gastraum nebenan saßen die Knechte, die Elsbeth geschlagen hatten. Ihren Lohn setzten sie in Wein um, tranken und rechtfertigten ihr Handeln mit der Anordnung ihrer Herrschaft, das Urteil des Dominikaners auszuführen. Ganz wohl war ihnen im Nachhinein nicht mehr damit, der Hass ihrer Mitmenschen war ihnen offen entgegengeschlagen. Jetzt kauerten sie mürrisch über ihren Bechern, warteten die Nacht ab, bis sie sicher nach Hause gehen konnten.

«Das Maß ist voll», wetterte Jeronimus. «Diese Ungerechtigkeit muss aufhören.»

«Sei still und versündige dich nicht», hielt ihm unerwartet und schroff die Hebamme entgegen. «Herren sind Herren und wir das Volk. Wir haben zu dienen, sie befehlen. Das ist Gottes Wille, schon immer gewesen.»

«Schweig, Weib!» Jeronimus stieg die Röte ins Gesicht. «Du plapperst den Unsinn nach, den sie dir seit deiner Geburt eingeflößt haben, um dich klein und gefügig zu machen. Nirgends steht geschrieben, dass der Mensch dem Menschen untertan sein soll, nur einem Herrn ist das Recht vorbehalten, unserem Schöpfer im Himmel.»

Die Hebamme grummelte vor sich hin. So weit käme es noch, dass ein halber Priester wie er ihr die gottgegebene Ordnung auslegen musste. Zum Dienen und zum Gehorchen waren sie geboren, alles andere war Ketzerei.

«Pack mit an», raunte sie Magdalena zu, «wir müssen sie auf den Tisch legen.»

Elsbeth heulte auf, als sie sie bewegten. Sie hielt ihren Bauch fest umschlungen, als wäre er ein Bündel, das sie nicht loslassen wollte. Hans kam hinzu, redete ihr gut zu.

«Elsbeth, lass dir helfen. Die Hebamme macht dir den Schmerz weg.»

Sie schüttelte den Kopf, stammelte ein paar Worte. «Es tut so weh ...»

Gemeinsam fassten sie an, begleitet von einem durchdringenden Schrei. Hans ging es durch Mark und Bein. Er schlug das Kreuzzeichen. «Herr im Himmel, hilf.»

Die Hebamme streifte ihr den Rock zurück, suchte nach etwaigen Blutungen, fand aber nichts. «Die warmen Wickel», sagte sie, und Magdalena reichte sie ihr. Vorsichtig legte sie sie auf, und noch im selben Moment entfuhr Elsbeth ein Schrei.

«Jeronimus», stammelte sie. «Jeronimus ...» Ihre Hand griff ins Leere.

Hans und Magdalena schauten verdutzt, Jeronimus war sich unschlüssig. «Soll ich ein Gebet sprechen?»

«Noch ist es nicht so weit», sagte die Hebamme in sich versunken. «Den Tee ... Jemand muss ihr den Kopf halten.»

Vorsichtig schlüpfte Hans' Hand unter ihren Kopf, hob ihn an, als wäre er zerbrechlich wie der eines Kleinkindes. Magdalena führte den Becher an ihren Mund, flößte ihr den Tee tröpfchenweise ein. Die Augen nahmen nicht mehr wahr, was da geschah. Ein Röcheln, ein Aufbäumen, dann fielen die Augen zurück. Ihr Arm glitt schlaff zur Seite.

«Elsbeth?»

Die Hebamme legte ihr Ohr an die Brust, die Hand auf ihren Bauch. Ein Seufzen. «Hol den Pfarrer», sagte sie.

Hans weigerte sich, es zu glauben. «Elsbeth? Wach auf!»

Er nahm ihren Kopf in beide Hände, beschwor sie.

«Elsbeth! Komm endlich.»

Da spürte er Jeronimus' Hand an seiner Schulter.

«Lass sie», sagte er, «sie ist bei unserem Herrn.»

## 6

Zum zweiten Mal innerhalb weniger Tage stand Hans auf dem kleinen Friedhof. Es war ihm, als seien die Gräber mehr geworden. Neben dem Grab vom Bartlmes befanden sich zwei weitere frische Erdhügel und eines, das soeben ausgehoben wurde. Darin sollte nicht Elsbeth die letzte Ruhe finden, sondern ein Knecht von den dreien, die letzte Nacht in der Wirtsstube auf die Dunkelheit gewartet hatten.

Mit eingeschlagenem Schädel war er in den Morgenstunden vor seiner Hütte gefunden worden. Es blieb ungeklärt, ob er einem Streit seiner Kumpane zum Opfer gefallen war oder der Rache der Dorfbewohner. Die beiden anderen Knechte waren verschwunden, sicherlich aus Angst vor Vergeltung oder vor was auch immer. Die Ereignisse des vorangegangenen Tages waren nicht ohne Spuren geblieben.

Elsbeth mochte nicht zu den beliebtesten Personen der Gemeinschaft gezählt haben, aber niemand hieß die Vorgehensweise, die zu ihrem tragischen Tod geführt hatte, gut. Das Urteil war ungerechtfertigt, die Bestrafung ohne jedes Maß gewesen. Wenn überhaupt, hätte man den Nichtsnutz Hans zur Rechenschaft ziehen müssen, dessen Verrücktheiten war man ja gewöhnt, oft sah man darüber hinweg, aber ein unschuldiges Weibsbild zu Tode prügeln? Nein, das war gegen jedes Gesetz. Wo blieb da die Gerechtigkeit?

Als dann noch bekannt wurde, dass Elsbeth ein Kind unter dem Herzen getragen hatte, fragte keiner mehr nach Hans, dem Vater. Die einen werteten es als Frevel wider die göttliche Schöpfung, die anderen sahen darin einen Angriff auf ihre Kinder. Kurz: Die Stimmung im Dorf war schlecht wie nie. Wenn nun die knochige Hand zur Hacke griff, konnte man nicht länger sicher sein, dass sie ausschließlich zur Feldarbeit benutzt wurde.

In den feuchten Strohhütten erhoben sich ungeniert Stimmen gegen die Obrigkeit, sei es gegen die gottlosen Pfaffen oder die ausbeuterischen Herren. Blutsauger seien sie allesamt, pressten auch noch den letzten Tropfen aus den armen Leuten heraus und kümmerten sich einen Kehricht um ihre Verpflichtungen. Es konnte nicht länger so weitergehen, irgendwann musste Schluss sein. Und dieser Zeitpunkt war jetzt. Doch wer würde es wagen, sich gegen die Allmächtigen zu erheben? Wenn da nur einer wäre, der vorausging, man würde ihm bedingungslos folgen. So aber blieb es bei markigen Worten, den ersten Schritt wollte keiner wagen.

Hans nahm das Grummeln im Dorf nicht wahr, er stand am Rand dieses kümmerlichen Grabes, in dem seine Elsbeth in ein weißes Tuch gewickelt lag. Magdalena hatte es dem Wirt aus der Wäschekammer gestohlen und ihm zugesteckt, sonst wäre sie mit ihrem blutverschmierten Rücken und der zerrissenen Kleidung begraben worden. Das hatte sie nicht verdient, genauso wenig wie die Schmach, unschuldig aus dem Leben gerissen worden zu sein.

*Schuld* und *Schmach*. Beides gebührte ihm – dem Tunichtgut und Tagedieb, dem Süßholzraspler und Flötenspieler, dem eitrigen Geschwür am Hintern des Leibhaftigen, er fühlte sich wie der letzte Dreck. Durch seine Dummheit und Feigheit war Elsbeth gestorben. Wie konnte er länger mit der Schuld leben? Ersäufen sollte man ihn wie eine streunende Katze.

«Mach dir keine Vorwürfe», sagte Magdalena, die an seiner Seite stand. «Es ist nicht deine Schuld.»

Er antwortete nicht darauf, schaute hinüber zu seinem Freund.

Jeronimus hielt die Augen geschlossen, betete mit gefalteten Händen am Kopfende des Grabes. Er hatte eine andere Meinung zur Schuldfrage, er hatte ihm gesagt, was er dachte.

*Wie konntest du nur so dumm sein, den Worten der Herrin zu glauben?*

Dumm, ja, das war er schon immer gewesen. Er konnte weder lesen noch schreiben, geschweige denn einen gescheiten Satz bilden. Das Lernen war ihm stets schwergefallen, nicht, dass er es nicht versucht hätte, aber Buchstaben und Zahlen waren für ihn unüberwindbare Hindernisse, eine Geheimsprache mit verlorenem Schlüssel.

Einfältig war er auch, leicht zu begeistern, und war die Idee noch so abstrus, er mochte den Gedanken an das Unvorstellbare. Er kitzelte seine Phantasie, erweckte sie zum Leben, ließ sie Ranken treiben und üppige Früchte tragen wie im Paradies eines Narren.

Einzig das Singen und Musizieren waren ihm gegeben, ein Gottesgeschenk. Wenn er im Kreis seiner Zuhörer stand, Augen, Ohren und Herzen nur auf ihn gerichtet, dann blühte er auf, vergaß alle Beschränkungen, die ihm die Natur auferlegt hatte, wurde zu einem Feuer, an dem sich alle wärmten.

Könnte das Leben doch nur aus Singen und Musizieren bestehen, er wäre ein König. Doch diese Welt war nicht nach ihm gemacht. Sie folgte ihren eigenen Regeln, und in dieser furchtbaren Tragödie war er der Bösewicht, der Judas ... bei genauerer Betrachtung nicht einmal das. Die Silberlinge, sein Lohn, blieben ihm verwehrt. Dummer Judas, armseliger Bösewicht.

«Wenn er nicht sofort kommt, ersäufe ich ihn in seinem Zuber», schimpfte Jeronimus über Pfarrer Ulrich, der sie über Gebühr warten ließ. «Eine Schande ist er, nicht der Sakramente würdig. Wie viele Pfaffen in diesem gottlosen Land huren herum, saufen, spielen. Ein Sodom und Gomorrha. Das Schwert Gottes sollte herunterfahren und sie erschlagen ...»

«Da kommt er.» Magdalena sah ihn hinter der Kirche hervortreten, die Wangen dick vom zweiten Frühstück, bemüht, den Pfützen des Regenwetters auszuweichen, die Kutte bis zu den Waden hochgezogen. Man hörte ihn fluchen, der Matsch klebte an Sandalen und Füßen.

«Magdalena», sagte er, als er endlich am Grab angekommen war, «richt mir ein Bad her, sobald wir hier fertig sind. Sei so gut.»

Jeronimus konnte nicht länger an sich halten. «Ist das alles, was dir einfällt? Ein Bad?!»

Von der Heftigkeit seiner Worte überrascht, zuckte Ulrich zurück, schaute Magdalena an, dann den in sich versunkenen Hans, was der Grund der Schelte war. «Was ist mit dir, Jeronimus?»

«Wo bist du so lange gewesen? Weißt du nicht, dass eine arme Seele nach Aufnahme in den Himmel verlangt?»

«Sicher, sicher ... Ich bin doch hier.»

«Dann fang endlich an.» Jeronimus faltete die Hände, senkte das Haupt und wartete auf den Beginn des Gebets. Nicht lange allerdings, der Unmut nagte weiter an ihm. «Wie konnte das passieren?»

Zögernd blickte Ulrich um sich, unsicher, was und wen er meinte. «Wovon sprichst du?»

«Warum musste Elsbeth sterben?»

«Ein Unglück», antwortete Ulrich beflissen, «ein schreckliches Unglück.»

Doch davon wollte Jeronimus nichts wissen. «Zum Teufel damit. Das einzige Unglück ist, dass wir wie Schafe zusehen, wenn eine von uns zu Tode gebracht wird. Einschreiten hätten wir müssen, bevor es zu spät war.»

«Gegen die Knechte des Großbauern? Gegen den Dominikaner? Bist du von Sinnen?»

«Gegen jeden, der gegen das Gesetz verstößt, ja.»

«Die Herren sind das Gesetz.»

«Unsinn.»

«Hört auf!» Hans war aus seiner Lethargie erwacht. Mit geballten Fäusten stand er da, die Wangen erhitzt und rot, kämpfte er mit sich, seinem Zorn nicht freien Lauf zu lassen. «Es war allein meine Schuld. Mich hätten sie totschlagen müssen ... nicht sie.»

«Es ist die Schuld der Herrin», entgegnete Magdalena, sie nahm seine Hand, «sie hat dein Unglück ausgenutzt. Sie wusste, dass du das Geld brauchst.»

«Ein Unglück», pflichtete ihr Ulrich bei.

«Die Herren sind der Quell allen Übels», widersprach

Jeronimus. «Solange sie Macht über uns haben, wird es keinen Frieden geben.»

«Ich sagte: Hört auf!» Hans' Stimme schallte über den Gottesacker, die drei schauten ihn mit großen Augen an.

«Warum schreist du so?», fragte Jeronimus.

«Es reicht, ich kann es nicht mehr hören. Es war meine Schuld, niemand kann das bestreiten, der bei klarem Verstand ist. Hätte ich nicht auf sie gehört und mich um meine Schafe gekümmert, wäre Elsbeth noch am Leben. Ich bin ein Schafhirte und wollte ein Prophet sein. Das ist mein Verbrechen, das ist meine Schande.» Er atmete tief. «Und nun, Pfarrer, sprich endlich das Gebet.»

Ulrich nickte. Ja, da mochte der Hans recht haben. Er hatte sich zu etwas Besserem aufgeschwungen, zu etwas, das er nicht war und auch nicht verdient hatte zu sein. Aus einer Lüge konnte nichts Gutes erwachsen. Jetzt musste er den Preis für seine Tollheit zahlen, die Schuld für den Tod Elsbeths und seines ungeborenen Kindes auf sich nehmen.

Hans' Gedanken waren schon einen Schritt weiter. Seine Schuld einzugestehen war eine Sache, eine andere, wie er Rache nehmen konnte an den Mördern seiner Elsbeth. Es brauchte nicht viel Verstand, um zu erkennen, dass er alleine gegen die Herrschaft nichts ausrichten konnte. Er würde Helfer und Unterstützer brauchen. Nein, keine ausgehungerten Bauern mit Holzgabeln, die würden von den Reitern niedergeritten und mit Lanzen aufgespießt. Ihm schwebte etwas anderes vor, etwas, wogegen keine Lanze oder Ritter etwas ausrichten konnte. Er musste die Stärke und Überlegenheit der Herren gewinnen und sie gegen sie einsetzen.

Doch worin bestand sie?

Aus Geld, sicherlich. Damit ließen sich Waffen und Söldner kaufen, Einfluss und Macht, auch Gesetze und Strafen. Aber es gab noch etwas, das viel stärker war als alles andere. Die Pfaffen sprachen immer wieder davon, im Grunde baute ihre ganze Herrschaft allein darauf auf: der Glaube. Er konnte nicht nur Berge versetzen, sondern auch Reiche zu Fall bringen. Der Glaube stand über dem Wissen, dem Gesetz, er spottete jeder Logik.

Der Glaube sei die höchste Form des Wissens, hatte er einmal bei einer Ostermesse im Würzburger Dom gehört. Der, der das gesagt hatte, war der Bischof gewesen, der oberste Glaubenskämpfer im Land. Er hatte sie allen Ketzern, Ungläubigen und Zweiflern an der Heilslehre entgegengeschleudert. Alle im weiten Kirchenrund hatten dazu genickt und das Kreuzzeichen geschlagen. Wehe dem, der etwas anderes glaubte oder behauptete.

Auch wenn Hans seinerzeit die Worte des Bischofs nicht alle verstanden hatte, deren Zweck hatte er instinktiv gespürt. Es waren die Worte der Macht. Ihnen hatte er sich zu beugen wie jeder andere auch, egal ob Schafhirte oder König.

Wie könnte er Teil dieser Macht werden?

Indem er glaubte, aber noch viel wichtiger war: indem die Menschen an ihn glaubten. Nun, das war schon einmal schiefgegangen, Elsbeth hatte dafür sterben müssen. Die Frage war, könnte er es ein weiteres Mal versuchen? Nur dieses Mal durchdachter.

Er seufzte. Nein, dafür fehlten ihm die Mittel – die geistigen, die geistlichen und vor allem die rhetorischen. Er war ein dummer Mensch, da machte er sich nichts vor.

Wenn er abermals mit einer eingebildeten Marienerscheinung in die Kirche laufen würde, stammelnd und radebrechend, würde dasselbe noch einmal passieren.

Es musste einen anderen Weg geben, um die Menschen für ihn und seine Botschaft zu gewinnen. Und er ahnte auch schon, was das sein konnte. Er besaß etwas, das nur wenigen gegeben war: die Fähigkeit, zu begeistern. Die Menschen für sich und sein Spiel zu gewinnen. Doch war nicht gerade die Musik das größte Hindernis für seine Glaubwürdigkeit?

*Der Pfeiferhannes ... warum sollte ausgerechnet dem nichtsnutzigen Flötenspieler die heilige Muttergottes erscheinen?*

Das passte nicht zusammen, damit musste Schluss sein. Er musste sich neu erfinden, ein anderer werden, einer, der nichts mit dem Dunst der Gastwirtschaften zu tun hatte. Und er musste den ersten Schritt zu einer neuen Existenz außerhalb von Niklashausen machen, an einem Ort, wo er unbekannt war, wo er auf offene und unvoreingenommene Zuhörer traf. Denn er wusste: Nirgends galt der Prophet im eigenen Land so wenig als hier.

Drittens: Es mussten Zuhörer von Bedeutung sein, die seine Botschaft hinaus in die Welt brachten. Ihnen würde man glauben, mehr als jedem dahergelaufenen Burschen mit der frohen Botschaft im Herzen ... Er kannte die Menschen, er wusste um deren Verführbarkeit und Schwächen. Ein jeder suchte nach etwas, sei es Reichtum und Macht oder den Seelenfrieden.

Ja, so könnte es gehen. Blieb die Frage: Wer würde ihm dabei behilflich sein?

«Herr, gib ihr die ewige Ruhe», sprach Ulrich, und alle antworteten: «Und das ewige Licht leuchte ihr.»

«Lass sie ruhen in Frieden.»

«Amen.»

Sie standen still um das Grab herum, warteten, ob Hans noch ein paar Worte sagen wollte. Er tat es, allerdings anders als vermutet.

«Du, Magdalena, bist ein aufrichtiges Mädchen, ohne Vater und Mutter. Der Wirt hat dich aufgenommen und in seine Dienste gestellt. Für ein Dach über dem Kopf verrichtest du schändliche Arbeit, musst jedem zu Diensten sein, der Anspruch auf dich erhebt. Selbst Pfaffen sind darunter, Ehemänner und ehrloses Gesindel.»

Pfarrer Ulrich setzte zum Einspruch an, Hans gebot ihm zu schweigen.

«Du, Ulrich, das geistliche Oberhaupt der Gemeinde, bist ärmer als jede Kirchenmaus. Die großen Wallfahrten gehen an deinem Kirchlein vorüber, deine Ablässe will niemand kaufen. Du bist ein Schmarotzer, lebst auf Kosten deiner Herde und bist von ihrer Gutmütigkeit abhängig. Wenn ich mich nicht irre, hast du so viele Schulden angehäuft, dass es für zwei Leben reicht.»

«Du ... du lügst», ereiferte sich Ulrich, aber Hans ging nicht darauf ein. Er wandte sich Jeronimus zu.

«Und du, mein treuer Freund, davongejagt von deinem Herrn, dem du zu tief in die Schatulle gegriffen und sein einziges Töchterlein entehrt hast, bist getrieben von der Buße, verzweifelst an der Schlechtigkeit der Welt. Seit Jahren lebst du nun in deiner feuchten Höhle, ganz in der Heiligen Schrift versunken, unfähig, mit den anderen im Dorf auszukommen. Einen Sonderling rufen sie dich, manche einen Ketzer für deine frechen Worte.»

«Obwohl es die Wahrheit ist», hielt ihm Jeronimus entgegen.

«Sicher», erwiderte Hans. «Und ich bin nicht viel besser als ihr, ein nichtsnutziger Spielmann bin ich, ein untreuer Hirte und Tagedieb, jetzt auch noch der Mörder meiner Liebsten und meines ungeborenen Kinds. Verdammt sei ich in alle Ewigkeit, in der Hölle werd ich dafür schmoren ... Doch noch ist es nicht so weit, noch lebe ich, und ich will nicht eher ruhen, bis die Ungerechtigkeit an Elsbeth gesühnt ist ...»

Sie schauten ihn ungläubig an. «Wovon sprichst du?», fragte Magdalena.

«Rache will ich.»

«Den einen Knecht haben sie schon erschlagen», erwiderte Ulrich, «die anderen ...»

«Interessieren mich nicht», unterbrach Hans. «Sie sind Knechte ihres Herrn, tun, was er ihnen aufträgt. Wenn es einen gerechten Gott gibt, wird er sie strafen.»

«Meinst du den Dominikaner?», fragte Jeronimus.

«Er gehört zu ihnen, ja.»

«Zu wem?», fragte Ulrich.

«Zu den Pfaffen.»

Ulrich schluckte. «Aber auch ich ...»

«Nicht du und deinesgleichen sind gemeint, sondern die hohen Herren, Äbte, Bischöfe und der Papst. Sie hocken in ihren Palästen wie der Kuckuck im gemachten Nest, lassen sich füttern und mästen, bis ihnen die Hühnerkeulen zum Hals heraushängen. Sie huren und spielen, lügen und betrügen, pressen das Volk bis zum letzten Blutstropfen aus. Doch zuvor muss der arme Knecht noch einen Ablass von ihnen kaufen, sonst bleibt ihnen das

Himmelreich verwehrt. Diese Herren sind der Teufel, die Wurzel allen Übels, und mit ihnen die Burgherren, die es ihnen gleichtun ... hinauf bis zu Kaiser und König. Zeigt mir einen Gerechten unter ihnen, und ich will für immer schweigen.»

Niemand konnte darauf antworten.

«Du sinnst auf Rache», sagte schließlich Jeronimus, «und ich kann dich verstehen. Doch wie willst du sie bekommen? Du bist ein armer Schafhirte, der Dreck unter ihrem Fingernagel. Sie brauchen nur die Hunde auf dich zu hetzen, und schon ist es vorbei mit dir.»

«Du hast recht, doch so leicht will ich es ihnen nicht machen.»

«Was dann?», fragte Magdalena.

Hans hielt einen Moment inne. «Was war Jesus von Beruf?»

«Ein einfacher Zimmermann», antwortete Ulrich.

«Und seine Jünger?»

«Einige waren arme Fischer, einer war Zöllner und die anderen wahrscheinlich nicht viel besser.»

«Welchem Beruf ging Johannes der Täufer nach?»

«Er war Prediger.»

«Lediglich mit einem zerrissenen Gewand bekleidet, ohne Schuhe oder Gürtel. Ein verlauster Bettler, mit dem niemand etwas zu tun haben wollte.»

«Er lebte wie ein Eremit in der Wüste», bestätigte Jeronimus, «bevor ihn der Ruf Gottes ereilte.»

«Und Maria Magdalena, Jesu treue Gefährtin?»

«Das weiß jeder», antwortete Magdalena. «Eine Straßendirne.»

«Also, alles niederes Volk. Bettler, Huren, Tagelöhner.

Jeder anständige Mensch hätte auf sie gespuckt. Ich frage mich, warum Jesus überhaupt …»

«Schweig!», unterbrach Ulrich und schlug das Kreuzzeichen. «Das ist …»

«Ketzerei?»

«Dafür wirst du brennen, Hans», murmelte Ulrich und blickte sich nervös um.

«Ich bin ein dummer Mensch», lenkte Hans ein, «der göttlichen Gnade nicht würdig. Kann weder lesen noch schreiben, auch die Kirche habe ich nicht oft besucht, kenne die heiligen Worte nur aus den Erzählungen der Bauern und der Mägde … aber eins habe ich gelernt: Ich weiß um die Sorgen und Ängste der Menschen, ihr kümmerliches Dasein, den Hunger, die Krankheiten, die Verzweiflung … Ich kenne ihre Welt, es ist auch meine. Jesus war kein Herr, er war einer von uns. Ein bettelarmer Zimmermannssohn. Deshalb haben ihn die Menschen geliebt, und deshalb haben sie ihm zugehört, ihm und seinen Jüngern.»

«Das hast du sehr gut erkannt», lobte ihn Jeronimus. «Dann war doch nicht alles umsonst, was ich dir beigebracht habe.»

Ulrich war hingegen weniger beeindruckt. «Das ist nicht neu, jeder weiß das. Du hast aber eine Sache vergessen: Jesus war Gottes Sohn. Er war der Christus, der Messias.»

Hans nickte. «Ja, das hat er von sich behauptet, und die Menschen haben es ihm geglaubt.»

Das war eindeutig zu viel für Ulrich, selbst Jeronimus erschrak. «Du bist der Teufel!»

«Ein gefallener Engel.»

«Ausgeburt der Hölle.»

Keinen Augenblick länger wollte Ulrich sich das anhören. «Du musst verrückt geworden sein. Der Tod Elsbeths hat dir den Verstand geraubt.»

«Jesus ist gar von den Toten auferstanden», fügte Hans hinzu.

Jeronimus schritt ein. «Es reicht, Hans. Mach dich nicht über unseren Glauben lustig. Das steht dir nicht zu.»

«Das tue ich nicht», antwortete Hans. «Was ich damit sagen will, ist, dass die Menschen glauben wollen. Sie müssen nicht dazu getrieben werden, es steckt in ihnen drin.»

Langsam dämmerte es Magdalena, worauf er hinauswollte.

«Du meinst, es ist Zeit für ein neues Wunder?»

## 7

Einen Sonntag hatten sie sich vorgenommen, in der Nähe von Kloster Bronnbach, wo nach der Morgenmesse die hohen Herrschaften den Weg zurück auf ihre Burgen oder in die Stadt antraten. Jeronimus wusste um die Kirchgänger, hauptsächlich gottesfürchtige Frauen mit Kindern. Ihre Männer wälzten sich zu der Zeit noch in den Betten oder jagten Wildsauen, Rehe und Hasen. Von ihnen drohte keine Gefahr.

Den genauen Ort bestimmte Hans. Er kannte sich in den Wäldern rings um Niklashausen gut aus, auf den Wegen und Pfaden war er oft gegangen, wenn er zu einem Fest aufspielte. Da gab es eine Quelle im Fels, in Sichtweite des Weges, wo Reiter und Pferdewagen entlang mussten. Ein steinernes Sühnekreuz stand daneben, in Erinnerung an einen Junker, der dort einen gewaltsamen Tod gefunden hatte. Der ruhelose Geist des Ermordeten sollte noch immer in den Wäldern umgehen und unvorsichtige Reisende vom Weg abbringen. Die Geschichte ging von Kindermund zu Kindermund und sorgte selbst bei furchtsamen Erwachsenen noch immer für einen Schauer. Quelle, Sühnekreuz und der unruhige Geist des Junkers bereiteten das Bett für das wundersame Ereignis, das sich alsbald hier zutragen sollte.

Jeronimus wartete am Eingang der Schlucht. Die zerrissene Kutte war gereinigt und geflickt, Haare und Gesicht gewaschen, in der Hand einen Wanderstab. Pfarrer Ulrich kam von der Gegenseite. Auch er hatte für den Sonntag seine beste Kutte übergestreift, führte einen kleinen Weihwasserkessel mit sich. Magdalena hingegen gab die verwahrloste Magd, die im Wald nach Brennholz suchte. Den rechten Arm hielt sie seltsam ungelenk, ein schlecht verheilter Bruch konnte die Fehlstellung verursacht haben. Der Arm war gerade noch als Klammer für die dürren Zweige zu gebrauchen.

An der Quelle wartete Hans auf das Zeichen. Er war herausgeputzt wie nie. Die Nacht zuvor hatte Magdalena ihm ein Bad eingelassen, ihn geschrubbt und gestriegelt, die Haare geschnitten, die Nägel gesäubert. Außerdem trug er neue Kleidung, die ihm Ulrich besorgt hatte. Kurzum: Dieser Hans hatte nur noch wenig gemein mit dem alten Herumtreiber, dem Strohhalme aus den Haaren standen und der es mit der Körperpflege nicht so genau nahm. Er war ein strahlend schöner Mann mit blondgelocktem Haar und stechend grünen Augen. Ein Walther von der Vogelweide oder ein Wolfram von Eschenbach hätten ihn in ihrem Minnesang als den anmutigsten Jüngling gepriesen, den ein unschuldiges Frauenauge je zu Gesicht bekommen hat. Auch die Kinder würden sich verwundert die Augen reiben. Dieser Hans war der junge Ritter, von dem sie in ihren Gutenachtgeschichten immer gehört hatten – ein Ideal von Anmut und Tapferkeit, wie er furchtlos neben dem Sühnekreuz stand und das frische, kalte Wasser aus den Händen trank, ohne einen Gedanken daran zu verschwenden, ob der Geist des hinterhältigen Junkers ihn in die Schlucht stieß.

Der zweite Protagonist war nicht weniger beeindruckend. Die hohen Tannen gaben das begehrte Sonnenlicht in der Schlucht nur an einer Stelle frei, und genau diesen Platz hatte sich ein Busch gesichert, der nun in voller Blüte stand. Es war ein unwirkliches Bild. Auf dem dicken Teppich aus abgestreiften, braunen Tannennadeln hatte sich ein leuchtend gelber Farbklecks behauptet. Um ihn herum flüchteten sich Maiglöckchen und Insekten, die von ihrem betörenden Duft angezogen wurden. Eine Insel des Lebens auf dem toten Nadelwaldboden.

Vom Himmel war durch die Kronen der Tannen nicht viel zu sehen. Ein Grauschleier hatte sich vor die Sonne geschoben und machte die Stimmung in der Schlucht noch ein Stück unheimlicher. Doch lange würde das nicht mehr so bleiben. Der Wind hatte tags zuvor gedreht, mit ihm kam die Wärme. Hans kannte die Natur. Als Schafhirte musste er sie kennen, wissen, wann er mit seiner Herde besser Schutz suchen sollte oder sie getrost zur nächsten Weide führen konnte.

*Siehst du Nebel auf Seen und Auen, kannst du getrost auf schön Wetter bauen.*

Diese Regel hatte ihn bisher selten getäuscht, und weil er darauf zählen konnte, hatte er es gewagt. Er brauchte die Sonne an diesem Sonntagmorgen, damit sein Plan aufging. Die Frage war lediglich: Kam sie rechtzeitig zum Vorschein?

Tat sie es nicht, dann musste es notfalls auch ohne sie gehen. Der Ort war gut gewählt, er machte Eindruck und bestärkte die Beklemmung, die furchtsame Reisende überkam, wenn sie diesen verwunschenen Hohlweg beschritten.

Die Glocke der Abteikirche von Kloster Bronnbach läutete das Ende des Gottesdienstes ein. Schon bald würden die Kirchgänger ihre Pferde und Wagen besteigen und den Heimweg antreten. Einige von ihnen würden den Hohlweg nehmen. Ab jetzt galt es. Hans schaute hinauf in die Baumkronen. Noch immer keine Sonne. Dafür war die Schlucht in Zwielicht getaucht, der kahle Tannenboden verlief sich ins Dunkel – eine unheimliche Stimmung war das, kein Tier, kein Laut war zu hören. Der Wald schluckte alles. Wer von Sünde, Strafe und Tod in der Predigt gehört hatte, war ausreichend auf die Hölle vorbereitet. Die mahnenden Worte des Pfarrers würden ihnen noch in den Ohren klingen, dass es kein größeres Unglück auf der Welt gäbe, als den Glauben an das göttliche Heil zu verlieren. Und das kam unzweifelhaft von oben.

Ein Pfiff. Jeronimus winkte und ging los. Auch Ulrich begab sich auf den Weg in die Schlucht, wo Magdalena bereits war und dürre Äste aufsammelte. Hans stand oben an der Quelle, schaute, wer da des Weges kam. Es waren zwei Reiter, eine herrschaftliche Frau und ihr Begleiter, ein Knecht mit einem Schwert am Gürtel. Vom Galopp ging es in den Trab. Ein fragender Blick, als sie an Jeronimus vorbei ritten, er grüßte und segnete sie mit einem Kreuzzeichen. Die Hand des Knechts ging zum Schwert, als er Hans oben an der Quelle sah. Dann erblickte er Magdalena, die verlotterte Bauernmagd mit ihrem Reisigbündel im krakeligen Arm. Sie hielt den Kopf gesenkt, ging zur Seite, damit sie ungehindert passieren konnten. Die Situation war angespannt auf beiden Seiten, bei den Kirchgängern die Unsicherheit, auf dieser verlassenen Strecke überhaupt jemand zu treffen, bei Hans und seinen

Freunden die Frage, ob die beiden Reiter die Richtigen waren. Hans entschied sich gegen sie. Er wünschte ihnen einen gesegneten Sonntag und kehrte ihnen den Rücken zu.

Die Reiter gaben den Pferden die Sporen, nicht ohne noch einmal über die Schulter zu schauen, ob ihnen jemand folgte. Ulrich sprang zur Seite, damit sie ihn nicht über den Haufen ritten. Das Weihwasserkesselchen landete im Dreck, er musste an sich halten, um sie nicht lauthals zum Teufel zu schicken.

Noch bevor alle wieder auf ihren Ausgangspositionen waren, hörte man schweres, dumpfes Gepolter. Ein Pferdewagen quälte sich über den unebenen Weg, krachte an Steine, ein Peitschenschlag schnalzte, ein Pferd wieherte. Der Kutscher schimpfte mit den Tieren und hatte alle Mühe, sich auf dem Bock zu halten. Aus dem geschlossenen Pferdewagen drangen Kinderstimmen. Das Auf und Ab, das Hin und Her schien ihnen zu gefallen. Gelächter, ein Hui und Hei, Gejohle. Eine strenge Frauenstimme rief sie zur Ordnung, erfolglos, denn auch sie wurde Spielball der unsanften Fahrt, sie lachte kurz auf, als griffe ihr jemand in die Seiten.

Ja, diese Fuhre war nach Hans' Geschmack. Ein prüfender Blick in den Himmel, dann gab er den anderen ein Zeichen. Magdalena ließ ihr Reisigbündel auf den Weg fallen, bückte sich, um die Zweige wieder aufzuklauben. Der Kutscher hielt den Wagen an und fluchte.

«Geh zur Seite!»

Magdalena achtete nicht auf ihn, nahm Ast für Ast und steckte sie in die Kralle.

Aus dem Wagen drang eine Stimme nach außen.

«Warum fahren wir nicht weiter?»

«Da ist jemand auf dem Weg, Herrin.» Er saß ab, um die Sache selbst in die Hand zu nehmen. «Närrisches Weibsbild. Siehst du denn meinen Wagen nicht?»

Jeronimus schloss auf. «Habt ein Nachsehen mit der Magd!», rief er dem Kutscher zu. Im Vorbeigehen sah er eine Frau aus dem Fenster schauen, über ihrer Schulter drängten drei neugierige Kindergesichter ans Tageslicht. Jeronimus grüßte die Frau, die sich nur mit Mühe gegen die Lebendigkeit ihrer Kinder wehren konnte. «Einen gesegneten Sonntagmorgen wünsche ich Euch.»

«Auch Euch einen schönen Sonntag», antwortete sie knapp, öffnete dann die Tür und entließ ihren Nachwuchs in die ersehnte Freiheit. Sie verteilten sich wie junge Hunde über die Schlucht, riefen laut und furchtlos nach dem Edelmann, der einst hier ermordet worden war.

«Junker, Junker, komm heraus!»

Der Frau war nicht wohl bei dem Gedanken. «Geht nicht zu weit.» Aber die Aufforderung verpuffte.

«Gesegnet seid Ihr, Herrin, mit so prächtigen Kindern», sagte Jeronimus.

«Ein Segen?», antwortete sie beiläufig, während sie ihre Haube richtete. «Ein Sack voller Flöhe wäre leichter zu hüten.»

Sie reichte ihm die Hand, er stützte sie beim Aussteigen.

«Wer seid Ihr?», fragte sie.

«Ich bin Jeronimus.»

Sie musterte ihn, konnte ihn aber nicht zuordnen, auch die Tonsur fehlte.

«Welchem Konvent gehört Ihr an?»

«Ich lebe alleine in der Abgeschiedenheit.»

«Ein Eremit ...» Wieder schaute sie ihn prüfend an. «Habe schon lange keinen mehr gesehen», und meinte damit, dass er offensichtlich gut auf sich Acht gab. «Wo sind wir hier?»

Die Frage wurde von einem ihrer Sprösslinge beantwortet. «Mutter, seht!»

Der Junge zeigte hinauf zur Quelle, wo Hans sich an dem Felsvorsprung entlang hangelte. Es war zwar nicht besonders hoch, aber für einen Knochenbruch reichte es allemal. Hans überwand die Gefahr mit Leichtigkeit. Jetzt musste er nur noch auf die andere Seite kommen, in den dunklen Schlund des Nadelwaldes. Er tat es mit zwei beherzten Sätzen.

«Wer ist das?», fragte sie.

Der Ton in ihrer Stimme klang besorgt, andererseits schien ihr zu gefallen, was sie da sah. Kraftvoll und anmutig war dieser Jüngling mit dem blonden Haar.

Jeronimus schaute genauer hin. «Wenn mich nicht alles täuscht, ist das der junge Hans aus Niklashausen.»

«Welcher Hans?»

«Habt Ihr denn nicht von ihm gehört?»

«Sollte ich?»

«Alle Welt spricht von ihm», erwiderte Ulrich, der zu ihnen aufgeschlossen hatte. Er war außer Atem, verschwitzt, und in der Hand hielt er das verschmutzte Weihwasserkesselchen.

«Pfarrer Ulrich», tat Jeronimus überrascht, «was macht Ihr in aller Herrgottsfrühe hier draußen?»

«Den ganzen Morgen suche ich schon nach ihm.»

«Nach Hans?»

Er nickte, wischte sich den Schweiß von der Stirn. «Die Jungfrau Maria habe im Traum zu ihm gesprochen, hat er gesagt. Er solle in den Wald gehen zu einem blühenden Busch ...»

Die Frau schaute sich unweigerlich um. Weit und breit gab es in diesem zwielichtigen Unterholz keine Blüte. Das ganze Sonnenlicht wurde von den hohen Tannen abgeschirmt, das machte diesen verfluchten Ort ja so unheimlich.

Das Schnauben eines Pferdes ließ sie herumfahren. Am Eingang der Schlucht standen zwei Reiter, eine Frau und ein Mann. Sie waren vornehm gekleidet. Regungslos blickten sie hinüber in das Tannenschwarz.

«Die Breitensteins», sagte die Frau. «Aber wieso schauen sie nur so erschreckt?»

«Mutter! Mutter!», schallte es durch die Tannen.

Die Kinder waren Hans gefolgt. In gebührendem Abstand sahen sie ihn vor einem blühenden Busch niederknien. Einer Fackel gleich leuchtete das Gelb vor dem schwarzen Hintergrund, und hätte das ganze Schauspiel auch so noch nicht gereicht, um die Umstehenden im höchsten Maße zu verwirren, brach in dem Moment ein Sonnenstrahl durch die Äste und warf die göttliche Herrlichkeit auf diesen wundersamen gelben Busch, vor dem Hans mit gefalteten Händen kniete. Er schien diesem Busch zuzuhören, sprach mit ihm, und schließlich verbeugte er sich tief.

«Jesus, Maria und Josef», sagte Jeronimus und schlug das Kreuzzeichen.

Und Ulrich tat es ihm gleich. «Ein Wunder.»

# 8

Das Wunder hatte nur wenige Augenblicke gedauert, aber es hatte gezündet. Der Funke führte zu einem Flächenbrand. Herrschaftliche Kuriere hatten die Botschaft von Hans und der wundervollen Erscheinung der Gottesmutter zu den Verwandten, Freunden und Verbündeten in die angrenzenden Grafschaften getragen. Der Kutscher und die anderen Knechte, die mit den Breitensteins und den nachfolgenden Kirchgängern Zeugen der Erscheinung geworden waren, verbreiteten die Nachricht im Volk, von dort aus ging die Stafette weiter an die Händler, die Reisenden, die Schiffer und Fischer, die Boten und Nachrichtengänger ... Wer Ohren hatte zu hören, der lauschte, und wer einen Mund hatte zu verkünden, der predigte vom Wunder im Taubertal.

Kritische Stimmen gab es auch. Von sogenannten Wundern hörte man allenthalben. Doch in diesem Fall hatten sie es schwer, zu bestehen, sie wurden von den galoppierenden Nachrichten schlichtweg übertönt. In Schänken und Kirchen, beim Bäcker und Schmied, auf den Feldern und in den Scheunen hörte man von dem Jüngling aus Niklashausen, blondgelockt, anmutig, tugendhaft und gänzlich unbescholten in der Gesinnung, wie er sich in der Junkersschlucht dem Fluch des bösen Geistes entgegengestellt hatte. Aus der Reinheit der Quelle sei sein Mut erwachsen, der selbst einen verdorrten Strauch in dieser unwirtlichen Gegend zum Leben erweckt hatte. Ein wahres Marienfeuer sei es gewesen, das gleißend loderte, ohne zu verbrennen, dafür aber das Herz und die Seele erquickte.

Ein nicht unwesentlicher Teil der Legendenbildung war den drei Kindern der gräflichen Herrin zu verdanken, ihrer Tapferkeit und Furchtlosigkeit, wie sie sich als Einzige getraut hatten, dem Ritter nahe zu sein, während die Erwachsenen zitternd zurückblieben. Von Kindesmund zu Kindesmund raste ihre Heldengeschichte, dass selbst die Ammen, Mütter, Geschwister und Freunde sich ihrer Begeisterung nicht entziehen konnten. Ihre Erzählung machte die drei Knaben zu wahren Drachentötern, zu Aposteln eines neuen Propheten, der vor ihren Augen – im Beisein der Mutter Gottes – den heiligen Auftrag erhielt, die Menschen zu bekehren. Sie beteten freiwillig und ohne Unterlass – das war ein gänzlich anderes Verhalten, als die Rabauken sonst an den Tag legten.

Ein Wunder. Nichts anderes als ein Wunder sei das gewesen.

Der Pfarrer von Niklashausen habe gleich Wasser aus der Quelle geschöpft und mitgenommen. In seiner kleinen Kirche könne man einen Tropfen davon erhalten. Das heilige Wasser reinige den Geist von schlechten Gedanken und den Körper von Entstellung. Eine Bauernmagd, die im Wald auf Holzsuche war, habe ihren verkrüppelten Arm hineingehalten und war sofort geheilt worden.

*Ein Ammenmärchen?*

Von wegen. Ein unbescholtener Kutscher war Zeuge der Wunderheilung gewesen. Die arme Magd war so schwach, dass sie sich kaum auf den Beinen hatte halten, geschweige denn die schweren Holzstücke habe tragen können. Als sie dann das Wasser mit dem Segen des Pfarrers erhalten hatte, sei alle Pein von ihr abgefallen, und sie habe der Mutter Gottes auf Knien für ihre Güte gedankt und ihr ein Leben im Kloster versprochen.

Was brauchte es noch für einen Beweis?

Auch ein Eremit sei unter den ersten Zeugen gewesen, ein wahrer Diener Gottes, der nicht auf den verruchten Wegen der schändlichen Priester wandelte oder sich auf Kosten des Volkes mästen und baden ließ, sondern ein Leben in Enthaltsamkeit und Hinwendung führte. Jeder, der ihn kannte, würde ihn ehren und für seine gerechten Worte schätzen.

*O Heilige Jungfrau Maria, Mutter Gottes voll der Gnade, der Herr ist mit dir. Du bist gebenedeit unter den Weibern …*

Und dieser Jüngling? Wusste man schon etwas über ihn?

Nichts, sagten die einen, und ob die anderen. Ein einfacher Viehhirt und Spielmann sei er, ein Tunichtgut und Weiberheld, der den lieben langen Tag schlafend im Heu verbrachte, anstatt sich um seine Arbeit zu kümmern. Wie um Himmels willen konnte man diesem dahergelaufenen Schweinepriester überhaupt ein Wort glauben? Auf den Scheiterhaufen mit ihm, am nächsten Ast aufhängen, oder noch besser: die verlogene Zunge herausschneiden und den Schweinen zum Fraß vorwerfen.

Woher kam all die Missgunst?, fragten sich die anderen. Jesus war der Sohn eines armen Zimmermanns gewesen, der reiche Saulus sein größter Feind, bevor ihm der Heilige Geist den Kopf zurechtgerückt hatte, und der ungläubige Thomas ein steter Quell des Misstrauens, bevor er sein treuester Anhänger wurde. Zu schnell würde über den Jüngling aus Niklashausen gerichtet. Man solle ihm Zeit und Gelegenheit geben. Denn: Je wunderlicher der Mensch, desto größer war das göttliche Wunder an ihm.

Dass es tatsächlich eines Wunders bedurfte, um das vorhergehende Wunder in der Junkersschlucht zu bestätigen, zeigte sich in den nächsten Tagen. Die ersten Neugierigen aus den umliegenden Gemeinden kamen in das kleine Niklashausen am Tauberufer und wollten den Jüngling sehen, der die Gnade der Mutter Gottes erfahren hatte. Es waren einfache Menschen von niedrigem Stand – hauptsächlich Frauen mit ihren Kindern. Die Männer hielten sich zurück. Der Pfeiferhannes war ihnen als Spielmann und Tagedieb gut bekannt. Er war daher nicht geeignet, der Verkünder einer Marienbotschaft zu sein. Sie schickten stattdessen ihre Frauen vor, um zu erfahren, was sich in den Wäldern um Niklashausen abgespielt hatte. Wenn sich die Sache als Scharlatanerie herausstellte, wovon nicht wenige überzeugt waren, wahrte man so das eigene Gesicht, während man die Schuld auf das leichtgläubige Frauenvolk abwälzen konnte.

So füllte sich der kleine Platz um die kleine Kirche in Niklashausen, nachdem sie die Junkersschlucht aufgesucht und festgestellt hatten, dass von dem wundersamen gelben Strauch nichts mehr übrig war. Nur ein knietiefes Loch klaffte im modrigen Waldboden. Der Strauch war von Pfarrer Ulrich und Magdalena noch am selben Tag mit Stumpf und Stiel entfernt worden. Die dünnen Äste gingen für eine stattliche Spende an die ersten Zeugen der Erscheinung, die Wurzeln wurden in kleinen Säckchen verkauft. Selbst die Erde, in der der Strauch erblüht war, wechselte überraschend schnell den Besitzer, sie fand sich unter dem einen oder anderen Bett wieder, in der Hoffnung auf göttlichen Segen bei der Zeugung von Nachwuchs.

Am Ende war die Geldtruhe voll, doch die Nachfrage noch lange nicht erschöpft. Nachschub musste her.

«Was soll ich ihnen sagen?»

Pfarrer Ulrich schaute aus der Sakristei ins Kirchenschiff, wo eine Gruppe Frauen und Kinder in den Bänken kniete und zu einem Marienbildnis betete. Einige tuschelten und fragten sich, wann sich endlich der Jüngling zeigte, dem sich die Mutter Gottes offenbart hatte. Ulrich hielt einen Stoß vorbereiteter Ablassurkunden in den Händen. Es war das Einzige, was er noch anzubieten hatte.

Jeronimus hatte andere Sorgen. Er redete auf Hans ein, der abwesend auf das Kreuz über der Tür blickte. «Mach dir keine Sorgen. Wir haben alles besprochen. Was sollst du sagen?»

«Dass wir nicht länger die Knechte der Herren sein wollen …»

«Was noch?»

«Dass wir alle vom selben Schöpfer geschaffen wurden …»

«Und das bedeutet?»

«Dass wir alle gleich sind.»

«Richtig. Es gibt keinen Unterschied zwischen Bettler und König. Und wer hat dir das alles gesagt?»

«Unsere heilige Mutter Gottes.»

Magdalena stand an Jeronimus' Seite und beobachtete

Hans, wie er die Litanei wiederholte, die sie tags zuvor eingeübt hatten. Das mochte ja alles auf die schlimme Lage im Dorf zutreffen, der Wunsch nach Gleichheit und Freiheit, das Ende der Knechtschaft, ein Leben in Würde ... aber irgendetwas stimmte nicht. Hans zitterten die Hände. Es waren nicht seine Worte, es waren nicht seine Gedanken und es waren auch nicht seine Gefühle, die er da wiedergab, es waren die Worte von Jeronimus, und das machte ihn unsicher. Hans war ein einfacher Mensch, der aus dem Moment heraus lebte. Wenn er spielte und sang, dabei den Menschen in die Augen blickte und sie mit seinem Lachen ansteckte, dann war er der Hans, wie sie ihn alle kannten und liebten, und vermutlich wie er sich selbst kannte. Aber auswendig Gelerntes wortgetreu aufzusagen, nein, das war nicht sein Talent. Und das begann Hans soeben zu begreifen.

Magdalena schien etwas Ähnliches durch den Kopf zu gehen. «Wäre es nicht besser ...», wagte sie zu sagen.

«Was?» Jeronimus drehte sich zu ihr um, sein Gesichtsausdruck war streng, überrascht vom Einwand.

«Wenn Hans wie immer ...»

«Unsinn. Hans ist nicht länger ein Spielmann oder ein unzuverlässiger Schafhirte. Er ist jetzt das Sprachrohr unserer lieben Gottesmutter. Er kann nicht einfach mehr so reden, wie ihm der Schnabel gewachsen ist.»

Ulrich unterbrach. «Es werden immer mehr. Habt ihr das gesehen? Unsere Kirche ist so voll wie seit zehn Jahren nicht mehr.»

Jeronimus und Magdalena gingen zur Tür. Es stimmte, was er sagte. Die Kirche hatte sich gefüllt, und zur Tür drangen weitere herein, Frauen und Kinder, neugierige

Alte aus dem Dorf, sogar ein paar Männer, die ihre Arbeit niedergelegt haben mussten. Woher kamen nur diese vielen Leute?

«Jetzt gilt es», sagte Jeronimus und drehte sich zu Hans um.

Der stand mittlerweile nicht mehr, sondern kniete mit gefalteten Händen vor einer Marienfigur, die Augen geschlossen, und bat um Beistand für seine bevorstehende Aufgabe.

Ulrich drängte. «Er muss jetzt was sagen, bevor die Leute unruhig werden.»

«Lass ihn», hielt ihn Magdalena zurück. «Gib ihm noch einen Moment.» Sie ging an seine Seite, kniete sich hin und faltete ebenfalls die Hände zum Gebet. «Du wirst es schaffen», flüsterte sie ihm zu, «glaub nur fest an dich.»

«Ich habe Angst», kam es mit brüchiger Stimme zurück.

«Ich weiß, es wird dir gelingen.»

«So etwas habe ich noch nie getan.»

«Wir sind bei dir.»

«Sie werden mich erkennen und zu Tode prügeln.»

«Kein Leid wird dir geschehen. Sie beten dich an.»

«Einen Lügner und Betrüger.»

«Einen tapferen Mann.»

«Wieso sagst du das?»

«Weil es stimmt. Niemand sonst wagt es, gegen die Herrschaft aufzubegehren.»

«Dennoch ist es eine Lüge.»

«Eine Lüge ist es, wenn du Böses bezweckst, eine Heldentat, wenn du Gutes willst.»

«Rache will ich für Elsbeth und mein Kind. Da ist nichts Gutes daran.»

«Auge um Auge, Zahn um Zahn, das sind die Worte des heiligen Propheten.»

An der Tür wurde es unruhig. Der feiste Mönch, der vor ein paar Tagen mit seinem Reliquienhandel ins Dorf gekommen war, war in weiser Voraussicht auf gute Geschäfte geblieben. Er mahnte zur Eile.

«Wo bleibt er nur? Die Leute fragen sich, ob sie die Reise umsonst gemacht haben. Niemand will eine Reliquie kaufen, bevor sie den Jüngling nicht gesehen haben.»

«Hans», sagte Jeronimus streng, «es ist Zeit.»

Ein Kreuzzeichen, ein langer Seufzer, dann war Hans bereit.

«Vergiss, was Jeronimus dir aufgetragen hat», flüsterte Magdalena ihm zu. «Sprich mit deinen eigenen Worten …»

Doch Hans hörte gar nicht hin und erhob sich. «Sag ihnen, dass ich komme.»

Magdalena stand ebenfalls auf, zupfte sein Wams zurecht, fuhr ihm durch die Haare, bis alles so saß, wie sie es sich wünschte. Was war er nur für ein anbetungswürdiges Geschöpf. Jung, gut gewachsen, ein Bild von einem Junker. Die Frauen würden sich nach ihm verzehren. Sie hielt inne. Die Frauen … sie waren der Schlüssel zum Erfolg. Die gewann man nicht mit harten Männerworten. Er musste anders mit ihnen sprechen. «Es sind Frauen und Kinder da draußen. Aufrührerische Reden werden sie nicht hören wollen. Du musst …»

«Schweig, närrisches Weibsbild», ging Jeronimus dazwischen, dem diese seltsame Vertrautheit der beiden nicht geheuer war. «Wenn Hans sich daran hält, was wir besprochen haben, wird alles gut.» Er legte ihm die Hand auf die Schulter. «Ich bin stets an deiner Seite, auch wenn du mich nicht siehst. Vergiss das nicht.»

Hans nickte, den Blick nach vorne gerichtet, bereit, sein Vorhaben endlich in die Tat umzusetzen. Für die tote Elsbeth, für sein verlorenes Kind. Mögen sie im Himmel ruhen.

Verfluchte Herren! Verdammte Pfaffenschaft!

«Und jetzt geh.»

Hans stolperte mehr hinaus in den Kirchenraum, als dass er vom Geist der Heiligen Jungfrau beseelt würdevoll schritt. Ein Raunen ging durch die Bänke, das Gemurmel verstummte, Köpfe reckten sich nach ihm. Bis zur Kirchentüre reichten die Gesichter, hauptsächlich Frauen und Kinder, abgerissen und hohlwangig, aber erwartungsfroh, endlich den Jüngling zu sehen, von dem sie so Wundervolles gehört hatten. Einige Bekannte waren darunter, die er bei Feiern und Hochzeiten schon einmal getroffen hatte. Der Unglaube in ihren Augen überwog die Anspannung der anderen. Sie kannten ihn als den windigen Spielmann, den Zotenreißer, den Verführer ihrer Töchter und den nichtsnutzigen Faulpelz von der Schafweide. Auf den zweiten Blick sahen sie aber auch, dass mit dem Pfeiferhannes etwas geschehen war. Keine Spur mehr von Stroh in den Haaren, Hände und Gesicht waren nicht mehr schmutzig, die Kleidung nicht zerrissen und das Schuhwerk nicht mehr löchrig. Dieser Hannes war herausgeputzt wie an Ostern, gewaschen und gestriegelt, seine Kleidung der eines Junkers würdig. Und noch etwas fiel auf, noch bevor er ein Wort gesagt hatte. Er wirkte ernst, als wäre er getrieben von einer Aufgabe, beladen mit der Last seiner Verkündung. Keine Spur mehr von

Narretei und albernem Possenschneiden. Was für eine Wandlung, was für einen Segen hatte die Gottesmutter nur an ihm bewirkt.

Hans spürte das Erstaunen und die Erwartung, sie lagen schwer auf seiner Brust, schnürten ihm die Kehle zu. Wo war seine eitle Leichtigkeit geblieben, wo sein Charme, die unwiderstehliche Verführungskunst? Hätte er doch nur seine Flöte bei sich. Mit ihr würde er all die Angst und Verzweiflung verjagen. Eine lustige Weise hier, ein frecher Ton da. Ein frivoler Witz dazu, ein kecker Griff an die Taille der erröteten Jungfer.

*Hoch den Rock, die Schenkel auf …*

«Hans, red endlich», hörte er Jeronimus aus der Sakristei drängen.

Er räusperte sich, nickte verstohlen. Womit würde er noch mal beginnen? Der Ungerechtigkeit, der Freiheit oder der Gleichheit vor dem Schöpfer? Unsinn. Jeronimus' Worte schwirrten ihm durch den Kopf. Dass der Kaiser gleich dem Papst sei … Unfug. Der Bettler ein König? Die Fische im Wasser für jeden, das Wild im Wald … Nein, alles falsch. Die Pfaffen, die Geißel der Menschheit? Um Himmels willen, er hatte alles vergessen.

In den Bänken kam Unruhe auf. Kopfschütteln, Abwinken, enttäuschte Gesichter. Er war verloren.

Von der Seite soufflierte Jeronimus. «Ein Wunder ist mir geschehen …»

Richtig, das Wunder. Das war es, womit er beginnen sollte.

«Ein Wunder ist mir geschehen …»

Und weiter? Was kam nach dem Wunder?

«Die Heilige Jungfrau Maria», flüsterte es aus der Sakristei.

Er wiederholte auch diese Worte.

«Hat zu mir gesprochen …»

Magdalena schaute hinaus in die Reihen, wo sich der Unmut über die stockende Vorstellung in zweifelnden Gesichtern spiegelte. Nein, das war nicht, was sie sich erhofft, wofür sie Arbeit und Familie verlassen hatten und den weiten Weg nach Niklashausen gegangen waren. Einen glänzenden Botschafter Mariens hatten sie erwartet, beseelt von der Göttlichkeit und Gnade der Himmelsmutter, und nicht einen stotternden Schönling mit zittrigen Händen, der offensichtlich nicht wusste, wovon er da überhaupt redete.

«Kehret um. Tut Buße», rief Jeronimus Hans zu, um gegen die ansteigende Unruhe anzukommen.

«Kehret um …»

Die Ersten kamen der Aufforderung bereits nach und verließen diesen Ort der Enttäuschung. Es musste etwas geschehen, und Magdalena wusste auch schon was. Hans musste aus der Kirche raus. Das war nicht seine gewohnte Umgebung. Er brauchte den freien Himmel über sich, unverbrauchte Luft zum Atmen, den direkten Kontakt zu den Menschen um ihn herum, und nicht die Frontalbelehrung eines Pfarrers oder Schulmeisters.

Sie schlüpfte an Jeronimus vorbei, nahm Hans an die Hand und führte ihn den Mittelgang hinunter, geradewegs auf die Kirchentüre zu.

«Kommt mit!», rief sie den Frauen und Kindern zu, den Alten und den noch verbliebenen Männern. «Unter dem Himmelszelt wird Hans zu euch sprechen.»

Am meisten von allen war Hans überrascht. Er trottete ihr nach, wie ein Junge an der Hand der Mutter. «Was ... hast du vor?»

«Dich hier rausbringen.»

«Warum?»

«Denk nicht weiter über die Worte von Jeronimus nach. Sprich, wie es dir in den Sinn kommt. Sei einfach du selbst.»

«Aber ...»

Sie hörte nicht mehr zu. «Dort drüben», sagte sie und zeigte auf ein Fass, das neben einer Hütte stand, «hol es her, schnell.»

Er folgte nur zögernd der Anweisung, fragte sich, was das alles zu bedeuten hatte.

«Beeil dich.»

Aus der Kirche strömten die Frauen mit ihren Kindern auf den Platz und scharten sich um Magdalena. «Die Kinder nach vorne, dahinter die Alten.»

Ein Kreis bildete sich, der beständig stärker wurde, gleich einer Zuhörerschaft, wie sie Hans von Hochzeiten und Feiern kannte, wenn er mit seinen Liedern vor ihnen auftrat.

Dann kam er endlich mit dem Fass zurück.

«Dreh es um und stell dich drauf», bestimmte sie, und bevor er ihrer Anweisung Folge leisten konnte, kam sie an sein Ohr. «Das sind Frauen und Kinder. Sprich mit ihnen, wie einst deine Mutter zu dir gesprochen hat. Erzähl ihnen von der heiligen Muttergottes, den Engeln und dem Himmelreich. Vergiss Jeronimus.»

Hans nickte und stieg auf das Fass. Wenn er sich nun umsah und in die vielen staunenden Augen blickte, kam ihm diese Situation wohl vertraut vor. Keine Spur mehr vom bedrückenden Gefühl, mit dem Rücken an der Wand zu stehen. Jetzt war er mitten unter ihnen, ein Teil von ihnen geworden. Die Aufregung und die Angst wichen, er fühlte sich befreit. Über ihm der Himmel, frische Luft, er atmete tief, eine Lerche sang, und wenn er es richtig deutete, sah er drüben am Mühlenberg seine Schafe grasen.

«Und nun, Hans», rief Magdalena in die Runde, «berichte uns, was du in der Junkersschlucht erlebt hast.»

Aufmunterung aus dem Kreis der Zuhörer.

«Was ist da passiert?»

«Rede endlich.»

«Wir wollen es hören.»

«Sprich.»

Der Bann war gebrochen. So angespannt die Situation vor dem Kreuz, dem Altar und den Heiligenfiguren in der Kirche gewesen war, so ungeniert gestaltete sich nun die Situation auf einem öffentlichen Platz. Die Zurufe stachelten Hans an, endlich in seine vertraute Rolle zurückzukehren. Er war der Mittelpunkt, um ihn herum die Zuhörerschaft, die an seinen Lippen hing.

«Als ich neulich durch die Junkersschlucht ging, überkam mich ein seltsames Gefühl. Ihr kennt das, ihr wisst, wovon ich spreche ...»

«Der unruhige Geist des Toten», rief einer.

«Der Fluch der bösen Tat», ein anderer.

«Richtig», erwiderte Hans, «etwas Unheimliches geht dort vor. Aber wer wäre ich, wenn ich mich davon aufhalten ließe! So stieg ich hinauf zur Quelle, an die Stelle, wo der tapfere Junker den Tod fand ...»

«Das war mutig, Hans!»

«Fordere dein Schicksal nicht heraus!»

«Und doch wollte ich es wissen», fuhr Hans fort. «Ich hab mir geschworen, nicht eher zu gehen, bis ich dem Junker Auge in Auge gegenübertrete und ihm kräftig an den Löffeln ziehe, dass er sein schauriges Treiben endlich unterlässt ...»

«Einen Geist herauszufordern ... Wahnsinn.»

«Er ist verrückt geworden.»

«Und ja, ich gebe es zu, ganz wohl war mir nicht dabei. Da stand ich nun, mutterseelenallein, unter mir die Schlucht, über mir plötzlich ein eisiger Wind, der durch die Tannen fährt, der Geruch von Moder und verwestem Fleisch ...»

«Der Junker!»

«Hab ich's nicht gesagt?»

«Eine kalte Hand legte sich auf meine Schulter, packte mich, rüttelte und schüttelte mich, dass mir das Herz stockte und das Leben schwand. Alle Kraft wich aus meinem Körper, ich sah die Schlucht und wusste, jetzt ist es um mich geschehen. Noch ein letzter Gedanke, ein Flehen um die göttliche Gnade. Hilf, Heilige Jungfrau im Himmel, hilf mir armem Sünder, dass ich nicht so elendig sterben muss ... Und da, kaum hatte ich die Worte gesprochen, tat sich in den dunklen Tannen ein Licht auf. Inmitten der größten Finsternis erstrahlte aus totem Holz ein prächtig blühender, gelber Strauch. Eine Stimme sprach zu mir von hoch oben aus dem Himmel, jagte den eiskalten Teufel zur Hölle und befahl mir näherzukommen ...»

Keine Zwischenrufe, nur gespannte Stille. Furchtsame Kinderaugen blickten zu ihm hinauf, erschrockene Mütter mit der Hand vorm Mund.

«Ich fiel vor dem Strauch auf die Knie, schaute in den hellen Schein, und plötzlich war mir, als trügen mich Hände davon, leicht wie eine Feder, geradewegs in das gleißende Licht hinein. Als ich die Augen wieder öffnete, sah ich sie vor mir, so wunderschön und anmutig, wie ich nie zuvor ein Frauenbild gesehen habe ...»

«Die Heilige Jungfrau Maria!»

«Wie hat sie ausgesehen?»

«Was hat sie gesagt?»

«War sie allein?»

«Eine gute Frage! Nein, sie war nicht allein. Umgeben von einer Schar von Engeln, die ihr zu Diensten waren, stand sie da in einem langen, weißen Kleid, darüber ein brauner, einfacher Mantel aus Kamelhaar, und das schimmernde Haar steckte unter einer weißen Kappe. Auf dem Haupt trug sie eine goldene Krone, die feinsten Edelsteine funkelten, doch keiner konnte ihre Lieblichkeit und Güte überstrahlen. Mit offenen Armen lächelte sie mir zu und sagte: ‹Sorge dich nicht, Hans, mein treues Kind, deine Zeit ist noch nicht gekommen. Gesegnet seist du, denn in der Stunde der Not hast du mich angerufen, und ich habe dich erhört. Du sollst in meinem Namen zu den Menschen sprechen. Sage ihnen, dass wir die Schlechtigkeit in der Welt beklagen, besonders die der Herren und der Priester. Sie sind von Gott abgefallen und dienen dem Teufel. Keine ehrliche Seele soll ihrem Wort mehr folgen. Kehret um, tut Buße, denn das Letzte Gericht ist nahe. Ein Sturm wird aufziehen und die Ungerechten von der Erde tilgen. Ihr Schicksal ist die ewige Verdammnis. Wahrlich, ich sage dir, der Zorn meines Vaters ist groß›.»

# Ein Brief aus dem Badehaus (1416)

Es macht Spaß zuzusehen, wie abgetakelte Weibsbilder zusammen mit jüngeren nackt vor den Augen der Männer ins Wasser steigen und ihre Scham und ihre Hinterbacken den Leuten zur Schau stellen. Gelacht hab ich öfter über dieses so herrliche Schauspiel, während vor mein inneres Auge die Spiele des Florafestes traten, und bei mir selber bewunderte ich die Einfalt dieser Leute, die auf das alles nicht besonders aufmerken noch irgendetwas argwöhnen oder es mit spitzer Zunge glossieren.

Die Bäder jedoch, die in den Privathäusern sind, sind überaus fein, und auch sie werden von Männern und Frauen gemeinsam benutzt. Eine Art Bretterverschlag scheidet sie in zwei Hälften, und darein sind sehr viele Fensterchen eingelassen, durch welche sie miteinander trinken und schwatzen, von der einen nach der andern Seite sich sehen und miteinander anbändeln können, wie das bei ihnen gang und gäbe ist. Über den Bassins laufen rundum Estraden, wo die Leute sich einfinden, um zuzuschauen und miteinander zu plaudern. Denn jedermann darf besuchshalber zu einem Gespräch, um eines scherzhaften und entspannenden Vergnügens willen die Bäder der andern aufsuchen und sich dort aufhalten, sodass man die Frauen beim Aussteigen aus dem Wasser und beim Hineinsteigen betrachten kann, wie sie am größeren Teil des Körpers nackt sind. Keine Türhüter überwachen die Zugänge, keine Türen stehen einem im Weg, keiner argwöhnt Unanständiges. Die Männer tragen lediglich einen Lendenschurz, die Frauen aber zieh'n sich beinlange Leinengewänder über, die freilich an der Seite ganz offen sind, sodass sie weder Hals noch Brust noch Ober- und Unterarme bedecken, öfter speisen sie geradewegs im Wasser auf gemeinsame Kosten, wobei ein auf dem Wasser schwimmender Tisch gedeckt wird.

(...) Ganz wunderbar ist zu sehen, in welcher Einfachheit sie leben, in welcher Vertrauensseligkeit. Seelenruhig und ohne mit der Wimper zu zucken, sahen Männer zu, wie Fremde mit ihren Frauen flirteten; allem gewinnen sie eine positive Seite ab. Nichts ist so schwierig, dass sie es nicht durch ihre Lebensart leicht machten.

(...) Pro Tag drei oder vier Mal betritt man das Bad, bringt darin den größeren Teil des Tages zu, teils mit Singen, teils mit Trinken, teils mit Reigentänzen; sie machen nämlich auch im Wasser Musik, wenn sie sich dort ein wenig niederlassen. Bei alledem am reizendsten anzuschauen sind die Mädchen: schon dem Manne erblüht, schon voll im heiratsfähigen Alter, mit strahlendem und freiem Antlitz, Göttinnen gleich in Gestalt und Gehaben.

(...) Auch vestalische Jungfrauen oder um eher die Wahrheit zu sagen Florapriesterinnen, auch Äbte, Mönche, Ordensbrüder, Priester leben hier in größerer Freiheit als die übrigen, und zumal, wenn sie mit den Frauen zusammen im Bad sind und auch ihr Haar mit Kränzen schmücken, sind alle ihre religiösen Skrupel verflogen. Allen steht der Sinn nur darnach, der Traurigkeit zu entfliehen und die Fröhlichkeit zu gewinnen, an nichts Gedanken zu verschwenden außer, wie sie heiter dahinleben, wie sie die Freuden genießen können.

Auszug aus: *Poggio grüßt sehr herzlich seinen Niccolò.*
Aus dem Bade am 17. Mai 1416

# 9

Das Badehaus «Zum Becken» war stadtbekannt und für seine Freizügigkeit berüchtigt. Es lag in unmittelbarer Nähe zum ehrwürdigen Bürgerspital und zu den Backstuben in der Semmelstraße, wodurch es auch seinen Namen erhalten hatte. Es war eins von wenigstens acht weiteren, gut besuchten Badehäusern der Stadt Würzburg. Was es von den anderen aber unterschied, war nicht, dass man den lieben langen Tag bei Musik, Tanz und Essen im Badezuber verbringen konnte, sondern sein ausgesuchtes Publikum. Im «Becken» trafen sich die Edelleute, die vornehmen Herren des Domkapitels, hohe Beamte, Patrizier und so mancher wohlbetuchte Gast.

Nur durch eine Tür getrennt – die aber offen stand und später ganz entfernt wurde, um einen einfacheren Zugang zu erhalten oder leichter einen Blick auf die vorbeigehenden nackten Damen oder Männer werfen zu können – fanden sich die hohen Herrinnen im Badetrakt für die Frauen ein. Unter ihnen waren auch welche, die nicht durch Geburt oder Heirat den höheren Ständen angehörten. Sie waren aus geschäftlichen Gründen hier, tanzten, sangen, unterhielten sich und erfüllten gegen das entsprechende Entgelt auch weitergehende Wünsche.

Das Badehaus arbeitete im Dauerbetrieb, von frühmorgens bis in die späte Nacht hinein, vom Frühstück bis zum

Nachtmahl. Während darüber manche Amtsstube verwaist blieb und Patrizierhäuser leer standen, traf man sich im «Becken» und verbrachte nahezu den ganzen Tag dort unter seinesgleichen. Wer daher die neuesten Nachrichten erfahren, Politik machen und Geschäfte abwickeln oder einfach nur die Zeit totschlagen wollte, befand sich hier genau am richtigen Ort.

An diesem Morgen war auch Clarissa von Winterfeld unter den Badegästen. Sie war erst vergangene Nacht aus Mainz kommend in der Stadt am Main eingetroffen. Die Fahrt war lang und beschwerlich gewesen, ihre Gespräche am Hofe des Mainzer Bischofs enttäuschend verlaufen. Nirgends hatte sie einen Hinweis gefunden, wie man den Grafen von Wertheim benutzen konnte, um weiterhin Zwietracht zwischen Würzburg und Mainz zu säen, damit Albrecht Achill die kleine Grafschaft auf seine Seite ziehen konnte. Die Vorkommnisse in Niklashausen waren nur ein Strohfeuer gewesen. Niemand interessierte sich ernsthaft dafür. Ein einfältiger, ketzerischer Schafhirte, ja und?

Jetzt versuchte sie es in Würzburg. Mit einem dünnen Leinenhemdchen bekleidet, das an den Seiten hoch geschlitzt war, betrat Clarissa den Baderaum – nicht den der Frauen, dort erwartete sie nichts außer dem neuesten Tratsch und Klatsch, sondern den der Männer. Sie war nicht die einzige Frau in dem hohen Raum, der über Kopfhöhe von einer Estrade umgeben war, einem schmalen Gang, in dem ein paar Junker sich unterhielten und den Dirnen Geldstücke zuwarfen als Lohn für das Lied oder den Tanz im bauchhohen Badewasser.

Es herrschte eine fröhliche und ausgelassene Stimmung.

Flötenspiel lag in der dunstigen Luft, die nach Kräutern und Honig roch. Eine Frauenstimme sang eine verführerische Weise, dazwischen heiteres Gelächter. Hübsche Dirnen kokettierten mit alten Männern, einige von ihnen mit Tonsur, andere ließen sich das zweite oder dritte Frühstück schmecken, feixten und griffen nach manchem nackten Hinterteil, das ihnen vor den Weinbecher kam. Hier war kein Platz für Traurigkeit, die Freuden des Lebens galt es in vollen Zügen zu genießen.

Clarissa ließ den Blick umherschweifen. Wo würde sie sich dazugesellen, welcher dieser hohen Herren würde ihre neugierigen Fragen beantworten können? Da war ein einflussreicher Domkapitular mit Pfründen im Taubertal. Mit ihm im Zuber ein hoher Beamter des Bischofs. Sie hörte etwas von Pachtzins. Nein, das war im Moment uninteressant. Einen Zuber weiter ein Weinhändler mit einem auffällig südländisch aussehenden Mann mit gelockten, schwarzen Haaren. Sie holten sich für den Abschluss des Handels zwei nackte Dirnen ins Wasser. Auch nicht das Richtige. Es folgten Edelleute mit goldenen Ringen an den Fingern und Lustknaben im Arm, Geldverleiher, Gutsbesitzer, Burgherren … und der alte Rack, er saß alleine in einem Bottich. Er war der Hofmarschall des Bischofs, Georg von Gebsattel war sein richtiger Name, aber alle riefen ihn nur Rack. Ein Bademädchen schrubbte ihm gerade den breiten, narbenreichen Rücken, der Bader hantierte mit einer Schere in seinem ergrauten Haar. Rack war ein erfahrener Kämpfer, hatte zahlreiche Schlachten geschlagen und gewonnen – allerdings nicht für seinen Würzburger Herrn, sondern für seinen früheren, den Ansbacher.

Er hatte die Seiten gewechselt, und niemand außer ihm und Albrecht Achill wusste den genauen Grund. Manche sagten, seine Dienste seien nicht entsprechend gewürdigt worden, andere, er habe es dem Ansbacher Herren verübelt, dass er nicht in seinen ehrwürdigen Schwanenorden aufgenommen worden sei.

Nun oblag Rack das gesamte Kriegswesen des Würzburger Herzogtums, also auch die Verteidigung der Festung Marienberg. Er hatte seine Späher überall, sie berichteten nur ihm. Wenn also einer wusste, wer was mit wem zu tun hatte oder welche Geheimnisse noch unentdeckt geblieben waren, dann war es Rack.

«Gestattet, edler Hofmarschall, wenn ich Euch Gesellschaft leiste?»

Der alte Brummbär blickte von seinem Weinkrug auf, suchte zu erkennen, wer ihn da unerwartet bei der Morgentoilette störte.

«Clarissa? Was macht Ihr hier?»

Die Überraschung war echt, der Ton reserviert. Misstrauen war angebracht, wenn Albrecht Achills Verbündete auftauchte.

«Sorgt Euch nicht», antwortete Clarissa, «ich bin nur auf der Durchreise.» Sie stieg ohne weitere Aufforderung zu ihm ins Wasser. «Bei der Gelegenheit wollte ich sehen, wie es Euch unter Eurem neuen Herrn ergeht.»

«Ich kann nicht klagen. Hier in Würzburg schätzt man meine Dienste.»

Der Stachel saß also noch immer tief.

«Allseits wird Eure Treue und Euer umsichtiges Handeln gelobt. Es freut mich, dass Euch endlich die Anerkennung zuteilwird, die Euch gebührt.»

«Das muss mir ausgerechnet eine Ansbacherin sagen.»

Er trank den Krug leer, das Bademädchen schenkte nach.

«Glaubt mir, ich hätte Euch nicht gehen lassen», schob Clarissa nach, «nicht so.»

Rack nickte. Das Eingeständnis tat gut, wenngleich er wusste, dass der Feind ihm gegenüber saß. «Ihr seid sicherlich nicht um der guten alten Zeiten willen in mein Wasser gestiegen. Womit kann ich Euch helfen?»

«Nichts Bestimmtes», antwortete sie beiläufig, entschied sich aber dann doch für den Frontalangriff. «Ich hörte, dass der Graf von Wertheim in Ungnade gefallen sein soll.»

«Ach das», Rack lächelte müde, «nicht mehr oder weniger als sonst auch.»

Demnach stimmten also die Gerüchte. «Was ist der Grund?»

«Warum sollte ich Euch das sagen?»

«Weil ich bei nächster Gelegenheit Euren Informationsbedarf stillen kann?»

Das Angebot war nicht von der Hand zu weisen, schließlich hatte er mit Clarissa eine vortreffliche Kundschafterin am Hof von Albrecht Achill, dem erklärten Konkurrenten des Bischofs und dem Intimfeind des geschassten Rack.

«Die Sache ist eigentlich nicht der Rede wert», begann er, «aber wenn Gefühle ins Spiel kommen, siegt die Eitelkeit über den Verstand.»

«Es wäre nicht das erste Mal.»

«Es geht um einen kleinen Ort, den der Bischof einst an den Grafen verpfändet hat, und nun will er ihn wieder zurück. Aber der Graf stellt sich quer.»

«Was macht den Ort so wertvoll?»

«Nichts, außer seiner Lage am Main. Der Bischof will dort eine Zollstelle aufbauen …»

«Und der Graf will das Geschäft lieber für sich.»

Rack nickte. «Viel Lärm um nichts.»

«Ihre Gnaden zürnt dem Grafen also, weil er nicht gehorcht.»

«Er denkt darüber nach, ihm ein paar bewaffnete Reiter auf den Hals zu schicken. Mal sehen, ob er dann einlenkt.»

Verletzte Eitelkeiten waren es demnach und die Angst, mit Gewalt vor den Bischofsstuhl gezerrt zu werden, die den Grafen so dünnhäutig hatten reagieren lassen, als sie im Taubertal zur Jagd gewesen waren. Das mochte aus Sicht des Grafen durchaus bedrohlich wirken, war aber gängige Praxis. Wenn der Herr befahl, hatte der Diener zu gehorchen.

Clarissa seufzte. Sie hatte auf ein größeres Geheimnis gehofft.

«Nun zu Euch», sagte Rack, «was habt Ihr Neues aus Ansbach zu berichten?»

Für die unbrauchbare Information, die er geliefert hatte, sicherlich nichts Wichtiges.

«Ihr kennt doch Ihre Gnaden, er macht aus allem ein Staatsgeheimnis.»

«Was interessiert ihn an dem Grafen?»

Das würde sie ihm nicht auf die Nase binden. Der Graf war ein weiteres Mosaiksteinchen auf dem Weg zur Vorherrschaft in Franken. Wenn er ihn auf seine Seite gezogen hatte, und damit den Würzburger an dessen Westflanke geschwächt hatte, würde er es früh genug erfahren.

«Der Deutsche Orden macht ihm Sorgen. Mainz natürlich auch. Das Gleichgewicht ist in Gefahr.»

«Gleichgewicht?» Rack lachte aus vollem Herzen. «Gleichgewicht ist wohl das Letzte, was diesen Gierschlund interessiert. Clarissa, enttäuscht mich nicht. Wir hatten eine Übereinkunft.»

Richtig, sie musste liefern. Was könnte sie preisgeben, um den alten Haudegen zufriedenzustellen?

Sie hatte Glück. Ein Bote eilte herein, verschaffte ihr Zeit zum Nachdenken.

«Verzeiht, Hofmarschall, es gibt neue Kunde.»

«Sprich.»

«Da ist ein Kerl, ein junger Mann, der im Taubertal für gehörig Aufregung sorgt.»

Clarissa spitzte die Ohren.

«Was sollte uns am Taubertal interessieren? Das ist Mainzer Gebiet», entgegnete Rack.

Und Gebiet des Grafen von Wertheim, dachte Clarissa.

«Der Kerl, um den es sich handelt, ist Würzburger. Er stammt ursprünglich aus Helmstadt.»

Rack nickte. «Weiter.»

«Ihm soll ...», der Bote suchte nach den richtigen Worten, «unsere heilige Muttergottes erschienen sein.»

Die Nachricht traf Clarissa wie ein Blitz. Hatte sie das richtig verstanden? Meinte er diesen einfältigen Schafhirten, dem sie den Prozess gemacht hatten?

«Die heilige Muttergottes?» Racks massiger Brustkorb begann zu beben. «Die erscheint mir jede Nacht, wenn ich an mein Sündenregister denke.» Er lachte befreit auf. «Habt Ihr das gehört, Clarissa? Die Heilige Jungfrau ist wieder unterwegs.»

Doch ihr war nicht nach Lachen zumute, wenngleich sie ein amüsiertes Gesicht vorschützte. Mit dem Prozess gegen den Spielmann war die Sache für sie erledigt gewesen, sie hatte keinen einzigen Gedanken mehr an den gescheiterten Versuch verschwendet, Unruhe ins Taubertal zu tragen, um damit die Mainzer und die Würzburger in einen Zwist zu verwickeln.

Einen ähnlich betretenen Eindruck machte der Bote. Er ließ den Hofmarschall auslachen, dann aber legte er nach.

«Die Leute glauben ihm, sagen, es sei ein Wunder geschehen.»

«Ein Wunder wär's, wenn sie nicht alle vierzehn Tage einem Bauerntölpel erscheinen würde.»

«Die Breitensteins und andere Edelleute glauben ihm.»

Das Lachen versiegte.

«Und die von Clausenfeldt», fügte der Bote hinzu, «die Stolbergs und die von Werra ...»

«Genug!»

Rack richtete sich auf. «Sind die jetzt alle verrückt geworden?»

«Sie sagen, sie hätten es mit eigenen Augen beobachtet, an einem Sonntag nach dem Kirchgang in Bronnbach. Einem edlen Jüngling sei die Heilige Jungfrau vor einem blühenden Strauch erschienen.»

«Einem Edlen?», fragte Clarissa.

«Kein richtiger Edler», korrigierte der Bote, «aber der Jüngling habe so ausgesehen. Anmutig wie ein Junker, furchtlos wie ein Ritter und demütig wie ein Franziskaner habe er die göttliche Offenbarung entgegengenommen.»

«Welche Offenbarung?», fragte Rack.

«Die der Heiligen Jungfrau … dass da kommt das Jüngste Gericht …»

«Das kennen wir schon aus der Bibel.»

«Ja, aber nicht über alle und irgendwann, sondern schon bald über die gefräßigen Pfaffen und den Bischof, den heuchlerischen Papst, den betrügerischen Kaiser und seine korrupten Könige. Verflucht seien sie alle und handelten im Auftrag des Teufels …»

«Ja, ja, schon gut», unterbrach Rack den Boten. «Ein Aufwiegler also.»

«Sie nennen ihn den heiligen Jüngling, der die göttliche Gnade der Muttergottes erfahren hat. Nur ihm will sie sich offenbaren.»

«Hat er denn auch einen richtigen Namen?», wollte Clarissa wissen.

«Hans heißt er, ein Spielmann und Schafhirte.»

Clarissa konnte sich ein Lächeln nicht verkneifen, während sich Rack vor Verwunderung die Augen rieb.

«Ein Spielmann ist er, noch nicht mal ein Pfaffe?»

«Darum sei das Wunder ja so groß, sagen die Leute. Den Niedrigsten aller Niedrigen habe sich die Gottesmutter ausgesucht, um die Menschen zur Umkehr aufzurufen. Genauso wie seinerzeit Jesus Christus ein einfacher Zimmermann war.»

«Das wird ja immer besser», raunte Rack. «Hat der Graf von Wertheim ihn schon festsetzen lassen?»

«Nicht die Spur. Er hockt auf seiner Burg und zählt die vielen Narren aus nah und fern, die in sein Land pilgern.»

«Wie viele sind es denn?»

«Am Anfang waren es ein paar Dutzend, gestern sollen es über tausend gewesen sein.»

«Tausend?!»

«Und täglich werden es mehr. Rheinländer sieht man, die ersten Thüringer treffen ein, aus Nürnberg und Mainz kommen sogar schon Leute von hohem Stand. Die Bauern auf den Feldern lassen Hacken und Pflüge zurück, begeben sich auf direktem Weg nach Niklashausen. Es ist, als hätten sie den Verstand verloren.»

«Das reicht.» Rack erhob sich aus dem Wasser. «Bader, bring mir meine Kleider. Und du, Bote, lauf zum Bischof. Sag ihm, sein Hofmarschall wünscht ihn zu sprechen. Es ist dringend.»

Der Aufruhr, den Rack verursachte, blieb nicht unbemerkt. Die Ersten fragten sich, was den tapferen Hofmarschall schon so früh aus dem Bad trieb. Clarissa ließ sich nichts anmerken. Sie grinste in sich hinein.

Wer hätte gedacht, dass dieser windige Spielmann zu so etwas fähig war?

Sie würde ihrem Herrn Albrecht Achill gleich Nachricht zukommen lassen. Er dürfte mit ihr zufrieden sein.

«Gestattet, edle Frau, dass ich Euch Gesellschaft leiste?»

Der nackte Junker trug ein Blumenkränzlein auf dem schwarzen, lockigen Haar, in den Augen eine süße Vertrautheit, als ob sie sich schon immer kannten. Er lächelte wie Adonis und bestimmte sie damit zu seiner Favoritin.

Clarissa willigte ein. Dieser Morgen verdiente eine Belohnung.

# 10

Jeronimus gab die Übung vor. Er stand aufrecht, nahm die Schultern zurück, atmete tief und sprach: «Zwischen zwei Zwetschgenzweigen zwitschern zwei Schwalben …» Dabei dirigierte er jede Silbe, als habe er ein Orchester von Schwalben vor sich. «Zwei Schwalben zwitschern zwischen zwei Zwetschgenzweigen. Jetzt du. Wiederhole laut und deutlich.»

Hans stand am Hang des Mühlenbergs. Unter ihm Niklashausen, über ihm der unendlich weite und blaue Himmel, einzig von verwaisten Schäfchenwolken geschmückt. Vor ihm das Taubertal, die Hänge und der Wald. Bis dorthin sollte man seine Worte hören. Mit breiter Brust schleuderte er seine Worte ins Tal.

«Zwischen zwei Zwätschken …»

«Lauter und deutlicher!»

«Zwischen zwei Zwätschken …»

«Zwetschgen! Das ist ein G und kein K.»

«Zwetschgenzweigen.»

«Zwitschern zwei Schwalben.»

«Tswitschen …»

«Noch mal.»

«Zwidschärn …»

«Atmen sollst du! Schultern zurück und öffne endlich deinen Mund!»

«Mach ich doch.»

«Einen Hühnerdreck machst du.»

Jeronimus bückte sich, suchte im frischen Gras nach etwas, das ihm die Arbeit erleichterte. In drei kleinen Steinchen fand er es. Er rieb sie an der Kutte ab und hielt sie Hans hin. «Hier, nimm sie in den Mund.»

«Steine?»

«Sprechhilfen. Los, mach schon.»

«Einen Teufel werde ich.»

«Tu es, bevor ich dich eigenhändig den Hang hinunterwerfe!»

Sein Gesicht war rot, er meinte es ernst.

«Aber wieso?»

«Die Griechen waren die größten Redner, die die Welt je gesehen hat, und Demosthenes war ihr König.»

Hans schaltete auf stur. «Was kümmern mich die Griechen?»

«Demosthenes sprach leise, undeutlich und er nuschelte. Aber um in Griechenland etwas zu werden, musste er sprechen können. So ging er ans Meer, nahm Kieselsteine in den Mund und redete gegen die Wellen an. So wurde er der Meister der Redner. Die ganze Welt sprach von ihm, von seiner Kunst, laut und deutlich die Worte sprechen zu können, sodass selbst ein tauber Greis ihn verstand. Also, wenn du sprechen lernen willst, ohne dass dich deine Zuhörer auslachen, nimm die Steine endlich in den Mund.»

So ein Irrsinn. Hans war nicht überzeugt. Er drückte die Brust heraus, nahm die Schultern zurück und atmete tief ein.

«Zwischen zwei Z-Zwädsch … gen-tswaign …»

«Zwetsch-gen-zwei-gen!»

Das ging nun schon seit dem frühen Morgen so. Mit Anbruch des Tages waren Hans und Magdalena den Mühlenberg hinaufgestiegen, wo sie Jeronimus bereits erwartete. Ihr Magen knurrte, aber Jeronimus verbat jegliche Nahrungsaufnahme. Für eine kräftige Stimme war ein voller Magen Gift. Der leere Körper sollte hallen und schallen wie der Bauch einer Trommel, wie das Echo in einer Schlucht, wie die donnernden Hörner von Jericho, auf dass die Mauern in den Köpfen brachen und jeden Zweifel unter sich begruben.

Magdalena saß indes abseits im Gras und schaute in das geschwungene Taubertal hinunter. Ihren Dienst in der Badestube hatte sie quittiert, auch die weitergehenden Wünsche der Badegäste wollte sie nicht länger erfüllen. Von nun an war sie ein freier Mensch, der selbst entschied, was er mit seinem jungen Leben noch anstellen wollte. Was das genau sein würde, wusste sie noch nicht. Keinesfalls würde sie je wieder den schmutzigen Buckel von irgendjemandem schrubben, so viel war sicher.

«Nimm die Steine endlich in den Mund!»

Hans tat es schließlich. «Schwischn ...»

«Deutlicher.»

Die vergangenen Tage hatten ihr einen Eindruck vermittelt, wohin die Reise gehen könnte. Auf die ersten Dutzend Zuhörer waren weitere gefolgt, die anderen vom wundersamen Jüngling aus Niklashausen berichtet hatten, und auch diese trugen die Nachricht weiter. So waren innerhalb weniger Tage mehrere hundert wildfremde Menschen nach Niklashausen gekommen, in der Mehrzahl Frauen und Kinder, vereinzelt auch Männer – aber ihr Anteil wuchs. Bald schon würden sie nicht mehr wissen, wohin mit ihnen. Die Scheune fasste mittlerweile mehr Wallfahrer als Heu, und selbst die nassen und zugigen Strohhütten der Tagelöhner und leibeigenen Bauern waren belegt. Sie alle wollten in der Nähe von Hans sein, ihn sprechen und von der Jungfrau Maria erzählen hören. Das wenige Geld, das sie bei sich trugen, gaben sie für Übernachtung und Essen aus, und wer noch etwas übrig hatte, erwarb einen Ablassbrief oder den Krimskrams, den dieser fremde Mönch feilbot, um das Seelenheil zu sichern. Dafür hatte er die Hälfte der Einnahmen bei ihnen abzugeben. Das war ein lohnendes Geschäft und vermittelte ihnen einen Eindruck, wie Kaiser und Papst zu ihren Reichtümern gekommen waren.

Von Gegenrede oder gar Widerstand war bei den Niklashäusern nichts zu spüren. Durch die Wallfahrer kam Geld ins Dorf. Wer nicht auf den Kopf gefallen war, vermietete sein Bett oder bot den ewig hungrigen Kindern Hafersuppe an. Anton, der Holzschnitzer der Heiligenfiguren im Badehaus, hatte zwei Jungen in seine Dienste gestellt. Der eine sorgte für Material, der andere schnitzte vor, und Anton veredelte. Er verlangte mittlerweile das Dreifache des sonst üblichen Preises. Zentrales Thema: Hans und die heilige Gottesmutter. Das Motiv hatte Strahlkraft. Es ging hinaus ins Land und verlieh der Erzählung etwas Konkretes, Greifbares, das möglichen Zweiflern an der Verkündigung zu schaffen machte. Das Wunder hatte sich materialisiert. Wie konnte man dagegen noch anreden, wenn man es in den eigenen Händen hielt?

«Genug, es reicht», sagte Jeronimus. «Lass uns deine Rede vorbereiten.»

Hans spuckte die Steine aus. «Pfui Teufel. Wenn ich gewusst hätte, dass du so ein Schleifer bist, hätte ich mich nie darauf eingelassen.»

«Du wirst mir noch dankbar sein.»

«Wer mich vorher nicht verstanden hat, wird es jetzt auch nicht tun, nur weil ich ein G von einem K unterscheiden kann.»

«Nur ein Narr spricht so.»

War ihr Tun frevelhaft? Hatten sie Skrupel, den armen Menschen das letzte Geld aus der Tasche zu ziehen? Ja, der eine mehr, der andere weniger, je nach persönlicher Schicksalslage. Jeronimus war froh über eine neue Kutte und einen Topf, mit dem er sein tägliches Süppchen zubereiten konnte. Doch weitaus mehr lag ihm daran, die Welt auf den Kopf zu stellen, das war sein Ziel. Auf dem Weg dorthin durfte man nicht zimperlich sein.

Ulrich fand endlich die Chance, seine kleine, unbedeutende Dorfkirche zu einem anerkannten Wallfahrtsort auszubauen, das große und berühmte Kloster von Bronnbach hinter sich zu lassen. Das käme nicht nur ihm zugute, sondern allen Dörflern, die mit den Wallfahrern eine selbstbestimmte Arbeit und ein sicheres Einkommen fanden. Das war gottgefällig, daran gab es nichts auszusetzen.

Hans trieb nur ein Gedanke um: Rache für Elsbeth und sein ungeborenes Kind. Er würde nicht eher ruhen, bis ihr Tod gesühnt war. Wie er das erreichen wollte, darüber war er sich selbst noch nicht im Klaren.

Und Magdalena? Was war ihre Motivation, am Heiligenstück mitzumachen? Neue Kleider, ein paar feste Schuhe, ein Ende ihres Sklavendienstes im Badehaus.

Doch entscheidend war etwas anderes: Sie wollte an der Seite von Hans sein, mit ihm durchs Leben gehen, eine Familie gründen, ein anständiges Leben führen, glücklich sein. Was war dagegen einzuwenden?

Nach Elsbeths Tod schien ihr Traum in greifbare Nähe gerückt zu sein. Und sie würde jede Konkurrentin aus dem Weg räumen, wie sie es schon bei Elsbeth getan hatte. Der Karmelitermönch in Kloster Bronnbach wäre nie alleine auf die Idee gekommen, den Dominikaner mit nach Niklashausen zu nehmen. Dafür wäre der Aufwand zu groß gewesen, der Anlass zu unbedeutend. Erst ihr diskreter Hinweis, dass auf dem Altar im Gotteshaus ein Dämon mit einem Spielmann gezeugt, Weihwasser mit ihrem Monatsblut vermischt und der Tabernakel geschändet worden war, hatte den Dominikaner hellhörig gemacht. Ulrich hatte davon nichts mitbekommen. Als die beiden Brüder eintrafen, saß er betrunken im Badezuber und ließ sich von ihr erleichtern.

«Wer ins Taubertal nach Niklashausen kommt, erlangt die vollkommene Gnade unserer Gottesmutter», sagte Jeronimus. «Eine Wallfahrt nach Rom oder zu einem anderen Ort ist nicht mehr nötig.»

«Was heißt die *vollkommene Gnade*?», fragte Hans.

«Der Ablass von zeitlichen Sündenstrafen wie das Fegefeuer.»

«Wer soll das verstehen?»

«Jeder, der darüber nachdenkt.»

«Das muss ich anders ausdrücken ... so, dass es die Leute sofort verstehen, anstatt lange darüber zu rätseln, was es bedeuten könnte ... Wir wär's mit: Ein Bad, das von allen Sündenstrafen reinwäscht?»

«Lass das Baden weg. Das können sich nur die Reichen leisten.»

«Richtig. Es muss etwas sein, das sie kennen und betrifft.»

«Das Sterben», rief ihnen Magdalena zu. «Den Tod kennen sie nur allzu gut.»

«Das ist gut», sagte Jeronimus.

Hans schaltete schnell. «Wer im Taubertal stirbt, dessen Seele fährt vom Maul direkt hinauf in den Himmel.»

«Das ist es», sagte Jeronimus, «da ist alles drin. Taubertal, das siechende Leben und die Gnade der direkten Himmelfahrt ohne Umweg über das Fegefeuer.»

«Gut, dann nehmen wir das.»

Durch die Wälder und über die Felder, entlang der Tauber, zu Fuß, zu Pferd oder mit dem Boot, zogen sie gen Niklashausen. Noch kein Strom, aber ein stetig fließendes Rinnsal an Neugierigen und Gläubigen, Schuldbeladenen und Bußfertigen, ein jeder mit einem eigenen Sündenregister und der Angst, dass ihre Hölle zu Lebzeiten nur der Anfang eines ewigen Leidens sei.

Sie sammelten sich rund um die Kirche, in der Hoffnung, dort den Jüngling zu treffen. Ulrich würde eine Messe nach der anderen lesen, sie zu Spenden für ein anständiges Kirchenhaus für die heilige Muttergottes aufrufen, die Beichte abnehmen, Segen spenden, endlich tun, wofür er da war.

Die anderen Pilger ließen sich erschöpft auf den Wiesen und Feldern nieder, warteten und beteten, harrten auf den Jüngling, den Günstling Mariens, den Mittler zwischen Mensch und Gottheit. Einfache Zeltbauten entstanden, dazwischen kleine Feuer, auf denen Brotsuppen für hungrige Mäuler zubereitet wurden.

«Der Kaiser ist ein Bösewicht. Von ihm kommt alles Schlechte», sagte Jeronimus.

«Mit dem Papst ist es nicht besser», erwiderte Hans.

«Wenn alle Fürsten, die geistlichen und weltlichen, die Grafen und Ritter so viel besäßen wie der gemeine Mann, dann hätten alle gleich genug.»

«Die Fische im Wasser und das Wild auf dem Feld müssen uns allen gehören. Anders hört das Hungern und Sterben niemals auf.»

«Die Zölle, Steuern und Frondienste ...»

«Ach, jämmerlich arme Teufel sind wir.»

Die Kirchenglocke läutete. Es war Zeit. Hans' nächste Rede war für die Mittagszeit angekündigt. Magdalena erhob sich, rieb sich das Gras von den Händen. Seltsam fühlte sich das an. Die Haut war viel fester geworden, seitdem sie ihre Hände nicht mehr den ganzen Tag im Badewasser hatte.

«Lasst uns gehen.»

«Wir sind noch nicht fertig», erwiderte Jeronimus unwirsch.

Sie hielt Hans auffordernd die Hand hin. Er ergriff sie und stand auf. «Ich bin es aber», sagte er.

Auge in Auge standen sie sich gegenüber. Er lächelte sie an, aufrichtig, nichts ahnend. Ihr galoppierte das Herz.

«Warum zitterst du?», fragte er und umfasste ihre Hand.

Sie entzog sie ihm und vermied schüchtern weiteren Augenkontakt. «Es ist nichts.» Dann streifte sie ihm die Kleidung glatt, entfernte Grashalme, richtete ihm das Haar.

«Es ist gut», raunte Jeronimus, «du machst aus ihm noch einen größeren Gecken, als er ohnehin schon ist.»

«Dieser Geck gewinnt die Herzen der Frauen und Kinder», antwortete Magdalena scharf, «und nicht dein Gerede von Gleichheit und Freiheit.»

Ihr Ton war eisig und ließ keinen Platz für Interpretation. Unerwartet taten sich zwei Lager auf.

«Mein Gerede?» Jeronimus schnappte nach Luft. «Was fällt dir ein?»

«In der Kirche hast du ihn bloßgestellt.»

«Er ... hatte seinen Text vergessen.»

«Er hat *deinen* Text vergessen, was noch das Beste an diesem schändlichen Auftritt war. Hätte ich ihn nicht rausgeschafft und gesagt, wie er mit den Frauen und Kindern sprechen muss, hätten sie uns alle verlacht.»

«Unverschämte kleine Dirne!»

Hans ging dazwischen. «Was ist denn plötzlich in euch gefahren?!»

«Er ist nicht gut für dich», antwortete Magdalena mit giftigem Blick, und wenn Jeronimus nur die leiseste Vorstellung davon gehabt hätte, wozu sie imstande war, hätte er besser geschwiegen.

«Das Weib liefert uns noch alle an den Henker.»

«Hört auf!» Hans war verwirrt, er suchte nach einer Erklärung, war aber weit davon entfernt, auch nur zu ahnen, was sich da hinter seinem Rücken zusammenbraute. «Kommt jetzt. Sie erwarten mich.»

Der Gang hinunter ins Dorf verlief ruhig, außer dass Hans immer wieder den Kopf schüttelte und darüber sann, was plötzlich mit seinen zwei Freunden geschehen war.

Das Unverständnis wich dem Erstaunen über die Ereignisse im Dorf. Sie waren nur ein paar Stunden fort gewesen, und dennoch erkannten sie es kaum wieder. Die Dorfstraße war bevölkert von Fremden, darunter Kinder an den Händen ihrer Mütter, erstaunlich viele Männer, einfache Leute wie auch ein paar von Stand, Kranke und Siechende, verkrüppelte Bettler, Bauern, Handwerker und selbst ein paar abgerissene Mönche. Hunde kläfften, Pferde wieherten nervös. Jemand pries Hafersuppe mit Brot in diesem Trubel an, ein anderer frische Ziegenmilch, ein dritter Holzkreuze und Kerzen. Anton, der Schnitzer der Heiligenfiguren, verkaufte seine Marienstatuen direkt aus seiner Hütte heraus, ein paar Schritte weiter hatte sich der Mönch mit seinen Reliquien eingerichtet. Vom Karren herunter bot er nicht mehr nur Haare von Märtyrern feil oder Splitter des heiligen Kreuzes, er hatte sein Sortiment der Nachfrage angepasst – Fetzen von Hans' Kleidung, blonde Locken, Rosenkränze, die Hans angeblich gesegnet hatte, Tränen der Heiligen Jungfrau in Walnussschalen und auf Blättern, Wasser aus der heiligen Quelle, Erde aus der Junkersschlucht und schließlich gelbe Blüten und Blumen. Gelb war die hervorstechende Farbe in all dem Grau und Schmutz der Straße und der einfachen Leute. Es hatte sich herumgesprochen, dass Gelb die bevorzugte Farbe der Muttergottes war – das blonde Haar von Hans war ein weiterer Beweis dafür –, und so sah man safrangelbe Tücher und Bänder, Mützen, Hemden und Hosen, auch ein gelbes Kreuz auf der Stirn fand viele Nachahmer.

«Woher kommen all die Menschen?», fragte Hans.

«Hast du sie nicht erwartet?», antwortete Jeronimus.

«Ja ... nein, nicht so viele.»

Im Gedränge unerkannt, zwängten sie sich durch den Strom der nicht abreißenden Menge. Ihr Ziel: die Kirche, wo Ulrich alles vorbereitet haben sollte. Doch bei diesen Massen schien es unwahrscheinlich, dass er auf dem engen Kirchplatz zu allen sprechen konnte.

«Wir müssen auf die große Wiese ausweichen», rief Magdalena nach vorne. «Sie müssen dich sehen.»

«Und hören», fügte Jeronimus hinzu. «Kräftige deine Stimme.»

«Womit?», fragte Hans.

«Mach die Stimmübungen, die ich dir beigebracht habe.»

Magdalena widersprach. «Schone deine Stimme. Du wirst sie noch brauchen.»

Die Kirche tauchte vor ihnen auf, der kleine Platz und diese nicht zu begreifende Menge, die sich an der Eingangstür drängte. Ulrich stand dort, redete mit Händen und Füßen auf die Wallfahrer ein, Vorsicht walten zu lassen, damit kein Unglück geschehe. Sein flehender Blick wanderte über die Köpfe hinweg, bis er endlich erlöst wurde.

«Dem Himmel sei es gedankt, da seid ihr ja endlich.»

«Warum hast du uns nicht rufen lassen?», fragte Jeronimus.

«Die halbe Kirche haben sie mir schon ausgeraubt. Die Muttergottes, die Bilder, Kerzen und das Weihwasser. Alles weg. Sie reißen mir noch das Gestühl aus dem Boden, wenn nicht schnell etwas geschieht.»

«Schick sie zur großen Wiese», rief Magdalena ihm zu, während sie sich gegen die nachströmenden Wallfahrer behauptete. «Dort wird Hans zu ihnen sprechen.»

Ulrich nickte und erhob seine Stimme: «Der heilige Jüngling ... Hört mir zu! Der heilige Jüngling wird dort zu euch sprechen.» Er zeigte auf die Wiese, aber niemand beachtete ihn. Stattdessen wurde er unsanft zur Seite geschoben.

«So hört doch, liebe Leute!», bemühte sich auch Jeronimus vergeblich. Es waren einfach zu viele Menschen, die man mit guten Worten nicht erreichen konnte.

Den gewünschten Erfolg hatte Hans. Er war über das Fenster hinauf aufs Kirchendach gestiegen, in der Hand eine Trommel, die er kräftig rührte. Der dumpfe Klang trug weit, Köpfe reckten sich, suchten nach der Quelle.

«Brüder und Schwestern», rief er, «haltet ein!»

Die Betriebsamkeit verebbte, das Gemurmel und das Feilschen und Handeln erloschen. Manch einer fragte sich, wer der dreiste Kerl war, der sich auf den First der Kirche geschwungen hatte und dort wie ein eitler Wetterhahn posierte. Erst der Ruf einer Magd schaffte Klarheit.

«Das ist Hans», rief sie, «unser heiliger Jüngling!»

Es dauerte einen Moment, bis die Zweifel ausgeräumt waren, denn so hatte man sich Mariens Boten nicht vorgestellt. Dieser Jüngling trug kecke Beinkleider, die das Geschlecht mehr betonten als bedeckten, an den Füßen verspielte Schnabelschuhe, ein Wams mit gelb-roten Streifen, schulterlanges, lockiges Haar und eine grüne Mütze mit einer langen Feder daran. In der Hand eine Trommel, im Gürtel steckte eine Flöte. Solche Kerle sah man landauf, landab zu Hochzeiten und Feiern, für ein paar Münzen spielten sie lustige Weisen und sangen derbe Verse. Keine Jungfrau war ihnen heilig, kein Geldsäckel so gut versteckt, dass sie ihn nicht ausfindig machen konnten. Besser, man ging ihnen aus dem Weg oder lehrte ihnen mit ein paar Ohrfeigen Benehmen.

Magdalena und Jeronimus stand vor Schreck der Mund offen.

«Ist er jetzt völlig verrückt geworden?», fragte Ulrich.

Hans sollte eigentlich von Ulrich auf den Kirchenstufen als Mariens Mittler zwischen Himmel und Erde präsentiert werden, und nun gebärdete er sich wie ein eitler Pfau auf dem Rücken der ehrwürdigen Kirche zur heiligen Gottesmutter. So etwas machte man nicht. Das Haus Gottes war heilig.

So sahen es auch einige Wallfahrer, die sich an dem Geck die Augen rieben.

«Ist das euer heiliger Jüngling?»

«Schafft den Ketzer vom Dach!»

«Eine Tracht Prügel wird ihm die Frechheit austreiben.»

Doch Hans verschaffte sich Gehör. Er schlug erneut die Trommel.

«Brüder und Schwestern, schaut auf mich ... auf einen törichten Spielmann, einen treulosen Schafhirten und Herumtreiber, einen Tagedieb und Possenreißer. Hans Behem ist mein Name, ich spiel die Trommel und die Pfeife seit Jahr und Tag, kenne gar die frechsten Reime. Kein Weibsbild ist mir zu schad, hab schon viel Unglück gebracht über so manch arglosen Vater. Hab weder Heim noch Bett, kenn kein Gesetz noch Ehr ... aus meines Vaters Haus musst ich weichen, der kleine Acker ernährt keine zwei Mäuler. Der Herrschaft muss ich dienen und mir das Kreuz verbiegen, leb von ein paar Körnern im Mund, führ ein Leben, dass es selbst einen Hund müsst grausen ...

Den Pfaffen gesteh ich meine Sünd und darf doch auf kein Erbarmen hoffen, denn die Pfaffen sind sündiger, als ich's je gewesen bin. Fast möcht man meinen, dass nach dieser Höll auf Erden keine schlimmere mehr kommen kann. Die Welt ist ein Sodom und Gomorrha … und ich einer ihrer Teufel.»

Hans machte eine kurze Pause, um seine Worte wirken zu lassen.

«Doch damit ist jetzt Schluss. Die Heilige Jungfrau voll der Gnade hat zu mir gesprochen, zum Niedrigsten der Niedrigen, zum Sündigsten der Sündigen. In einem brennenden Busch ist sie mir erschienen wie einst Gott, unser allmächtiger Herr und Vater, seinem treuen Diener Moses. ‹Kehr um›, sagte sie, ‹beende dieses schändliche Leben und folge den Spuren meines Sohnes.› Aber, gütigste Herrin und Mutter, erwiderte ich, wie kann ich es wagen? Ich bin nur ein einfacher, nichtsnutziger Hirte. Das wäre Gotteslästerung. Und wisst ihr, was sie antwortete?»

Hans ließ seinen Blick über die Menge schweifen, die ihm still lauschte.

«‹Sorge dich nicht›, antwortete sie mir. ‹Die, die Augen haben, werden dich erkennen, und die, die Ohren haben, werden durch deinen Mund meine Worte erfahren. Hinweg, beende dein gotteslästerliches Leben, und werde mein Engel Gabriel …›»

Hans nahm die Trommel und schlug sie gegen den First, sodass sie zersplitterte, dann die Flöte, hielt sie hoch, dass jeder sie sehen konnte, und brach sie in der Mitte wie den Stab nach ergangenem Urteil. Die Schnabelschuhe streifte er ab, die Mütze mit Feder flog im weiten Bogen davon. Es blieb das grellbunte Wams. Er fasste es an den Nähten.

Ein fester Ruck, und schon war es mit der Herrlichkeit eines Spielmanns vorbei. Übrig blieb ein abgerissener und schuhloser Narr.

Die Zuschauer folgten der Wandlung des Hans gebannt, Jeronimus traute seinen Augen nicht, und Magdalena konnte sich ein Lächeln nicht verkneifen. Dieser Tausendsassa hatte es wirklich geschafft, die Menge ohne Not gegen sich aufzubringen, um sie anschließend noch stärker an sich zu binden. Er gab den sündigen Jedermann, gleichwohl den erleuchteten und von Mariens Gnaden geläuterten Paulus.

Kein Wort wurde gesprochen, die Blicke waren gebannt nach oben gerichtet, sie standen da und begriffen nicht, wie ihnen geschah.

«‹Als Zeichen meiner Gunst will ich ein Wunder an dir vollbringen›, so sprach die gnädige Muttergottes zu mir. ‹Heute Nacht will ich den Menschen auf Erden einen Frost schicken, ein Gedenken ihrer schweren Sünden, aber auch der Maßlosigkeit der edlen Herren und der Verderbtheit der Pfaffen wegen. Erfrieren soll jeder Samen auf dem Feld, sodass er keine Frucht mehr hervorbringt. In den Kellern und Lagern soll es faulen und siechen, auf dass der Hunger euer einzige Gefährte in diesem Jahr sein wird. Dem Papst und dem Kaiser will ich den Wein und die feinen Speisen vergiften, den Herren ein Fieber schicken und den ruchlosen Priestern ihre Abtrünnigkeit vergelten. Nur ein Mensch wird diese Plage abwenden können, und dieser Mensch bist du, mein geliebter Sohn.›»

Ein Raunen ging durch die Menge. Der vergangene Winter war lang und hart gewesen, so mancher war im Schnee versunken, hatte alle Vorräte aufgebraucht. Ein günstiger Frühling musste nun her und ein prächtiger Sommer dazu, damit man im Herbst reichlich ernten und die Speicher auffüllen konnte.

«Brüder und Schwestern, ist Frost letzte Nacht über euch hereingebrochen? Hat er eure Aussaat vernichtet, die Vorräte im Keller? Ist euch ein großes Leid widerfahren? ... Nein, denn die Heilige Jungfrau hat durch mich ein Wunder an euch getan. ‹Sprich ein Gegrüßet-seist-du-Maria in meiner geliebten Kirche in Niklashausen›, sagte sie, ‹bevor der neue Tag anbricht, und ich will sie verschonen› ... Ihr heiliger Wille war es und meine gehorsame Pflicht, die ein großes Unglück abgewendet haben ... zu ihrer Herrlichkeit, zu eurem Überleben.»

Gemurmel erhob sich, besorgte und fragende Blicke wurden ausgetauscht. Konnte das stimmen? Der Zeitpunkt war gefürchtet, denn man steckte mitten in den Eisheiligen. Wenn die kalte Sophie hielt, was man ihr nachsagte, dann gnade ihnen Gott. Einen weiteren langen und eiskalten Winter mit viel Schnee würde man ohne volle Speicher nicht überleben.

«Fallt auf die Knie, dankt unserer treusorgenden Muttergottes für die Gnade, die sie an euch getan hat. Glaubt nicht an mich, wenn ihr das nicht wollt, aber glaubt unserer geliebten Herrin im Himmel, denn sie wacht über uns ... über jeden Einzelnen.»

Die Ersten folgten der Aufforderung, weitere wurden dadurch ermutigt und folgten ihnen, bis der gesamte Kirchplatz vor Hans niederkniete.

«Betet und bereut eure Sünden, denn der Zorn unseres himmlischen Vaters ist groß. Gegrüßet seist du, Maria, voll der Gnade ...»

Und während sie das Ave Maria sprachen, setzte Hans von neuem an. «Legt allen Zierrat ab, werft weg das Geschmeide, zertrümmert Spiele und Würfel, betet inständig und tut Buße. Nirgends ist unsere heilige Mutter so nah wie hier in Niklashausen. Rom aber ist ein Sündenbabel und der Papst der Teufel. Wer hierher kommt und wahrlich seine Sünden bereut, dem sei der Weg in den Himmel bereitet ... Ihr aber, ihr lasterhaften Priester und falschen Hirten, euch rufe ich zu: Schlangenbrut. Zu lange habt ihr uns das Blut ausgesogen und euch an unserem Schweiß genährt. Wahrlich, ich sage euch, der Tag wird kommen, an dem ihr euer Haupt vor Angst bedeckt, damit ihr nicht als Priester zu erkennen seid.»

## 11

Bischof Scherenberg stand am Fenster seiner Stadtresidenz und blickte hinunter auf den Domvorplatz. Vornehm gekleidete Frauen standen dort neben Kindern, die ebenfalls alles andere als bedürftig aussahen, und baten um eine Spende.

«Ist das nicht die Frau des Kürschnermeisters?»

Hofmarschall Rack trat an seine Seite. «Und die Frau eines großen Weinhändlers mit ihren Kindern, daneben die Schwester eines Stadtrats, und ein Stück weiter unten ist sich sogar ein Quartiermeister aus der Sanderau nicht zu schade, um ein Almosen zu bitten.»

«Warum machen die das?»

«Sie sammeln Geld für Kerzen und eine Fahne, Euer Gnaden», erwiderte Lutger von Schwarzenberg. «Damit wollen sie eine Wallfahrt unternehmen, ins Taubertal nach Niklashausen.»

«Alles wegen diesem …?»

«Behem, Euer Gnaden. Sie nennen ihn den heiligen Jüngling.»

«Behem?», fragte Scherenberg. «Ein Böhme?»

Rack bestätigte es. «So sagen es die Leute.»

«Dieser Ketzer Jan Hus war auch ein Böhme.»

«Es scheint ihnen im Blut zu liegen.»

«Dann ist sein Schicksal besiegelt.»

Scherenberg wandte sich ab. In kleinen Schritten quälte er sich zurück zum Bett. Der Rücken schmerzte und die Beine fühlten sich wie Blei an. Alleine schaffte er es gar nicht mehr, sich hinzulegen.

«Wenn Ihr so freundlich sein wollt?», bat er mit einer Handbewegung.

Lutger eilte herbei. «Verzeiht meine Unaufmerksamkeit, Euer Gnaden.» Er reichte ihm die Hand, die Scherenberg ergriff, und langsam ließ er sich nach hinten fallen. Ein Seufzer und es war geschafft.

«Was schlagt Ihr vor?», fragte Scherenberg, dessen eingefallene Wangen den hageren Mann noch ein Stück elender aussehen ließen.

«Wir müssen etwas unternehmen, bevor uns die Sache aus den Händen gleitet», schlug Rack vor.

«Niklashausen liegt nicht in meinem Land.»

«Aber Behem ist Würzburger aus Helmstadt.»

«Und doch greift das Recht nach dem Ort des Verbrechens, nicht nach dem Geburtsort des Täters, wie Ihr wissen solltet», entgegnete Scherenberg verärgert. «Niklashausen fällt unter die Rechtsprechung des Mainzer Erzbischofs. Ist er über die Vorgänge informiert?»

«So wie wir es sind», wusste Lutger zu berichten. «Ich habe Nachricht erhalten. Der Erzbischof drückt sein Befremden aus. Er verweist auf die Herkunft des Behem und dass Ihr die Wallfahrt auch noch unterstützt.»

«Das ist Unsinn.»

Rack verbesserte. «Nicht ganz, Euer Gnaden. Entlang der Wege ins Taubertal haben Schänken und Gasthäuser eröffnet, um die Wallfahrer aus nah und fern zu versorgen. Viele davon stehen auf unserem Land.»

«Davon weiß ich nichts.»

«Am Anfang waren es nur eine Handvoll, inzwischen findet man sie zuhauf.»

«Woher haben sie das Geld, ein Gasthaus zu bauen?»

«Eine Hütte ist schnell errichtet, und durch die Einnahmen können sie erweitern. Wer das nicht kann, stellt eben ein Zelt auf. Es ist wie eine Seuche. Täglich kommen mehr Wallfahrer», er zeigte zum Fenster, «und morgen schon welche aus Würzburg. Ich hörte, es wollen sich Hunderte dem Zug ins Taubertal anschließen.»

Die Nachricht ließ Scherenberg keine Ruhe, er beugte sich unter Schmerzen auf. Lutger schob ihm ein Kissen unter den Rücken.

«Maria und Josef», sagte Scherenberg, «was ist denn so interessant an dem Burschen, dass alle den Verstand zu verlieren scheinen?»

«Meine Kundschafter berichten, dass er wie ein Sturm über die Menschen kommt – unaufhaltsam, unwiderstehlich, sie liegen ihm zu Füßen. Kein Wunder, denn er spricht ihnen offenbar aus dem Herzen.»

Scherenberg winkte ab. «Das Herz ist ein untreuer Geselle. Der Sturm wird sich legen.»

«Ihr habt wie immer recht, Euer Gnaden», pflichtete Lutger bei.

«Die Frage ist», sagte Rack, «wie viel Schaden er bis dahin anrichten wird. Wir müssen eingreifen, notfalls mit Gewalt.»

«Ich habe weder Zeit noch Geld für diesen Unfug. Die Mainbrücke muss neu gebaut werden, die Burg erweitert ... das verschlingt unser gesamtes Vermögen.»

«Behem versammelt eine Armee von Wirrköpfen um

sich. Viele einfache Leute sind darunter, Bauern, Tagelöhner, Frauen und Kinder, aber auch Edle, tapfere Ritter von Stand … Ein Wort genügt, und sie marschieren gegen Würzburg.»

«Frauen, Bauern und Kinder … Was können die schon anrichten?»

Ein Klopfen an der Tür.

«Was ist?!», bellte Scherenberg.

Der Sekretär trat ein, verbeugte sich und überreichte eine Nachricht. «Ein Bote aus Nürnberg, Euer Gnaden. Er wartet auf Antwort.»

Lutger nahm sie entgegen und las sie vor. Innerlich frohlockte er, doch äußerlich legte er seine Stirn in Falten, drückte seinen Unwillen darüber aus, was seinem Herrn da angetragen wurde.

«Schlechte Nachrichten?», fragte Scherenberg.

«Die Nürnberger wollen wissen, was bei uns vor sich geht. Ihre Stadt sei in Aufruhr. Dutzende, Hunderte wettern gegen die Obrigkeit, gegen die Priester, Papst und Kaiser. Die Bauern verlassen die Felder, als hätten sie einen göttlichen Auftrag erhalten, zum heiligen Jüngling zu gehen, Handwerker folgen ihnen, Bäcker, Metzger, Händler und sogar Beamte wollen ins Taubertal … Es wird Blut fließen, wenn sie ihnen nicht bald Einhalt gebieten. Und das alles wegen diesem Kerl aus Helmstadt. Man verlangt von Euch eine Erklärung. Was für eine Frechheit!»

Er warf die Depesche angewidert zu Boden.

Rack hob sie auf, flog über die Zeilen. «Das bestätigt, was die Kundschafter berichten. Auch in unserem Land lassen die Bauern ihre Arbeit im Stich. Die Aussaat droht unter dem wuchernden Unkraut zu verkümmern. Zu Hunderten wallen sie nach Niklashausen, hören die Reden dieses verrückten Schafhirten, als spräche aus ihm der Heilige Geist. Frauen und Männer teilen sich das Nachtlager, keinen kümmert es, ob sie verheiratet sind oder nicht. Es ist, als hätten sie alle Ge- und Verbote vergessen. Unzucht und Laster sind eingekehrt. Jetzt wettert er auch noch gegen die Kleidermode, und diese Schafe schneiden sich die Spitzen an den Schuhen ab, Frauen ihre Zöpfe und opfern sie der heiligen Mutter. Ganze Wagenladungen voll ... Entblößt und nackt sind viele, Kleidung sei ein Luxus, Würfel und Musik Teufelszeug. Der Wahnsinn hat sie gepackt.»

Ein zweiter Nadelstich sollte folgen. «Was gedenkt der Graf von Wertheim dagegen zu unternehmen?», fragte Lutger. «Das spielt sich alles vor seiner Burg ab. Ist er nicht imstande, dagegen vorzugehen?»

«Ich fürchte, er will es nicht», antwortete Rack.

«Was sagt Ihr da?»

«Viel Geld kommt durch die Wallfahrt in seine Grafschaft. Wer die Chance am Schopf packt, verdient gut und schreit nicht länger gegen die Herrschaft.»

Dem Bischof reichte es. «Bestellt ihn ein. Er soll sich erklären.»

«Wie Ihr wünscht, Euer Gnaden.»

Rack verneigte sich und ging.

«Lutger, seid so gut», sagte Scherenberg unter Schmerzen in dem viel zu weichen Bett, «schickt einen Boten nach Mainz. Wir lassen gnädigst anfragen, was der Erzbischof gedenkt gegen den Schreihals zu unternehmen. Wir, für unseren Teil, setzen alles in Bewegung, um diese leidige Angelegenheit aus der Welt zu schaffen. Damit soll es auch gut sein.»

Auf dem Weg hinaus gab Lutger die Anweisungen des Bischofs an den Sekretär weiter. Er solle umgehend einen Kurier losschicken und ihn auf dem Laufenden halten, nicht den Bischof, den solle man nicht länger damit behelligen, bis er wieder zu Kräften gekommen sei. Und wenn er schon dabei sei, solle er auch gleich den Rat der Stadt aufrufen, sich Gedanken zu machen, wie der geplanten Wallfahrt der Würzburger zu begegnen sei. Die ketzerischen Worte des Schafpredigers dürften in der Stadt keinesfalls auf fruchtbaren Boden fallen. Nicht auszudenken, was dann geschehen würde.

Was für ein grandioser Tagesbeginn, sagte sich Lutger. Es lief besser als gedacht. Die Bischöfe würden sich in ihren Depeschen gegenseitig Vorwürfe machen, während die Saat im Taubertal in Ruhe aufgehen konnte. Albrecht Achill musste schnellstens davon erfahren … oder doch ein wenig später. Zuvor ein Bad und ein zweites Frühstück. Das hatte er sich verdient.

Eine ähnliche Erfahrung machte Clarissa. Hoch zu Pferd trabte sie durch die Domstraße. Insgesamt zehn Männer, Frauen und Kinder sammelten Spenden für die Wallfahrt nach Niklashausen. Ein seltsames Bild war das. Nicht zerlumpte Bettler oder verlauste Tagediebe standen da entlang der Straße, sondern gut gekleidete Bürger. Manche von ihnen hatte sie noch kurz vorher im Badehaus gesehen, wie sie ausgiebig gefrühstückt und den neuesten Klatsch weitergetragen hatten. Jetzt aber stellten sie sich selbstvergessen in den Dienst eines unbekannten Jünglings, der ihnen die Erlösung auf Erden versprach.

«Eine milde Gabe für unsere Wallfahrt nach Niklashausen.»

Die Bürgerfrau hielt Clarissa den Becher hin, einige Gold- und Silbermünzen befanden sich bereits darin. Ihr Lächeln war ehrlich, die Augen hoffnungsfroh und klar. Wer jemanden so ansah, führte nichts Schlechtes im Schilde, im Gegenteil, sie schien beseelt von ihrem Auftrag. Ein selbstvergessenes Strahlen umgab sie, in den Haaren gelbe Bänder. Das Kind an ihrer Seite war ordentlich zurechtgemacht, frisiert und gewaschen, in den Händen die ersten Frühlingsblumen, ein gelbes Band um die Hüften.

«Sagt, liebe Frau», antwortete Clarissa, «warum wollt Ihr nach Niklashausen wallen?»

Die Frage erwischte sie unvorbereitet. Das selige Lächeln wich für einen Moment aus ihrem Gesicht, die Augen suchten nach einem Anhaltspunkt, bis sie die Überraschung endlich überwunden hatte und Verständnis für die Unkenntnis walten ließ. «Aber, Herrin, wisst Ihr denn nicht, dass unsere Heilige Jungfrau Maria zu uns gesprochen hat?»

«Zu wem?»

«Einem Jüngling aus dem Taubertal. Aber eigentlich ist er einer von uns, ein Würzburger aus Helmstadt.» Stolz schwang in ihrer Stimme mit, sie drückte die Hand ihrer Tochter vor Freude.

«Gelobt und gebenedeit sei unsere Gottesmutter», setzte die Kleine hinzu.

«In Ewigkeit. Amen», sagte die Frau.

«Und was hat unsere liebe Jungfrau dem Jüngling gesagt?», fragte Clarissa.

«Dass wir der Gnade des Herrn sicher sein dürfen, wenn wir Buße tun und zur Kirche der Heiligen Jungfrau nach Niklashausen gehen.»

«Aber könnt Ihr denn nicht auch hier die Gnade der Gottesmutter erlangen, in eurem großen Dom, mit der Hilfe eures Bischofs?»

Das selige Lächeln verschwand, der Augenkontakt brach ab. Bemitleidenswert blickte das Kind zu Clarissa hinauf.

«Der Bischof ist sicher ein gerechter Mann», antwortete die Frau wohlüberlegt, «doch ist das wahre Seelenheil woanders zu finden.» Ihre Lippen bebten, die Anspannung war nicht zu übersehen. An falscher Stelle geäußert, hätte sie sich ein Dutzend Stockschläge für diese ketzerischen Worte eingehandelt. Dass sie es dennoch gewagt hatte, ließ auf eine gehörige Portion Überzeugung schließen.

In Clarissas Ohren klangen sie wie das *Te Deum* – Dich, Gott, loben wir. Sollte es dieser dahergelaufene Schafhirte wirklich vollbracht haben, ehrwürdige Bürger auf seine Seite zu ziehen und sie in Opposition zu ihrem städtischen Oberhirten zu bringen? Sie konnte ihr Glück kaum fassen. Sie seufzte zufrieden und holte ein paar Geldstücke hervor.

«Zündet eine Kerze für mich an», sagte sie und warf die Geldstücke in den Holzbecher, «sprecht ein Gebet für mich, wenn Ihr den Jüngling seht.»

Die Augen der Frau glänzten beim Anblick der fürstlichen Spende. «Habt Dank, Herrin. Mein Kind und ich werden für Euch beten.» Sie nahm ein gelbes Band von ihrem Gürtel. «Nehmt das als Zeichen unserer Verbundenheit. Tragt es für alle weit sichtbar, sodass die frohe Kunde auf jeden herniedergeht, der Euch begegnet.»

Mit dem Band reichte ihr das Kind eine Blume. Clarissa musste an sich halten. Wie vollkommen dieser kindliche Glaube an die göttliche Erlösung war. Wie leicht sich der Teufel Zugang verschafft hatte. Ein paar gesalbte Worte eines Analphabeten hatten augenscheinlich genügt, um ihren Herrn und obersten Glaubenshüter, den Bischof, zu hintergehen. Was für eine verdorbene Person. Sie lachte innerlich und hoffte, dass weitere ihm folgen würden.

Clarissa ritt weiter und gab jedem dieser frommen Geldeinsammler ungefragt ein paar Münzen. Nachdem sie das Stadttor passiert hatte, gab sie dem Pferd die Sporen. Ihr Herz hüpfte vor Freude und Erwartung. Sie musste es mit eigenen Augen sehen, was dieser Jüngling vollbracht hatte. Das gelbe Band entließ sie aus ihrer Hand. Es flatterte im Wind, wurde aufgebauscht und nach oben getragen. Im Geäst eines Baumes verfing es sich als weithin sichtbares Zeichen, dass die Botschaft des Jünglings in der Bischofsstadt auf fruchtbaren Boden gefallen war.

## 12

«Das war nicht der Plan!»

Die Tischplatte bebte von Jeronimus' Schlag. Mit ihr tanzten die Becher und der Krug, der Wein schwappte über, ein paar Münzen kullerten herum, die Kerze fiel um und erlosch.

«Beruhige dich», sagte Ulrich, «es ist doch alles gut gegangen.»

Mit zitternden Händen entzündete er einen Span am Kaminfeuer.

«Weil er Glück hatte», erwiderte Jeronimus, «nur deshalb.»

«Und du trink nichts, wenn du es nicht verträgst», hielt ihm Magdalena vor. Sie stand am Fenster des Gasthauses und blickte auf die vielen kleinen Lichter entlang des Dorfplatzes. Noch viel mehr zeichneten sich in der Dunkelheit auf den Wiesen und den steil ansteigenden Hängen bis hinauf zum Wald ab. Das Dorf war zur Ruhe gekommen. Die vielen Wallfahrer schliefen in den Straßen, auf den Wiesen oder in Zelten, andere beteten noch, von irgendwoher hörte sie den Gesang von Marienliedern.

«Nehmt ihn nur wieder in Schutz», sagte Jeronimus trotzig, «aber ich sage euch, lange wird das nicht mehr gutgehen.»

Die Kerze erhielt durch den brennenden Span neues

Leben und erhellte den Wirtsraum leidlich. Der Schatten von Jeronimus' Kopf wurde an die Decke geworfen, lang wie eine Orgelpfeife, seine krumme Nase wirkte wie ein Adlerschnabel. In der Ecke döste der feiste Mönch mit einem Becher Wein in der Hand, der Inhalt hatte sich über seine Kutte ergossen. Es war ein langer, aber erfolgreicher Tag für ihn gewesen, er ließ sich durch nichts stören. Die Hälfte seines erwirtschafteten Umsatzes lag auf dem Tisch. Hinzu waren die Anteile von Antons Schnitzereien und Ulrichs Ablassbriefen gekommen, die Hälfte der Einkünfte aus dem Verkauf von heiliger Erde, Buschzweigen, Hans' Kleiderfetzen und seiner Haare, selbst die zerbrochene Trommel und die Flöte hatten sich versilbern lassen.

Alles in allem eine stolze Summe. Mit den Einkünften der letzten Tage waren sie gemachte Leute. Ein Leben in Wohlstand und Sorglosigkeit stand ihnen offen.

«Er wusste doch, was er zu sagen hatte», polterte Jeronimus weiter. «Alles war abgesprochen und geprobt. Oder kam die Idee, wie ein Gaukler auf dem Kirchendach herumzutollen, gar nicht von ihm?»

Ulrich hielt schützend die Hände vor die Brust. «Von mir hatte er das jedenfalls nicht.»

Das hatte auch niemand erwartet. Der Pfeil hatte ein ganz anderes Ziel. Doch Magdalena ließ sich nicht provozieren. Ihre Aufmerksamkeit war nach vorne gerichtet, nicht nach hinten, wenngleich sie Hans' eigenmächtige Entscheidung ebenfalls nicht guthieß. Im Grunde genommen hatte Jeronimus recht: Hans hatte sich nicht an den besprochenen Ablauf gehalten. Das war ärgerlich und gefährlich zugleich. Zum einen hatte er den anderen drei bewiesen, dass letztlich er entschied, was er wie sagen wollte, andererseits hätte die Nummer auch schiefgehen können.

Einige Wallfahrer hatte er nämlich nicht überzeugen können. Sie hielten die Turnerei auf dem Kirchendach für unangebracht, übertrieben und letztlich nur auf den Effekt abzielend. Gottlob waren sie in der Unterzahl und konnten die überwiegende Mehrheit mit ihrer Kritik an dem Marien-Gaukler nicht gewinnen. Das war tröstend zu wissen, aber es war auch ein Zeichen, dass Hans zunehmend unberechenbarer wurde. Sie musste sich etwas einfallen lassen, um den alten Zustand wiederherzustellen.

«Vorbei ist vorbei», antwortete Magdalena, «wir sollten besser darüber nachdenken, wie wir weitermachen.»

«Von mir aus kann es genau so weitergehen wie in den letzten Tagen», sagte Ulrich mit Blick auf den kleinen Schatz auf dem Tisch. «Damit kann ich eine neue Kirche bauen, viel größer als die jetzige, mit einem richtigen Marienaltar, neuen Bildern und Figuren … Ein richtig großer Wallfahrtsort wird unser Niklashausen werden, so wie Eichstätt, Marburg, Köln …», er seufzte sehnsüchtig, «… Rom oder Jerusalem.»

«So weit wird es nicht kommen», raunte Jeronimus abschätzig, «zuvor werden der Würzburger und der Mainzer ihre Knechte schicken und deine neue Marien-Kathedrale in Schutt und Asche legen.»

«Niemand wird es wagen, gegen die Heilige Jungfrau die Hand zu erheben.»

«Aber gegen diesen verrückten Gaukler schon.»

«Niemals!»

«Und dann ist es vorbei mit deiner Wallfahrt.»

«Aus ihm spricht der Heilige Geist.»

«Der Heilige Narr wäre treffender.»

«Hört endlich auf!», ging Magdalena dazwischen. «Jeronimus hat recht. Wir müssen darauf vorbereitet sein, dass der Würzburger und Mainzer Bischof nicht länger tatenlos zusehen. Wir müssen stärker werden, wir müssen Hans unantastbar machen.»

Wenn Jeronimus Unterstützung für seine Kritik an der Disziplinlosigkeit von Hans gesucht hatte, dann hatte er sie bestimmt nicht von Magdalena erwartet. Erstaunt blickte er zu ihr hinüber.

«Endlich ... ja, genau das meine ich. Wir müssen etwas unternehmen. Hans muss wieder gehorchen. Wo steckt er überhaupt? Wir waren doch verabredet.»

«Er wollte noch jemanden treffen», sagte Magdalena.

«Wen?», fragte Jeronimus.

«Nicht so wichtig.»

«Das zu entscheiden überlasse lieber mir. Also: Wen trifft er mitten in der Nacht?»

«Ich sagte: Nicht so wichtig.»

Jeronimus erhob sich. «Und ich sage: Das entscheide ich. Wir hängen alle mit drin. Wenn etwas Hans betrifft, dann geht es sehr wohl uns alle etwas an.»

«Ist es dieser lichtscheue Knecht?», fragte Ulrich, «der sich heute Nachmittag bei mir nach ihm erkundigt hat?»

«Welcher Knecht?» Jeronimus krümmte die Augenbrauen.

«Der aus Mergentheim.»

«Was ist mit ihm?»

«Er hätte den Dominikaner gefunden.»

«Welchen Dominikaner?» Langsam dämmerte es Jeronimus. Ulrich brauchte es nicht auszusprechen. «Der, der Elsbeth ...?»

Ulrich nickte verschämt, Magdalena wandte sich wieder um.

«Das ... darf doch nicht wahr sein!», grollte Jeronimus und raufte sich die Haare. «Wir versuchen hier Hans' Kopf aus der Schlinge zu ziehen, und dieser verrückte Kerl hat nichts anderes als Rache im Sinn?»

«Das war der Handel von Anfang an», sagte Magdalena. «Tu nicht so, als hättest du nichts davon gewusst.»

«Aber das war damals. Heute kann er sich das überhaupt nicht mehr erlauben.» Er lachte grell auf. «Unser heiliger Jüngling, der tagsüber mit der Muttergottes spricht, heuert abends einen Mörder an? Was ist denn das für ein Irrsinn?!»

Ulrich und Magdalena schwiegen.

«Habt ihr jetzt die Stimme verloren?»

«Vielleicht kommt es ja gar nicht dazu», wägte Ulrich ab.

«Deswegen trifft er sich auch mit ihm.» Jeronimus schüttelte den Kopf. «Ihr habt davon gewusst ... Habe ich recht? Ohne mir etwas zu sagen.»

«Weil wir wussten, wie du reagierst», entgegnete Magdalena.

«Und ihr dachtet, ihr kämt damit durch. Ist es nicht so? Um Himmels willen, wenn das bekannt wird, sind wir alle des Todes.»

Die Tür ging auf. «Wer ist hier des Todes?», rief Hans in die Runde. «Euch hört man bis hinaus auf den Dorfplatz.»

Jeronimus stürzte auf ihn zu. «Sag mir, dass das nicht wahr ist!»

«Was?»

«Sag mir, dass der Dominikaner noch lebt.»

Der Blick von Hans huschte hinüber zu Magdalena, dann zu Ulrich. Beide mieden den Augenkontakt. Hans schloss die Tür, ging zum Tisch, schenkte sich in aller Ruhe einen Becher Wein ein.

«Der Dominikaner lebt», sagte er ruhig und trank.

Ein erlösender Seufzer von Jeronimus, doch dann die Zweifel. «Wen hast du getroffen?»

«Sorge dich nicht um meine Angelegenheiten», erwiderte Hans.

«Es sind auch unsere», widersprach Jeronimus.

«Diesmal nicht.»

«Du irrst. Wenn du einen Mönch und Priester tötest, sind wir alle geliefert.»

«Niemand bringt euch damit in Verbindung ... und außerdem wäre es nicht die schlechteste Idee.»

Ulrich schreckte zurück. «Wie meinst du das?»

«Die Pfaffen sind die Wurzel allen Übels ... sitzen wie die Maden im Speck ... pressen und saugen uns aus ... huren und zeugen Bastarde, scheiden die Ehe, lügen und betrügen, verspielen das Geld, das die Bauern erwirtschaften. Würde nur ein Blitz herunterfahren und sie alle töten. Aber es geschieht nicht. Wenn also unser allmächtiger Schöpfer und Herr sie gewähren lässt, selbst der Teufel sich nicht die Finger schmutzig machen will, müssen wir das in die Hand nehmen. Zum Wohl aller. Ja, Ulrich, es wäre besser, sie wären tot.»

Kopfschüttelnd wandte Ulrich sich ab. «Hans, mir graut vor dir.»

Betretene Stille machte sich breit. Magdalena setzte sich, Jeronimus räusperte sich.

«Ich will wissen, was du mit dem Dominikaner vorhast», fragte er.

«Er lebt», antwortete Hans mit gleichgültiger Stimme, «mehr musst du nicht wissen. Mach dir keine Sorgen.» Mit Blick auf den Haufen Münzen: «Wir haben gute Geschäfte gemacht?»

«Mit dem, was wir schon haben, reicht es, aufzuhören», sagte Jeronimus niedergeschlagen.

«Wer denkt denn ans Aufhören? Wir fangen gerade erst an.» Hans füllte den Becher auf. Er war offensichtlich guter Laune. «Lasst uns anstoßen. Auf viele weitere goldene Tage.» Er hob den Becher, doch niemand folgte ihm. «Was ist los mit euch? Wieso trinkt ihr nicht mit mir?»

«Wir müssen reden», sagte Magdalena.

«Sicher, doch zuvor lasst uns trinken. Wir haben es uns verdient.»

«Du hast die Absprache gebrochen.»

«Ja, und? Habe ich denn nicht eure Erwartungen übertroffen? Ich habe mich selbst überrascht. Es war eine spontane Idee. Ein genialer Auftritt, oder etwa nicht?»

«Es ist einmal gutgegangen, ein zweites Mal braucht es nicht.»

«Ich habe die Sache im Griff. Keine Sorge.»

«Du wirst übermütig, und das können wir uns nicht leisten.»

Hans lachte. «Hasenfüße seid ihr.»

«Der Würzburger und der Mainzer Bischof werden sich deine frechen Reden nicht mehr lange gefallen lassen», warf Jeronimus ein. «Wir müssen festlegen, wie wir uns weiter verhalten, ohne sie zu sehr herauszufordern.»

«Unsinn!», widersprach Hans, «wir werden sie von ihrem Thron stoßen.»

«Du bist ein Spatz, der es mit Falken aufnehmen will.»

«Das wird sich noch zeigen. Während ihr nichts anderes tut, als herumzusitzen und Maulaffen feilzuhalten, war ich draußen», er zeigte zum Fenster, die Hand bebte vor Ungeduld, «es sind Tausende, und morgen kommen weitere ... aus allen Teilen des Landes strömen sie herbei. Thüringer habe ich gesprochen, Sachsen, Kölner, und sogar aus Freiburg sind die Ersten eingetroffen. Sie sagen, die Nachricht vom heiligen Jüngling geht wie ein Lauffeuer um. Bauern legen die Arbeit nieder, verlassen in Scharen die Felder und kommen nach Niklashausen, nur um mich zu hören und zu sehen. Handwerker und Händler schicken ihre Frauen und Kinder mit Geld, das sie zum Wohl der Gottesmutter uns geben wollen, sogar von Edlen habe ich gehört, die sich nicht länger vom Bischof und seinen Helfern bevormunden lassen wollen. Sie sind es leid, deren gotteslästerliches Tun länger zu dulden. Sie fordern die Umkehr der gesamten Priesterschaft, so wie es Jesus einst von seinen Jüngern gefordert hat. Kehret um und tut Buße. Das sind die Worte des Herrn, und ich bin sein williger Apostel.»

«Du bist nicht ein Apostel des Herrn», unterbrach Magdalena scharf, «sondern das Sprachrohr der Heiligen Jungfrau.»

«Maria oder der Herr ... das ist einerlei. Ich bin es, den sie anbeten.»

Jeronimus fuhr auf. «Schweig! Das ist Blasphemie. Nicht zu dir beten sie, du bist nur ein Bote.»

«Ich bin das zu Fleisch gewordene Wort aus der Bibel.

Ein Prophet, wie es Daniel und Johannes gewesen sind. Ich wandle auf ihren Spuren.»

«Du bist größenwahnsinnig.»

«Nicht ich sage das.» Wieder zeigte er zum Fenster. «Gehe hinaus und frage sie, wer ich bin.»

«Du bist ein Schäfer und Spielmann, ein Lügner. Nichts weiter.» Jeronimus setzte sich mit einem Seufzen.

Anders reagierte Magdalena. «Was sagen denn die Leute?»

«Ich sei von Gott … von der Heiligen Jungfrau Maria gesandt. Ein Engel, ein Prophet, ein Wunder. Ich gebe ihnen Hoffnung, dass doch noch nicht alles verloren ist in ihrem Jammertal auf Erden. Durch mich haben sie ihren Glauben wiedergefunden. Sie beten und lobpreisen die Gottesmutter für ihre Gnade, mich zu ihnen gesandt zu haben. Mich, versteht ihr, einen einfachen Schafhirten. So wie Jesus ein einfacher Zimmermann gewesen ist, musste der Messias aus dem Volk kommen, nicht aus einer Domschule der Edlen oder aus einem reichen Kloster für überzählige Burgherren. Mitten aus dem Volk. So wie ich. Ich bin die Verheißung, auf die sie gewartet haben. Ich kann sie retten. Nur ich. Der Schäfer. Der Spielmann. Der Nichtsnutz.»

Stimmen erhoben sich, allerdings nicht in der Wirtsstube, sondern draußen auf dem Dorfplatz. Magdalena schaute hinaus.

«Da geht irgendwas vor.»

Hans und Jeronimus kamen an ihre Seite, suchten zu erkennen, wer die nächtliche Ruhe störte. Es waren drei Reiter in teurem Gewand. Einer saß ab und kam auf das Gasthaus zu, während die anderen beiden den Platz mit gezückten Schwertern bewachten. Um sie herum Wallfahrer, die sie abdrängen wollten. Doch gegen die stämmigen Kriegsknechte hatten sie keine Chance.

«Wer ist das?», fragte Magdalena.

«Ich kenne ihn», antwortete Jeronimus.

Die Tür ging auf, ein furchtloser Ritter suchte im Halblicht etwas zu erkennen.

«Wo ist der heilige Jüngling?!»

So mutig und überzeugt, wie Hans gerade noch gesprochen hatte, so sehr hatte er nun Mühe, sich zu erkennen zu geben.

«Was wollt Ihr von ihm?», fragte er zögerlich.

«Ich muss mit ihm sprechen.»

Der Ritter trat ein. Die metallbehafteten Stiefel verliehen seinem Schritt eine unwiderstehliche Wucht. Die Hand am Schwert war nervös, der Blick des Hünen bestimmt. Er ließ keinen Zweifel daran, dass er schnell eine Antwort erwartete.

Hans trat vor, weniger aus Überzeugung, sondern weil er eine Hand im Rücken spürte, die ihn stieß.

«Ich bin es, den Ihr sucht.»

Der Ritter blickte ihn prüfend an. Hans schluckte schwer in Erwartung seiner Reaktion. Dann endlich, zu aller Überraschung, eine erlösende Miene der Erleichterung. Er beugte sogar das Knie vor Hans und schlug das Kreuzzeichen.

«Gelobt sei Jesus Christus, ich habe Euch endlich gefunden.»

«Wer … seid Ihr, edler Herr?», stammelte Hans.

«Ich bin Conrad von Thunfeld. Ich bin gekommen, um Euch zu beschützen. Sie trachten Euch nach dem Leben.»

Jeronimus drängte sich vorbei, wollte den Ritter wieder auf die Beine bringen. «So steht doch auf, edler Herr. Ihr müsst Euch nicht vor ...»

Der Ritter hob abweisend die Hand. «So wie die drei weisen Könige aus dem Morgenland sich nicht zu schade waren, ihre Knie vor einem fremden Kind in einem Viehstall zu beugen, so will auch ich mich nicht zieren, es zu tun.»

Schließlich erhob er sich doch, die alten Knochen waren nicht so stark wie sein Wille.

«Ich habe Euch heute sprechen hören», fuhr er fort, «meine Frau und meine Kinder an meiner Seite. Nie zuvor hörten wir solche Worte aus dem Mund eines ...» Er suchte nach dem richtigen Begriff.

«Schafhirten», führte Hans den Satz zu Ende. «Ihr könnt es ruhig sagen. Ich schäme mich nicht dafür.»

«Schafhirten ...», sagte der Ritter kleinlaut, «und doch wussten meine Frau und ich, dass sie aus göttlichem Mund kommen. Woher denn sonst? Wie könnte ein einfacher Mann so sprechen, wenn er nicht beseelt wäre von der göttlichen Weisheit.»

Magdalena wollte der Lobhudelei nicht länger tatenlos beiwohnen.

«Verzeiht, Herr», sagte sie, «was führt Euch zu uns?»

«Dunkle Gestalten mit zweifelhaften Absichten haben sich versammelt», antwortete Thunfeld, «woher sie kommen oder wer sie beauftragt hat, kann ich noch nicht sagen. Wir haben einen fassen können. Er sagt, er habe Geld bekommen ...»

«Von wem?», fragte Hans.

«Von einem der anderen Knechte. Sie haben den Auftrag, auszuspionieren, was im Taubertal vor sich geht, und falls nötig Schlimmeres zu tun.»

Hans und den anderen fuhr der Schrecken in die Glieder.

«Aber macht Euch keine Sorgen», fuhr Thunfeld fort, «meine Männer werden Euch beschützen. Ich habe ein Dutzend rund ums Dorf postiert. Sie werden jeden stellen, der Euch schaden will.»

Eine Erleichterung war das zwar, aber die Sorge blieb. Letztlich konnten sich Magdalena und Jeronimus darin bestätigt sehen. Der Feind – wer auch immer es war – brachte sich in Stellung. Ab jetzt galt es umsichtig vorzugehen.

«Habt Dank, edler Herr, für Eure Hilfe», sagte Hans, «ich werde mich mit meinen Freunden besprechen.»

«Tut das», erwiderte Thunfeld, «in der Zwischenzeit werde ich durchs Lager reiten und Ausschau halten. Verlasst nicht ohne Schutz dieses Haus, lasst keine Fremden herein. Zwei Wachen an der Tür sollen bleiben. Wenn Ihr etwas benötigt, werden sie mich verständigen.» Er wandte sich zum Gehen, um sich in der Tür noch einmal umzudrehen. «Solltet Ihr Euch fragen, ob ich der Einzige bin, der Euch folgt, dann lasst Euch gesagt sein: Außer mir sind noch andere edle Familien überzeugt, dass Ihr von unserer lieben Jungfrau zu unserem Wohl gesandt worden seid. Ein Sturm zieht auf, hinwegzufegen, wer nicht Buße tut und ein gottgerechtes Leben führen will.»

Dann schloss er die Tür hinter sich. Seinen beiden Begleitern gab er Anweisung, vor der Tür Stellung zu beziehen.

Hans atmete erleichtert auf. «Und ich dachte schon,

er würde mir den Kopf abschlagen.» Auf den Schreck schenkte er sich ein und trank den Becher in einem Zug leer. Ulrich tat es ihm gleich, ihm zitterten die Hände.

«Zumindest wissen wir jetzt, dass wir nicht mehr so weitermachen können wie bisher», stellte Magdalena fest, und Jeronimus pflichtete ihr bei. «Ich frage mich, ob es die Mainzer oder die Würzburger sind.»

«Macht es einen Unterschied?», fragte Hans.

Nein, das tat es nicht. Darüber waren sich ausnahmsweise alle einig.

«Wir müssen etwas unternehmen», sagte Magdalena, «damit es sich die Mainzer und Würzburger zwei Mal überlegen, uns anzugreifen.»

«Was willst du tun?», fragte Jeronimus. «Ein Heer aufstellen? Söldner werben?»

Magdalena dachte nach. «Vielleicht ist das gar nicht notwendig. Wir müssen uns auf unsere Stärke besinnen.»

«Unsere Stärke?», fragte Jeronimus spöttisch.

«Ich spreche von dem einfachen Volk.»

«Ihre Unterstützung haben wir doch schon.»

«Noch ist Hans nur der Gesandte Mariens.»

«Was willst du denn noch?»

«Wir müssen etwas tun», sagte sie, «was bisher niemand gewagt hat.»

## 13

Die Nacht über brannten weithin sichtbare Feuer an den Hängen des Dorfes, die Spätankömmlingen über Wasser und zu Land den Weg wiesen. Tagsüber folgte man den mittlerweile ausgetretenen Pfaden in Wald und Flur, reihte sich ein in den nicht enden wollenden Strom von Wallfahrern, die mitunter Tage unterwegs waren, um den Jüngling zu sehen. Es wurde Sächsisch, Bayerisch und Plattdeutsch in den vielen Schänken gesprochen, die den Menschen Wein und Brot reichten, dazwischen blitzten Stimmen in holländischer und französischer Sprache auf, und es gab sogar Pilger aus den Alpenländern.

Wer es sich leisten konnte, kam den bequemen Weg per Boot, ankerte und mischte sich unter die zehntausend, die rings um das kleine Dorf ihr Lager aufgeschlagen hatten. Bald reichten die Wiesen und Hänge nicht mehr aus, um die vielen Menschen aufzunehmen, sodass sie in die angrenzenden Wälder auswichen und dort Fuchs und Hase das Leben schwermachten. Wer jagen, fischen oder eine Falle aufstellen konnte, tat dies, ohne auf das Recht des Eigentümers zu achten.

Für die Grundherren in Kloster Bronnbach, Wertheim und Würzburg war das ein Albtraum. Ihre Jagdgründe wurden geplündert und sie konnten nichts dagegen unternehmen, sie wurden von der Masse schlichtweg überrannt. Ein Heer in geforderter Größe aufzustellen, um den wertvollen Besitz zu schützen, war undenkbar, dazu wäre eine gemeinsame Aktion der reichen Landesherrn in Würzburg und Mainz notwendig gewesen. Vielleicht trauten sie sich auch nicht gegen sie vorzugehen. Ein Blutbad wäre unvermeidbar gewesen, und wie es nach Berichten aus den vielen Städten aussah, die eine Massenflucht ihrer Bewohner beklagten, würden weitere Tausende kommen, die darauf hofften, von ihren Leiden erlöst zu werden, seien es Taube, Blinde und Verkrüppelte oder Schwachsinnige, Wahnsinnige und Besessene. Gleichauf mit der Hoffnung lag der Groll auf die Priester und Grundherren, die in ihren Augen verantwortlich für ihre Misere waren. In dieser aufgeheizten Stimmung einzugreifen, hätte die Situation weit über die Grenzen des kleinen Tauberdorfs hinaus unberechenbar gemacht, man hätte sich den Aufruhr in die Stadt geholt. Nein, dann besser der Verlust von Fisch, Wild und Brennholz viele Meilen außerhalb der Stadtmauern.

So hielten die Herren in Mainz und Würzburg erst mal inne. Diesem ketzerischen Schafhirten würde bald die Puste ausgehen und sein verbrecherisches Tun entlarvt. Danach würde man mit aller Härte zuschlagen. Bis dahin galt es, den Stachel im Fleisch zu dulden und den Schaden zu begrenzen. Des Bischofs Hofmarschall Rack hatte zahlreiche Spione entsandt, die ihm täglich berichteten. Ebenso der Mainzer Erzbischof. Sie mischten sich unter die Leute, gaben vor, den heiligen Jüngling sprechen und sehen zu wollen, fluchten wie alle anderen auf die Herren in Kloster, Dom und auf der Kanzel, verhielten sich unauffällig.

Clarissa hatte die Nacht in einem Gasthof verbracht. Das ersehnte Bad hatte sie dort genau so wenig vorgefunden, wie die gewünschte Ruhe zur Schlafenszeit. Die ganze Nacht über hatten erschöpfte Wallfahrer an die Tür der Taverne gepocht, um ein Nachtlager zu finden. Dabei hatte sie schon am Nachmittag für das letzte Bett ein fürstliches Entgelt zahlen müssen. Dafür hatte der Wirt ein Ehepaar aus Leipzig in die Scheune umquartiert, wo es sich neben Handwerkern und Bauern aus Regensburg um eine Schlafstelle im Stroh streiten musste.

In den Morgenstunden hatte sie ihr Pferd satteln lassen. Es war nicht mehr weit nach Niklashausen. Nur noch den Tauberwald hinter sich bringen, und dann würde sie mit eigenen Augen sehen, was sie bereits jetzt nicht glauben konnte. Wie um alles in der Welt hatte es dieser Schafhirte geschafft, diese vielen Menschen von Hof und Heimat ins weit entfernte Taubertal zu locken? Es war ihr unbegreiflich.

Noch vor gar nicht allzu langer Zeit war dieser ungewaschene Bursche gerade mal fähig, dummes Bauernvolk für sich zu begeistern. Und jetzt sah sie Kaufmannsleute, wohlhabende Handwerker, selbst Burgfräulein und Rittersleute an ihrer Seite durch den Wald reiten. Das waren keine dummen Menschen. Sie führten Geschäfte, hatten Besitz und Einkommen. Sicher, der überwiegende Teil dieser sich träge dahinschleppenden Masse waren Tagelöhner, Bauern und Kinder, aber es blieb die Frage: Wie konnte ein gebildeter Mensch nur auf diesen Kerl hereinfallen?

Ihr Erstaunen wuchs, als sie den Wald verließ und auf das ehemals kleine Dorf hinunterblickte. Diesseits und jenseits des Flusses, links und rechts an den Hängen, so weit das Auge reichte – ein riesiges Feldlager. Das mussten Tausende sein, mehr als Bürger in Würzburg oder Mainz wohnten. Fahnen wehten über den Zelten und Kochstellen, die meisten gelb, aber da erkannte sie auch die Farben und Embleme einiger Städte – Nürnberg, Köln, Aachen, Straßburg, Frankfurt …

«Heiligenbändchen! Kauft Heiligenbändchen unseres geliebten Jünglings.»

Vor ihr stand ein Marketender mit einem Bauchladen, darauf gelbe Bänder, gelbe Blumen und Blüten, geschnitzte Figuren vom Schafhirten und der Heiligen Jungfrau, etwas, das wohl blondes Haar darstellen sollte, Stofffetzen und dergleichen mehr.

«Heiligenbändchen?», fragte Clarissa. «Welchen Heiligen meinst du?»

Der Händler schaute sie befremdet an. «Unseren heiligen Jüngling, natürlich. Was glaubt Ihr denn?»

*Der Schafhirte und Spielmann ein heiliger Jüngling.*

Sollte sie lachen oder sich an den Kopf fassen? Sie gab dem Pferd eine in die Seiten und zog weiter. Ein Durchkommen in diesem Gewimmel von Händlern, Gauklern, Wahnsinnigen und Heilsuchenden war nicht einfach. Alle naselang musste sie dem Pferd Halt gebieten, weil sich ihr jemand in den Weg stellte und etwas verkaufen wollte.

Brot und Haferbrei. Fisch oder Wildbret. Wein. Ein Bett für die Nacht. Warme Decken. Feuerholz. Einen Suppentopf. Hafer fürs Pferd. Einen Platz in der Scheune. Und immer wieder die Verkaufsrenner: Blumenkränze. Buschzweige mit gelben Blüten. Einfache gelbe Gewänder. Sandalen …

Überhaupt waren viele dieser bedauernswerten Wirrköpfe ähnlich gekleidet. Den auffallend kurz geschnittenen Schopf schmückte ein Blumenkranz, am Körper ein einfaches, oft gelbes Gewand – wofür man den betrügerischen Schneider hätte aufhängen sollen, so labbrig und formlos wie es geschnitten war – an den Füßen Sandalen. Einige verzichteten sogar darauf und gingen barfuß, in den Händen Buschzweige, die sie wedelten, als begrüßten sie den Heiland auf dem Esel am Palmsonntag, auf den Lippen ein Lied zu Ehren der Gottesmutter und der Gnade, die ihnen durch den Schafhirten zuteil wurde.

Doch am erstaunlichsten waren jene, die sich mit Messern und Sicheln das lange Haar abschnitten und es auf einen beeindruckend großen Haufen warfen. Sie schienen wie im Wahn zu sein, verachteten die ehemals liebevoll geflochtenen Zöpfe und Locken, spuckten darauf, traten es mit Füßen, waren wie befreit, als sie mit krumm gestutztem Haupt dastanden und sich auch noch die Kleider vom Leib rissen, um diese verabscheuungswürdigen gelben Gewänder überzuziehen, und damit ihre bloße Scham bedeckten. Danach waren sie erleichtert, lobten und priesen den Jüngling, der ihnen die feinen Brusttücher, die engen Hosen und teuren Schnabelschuhe ausgeredet und sie in diese bemitleidenswert einfachen Geschöpfe verwandelt hatte.

Stiefel, Hüte, Gürtel, Schmuck und Geschmeide wurden in großen Körben gesammelt, die Haare und die Kleidung auf Karren abtransportiert. Dolche, Schwerter und Sattel, alles Kriegszeug und Waffen, fiel jungen Burschen in die Hände, die damit zur großen Scheune auf dem Dorfplatz gingen und darin verschwanden. Ihnen folgten die Karren mit dem Haar und der Kleidung.

«Euer Haar, edle Herrin.»

Eine Frau im gelben Gewand und einem Blumenkranz auf dem grauen, gestutzten Schopf hielt ihr die Hand hin. In der anderen führte sie eine Sichel.

«Gebt mir Euer Haar. Ich will es unserer geliebten Himmelskönigin schenken.»

«Bist du von Sinnen?!»

«Schneidet ab euer langes Haar, spricht der heilige Jüngling, zieht aus eure engen Hosen, schneidet ab die Spitzen an euren Schuhen. Werft weg all den Tand und werdet zu wahren Aposteln unserer geliebten Gottesmutter.»

«Geh mir aus dem Weg, du närrisches Weib!»

Die Alte rührte sich nicht. Noch immer hielt sie ihr die Hand hin und strahlte sie mit verklärtem Blick an.

«Ich sagte: Geh mir aus dem Weg!»

«Betet für Eure Seele, edle Herrin, und tut Buße, denn der Tag ist nah.»

Clarissa holte mit der Reitgerte aus. Sie traf das wahnsinnig gewordene Weibsbild quer über den Kopf, sodass sie zu Boden ging und den Weg freigab.

«Wage es nie wieder mir zu befehlen!»

Der Vorfall blieb in der Menge nicht unbemerkt. Die Ersten sprangen herbei und brachten die Frau vor den Hufen des Pferdes in Sicherheit, andere stellten sich dem Pferd in den Weg, einer packte Clarissa gar am Rock und wollte sie aus dem Sattel ziehen. Clarissa antwortete mit Gertenhieben, doch die Situation wurde immer bedrohlicher.

«Seid ihr alle verrückt geworden? Lasst mich los!»

Es blieb nur die Flucht nach vorne. Sie gab dem Pferd einen Hieb. Die Vorderen stürzten zur Seite, im Galopp bahnte sie sich einen Weg, riss Marktstände und Zelte nieder, Töpfe und Becher schepperten, Schreie und Verwünschungen im Genick, einem Beinamputierten konnte sie nicht mehr ausweichen, er geriet unter die Hufe.

Dann endlich sah sie über all den Köpfen und Zelten hinweg die große Scheune am Dorfplatz. Mittlerweile hatte man einen Zaun mit einem Gatter darum errichtet. Dahinter verschwanden die Karren mit der Kleidung, dem Haar und dem wertvollen Schmuck im Tor. Zeit, um sich das Gatter öffnen zu lassen, hatte sie nicht. Außerdem war sie eine geübte Reiterin. In vollem Galopp preschte sie darauf zu.

Im kleinen Badehaus neben der Wirtsstube entstieg Hans dem Zuber. Jeronimus und Ulrich saßen auf einer Bank und sahen gespannt zu.

Hans' nackte Haut schien eine Spur dunkler geworden zu sein. Kastanienschalen schwammen auf dem Wasser, darin Mandelmilch und Honig, Kräuter und Lavendel. Sein schulterlanges Haar war nicht länger blond, sondern hatte einen kupferfarbenen Ton angenommen, wie man ihn in dieser Gegend nur selten sah. Der Bartwuchs war nicht sonderlich üppig. Magdalena half mit etwas abgeschnittenem Haar und Asche nach. Die Stellen um Augen und Stirn hatte sie ausgespart. Sie wirkten nun heller, als fiele Licht von oben auf ihn herunter.

Bereitwillig ließ sich Hans von Magdalena abtrocknen, wie es Diener bei ihren Herrschaften machten. Die zweifelnden Blicke von Jeronimus und Ulrich nahm er nicht wahr. Er war ganz bei sich, seiner Rede, seinem Auftritt in einer neuen Rolle.

«Die Sandalen», befahl Magdalena, und Ulrich reichte sie ihr.

Es waren einfache, bereits geflickte Ledersandalen, die der feiste Mönch tags zuvor noch als die des heiligen Bonifatius zum Kauf angeboten hatte. Ab heute sollten sie die Füße eines höheren Herrn schmücken. Hans schlüpfte ohne Murren hinein.

«Das Gewand.»

Es war Jeronimus' graue Festtagskutte aus einem einfachen, aber robusten Stoff. Magdalena hatte nachträglich hier und da eine Naht aufgetrennt, den Saum gelockert, damit sie nicht so ungebraucht aussah. Eine Kordel um die Hüfte, an der Seite geknotet, zwei Stränge hingen an der Seite des Gewands herunter.

«Den Mantel.»

Er war von dunkler, rostbrauner Farbe, ins Schwarze übergehend, mit Kapuze, wie man sie auch auf Heiligenbildern sah, mehr ein Überwurf als ein wärmendes Kleidungsstück für die Jahreszeit. Er wurde von Hans vorne offen getragen, damit man die graue Kutte und die Kordel gut sehen konnte. Am Handgelenk befestigte sie ein gelbes Bändchen, für den Kopf sah sie einen gelbweißen Blumenkranz vor.

Als sie fertig war, machte sie einen Schritt zurück, beschaute ihr Werk, korrigierte hier und da Details, bis sie endlich zufrieden war.

«Nun, was sagt ihr?»

Jeronimus erhob sich, ging um Hans herum und musterte ihn von Kopf bis Fuß.

«Er schaut viel zu … herausgeputzt aus. Etwas ärmlicher wäre besser.»

Ulrich schloss sich dem Urteil an. «Da sieht gleich jeder, dass er das nicht jeden Tag anhat.»

Magdalena nahm ihm den Blumenkranz vom Kopf.

«Besser», sagte Jeronimus, «aber irgendwas fehlt noch.»

«Das Haar glänzt zu sehr», fügte Ulrich hinzu.

Magdalena griff in den Aschekasten, mischte ein wenig in die Haare, gerade so viel, dass der Glanz verschwand. «Denkt dran», sagte sie, «mehr als die Hälfte der Leute da draußen sind Frauen und Kinder.»

«Und?», fragte Jeronimus.

«Frauen mögen keine …»

«Es reicht!» Hans hatte die ganze Prozedur bislang willig über sich ergehen lassen. «Ich sage den Leuten, schneidet euer Haar ab, streift die schönen Gewänder ab und legt den Schmuck ab, und jetzt komm ich daher wie ein ausgestopfter Pfau. Das passt nicht.»

«Dafür sind die ausgelatschten Sandalen da», erwiderte Magdalena, «das einfache Gewand …»

«Den Jesus werden sie mir niemals abnehmen.»

«Täusche dich nicht», hielt Jeronimus unerwartet dagegen, «die meisten werden dich nur von Weitem sehen.»

«Außerdem glauben die Leute ohnehin nur, was sie glauben wollen», sagte Magdalena. «Sie sind bereits jetzt wie im Rausch.» Sie öffnete den Fensterladen ein Stück. «Schau hinaus und sag mir, was du siehst.»

Hans trat ans Fenster. Auf dem Dorfplatz drängten sich die Menschen, sie waren gut gelaunt, sehnten das baldige Erscheinen ihres Jünglings herbei, tranken Wein aus Krügen, sangen, andere beteten vor einer Marienstatue, die Ulrich hatte aufstellen lassen. Die Hänge waren ein nicht enden wollender Teppich aus gelbweißen Punkten. Dort wurde gekocht und gegessen, Fahnen wehten, Schwalben flogen waghalsige Manöver, die Sonne strahlte über den Wipfeln. Nichts wies darauf hin, dass ihn ein Unheil erwartete.

«Sie sind weit gereist», sagte Magdalena, «sie wollen endlich mit eigenen Augen sehen, ob wahr ist, was sie seit dem Aufbruch aus ihrer Heimat von dir gehört haben. Sie wollen den heiligen Jüngling, den Mittler zwischen dem Himmelreich und den Menschen. Aber du wirst sie überraschen, denn du bist nicht länger nur ein Bote Mariens, ein Prophet unter Hunderten. Du wirst ihr neuer Messias sein, der Sohn von Maria, der Himmelskönigin.»

Jeronimus trat hinzu. Mit vertrauter Stimme sprach er ihm Mut zu. «Halt dich an das, was wir besprochen haben. Dann kann nichts schiefgehen. Sprich wie Jesus auf dem Berg mit fester Stimme. Sie muss bis hinauf zum Wald reichen und bis hinunter zum Fluss. Und wenn es einen Krakeeler gibt, achte nicht auf ihn. Es ist nur ein unbedeutender Narr. Die anderen zehntausend werden ihm schon das Maul stopfen.»

Auch Ulrich hatte einen Rat. «Du tust das für uns, für das Dorf. Ohne dich sind wir nichts. Hab keine Angst. Wir stehen hinter dir.»

Hans nickte und schickte einen Seufzer hinterher. «Gut, dann lasst uns beginnen.»

Er spürte die Hand von Jeronimus auf seinem Bauch. «Atme tief. Dort sitzt deine Kraft. Sprich klar und langsam. Einfache Sätze. Male Bilder mit deinen Worten.»

«Wir müssen gehen», sagte Magdalena mit Blick durch den Fensterspalt. «Die Leute werden unruhig.»

Ulrich öffnete die Tür zum Wirtsraum. «Es ist so weit», rief er den Knechten zu, «holt die Kanzel.»

Das war die zweite Neuerung. Sie hatten eine Kanzel anfertigen lassen, von der aus er zu den vielen tausend sprechen und auch von ihnen gesehen werden konnte. Anders war das Problem nicht zu lösen, dass bei der Vielzahl der Wallfahrer auch die weiter Entfernten einen Blick auf den heiligen Jüngling werfen konnten. Die Sache hatte noch einen Vorteil: Nicht wenige würden zu ihm aufblicken müssen, und das würden genau die sein, die in vorderster Reihe standen, sie würden später seine Erhöhung zum Messias mit flammenden Worten weitertragen.

Als sie die Tür hinaus zum Dorfplatz öffneten, standen vier der von Ritter Thunfeld abgestellten Wachen bereit. Es waren seine stärksten Männer, ausgestattet mit Knüppeln, Schwertern und harten Fäusten. Sie bürgten mit ihrem Leben für die Sicherheit von Hans. Ihren Auftrag bekamen die Ersten zu spüren, die ihre Begeisterung für den Jüngling nicht bremsen konnten. Sie rannten auf die Tür zu, um kurz davor von der Standfestigkeit eines Kriegsknechts zur Seite geräumt zu werden.

Bis zur Kanzel, die einige Schritte entfernt stand, bildete sich so eine Gasse, gesäumt von enthusiastischen Wallfahrern, in der Mehrzahl Frauen und Kinder, die Männer standen hinter ihnen. Niemand kannte den Jüngling in seiner neuen Erscheinungsform, noch immer ging das Bild von ihm von Mund zu Mund als einem gut gewachsenen, blondschöpfigen Junker, der durch seine Anmut und Liebreiz Gefallen vor der Himmelskönigin gefunden hatte, eine junge Knospe, die unter himmlischem Segen gewachsen war.

Hans stand im dunklen Wirtsraum. Schemenhaft sah er jenseits der Tür im grellen Sonnenlicht die jubelnden Menschen, hörte ihre begeisterten Rufe und spürte die ganze Last der bevorstehenden Aufgabe auf seiner Brust.

«Jetzt nur nicht schwach werden», beschwor ihn Jeronimus, «der Anfang ist immer das Schwerste, danach wird es leichter. Schau nicht auf die Menschen, konzentriere dich auf den Weg zur Kanzel, und vor allem: Stolpere nicht.»

«Vertrau mir», sagte Magdalena an seiner anderen Seite. «Sie alle wollen einen neuen Messias sehen. Sei du ihr Messias. Sie werden dich dafür anbeten.»

Die Worte klangen hohl in den Ohren von Hans, sie wurden übertönt von den mahnenden Worten seiner Mutter aus der Erinnerung, immer treu und redlich zu sein, nicht zu lügen, zu stehlen oder zu betrügen, Mutter und Vater zu ehren, ein gottgefälliges Leben zu führen. Dazwischen mischten sich die Schreie von Elsbeth, wie sie am Boden lag, zu Füßen dieses Dominikaners, gekrümmt, getreten, misshandelt. Das Kind in ihrem Bauch blutete mit gebrochenen Knochen. Es hätte die Chance verdient gehabt, zur Welt zu kommen. Diese Chance war ihm genommen worden.

Zum Teufel mit der Demut und der Gottgefälligkeit, zum Teufel mit all den Pfaffen, dem Papst und der Kirche. Diesen Tempel würde er heute einreißen.

Er ging hinaus.

Mit dem ersten Schritt in den grellen Sonnenschein brach lautstarker Jubel über ihn herein. Ein ohrenbetäubender Lärm, durchzogen von Hosanna-Rufen und berauschten Marienliedern. Gelbe Bänder und Fahnen schwangen im leichten Wind. Am Ende der Gasse sah er die Kanzel. Es mochten hundert Schritte sein. Bis dahin musste er es schaffen, ohne auf dem unebenen Boden zu fallen, und er musste dem Druck der Menge standhalten.

Aber etwas Seltsames, Unerwartetes geschah. So spontan, wie sich der Jubel beim Öffnen der Wirtshaustür erhoben hatte, so schnell verebbte er. Niemand achtete auf ihn. Und wenn er sich die Gesichter genau besah, galt deren Aufmerksamkeit der Tür. Noch immer warteten sie auf den Jüngling, sie erkannten ihn nicht in seinem neuen Gewand.

Jeronimus, der hinter ihm ging, wusste, was das bedeutete. Er musste schnell reagieren, bevor die Stimmung kippte.

«Brüder und Schwestern», rief er, «warum verstummt ihr? Habt ihr ihn nicht erkannt, unseren heiligen Jüngling?» Er zeigte auf Hans. «Das ist er.»

Unsicherheit, Ratlosigkeit in der Menge. Die Köpfe drehten sich zu Hans. Zweifelnde Augen, fragende Blicke. Niemand wusste, was er davon halten sollte. Wo war der schöne Jüngling geblieben, den man ihnen versprochen hatte?

«Unsere Himmelskönigin hat zu ihm gesprochen», fuhr Jeronimus fort. «Wandle dich, befahl sie ihm, wirf weg deine unnützen Kleider, verzichte auf allen Tand deines alten Lebens, werde zu einem wahren Apostel unseres Herrn Jesus Christus. So wie es Simon Petrus, der arme Fischer gewesen ist ... Johannes, Jakobus und Bartholomäus. Als Zeichen deiner Demut will ich dir den Glanz deiner goldenen Haare nehmen. Seht, was die Gottesmutter an ihm getan hat.»

Hans stand unbeweglich. Äußerlich wirkte er gefasst, in seinem Inneren jedoch herrschte Aufruhr. All die guten Ratschläge seiner Freunde, selbst sein unerschütterliches Vorhaben, den Tod Elsbeths und seines Kindes zu rächen, hatten wieder nichts genutzt. Er war das Ziel tausend zweifelnder Augen, entlarvt und verurteilt wie damals bei seinem ersten Auftritt in der Kirche. O Herr im Himmel, verzeih mir mein sündhaftes Tun. Strafe mich, verstoße mich, doch lass mich nicht länger hier ausharren müssen ...

«Geh», flüsterte Jeronimus ihm zu, «geh endlich zur Kanzel.»

Die Kanzel, ja, das war seine Rettung. Wenn er es bis dorthin schaffte, würde er sich unter ihr verkriechen und ausharren, bis alle weggegangen waren. Er setzte den ersten Schritt, dann den zweiten, achtete weder auf links noch rechts, geschweige denn auf unten. Nur die Kanzel zählte. Schneller ...

Er knickte um, stürzte zu Boden, das Gesicht im Staub. An seiner Seite sah er Füße, die gelben Gewänder und ratlose, entsetzte Blicke. Kopfschütteln, einige drehten sich um, nahmen den Blumenkranz vom Kopf. Vor ihm die Kanzel. Er brauchte sie nicht mehr zu erreichen. Die vielen Gesichter, die zu ihm herunterblickten, ihn verachteten. Was könnte er ihnen noch sagen? *Helft mir auf. Verzeiht mir meinen Übermut. Ich bin es nicht wert.* Was auch immer, er hatte den Bogen überspannt. Es war vorbei. Davonrennen wollte er wie ein geprügelter Hund, doch seine Beine gehorchten ihm nicht mehr. Wie der Hase vor der Schlange war er erstarrt, bebte vor Angst.

*O heilige Gottesmutter, hilf mir. Lass mich nicht hier liegen.*

Da spürte er eine Berührung an der Schulter. Er drehte sich um und blickte ins gleißende Sonnenlicht. Alles, was er erkennen konnte, war der Umriss eines Kopfes, lockiges Haar, das vom Wind bewegt wurde.

«Steh auf», sagte eine Kinderstimme. «Ich führe dich.»

«Wer bist du?»

«Clara. Komm jetzt, es ist Zeit.»

«Ich kann nicht.»

«Auch ich bin schon einmal gefallen. Das Aufstehen tut nicht weh.»

«Es hat keinen Sinn. Sie glauben nicht mehr an mich.»

«Ich glaube an dich.»

Das konnte nur ein Kind sagen. Er wischte sich den Staub von den Lippen.

«Glaubst du wirklich an mich?»

«Wie ich an unsere Himmelskönigin glaube, und du bist ihr geliebter Sohn.»

Hans blickte an ihr vorbei in die Gesichter der wartenden Wallfahrer. Einer Frau standen die Tränen in den Augen, eine andere zeigte Mitgefühl. Sie schickte ihren Sohn zu ihm.

«Steh auf, heiliger Jüngling. Wir wollen dich sprechen hören.»

Zusammen halfen sie Hans auf die Füße, er hielt sie an den Händen.

«Wenn ihr mich loslasst, bin ich verloren.»

«Keine Sorge», sagte der Junge. «Ich führe Opa auch immer. Er ist alt und schwach.»

«Dann kann ich mich auf euch verlassen?»

Sie nickten und hielten ihn fest an der Hand. Schritt für

Schritt, seine Beine waren schwer und zittrig, er setzte jeden Fuß mit Bedacht. Die Kanzel rückte näher, und das alte Gefühl in Hans erwachte neu. Mit jedem Schritt wurde es stärker. Die Wallfahrer, die bisher zweifelnd und schweigend den Vorgang beobachtet hatten, wurden beim Anblick des einfachen Mannes mit den Kindern an seiner Seite wieder lebendig. Das Bild kam ihnen vertraut vor, sie kannten es aus der Bibel.

«Hosanna!», rief eine Frau, eine zweite stimmte mit ein.

In all dem Gedränge und den aufkommenden Rufen drängte sich ein verkrüppelter Mann durch die Reihen nach vorn. Ihm fehlten beide Beine. Auf den Handknöcheln schob er den ausgemergelten Körper voran und folgte den Dreien.

Magdalena mochte ihren Augen nicht trauen. «Ich hatte mit allem gerechnet, aber das …?»

«Es ist ein Wunder», sagte Ulrich, und Jeronimus stimmte ausnahmsweise zu.

## 14

«Schlagt die Pfaffen tot?!»

Kreidebleich saß Ulrich in der hintersten Ecke von Jeronimus' Höhle am Mühlenberg, in den Händen einen Krug Wein, den er nicht müde wurde alleine auszutrinken. Ihm gegenüber, in der anderen Ecke des kleinen Raums, lag Hans auf Jeronimus' spartanischem Bett und beobachtete das zuckende Spiel der Schatten an der Decke. Er wollte keine Antwort geben. Magdalena saß neben ihm, den Kopf in die Hände gestützt, rätselnd, wie es dazu hatte kommen können.

Am Eingang hatte sich Jeronimus aufgebaut, zeternd und fluchend, er konnte seinen Zorn nur mit Mühe im Zaum halten.

«Hast du jetzt völlig den Verstand verloren?!»

Hans antwortete nicht.

«Jeder, der einen Pfaffen totschlägt, kommt schneller ins Himmelreich? Wer hat dir diesen Unsinn eingeflößt?»

Magdalena hob abwehrend die Hände. «Ich war's nicht.»

Der Blick ging zu Ulrich, der wegen der irrwitzigen Idee, er hätte Hans auf den Gedanken gebracht, kurz auflachte, dann seinen Galgenhumor im Wein ertränkte.

«Also du wieder», sagte Jeronimus.

Hans erhob sich. Noch immer steckte er in der Kleidung vom Nachmittag, ganz ohne die gewohnte Hose, nur mit einem Gewand und einem offenen Mantel bekleidet. Der Aufzug war gewöhnungsbedürftig, andererseits hatte er ihm den bisher größten Erfolg beschert. Nach einem Moment der Verunsicherung hatten die vielen tausend Wallfahrer sein neues Erscheinungsbild akzeptiert, nicht zuletzt seiner revolutionären Rede wegen. Von nun an würde er nicht mehr nur das wiedergeben, was ihm die Heilige Jungfrau aufgetragen hatte, sondern er würde seine eigene Botschaft vermitteln, und die war keinen Deut weniger aufsehenerregend.

«Was heißt hier: *Ich wieder*?»

«Das hatten wir erst. Dein nicht mit uns abgesprochener Ausflug aufs Kirchendach.»

«Und? Hat es mir geschadet?»

«Darum geht es nicht.»

«Doch, sehr wohl. Es geht nur um mich. Ich bin es, den sie hören und sehen wollen, nicht dich.»

«Und du glaubst, du brauchst uns nicht mehr, jetzt, nachdem du nur haarscharf an der Katastrophe vorbeigeschlittert bist.»

«Dieses Kostüm ist nicht meine Idee gewesen.»

Magdalena schaute ihn entsetzt an. «Willst du mir die Schuld geben?»

«Es geht hier nicht um Schuld», erwiderte Hans, «alles, was ich sagen will, ist, dass wir einen grandiosen Erfolg erzielt haben. Nur einer in diesem Raum hat offenbar etwas dagegen.»

«Mit Ulrich sind wir schon zwei», hielt Jeronimus dagegen. «Oder willst du behaupten, dein Aufruf zum Totschlag würde ihn nicht betreffen?»

«Ulrich weiß, wie es gemeint ist», verteidigte sich Hans.

«Dann bin ich mal gespannt, was Ulrich dazu zu sagen hat.»

Die Blicke richteten sich auf den Pfarrer. Vermutlich lag es am Wein, Ulrich zuckte nur die Schultern und setzte den Krug erneut an.

«Siehst du», wetterte Hans, «Ulrich hat mich richtig verstanden.»

«Er ist betrunken.»

«Das führt uns nicht weiter», schaltete sich Magdalena ein. «Fakt ist, Hans hat in seiner Rede deutlich gemacht, was er von den Pfaffen hält.»

«Wenn es nur das wäre», widersprach Jeronimus. «Mit seinem Aufruf fordert er die Bischöfe in Mainz und Würzburg heraus. Sie können nun gar nicht mehr anders, als ihre Truppen ins Taubertal zu schicken, allein zum Schutz ihrer Priester und Mönche.»

«Sollen sie nur kommen», erwiderte Hans.

«Das da draußen sind Bauern, Frauen und Kinder», fuhr Jeronimus ihn an, «keine Kriegsknechte.»

«Weitere werden kommen. Sie können nicht alle töten.»

«Brauchen sie auch nicht. Sie müssen nur dich umbringen.»

«Das werden sie nicht wagen. Wenn sie mich töten, wird ein Sturm übers Land ziehen, wie sie ihn noch nicht gesehen haben. Er wird sie hinwegfegen, wie ein Blatt im Wind. Hast du heute nicht die Tausende gesehen, wie sie mir zugejubelt haben? Aus dem ganzen Land strömen sie herbei. Ich bin ihr neuer Messias, der Verkünder der frohen Botschaft, ihr Garant auf ein ewiges Leben im Himmelreich. Ein zweites Mal werden sie sich ihn nicht mehr so leicht nehmen lassen wie damals in Jerusalem.»

«Du bist wahnsinnig geworden», sagte Jeronimus, «völlig verrückt.»

«Und du bist einfach nur eifersüchtig, nicht auf mich ... auf Magdalena. Habe ich nicht recht?»

«Was redest du da?»

«Magdalena hatte die Idee, aus dem Jüngling den neuen Messias zu machen ... nicht du. Ja, es gab ein Risiko, dass ich scheitere, und ja, manche werden mir nicht mehr folgen, weil sie glauben, ich sei anmaßend, aber die Mehrzahl habe ich gewonnen. Die Nachricht von einem neuen Messias wird wie eine Zündschnur durchs Land brennen und all die Verzweifelten und Hoffnungslosen entzünden, nach Niklashausen zu kommen, zu mir, dem Christus aus dem Taubertal. Nichts wird sie aufhalten können, keine Lanze, kein Kriegsknecht und schon gar nicht ein Bischof, denn sie sind von den Pfaffen um ihr Seelenheil gebracht worden. Sie sind einsam und verlassen in ihrem Jammertal, das Einzige, worauf sie noch hoffen können, ist ein Platz im Himmel. Und den werde ich ihnen verschaffen.»

Damit war die Diskussion beendet. Jeronimus stand wort- und tatenlos da, Ulrich versank im Selbstmitleid.

«Wer jetzt noch bereit ist, mir zu folgen, der folge mir. Für die anderen habe ich keine Verwendung mehr.»

Sein Blick ging von Jeronimus zu Ulrich und von Ulrich zu Magdalena. Keine Reaktion.

«Niemand? Nun gut, dann soll es so sein. Gehabt euch wohl.»

Er wandte sich um und verließ die Höhle.

Ein Moment des Schweigens trat ein. «So ein Narr»,

sagte Jeronimus schließlich. «Er wird den morgigen Tag nicht überstehen.»

«Er ist kein Narr», erwiderte Magdalena. «Er hat recht. Die Menschen brauchen Hoffnung und ein Himmelreich, an das sie wieder glauben können, wenn sie schon in Angst und Knechtschaft leben müssen.»

Sie stand auf und folgte Hans in die Nacht hinaus.

Das Tal war dem großen Firmament ein kleiner Bruder. Abertausende Lichter brannten an Lagerfeuern, Fackeln und Kerzen. Der Fluss schob sich unmerklich dahin. Auf Booten waren Feuer entzündet worden, ihr Schein spiegelte sich im Wasser und verwandelte die Oberfläche in einen Teppich aus blühenden Seerosen. Selbst an den Waldrändern brannten Feuer, darum saßen Familien, Freunde und Fremde, die gemeinsam die Auferstehung ihres Glaubens an den wahren Erlöser feierten. Einige sangen Marienlieder, andere tanzten oder priesen das Wunder, an dem sie teilhatten. Wein wurde herumgereicht, Wild und Fisch gegessen. Niemand verschwendete einen Gedanken an morgen. So musste es im Paradies sein.

Für eine Frühsommernacht war es erstaunlich mild. Man lag dünn bekleidet auf der erwärmten Erde, träumte mit Blick auf die Sterne von Freiheit, Gleichheit und Gerechtigkeit, niemals wieder würde man sich dem Diktat der Herren unterwerfen. Noch weniger dem der Pfaffen. So überraschend der Aufruf zur Tötung der Priester auch war – manchem war die Begeisterung anfänglich auf den Magen geschlagen –, so machte er beim zweiten Gedanken nicht nur Sinn, sondern war christliche Pflicht.

Hatte seinerzeit nicht Jesus selbst die Pharisäer und

Schriftgelehrten aus dem Tempel geworfen, weil sie sich selbst anbeteten anstatt ihren göttlichen Vater? Weil sie den Glauben für die eigene Bereicherung verbogen und sich nicht davor scheuten, andere mit ihrem Irrsinn zu vergiften? Weil sie und ihre satanische Brut die Menschen ausbeuteten, ihnen mit der Hölle und dem Fegefeuer drohten, wenn sie nicht spurten?

Es gab tausend Gründe, sie zu schlagen. Jeder wusste einen zu nennen, aus Erfahrung, aus Überzeugung. Der heilige Jüngling hatte die Wahrheit, die längst alle gespürt hatten, endlich ausgesprochen – die Pfaffen mussten sterben. Der Aufruf war so befreiend und begeisternd gewesen, dass ihn findige Geister in ein ironisches Schmählied gefasst hatten. Es sollte bald in allen Gassen und Häusern gesungen werden, als eine Anklage gegen das Gesetz, als eine Aufforderung zum Widerstand.

*Wir wollen es Gott im Himmel klagen,*
*kyrie eleison,*
*dass wir die Pfaffen nicht zu Tod sollen schlagen.*
*Kyrie eleison.*

Der einfache Vers ging von Mund zu Mund, Kinder und Erwachsene hatten ihre helle Freude daran. Endlich hatten sie den Blutsaugern, Hurenböcken und Trunkenbolden in Kutte und Ornat etwas entgegenzusetzen. *Schlagt die Pfaffen tot. Kyrie eleison!* Es war wie eine Befreiung.

Bei Clarissa war davon nichts zu spüren. Seit dem Nachmittag hatte sie es nicht gewagt, die Scheune zu verlassen. Zu tief saß der Schock, dass einfaches Volk es gewagt hatte, sie vom Pferd zu ziehen. Das war nicht nur eine Demütigung, das war eine Kriegserklärung. Wie konnten sie es wagen …

Einen Vorteil hatte die Sache dennoch gehabt. In der Scheune konnte sie unbehelligt verfolgen, was seit ihrem letzten Kontakt aus diesem Schafhirten geworden war, den sie ehrfürchtig den heiligen Jüngling nannten. Gottgleich verehrten sie ihn, wurden nicht müde, ihn als den neuen Messias zu feiern, der sie – wie einst Moses aus der Knechtschaft in Ägypten – in ein gelobtes Dasein führte, das frei war von Unterdrückung und Leibeigenschaft. Die Anzahl seiner Bewunderer war atemberaubend. Zehntausend, wenn nicht mehr, hatten ihn heute sprechen gehört, und wenn es stimmte, was man sich erzählte, waren weitere aus dem ganzen Reich nach Niklashausen unterwegs. So etwas hatte es noch nie gegeben. Selbst der böhmische Ketzer Jan Hus hatte sich mit weitaus weniger Anhängern zufriedengeben müssen. Wenn nur ihr Herr Albrecht Achill das miterlebt hätte, er hätte sich genauso erstaunt die Augen gerieben. Inzwischen sollte er über die Vorkommnisse in Niklashausen unterrichtet sein. Was noch fehlte, war eine Einschätzung der Lage, wie die Spione und Kundschafter der Bischöfe in Mainz und Würzburg die Bedrohung sahen. Sie waren hier, ohne Zweifel, hatten sich unters Volk gemischt, gaben sich solidarisch mit den ketzerischen Reden des Schafhirten, beobachteten und sammelten Beweise für eine Anklage wegen Ketzerei und Aufwiegelung. So viel war klar. Fraglich war hingegen, wer sich als Erster auf die Beute warf und ob der Zweite dem tatenlos zuschauen würde.

Denn eines hatte sie in der Scheune auch beobachtet:

Der Kult um den Jüngling war eine Schatztruhe. Körbeweise hatten die Knechte abgeschnittenes Frauenhaar, Kleidung, Waffen und Schmuck herangekarrt, um es nach der Registrierung auf Boote zu verladen. Auf den Märkten in Frankfurt oder Mainz war das ein Vermögen wert. Hinzu kamen die Erlöse, die die Händler mit Marien- und Jünglingsdevotionalien erzielten, die zahlreichen Spenden an die kleine Marienkirche, das Ablassgeschäft, das Geld, das Wallfahrer für Übernachtung, Essen und Trinken ausgaben, der lukrative Heiligenkult, der aus dem verlassenen Tauberdorf einen weithin bekannten Wallfahrtsort machte. Neue Kirchen und Geschäfte würden entstehen, das Dorf zu einer wohlhabenden Stadt reifen lassen, die Preise für Grundstücke würden explodieren, die Steuern, die Abgaben, die Zölle ... Die Möglichkeiten schienen unbegrenzt.

Wer den Geldfluss unter seine Kontrolle brachte, brauchte sich keine Sorgen mehr über die Zukunft zu machen. Damit konnten Heere aufgestellt, Länder erobert und widerspenstige Burgherren diszipliniert werden, Könige und Kaiser gekauft und selbst Päpste in ihren Entscheidungen beeinflusst werden. Diese sprudelnde Geldquelle ließ sich niemand entgehen, der bei Verstand war. Also: Wer würde den ersten Schritt wagen, den goldenen Jüngling unter seine Kontrolle zu bringen?

Ein löchriger alter Mantel, der es nicht aufs Boot nach Mainz geschafft hatte, sollte Clarissa als Schutz genügen. Sie warf ihn über und mischte sich unter die Wallfahrer, die entlang der Dorfstraße auf Decken und Heu kampierten, vorbei an den nimmermüden Händlern, die der Uhrzeit angepasst Wein, Brot und Haferbrei feilboten, hinaus auf die Wiesen, die bis hinauf zum Waldrand reichten und darüber hinaus mit diesem gutgläubigen Wallfahrervolk besiedelt waren.

Die Stimmung war ausgelassen und sorglos, von Wein und dem Heiligen Geist beseelt, an dunklen Stellen auch ungezügelt schamlos. Für Zucht und Ordnung war hier kein Platz, Gesetze und Verordnungen hatten ihre Gültigkeit verloren, selbst kirchlichen Ge- und Verboten wollte sich keiner mehr unterwerfen. Was das Volk für das Paradies auf Erden hielt, war für die Herrschenden ein Vorhof der Hölle, wenn sie es nicht schafften, die Bestrebungen nach Freiheit und Gleichheit in den Griff zu kriegen.

Wo waren Racks Kundschafter? Wo die Spione des Mainzers? Hatte Albrecht Achill auch welche ins Taubertal geschickt? Vermutlich. Er würde nicht so dumm sein, diese Gelegenheit ungenutzt verstreichen zu lassen. Clarissa musste die Augen offen halten.

Sie ging durch die Reihen der Betenden, stieg über Betrunkene und Schlafende, machte einen Bogen um die Lüsternen, bis sie endlich jemanden erspähte, der als Kundschafter in Frage kam. Der Mann war städtisch gekleidet, zeigte auffallendes Interesse für die Herkunft einer Gruppe Wallfahrer und ihre Ansichten zur Rede des Schafhirten, vermied es aber, übermäßig in deren Hymne einzustimmen. Er machte sich auf zur nächsten Gruppe, wieder das gleiche Verhalten. Die Vorgehensweise war bei genauerer Betrachtung zu offensichtlich und etwas ungelenk. Er hatte es dem Weinkonsum und der berauschenden Nacht zu verdanken, dass er nicht früher erkannt wurde. Clarissa passte ihn in einem geeigneten Moment ab.

«Wer hat dich geschickt?»

Der Kerl erschrak, machte auf unwissend. «Ich weiß nicht, was du meinst.»

«Der Würzburger oder der Mainzer? Komm schon. Du kannst mir vertrauen.»

«Ich weiß wirklich nicht …»

Sie zog einen goldenen Ring mit dem Ansbacher Wappen darauf aus ihrer Tasche. «Ich bin auf deiner Seite. Du musst keine Angst haben.»

Das Misstrauen schwand, er schaute sich um, ob sie jemand beobachtete. «Ich bin aus Mainz», sagte er, «die Herrschaft ist sehr beunruhigt. Der Bischof will wissen, was hier vor sich geht.»

«Was wirst du ihm berichten?»

«Dass alles noch schlimmer ist, als wir befürchtet haben. Dieser Schafhirte … er lästert gegen Gott und Kaiser, gegen Papst und die Pfaffen, will sie alle tot sehen. Freiheit und Gleichheit für jeden. Der Bettler soll genau so viel wert sein wie ein König. Keiner soll mehr hungern, jeder für sein Brot arbeiten. Alles, was uns heilig ist, zieht dieser Hundsfott in den Dreck. Es muss dringend etwas geschehen, bevor der Wahnsinn um sich greift und weitere ansteckt.»

Clarissa konnte sich ein heimliches Grinsen nicht verkneifen. Das lief alles bestens. «Wie viele Kundschafter sind noch hier?»

«Ich habe welche aus Aschaffenburg und Frankfurt getroffen, aus dem Hohenlohischen und aus Würzburg, und es werden noch mehr kommen. Diese Leute hier sind weit gereist, haben Arbeit und Haus einfach zurückgelassen. Ihre Herrschaften sind aufgebracht, niemand arbeitet mehr. Sie wollen wissen, was hier vor sich geht.»

Natürlich wollten sie das wissen, und außerdem den Bischöfen in Mainz und Würzburg eine Protestnote schreiben. Damit kam noch mehr Feuer in die erhoffte Auseinandersetzung zwischen den beiden Lagern. Albrecht Achill würde zufrieden mit ihr sein.

«Nun geh», sagte Clarissa, «berichte deinem Bischof von den ungeheuerlichen Vorgängen. Ein Flächenbrand droht, er muss handeln.» Bevor sie ihn gehen ließ, schickte sie ihm noch hinterher: «Vergiss nicht die Geldschneiderei. Ich habe Wagenladungen mit Schmuck und Waffen gesehen, Tausende spenden der Marienkirche, kaufen Ablassbriefe und Heiligenfiguren. All das viele Geld ... Sie stehlen es deinem Bischof.»

Der Gedanke war ihm noch gar nicht gekommen. «Habt Dank, Herrin. Das werde ich tun.» Dann verschwand er in der Dunkelheit.

Zurück blieb eine zufriedene Clarissa. «Dann kann das Spiel endlich beginnen.»

✷

«Schlagt die Pfaffen tot?!»

Bischof Scherenberg lag bäuchlings auf dem Bett, sein Hofarzt saß neben ihm und hielt einen Schröpfkopf über die Flamme. Vier derartige Köpfe waren bereits entlang der Wirbelsäule des Bischofs festgesaugt, vier weitere sollten folgen.

«Beruhigt Euch, Euer Gnaden», mahnte der Arzt, «eine zu starke Wallung tut der Heilung nicht gut.»

«Zum Teufel damit!»

Mit schmerzverzerrtem Gesicht blickte er zu Rack hinüber, der am Fenster stand und hinunterschaute, neben ihm der Kundschafter, der erst vor wenigen Minuten aus Niklashausen zurückgekehrt war.

«Schlagt die Pfaffen tot?», wiederholte Scherenberg. «Das kann er doch nicht allen Ernstes gesagt haben?!»

«Ich fürchte doch», antwortete Rack. Er stupste den Kundschafter an. Der Bischof sollte es aus erster Hand erfahren.

Der eingeschüchterte Kerl wagte kaum vom Boden aufzuschauen. «Es stimmt, Euer Gnaden. Er hat es gesagt. *Schlagt die Pfaffen tot*, wortwörtlich. Jeder, der einen erschlägt, kommt ins Himmelreich.»

«Das darf doch nicht ...» Der Rest des Satzes fiel dem Aufschrei des Bischofs zum Opfer. Der Arzt hatte einen weiteren heißen Schröpfkopf gesetzt. «Um Himmels willen ... Willst du mich foltern?!»

«Es ist nur zu Eurem Besten», verteidigte sich der Arzt. «Die bösen Säfte müssen sich ...»

«Zum Teufel mit dir und deinen Säften. Wenn du weiter mit mir so umspringst, werde ich dich in *deinen* Säften braten lassen.»

Schon lange hatte Rack den Bischof nicht mehr so erzürnt und vor allem so laut erlebt. Es war nicht seine Art, zu drohen und zu beleidigen, gemeinhin galt er als asketisch lebender, fleißiger Geist, der wenig Aufhebens um seine Person machte – ganz im Gegensatz zu den werten Herren seines Domkapitels, die sich im Badehaus jedem erdenklichen Vergnügen hingaben, sei es Glücksspiel, Völlerei oder Wollust. Es mochte an seinen mittlerweile fünfundsiebzig Lebensjahren liegen, dass er eher eine dicke Akte als eine dünne Nackte für seinen Zeitvertreib wählte – so zumindest ging der Witz in den Badehäusern und Schänken um. Scherenberg war nach seinen spendablen und weniger akkurat wirtschaftenden Vorgängern ein Segen für die Stadt, hart in Politik, Recht und Verwaltung, unnachgiebig in seinem Machtstreben und seinem Sinn für Gerechtigkeit.

Und nun sollte ausgerechnet ein dahergelaufener Schafhirte aus dem Taubertal diese Ordnung in Gefahr bringen?

«Was hat er noch gesagt?», wollte der Bischof wissen.

Der Kundschafter wand sich um eine Antwort. Mit dem Bischof war heute nicht gut Kirschen essen, es wäre nicht das erste Mal, dass der Überbringer der Nachricht für den Inhalt herhalten musste.

«Sprich!», fuhr ihn Rack an. «Was hat der Ketzer noch gesagt?»

«Es werde noch so weit kommen», begann der Kundschafter notgedrungen, «dass die Priester ihre Tonsur bedecken, um nicht als Priester erkannt zu werden.»

«Was?!» Der Bischof fuhr auf, der Arzt drückte ihn sanft zurück auf das Bett. «Und dass es wohl eher gelänge, einen Juden zum rechten Glauben zu bewegen, als einen Pfaffen oder Schriftgelehrten.»

«Das reicht!» Scherenberg beugte sich auf. «Mach mir diese lächerlichen Schröpfe vom Rücken.»

«Aber, Euer Gnaden …»

«Jetzt, sofort!»

Der Arzt folgte der Anweisung. Unter Schmerzenslauten des Bischofs löste er die mit viel Mühe angebrachten Schröpfköpfe.

«Da war doch noch etwas», sagte Rack. «Was hat dieser Teufel noch gesagt?»

«Dass die Pfaffen zu viele Pfründe besitzen würden. Das solle nicht sein. Jeder solle nur so viel haben, wie er mit seiner Hände Arbeit verdient. Und wenn sie mehr bräuchten, sollten sie betteln gehen …»

«Genug!» Der Bischof ließ sich seinen Nachtrock überstreifen. «Das muss aufhören. Haben wir schon Antwort aus Mainz erhalten?»

«Ja, Euer Gnaden», antwortete Rack. «Der Erzbischof fordert Euch auf, das Problem im Taubertal zu lösen.»

«Wie kommt er dazu? Es ist doch sein Verantwortungsbereich.»

«Er beruft sich darauf, dass der Störenfried ein Würzburger sei –»

«Der Gott und die Heilige Jungfrau lästert», unterbrach ihn der Bischof. «Das ist eine kirchliche Angelegenheit, als Bischof fürs Taubertal ist also er zuständig.»

«Er hat viel zu tun. Er kann sich nicht um alles kümmern, heißt es. Außerdem verweist er darauf, dass Würzburg näher an Niklashausen liegt als Mainz.»

Der Bischof fuhr auf. «Meint er denn, ich liege den ganzen Tag nur faul im Bett herum?!»

«Es hilft nichts, Euer Gnaden. Wir müssen handeln, wenn es der Mainzer schon nicht tut.»

Der Bischof seufzte, ließ sich vom Arzt auf die Beine helfen. Er schleppte sich zu Rack ans Fenster. «Nun gut. Schickt eine Reiterschaft ins Taubertal. Sie sollen den Burschen nach Würzburg bringen.»

«Das wäre in jedem anderen Fall die richtige Antwort», gab Rack zu bedenken, «allerdings rate ich davon ab.»

«Warum?»

«Dieser Schafhirte hat es wirklich geschafft, über zehntausend von seinen ketzerischen Gedanken zu überzeugen. Weitere sind auf dem Weg. Wenn es stimmt, was mir die Kundschafter berichten, werden es bald deutlich mehr sein, vielleicht sogar hunderttausend.»

«Wie viele?»

«Vierzigtausend mindestens, Euer Gnaden», lenkte Rack ein, als er den entsetzten Blick des Bischofs auffing. «Ein Ende ist nicht abzusehen. Aus dem ganzen Land strömen sie herbei. Wenn wir jetzt mit Gewalt eingreifen, ist nicht auszuschließen, dass wir ihren Zorn heraufbeschwören.»

Vierzigtausend. Das war eine schwindelerregende Zahl. Die Stadt Würzburg hatte an die sechstausend Einwohner. Wenn nur ein Viertel der Wallfahrer gegen Würzburg marschierte, war man hoffnungslos unterlegen, selbst wenn sie nur mit Hacken und Knüppeln kämen.

«Was schlagt Ihr vor?», fragte der Bischof.

«Wir sollten abwarten und Beweise sammeln.»

«Beweise wofür?»

«Für einen Prozess wegen Ketzerei. Wiegen wir ihn bis dahin in Sicherheit. Soll er nur hetzen, er schaufelt sich sein eigenes Grab. Es kommt der Moment, wenn wir zuschlagen, heimlich und unauffällig. Ohne viel Aufsehen zu erregen, schaffen wir ihn auf die Burg und machen ihm den Prozess, im Geheimen natürlich. Niemand wird wissen, was aus ihm geworden ist.»

«Und der Zorn seiner Anhänger?»

«Verfliegt, wenn keiner weiß, wo er steckt. Wir streuen das Gerücht, dass er mit all dem Geld geflüchtet ist.»

Der Bischof horchte auf. «Welches Geld?»

# 15

Eine Woche war vergangen, seitdem Hans das erste Mal vor über zehntausend Wallfahrern gesprochen hatte. Seine Rede, die mehr eine donnernde Predigt und Anklage war, hatte sich in Windeseile herumgesprochen. *Schlagt die Pfaffen tot!* Bisher hatte niemand zuvor das ausgesprochen, was viele längst im Herzen trugen. Die Pfaffen waren Teufel mit ihren unverdienten Reichtümern, ihrer Abkehr von Gott und der Heiligen Schrift, mit dem Huren, Saufen und Spielen, dem Betrug an den Gläubigen, ihrem Verrat an Christus und den Heiligen ... Jeder anständige Christ war ohne sie besser dran. Das Fegefeuer war eine Erfindung der Pfaffen gewesen, um ihre Macht zu untermauern. Wer ein sündhaftes Leben führte, brauchte sich nicht länger in einen Beichtstuhl zu zwängen und ihre heuchlerischen Worte zu hören, eine Pilgerreise nach Niklashausen wusch den Schatten vom Seelenheil, wie es einst die Taufe des Johannes im Jordan vollbracht hatte.

Die Tauber war zwar nicht der Jordan, aber ein Fluss, und der heilige Jüngling nicht Johannes, aber von der Gottesmutter legitimiert, Heil und Segen jedem bußfertigen Sünder zuteilwerden zu lassen. Diese Einsicht kam selbst dem einfachsten Verstand naheliegend vor, und so machten sich immer mehr Menschen auf den Weg nach Niklashausen.

Vom ehemaligen Zweihundert-Seelen-Nest war nichts mehr zu erkennen, das Tal und die angrenzenden Wälder quollen über. Keiner konnte mehr zählen, um wie viele Tausend das riesige Feldlager in den letzten Tagen angewachsen war. Zwischenzeitlich hielten sich mehr Menschen dort auf als in Frankfurt oder München, selbst die großen Reichsstädte Nürnberg und Köln drohten ins Hintertreffen zu gelangen. Viele verließen das Taubertal nach ein paar Tagen wieder, umso mehr kamen aber nach. Ein Nachlassen oder ein Ende des *großen Laufens* war nicht abzusehen. Ein Wunder war das, zweifellos. Was würde geschehen, wenn die Menschen jenseits der Reichsgrenzen davon erfuhren? Nicht auszudenken.

Mit den Gläubigen und Bußfertigen reisten auch weniger gottesfürchtige Seelen, was kein Wunder war, sondern der menschlichen Natur entsprach. Darunter befanden sich welche, denen es nicht um die göttliche Gnade für das jenseitige, ewige Leben ging, sondern allein um ihr Wohlergehen auf Erden. Lahme, Blinde, Gebrechliche und Kranke suchten die Genesung von ihren Leiden, und da man Wunderbares aus Niklashausen gehört hatte, nahm man die lange, beschwerliche Reise auf sich. Schelme, Scharlatane und Betrüger waren ihnen auf den Fersen wie Geier oder Wölfe. Sie versprachen sich gute Geschäfte, hatten ihre einstudierten Kniffe und Tricks auf Lager, um selbst den Ärmsten unter den Versehrten den letzten Knopf abzunehmen. So verwandelte sich das kleine Dorf an der Tauber in kürzester Zeit ein weiteres Mal – von einem beseelten Wallfahrtsort zu einem Jahrmarkt für Wunderheiler und Märchenerzähler.

Auf den Kirchplatz kam ein Mann geritten, vor sich auf dem Pferd saß seitwärts eine Frau, deren Arme und Beine mit Stofffetzen so eng zusammengebunden waren, dass man davon ausgehen musste, die Frau sei gelähmt. Er saß ab, verschaffte sich Platz unter den vielen Pilgern und begann sein Leid zu klagen.

«Hört mir zu, ihr gutherzigen Seelen von Niklashausen. Ich und mein bedauernswertes Weib sind weit geritten, aus Hall kommen wir ins segensreiche Taubertal zu Ehren der Gottesmutter und unseres heiligen Jünglings.»

Wer reist, hat was zu erzählen, und noch mehr Neues bekommt er zu sehen. Lahme und Gebeugte, Verkrüppelte und Blinde waren nichts Außergewöhnliches, aber einen Menschen derart zusammengeschnürt auf ein Pferd zu setzen, hatte man noch nicht gesehen. Zudem hatte die Frau seltsame Zuckungen und verdrehte die Augen, als sei sie nicht ganz richtig im Kopf. Viele blieben stehen, schauten und staunten.

«Mein Weib», fuhr der Mann lautstark fort, nachdem etwas Ruhe eingekehrt war, «ist seit Jahr und Tag lahm, kann weder Hände noch Beine bewegen, ist nutzlos wie ein Holzklotz. Keine Arznei will ihr helfen, bin ein armer Gesell darüber geworden. Doch in der größten Not und in der dunkelsten Nacht ist ihr im Traum unsere heilige Himmelskönigin erschienen. Geh nach Niklashausen, gab sie ihr zum Auftrag, zu meinem geliebten Kirchlein und zünde mir zu Ehren eine Kerze an, so groß und schwer, wie du auf die Waage bringst. Dann sollen alle Fesseln von dir abfallen und du sollst gehen wie am ersten Tag ...»

Das war wirklich eine Aufgabe, die die heilige Gottesmutter dem armen Mann gestellt hatte. Wer konnte sich so viel Wachs leisten? Da mussten schon alle mithelfen.

«Gebt ein Almosen, liebe Leute, jeder so viel, wie er geben kann, zur Herrlichkeit unserer Heiligen Jungfrau. Zeigt Barmherzigkeit. Ein Almosen.»

Er hielt ihnen seine Kappe hin, doch gute Worte allein vermochten die Säckel der Umstehenden nicht zu öffnen, da musste mehr geschehen. Ein Wunder könnte helfen. So ging er zu seiner Frau, hob die Arme, als beschwöre er den Himmel, und sprach:

«Gnädigste Jungfrau, gebenedeit seist du unter den Frauen, gelobt und gepriesen von uns armen Sündern hier auf Erden, schenk uns deine Güte, mach, dass mein armes Weib wieder gehen kann. Ich flehe dich an, schenk uns deine Liebe ...»

Es dauerte einen Moment, nicht zu lange, um die Geduld der Umstehenden nicht zu sehr zu fordern. Dann aber, wer hätte es gedacht, begann sich die Frau auf dem Pferd zu winden, der wirre Blick verschwand, ein tiefes, langes Seufzen, als würde alle Last von ihr abfallen.

«Hat dir die Muttergottes geholfen?», fragte der Mann seine Frau. «So spring herab, geh in die Kirche und lobe unsere Herrin im Himmel für ihre Gnade auf ewig.»

Er löste die Stoffbänder, und tatsächlich, die Frau konnte wieder Hände und Beine bewegen. Ein Raunen ging durch die Menge.

«Ein Wunder!»

Er zog sie vom Pferd und schickte sie in die Kirche.

«Ja, ein Wunder!», rief er den Umstehenden zu. «Gebt ein Almosen für die Herrlichkeit unserer geliebten Gottesmutter.»

Die Resonanz war mäßig. Man hatte Erquicklicheres erwartet. Dennoch war die Episode typisch für die Entwicklung in Niklashausen. Unter die Wallfahrer mischten sich zunehmend Betrüger und Scharlatane, die den Gnadenort in Verruf brachten.

Das blieb auch Hans nicht verborgen. Obwohl für den heutigen Tag keine Predigt geplant war, war er unruhig.

«Was ist?», fragte Magdalena. Sie saß über neuen Gewändern, nicht für ihn, sondern für drei junge Burschen mit langen Haaren, die Hans und sie während ihrer Auftritte begleiten sollten. Es waren einfache Gewänder, die an der Hüfte mit einer Kordel zusammengehalten wurden, dazu trugen sie abgenutzte Sandalen. Ihre einzige Aufgabe war, hinter Hans und Magdalena herzugehen und zu helfen, wenn es angebracht war, ansonsten sollten sie gütig schauen und die Geschenke, die dem Jüngling gereicht wurden, in Empfang nehmen. Magdalena ging an Hans' Seite, einen Schritt hinter ihm. Auch sie hatte ihr Äußeres der neuen Rolle von Hans angepasst. Neben einem ebenso schlichten Gewand trug sie einen dünnen roten Schleier über dem gewellten, nun offen getragenen schwarzen Haar. Sie sah gut damit aus, Erinnerungen an die vielen Abbildungen von Maria Magdalena in den Kirchen wurden damit geweckt.

«Nichts ist», antwortete Hans gereizt. Er blickte zum Fenster hinaus auf den Dorfplatz, wo Hunderte im Gebet ausharrten, bis sie endlich den heiligen Jüngling zu Gesicht bekamen.

«Glauben sie denn, ich kann ihnen ein neues Bein oder einen Arm machen? Ihren Aussatz heilen?», raunte er.

«Sie hoffen auf ein Wunder», sagte Magdalena ruhig. «Kannst du es ihnen verdenken?»

«Selbst Jesus konnte kein Bein herbeizaubern. Er hat gerade mal Wasser in Wein verwandelt ...»

«... und Tote zum Leben erweckt.»

Hans schüttelte den Kopf. «Du bist nicht hilfreich.»

Magdalena legte Nadel und Faden beiseite, ging zu ihm. «Sie glauben an dich. Das wolltest du doch.»

«Ja, aber nicht so.»

«Wie denn?»

Er zeigte hinaus. «Sieh sie dir an.»

Sie schaute in die Gesichter dieser armen Menschen, sah Verzweiflung, Elend und Not. Aber da gab es auch Hoffnung, jetzt endlich zur richtigen Zeit am richtigen Ort zu sein, jemanden gefunden zu haben, der sie von ihrem Leid erlöste. Sie knieten im Staub, beteten und dankten dem Herrn, sie hierher geführt zu haben. Davor achteten zwei kräftige Ritter auf die Einhaltung des Abstandes zum Haus. Sie gingen an den Reihen auf und ab, maßregelten, sorgten für Ordnung. Wären sie nicht da gewesen, das Haus wäre längst überrannt worden.

«Ich kann nichts Besonderes erkennen», sagte Magdalena.

«Sie sind ihrer selbst wegen hier», antwortete Hans unwirsch. «Nicht wegen mir und meiner Botschaft, sondern allein aus ihren eigenen Gründen. Dem einen soll ich sein Bein wiedergeben, dem anderen das Augenlicht. Es schert sie nicht einen Deut, dass unsere Welt in Scherben liegt, zum Untergang verdammt ist, wenn wir nicht umkehren und Buße tun. Nein, das interessiert sie einen feuchten Kehricht.»

Das waren ganz neue Töne. Magdalena schreckte zurück.

«Was ist mit dir?», fragte sie.

«Was soll mit mir sein?»

«Seit wann ist es dir wichtig ...»

«... dass ich auch an das glaube, was ich ihnen einrede?»

Magdalena zögerte. «Ja ...»

«Hast du dich niemals gefragt, wieso ich das alles tue?»

«Das war von Anfang an klar. Wegen Elsbeth.»

«Ja, das stimmt, aber nicht nur. Ich will den Menschen ihren Glauben zurückgeben.»

«Ja, das habe ich vermutet. Und sonst?»

«Was *und sonst*?»

«Was ist es noch, das dich antreibt, vor dieser Menge zu sprechen?»

Hans suchte nach den passenden Worten. «Es ist ... sie haben nichts ... sie sind von allen betrogen worden ... Du, ich, sogar Jeronimus und Ulrich, wir alle. Von Papst, Kaiser und König. Nichts ist ihnen mehr heilig, sie haben uns alles genommen. Den Glauben, die Hoffnung, Leib und Seele ... Stell dir vor, es könnte tatsächlich wahr werden, was ich ihnen sage. Jeder soll nur so viel haben, wie er mit seiner Arbeit verdient. Jeder ist so viel wert wie der andere. Das Land, die Wälder und Flüsse gehören allen. Niemand braucht mehr zu hungern ...»

«Hör auf!»

Hans war irritiert. «Warum soll ich aufhören?»

«Weil du ein Träumer bist.»

«Unsinn.»

«Die Welt ist, wie sie ist. Daran wirst du nichts ändern.»

«Ich muss es zumindest versuchen.»

«Sie werden dich dafür töten.»

«Wer?»

«Der Bischof, der König, der Papst. Sie haben die Macht, und sie werden sie bis zum letzten Atemzug verteidigen. Wahrscheinlich läuft da draußen schon dein Mörder herum, in der Tasche ein Messer und eine Handvoll Münzen. Mehr braucht es nicht.»

«Sollen sie mich nur töten, meine Botschaft, mein Evangelium wird fortbestehen.»

«Auch Jesus hat geträumt und ist dafür hingerichtet worden.»

Hans wandte sich ab, ging zur Tür.

«Geh nicht hinaus», sagte Magdalena. «Sie werden dich in Stücke reißen.»

«Ich brauche frische Luft, einen Ort, wo ich in Ruhe nachdenken kann.»

Er öffnete die Tür. Er hätte es wohl nicht getan, wenn er seine Gedanken beisammen gehabt hätte. Kaum vor die Tür getreten, brach ein Jubel los, die sorgsam gehüteten Reihen lösten sich auf, und wer noch Beine hatte zu gehen, überrannte die beiden Ritter.

«Heiliger Jüngling, hilf mir und meinem Kind.»

«Mach meine Augen wieder gesund.»

«Schenk mir deinen Segen.»

«Führ mich ins Himmelreich.»

«Ein Almosen.»

Die Ersten warfen sich ihm zu Füßen, andere stiegen über sie hinweg, fassten ihn am Gewand und küssten seine Hände.

«Aus dem Weg, ihr Teufel!», brüllte ein Ritter, der andere war umgestoßen worden und mühte sich, wieder auf die Beine zu kommen.

Hans war wie erstarrt, damit hatte er nicht gerechnet. Sie zogen und zerrten an ihm, als wollten sie ihn zerfleischen.

«Beruhigt euch», rief er, «lasst mich los!»

Ein Ärmel seines Gewandes riss, jemand machte sich an seinen Sandalen zu schaffen, so blieb ihm nichts anderes übrig, als zu treten und um sich zu schlagen.

«Hört auf!»

Doch es half nichts, es waren zu viele. Vermutlich hätte er den Kampf verloren, wenn nicht ein Ritter dazwischen gegangen wäre und ihn von den Verrückten befreit hätte. «Ins Haus», schrie er ihm zu, «geh zurück ins Haus!»

Der andere Ritter packte ihn, zog ihn aus dem Knäuel heraus und stieß ihn zur Tür, wo Magdalena bereits stand.

«Hab ich's dir nicht gesagt? Komm herein, schnell.»

Als die Tür hinter ihm zuschlug, atmete Hans durch. «Was ist nur in sie gefahren? Sie hätten mich bei lebendigem Leib zerrissen.»

«Sie lieben dich. Das wolltest du doch.»

«Ja, aber nicht so.»

Es klopfte an der Tür.

«Geh weg!», rief Hans. «Ich will niemand mehr sehen.»

«Ich bin's.»

«Wer?»

«Josef.»

«Wer ist Josef?», fragte Magdalena.

«Ich habe Nachricht aus Mergentheim», drang es durch die Tür, «du weißt schon von wem …»

Hans verstand. Er öffnete die Tür einen Spalt. «Ich höre.»

Magdalena suchte zu erkennen, um wen es sich handelte. «Wer ist das?»

«Das braucht dich nicht zu interessieren», bestimmte Hans, «geh wieder an deine Arbeit.»

Zögernd tat sie es, während sie beobachtete, wie Hans durch den Spalt mit dem Mann sprach. Hatte sie ihn schon mal gesehen? Sie konnte sich nicht an das Gesicht erinnern. Und der Name? Jeder Dritte hieß Josef. Mergentheim ... Ja, da war doch was, erst vor kurzem. Hatte Jeronimus nicht darüber gesprochen? Jetzt fiel es ihr wieder ein. Sie hastete zur Tür.

«Sag, dass es nichts mit dem Dominikaner zu tun hat.»

«Verschwinde!», herrschte Hans sie an.

«Du stürzt uns ins Verderben.»

Er stieß sie zurück. «Närrisches Weib.»

Magdalena fiel hin, sah, wie er die Tür hinter sich schloss und mit diesem Kerl am Fenster vorbeihuschte.

«O Maria hilf», bat Magdalena. «Lass ihn keine Dummheiten machen.»

## Gebet zur Mutter von der immerwährenden Hilfe

*Jungfrau, Mutter Gottes mein*
*lass mich ganz Dein eigen sein.*

*Dein im Leben, Dein im Tod.*
*Dein in Unglück, Angst und Not.*
*Dein in Kreuz und bittrem Leid.*
*Dein für Zeit und Ewigkeit.*

*Mutter, auf Dich hoff und baue ich.*
*Mutter, zu Dir ruf und seufze ich.*
*Mutter, Du gütigste, steh mir bei.*
*Mutter, Du mächtigste, Schutz mir leih.*

*O Mutter, so komm, hilf beten mir.*
*O Mutter, so komm, hilf streiten mir.*
*O Mutter, so komm, hilf leiden mir.*
*O Mutter, so komm und bleib bei mir.*

*Du kannst mir ja helfen, o Mächtigste.*
*Du willst mir ja helfen, o Gütigste.*
*Du musst mir nun helfen, o Treueste.*
*Du wirst mir auch helfen, Barmherzigste.*

*O Mutter der Gnade, der Christen Hort.*
*Du Zuflucht der Sünder, des Heiles Port.*
*Du Hoffnung der Erde, des Himmels Zier.*
*Du Trost der Betrübten, ihr Schutzpanier.*

*Wer hat je umsonst Deine Hilf angefleht?*
*Wann hast Du vergessen ein kindlich Gebet?*
*Drum ruf ich beharrlich, in Kreuz und in Leid.*
*Maria hilft immer, sie hilft jederzeit.*

*Ich ruf voll Vertrauen im Leiden und Tod.*
*Maria hilft immer, in jeglicher Not.*
*So glaub ich und lebe und sterbe darauf.*
*Maria hilft mir in den Himmel hinauf.*

## 16

«Wir wollen es Gott im Himmel klagen,
kyrie eleison,
dass wir die Pfaffen nicht zu Tod sollen schlagen.
Kyrie eleison.»

Die Glocken im Turm des Bischofsdoms zu Würzburg luden zur Messe ein, und irgendwie kam es Rack vor, als würden noch weniger als in den vergangenen Tagen dem Aufruf folgen. Dabei würde der wieder genesene Bischof heute selbst die Messe feiern, was nur an hohen Feiertagen der Fall war. Stattdessen hörte man aus den Gassen das Schmählied des Schafhirten aus Niklashausen. Rack hatte Knechte abgestellt, die Krakeeler zu fassen, bevor sie weitere ansteckten, doch das Bemühen erwies sich als aussichtslos. Kaum hatten sie einen Mann, eine Frau oder ein Kind am Schlafittchen, tönte es aus einer anderen Ecke. Es schien, als ob es den Aufständischen eine rechte Freude war, die Knechte und letztlich den Bischof zu foppen.

Mehr noch, in den vergangenen Tagen erfreute sich die Stadt eines stetig fließenden Zustroms von Wallfahrern, die auf ihrem Weg nach Niklashausen in Würzburg den Main überquerten und dafür Brückenzoll zu entrichten hatten. Das war ein lohnendes Geschäft, zumal nicht wenige auch eine Nacht blieben, aßen und tranken, die kaputt gelaufenen Schuhe erneuerten, Kleidungsstücke erwarben und dergleichen mehr. Einzig der Zweck des Geldflusses wollte beim Bischof und allen anderen, die an seinem Nabelschlauch hingen, keinen rechten Grund zur Freude aufkommen lassen, schließlich beförderte oder zumindest duldete man das gottlose Treiben, indem man die Wallfahrer in die Stadt ließ. Die nämlich verbrüderten sich mit ansässigen Befürwortern der Wallfahrt und unterliefen damit den Respekt gegenüber dem Bischof und seinen Getreuen. Umso mehr, als plötzlich Stimmen aufkamen, den Brückenzoll für die Wallfahrer zu erlassen.

Scherenberg konnte nun nicht länger tatenlos zuschauen oder dem Mainzer Erzbischof die Initiative überlassen. Auf seinem Schreibtisch türmten sich die Beschwerden der Städte und der Wallfahrtsorte – ihre Bürger und Gläubigen wendeten sich ab und brächten ihr Geld nach Niklashausen. Würzburg und Mainz würden mit ihrer Tatenlosigkeit ein gut geschmiertes Gefüge aus dem Lauf bringen. Damit müsse jetzt Schluss sein. Papst und Kaiser seien informiert, geeignete Maßnahmen seien getroffen worden, notfalls werde man mit Gewalt gegen die Aufsässigen vorgehen.

«Kyrie eleison …»

Schon wieder, und das während die Glocken schlugen! Rack, in Sonntagsmontur, frisch gebadet und parfümiert, gab Anweisungen an die Knechte, die sich am Portal des Doms aufgestellt hatten, um mögliche Krakeeler abzufangen.

«Holt Verstärkung. Ich will diese Unruhestifter im Kerker sehen, bevor das Evangelium gelesen wird.»

Einer der beiden lief los, der andere erwartete weitere Befehle.

«Und du», sagte Rack, «wehe dir, wenn ich nur einen Ton gegen den Bischof von der Straße höre.»

Eine Stimme hinter ihm hatte dafür nur Spott übrig.

«Was fürchtest du denn?», fragte Albrecht Achill, der Markgraf von Ansbach und Racks früherer Herr. «Will denn der Bischof die Stimme seines Volkes nicht mehr hören?» Ein süffisantes Lächeln auf den Lippen und wie immer protzig gekleidet, die Mütze mit Feder keck auf dem Kopf, so kannte ihn Rack. In seiner Begleitung befanden sich zwei Ritter und eine gemeinsame Bekannte.

«Seid gegrüßt», sagte Clarissa. Sie war nicht minder aufwendig herausgeputzt, fast mochte man meinen, Albrecht Achill führte sie zum Traualtar.

«Euer Gnaden», erwiderte Rack mehr aus Gewohnheit als aus Überzeugung, «was macht Ihr hier?»

«Gar wundersame Dinge hört man aus Würzburg. Kann es sein, dass der Bischof nicht länger Herr seiner Angelegenheiten ist?»

«Ihr irrt Euch. Nichts entgeht Ihrer Gnaden.»

«Da hörte ich aber anderes. Im Taubertal entsteht gerade ein neuer Gnadenort zur Lobpreisung unserer heiligen Gottesmutter, ohne dass Euer Bischof die Erlaubnis dazu erteilt hat.»

«Das liegt in der Verantwortung des Erzbischofs von Mainz ...»

«... der Scherenberg aufgerufen hat, die Sache aus der Welt zu schaffen. Aber wie ich sehe, passiert nichts dergleichen. In Rom und in Wien zermartert man sich den Kopf, ob der Greis aus Würzburg noch imstande ist, einen Schafhirten zu disziplinieren.»

«Sorgt Euch nicht. In ein paar Tagen wird niemand mehr darüber sprechen.»

*Kyrie eleison*, hallte es wieder durch die Straßen, und Rack schickte den zweiten Knecht los.

«Dem Bischof tanzen die Flöhe auf dem Kopf herum», sagte Albrecht Achill. «Wie lange wird es wohl noch dauern, bis der erste Pfaffe mit eingeschlagenem Schädel im Frauenhaus gefunden wird?»

«Kläffende Hunde, nichts weiter.»

«An die vierzigtausend sollen es schon sein», sagte Clarissa, «die sich um den Schafhirten versammelt haben, und täglich kommen mehr.»

«Wenn dem Schreihals das Maul gestopft ist, kehrt jeder wieder an seine Arbeit zurück.»

«Und wie wollt Ihr das anstellen? Sie sind ihm treu ergeben. Ich war dort, ich habe es mit eigenen Augen gesehen.»

«Weiber, Kinder und Alte ... Ich habe Schlimmeres bekämpft.»

«Die Ritter und die Adligen habt Ihr vergessen. Die lassen sich nicht so leicht verscheuchen.»

«Wenn ihr Herr sie zur Ordnung ruft, werden sie gehorchen. Wenn Ihr mich nun entschuldigen wollt? Die Glocken rufen zur Messe.»

Rack verneigte sich. Er sah keinen Grund, sich länger verhöhnen zu lassen.

«Solltet Ihr es Euch anders überlegen», sagte Albrecht Achill, «meine Tür steht Euch jederzeit offen.»

«Dafür ist es zu spät», erwiderte Rack und drehte sich um.

Doch ein Unglück kommt selten allein. Am Portal

stand Lutger von Schwarzenberg im festlichen Ornat. Eigentlich hatte er hier nichts verloren. Er sollte jetzt an der Seite des Bischofs sein, ihn bei der Messe unterstützen.

Rack grüßte ihn trotzdem. «Ihre Hochwürden ...»

Lutger nickte kurz, seine Aufmerksamkeit gehörte aber Albrecht Achill. «Euer Gnaden, was führt Euch nach Würzburg?»

Er schaute unsicher, er war es auch, denn er fragte sich, was Albrecht Achill im Dom seines Erzfeindes zu suchen hatte.

«Das ganze Land steht kopf», antwortete Albrecht Achill, «das lasse ich mir doch nicht entgehen.»

«Aber hier? Was, wenn der Bischof Euch sieht?»

«Will er mich vielleicht festnehmen lassen?» Er lachte.

Nein, das würde er sicherlich nicht tun, aber auffällig war es schon.

«Wir hatten doch verabredet ...», sagte Lutger.

«Niemand wird Verdacht schöpfen. Außer, dass der Markgraf von Ansbach ein frommer Mann ist, der am Sonntag auch mal in die Kirche seines Rivalen geht. Macht mich das nicht zu einem guten Menschen, zu einem gerechten Fürsten?» Albrecht stieg die Stufen hoch, gefolgt von Clarissa. «Nun tretet zur Seite, bevor man Euch mit mir reden sieht.»

Lutger tat es. Albrecht Achill und Clarissa betraten den Dom. Zurück blieb Lutger und schaute die Domstraße hinunter.

«Ihr scheint gut miteinander bekannt zu sein», sagte Rack, der unversehens neben ihm aufgetaucht war.

«Wie kommt Ihr darauf?»

«Ich kann Euch vor dem Markgrafen nur warnen. Er verspricht viel, hält aber wenig.»

«Ich weiß nicht, wovon Ihr sprecht.»

«Wer mit dem Teufel ins Bett geht ...»

«Schweigt, Gebsattel. Was fällt Euch ein?»

«Sagt später nicht, ich hätte Euch nicht gewarnt.»

Die Domstraße herauf kam ein Reiter. Lutger schien ihn erwartet zu haben. Er seufzte.

Der Reiter saß ab. «Seid Ihr Lutger von Schwarzenberg?»

Er bestätigte es.

«Ich soll Euch im Namen meines Herrn, des Erzbischofs von Mainz, folgende Nachricht überbringen: Ihre Gnaden schlagen ein Treffen auf halbem Weg vor, in Aschaffenburg. Dort soll darüber beraten und entschieden werden, wie wir gemeinsam gegen den Schafhirten aus Niklashausen vorgehen. Die Angelegenheit duldet keinen Aufschub.»

*

Niemand vermochte mehr die Menschen zu zählen, die sich im Taubertal bei Niklashausen aufhielten. Aus den Wäldern kamen unablässig weitere hinzu, schoben sich ins Tal und machten das Gedränge noch schlimmer. Auf dem Fluss war kein Durchkommen mehr, ankernde Boote reihten sich der Länge nach auf bis zur nächsten Biegung und darüber hinaus.

Um eine Katastrophe zu verhindern, hätte das Tal weiträumig abgeriegelt werden müssen. Doch wer hätte sich den Massen entgegenstellen wollen?

Die Stimmung war dennoch ausgelassen, freudig und friedlich. Man war so weit gereist, um den Jüngling zu sehen, jetzt wollte man sich im Geschiebe nicht weiter darüber aufregen. Schließlich war es auch eine Bestätigung der Strapazen: Man war am richtigen Ort. So viele Menschen konnten nicht irren. Dieser Jüngling hatte den Segen des Himmels.

Die Junisonne schien angenehm warm, Blumen und Sträucher blühten, das Licht brach sich schimmernd auf der Tauber. Die Fahnen der Wallfahrer waren noch ein Stück bunter und fremder geworden, man hörte den Schweizer Dialekt, Holländisch und Französisch. Am Dorfrand hin zum Hang stand die Kanzel bereit. Ritter bewachten sie, sorgten für einen sicheren Weg des Jünglings zu seinem Auftritt. Alles war vorbereitet, das helle Schlagen der Kirchenglocke rief zur Achtsamkeit. Es konnte endlich losgehen.

«Wo zum Teufel ist er?»

Magdalena war in ihre neue Kleidung geschlüpft – ein einfaches graues Gewand, abgetretene Sandalen und ein dunkelroter Schleier über dem offenen, schwarzen Haar, das ihr weit in den Rücken reichte. Um den Hals trug sie ein Lederband mit einem Holzkreuz, ums Handgelenk einen Rosenkranz, den sie während der Rede von Hans zu beten gedachte. An ihrer Seite standen drei kräftige Burschen aus Antons Werkstatt bereit, auch sie in einfachen Gewändern und mit offenem, schulterlangem Haar. Sie würden Hans zur Kanzel begleiten, Geschenke entgegennehmen und ihn vor Übergriffen schützen.

Ritter von Thunfeld unterstützte sie dabei. Nach dem letzten Vorfall hatte er sechs starke Kerle für seinen Schutz abgestellt. Sie würden Hans in ihre Mitte nehmen und jede unerlaubte Annäherung unterbinden. Gerade jetzt, als sie Nachricht erhalten hatten, dass die Bischöfe von Mainz und Würzburg Kundschafter ausgeschickt hatten, um den Jüngling zu beobachten, vielleicht auch um Schlimmeres zu unternehmen, war man vorgewarnt. Die Zeit des gedankenlosen Auftretens vor den Massen war vorbei. Hans war zu einem Ziel geworden. Irgendein übereifriger Wallfahrer, ein neidischer Bußprediger oder ein gedungener Auftragsmörder könnten ihm ein Leid antun.

«Ich weiß nicht, wo er steckt», erwiderte Jeronimus. «Er ist doch die ganze Zeit mit dir zusammen.»

Seine Stimme klang vorwurfsvoll. Ihr Streit lag nun schon einige Tage zurück, und noch immer gingen sie getrennte Wege. Hans konnte gut damit leben, aber Jeronimus war von einem Tag auf den anderen aus dem Licht in den Schatten getreten. Niemand fragte mehr nach seiner Meinung, niemand wollte mehr etwas von ihm, er musste sich überflüssig vorkommen. Zumal die Zahl der Wallfahrer nicht abgenommen hatte, wie er prophezeit hatte, sondern gestiegen war. So musste es ihm wie Ostern vorgekommen sein, als Magdalena nach ihm schickte.

«Und Ulrich», fragte Magdalena, «weiß vielleicht Ulrich etwas?»

«Der ist in der Kirche zugange ... Habt ihr euch gestritten?»

«Nein ... nicht wirklich.»

Jeronimus horchte auf. «Also doch.»

«Dieser Kerl ist wieder aufgetaucht, der aus Mergentheim.»

«Wen meinst du?»

«Josef heißt er», sie kam näher, flüsterte, «der den Dominikaner ausfindig gemacht hat.»

«In drei Teufels Namen!»

Magdalena hielt ihm die Hand vor den Mund. «Nicht so laut. Ich fürchte, er hat bekommen, was er die ganze Zeit wollte.»

«Das kann nicht dein Ernst sein.»

Sie zuckte mit den Schultern. «Gut möglich. Hans ist wie ausgewechselt. Er saß die ganze Nacht am Kamin, hat getrunken und ins Feuer gestiert. In den Morgenstunden ist er losgegangen, wollte frische Luft schnappen, bevor er seine Rede hält … und ist seitdem verschwunden.»

«Hat er gesagt, wohin er wollte?»

Sie verneinte.

«Wohin geht er sonst, wenn er allein sein will?»

«Irgendwo in den Wald.»

Niemanden in den Wäldern rund um Niklashausen anzutreffen, war in den vergangenen Wochen schwierig geworden, wenn nicht unmöglich. Überall lagerten Wallfahrer, durchstreiften Wilderer das Unterholz oder irrten Reiter und Fuhrwerke auf verschlungenen Pfaden durch das nicht enden wollende Gehölz. Der Wald war nicht länger ein einsamer Ort, an den man sich zurückziehen konnte, wenn einem etwas auf der Brust lag – bis auf eine Stelle, und zwar jene, an die Hans sich geflüchtet hatte, als die Knechte des Dominikaners ihn gesucht hatten.

«Ich glaube, ich weiß, wo er sich versteckt halten könnte», sagte Magdalena.

«Sprich, ich gehe ihn holen.»

Das wäre in jeder anderen Situation die richtige Entscheidung gewesen, aber nicht heute. Da draußen warteten vierzigtausend Menschen auf eine Predigt, und Magdalena würde sie nicht halten können.

«Du musst für Hans einspringen», sagte sie.

Jeronimus schreckte auf. «Hast du den Verstand verloren? Ich kann doch nicht … Sie werden mich auslachen und dann davonjagen.»

«Du musst sie hinhalten. Egal wie.»

«Das … geht nicht.»

«Wenn es einer schafft, dann du. Bitte … wir brauchen dich.»

Jeronimus ließ die Worte auf sich wirken. Sie schienen ihm zu gefallen, der Anflug eines zufriedenen Lächelns.

«Gut», sagte er schließlich, «aber beeil dich.»

Magdalena ging zur Tür hinaus und schlug den Weg ein, den Hans seinerzeit genommen hatte, um sich vor den Knechten des Dominikaners in Sicherheit zu bringen. Wie zu erwarten war, hatte sie sich im Dorf durch die engen Reihen der Wallfahrer zu kämpfen, die dem Läuten der Kirchenglocke folgten, sie wechselten auf die andere Seite, wo sich die Kanzel befand. Umso schneller lichteten sich die Reihen, als sie den Anstieg nahm, vorbei an verlassenen Zelten und Kochstellen am Hang, hinein in den dichten Wald. Ein Pfad führte sie hinauf zum Hügelrücken, dem sie ein gutes Stück Richtung Norden folgte, bis sie die Abzweigung an der Blitzeiche nahm. Steine waren aus einem Hügel herausgeschlagen worden, das Gelände war schroff und wenig einladend. Wenn es einen Ort in diesem Wald gab, an dem man ungestört sein konnte, musste es hier sein. Sie hielt Ausschau.

«Hans!»

Rascheln im Gebüsch, ein aufgescheuchter Hase vermutlich. Ein Eichhörnchen flüchtete sich auf einen Baum, verschwand hinter den Zweigen. Sonnenstrahlen drängten durch die Baumkronen, warfen Lichtkaskaden auf morastige Erde. Eine Fußspur. Die Sohlen flach ohne Absatz. Das könnte er sein. Magdalena folgte den Abdrücken. Sie führten eine weitere Anhöhe hinauf, verloren sich dort im festen Waldboden.

Dann endlich, zwischen den Bäumen, sah sie eine Gestalt in ein graues Gewand gekleidet. Sie kniete, den Kopf gesenkt, die Hände zum Gebet gefaltet.

«Hans!»

Sie lief auf ihn zu. «Was ist mir dir?»

Er zeigte keine Reaktion.

«Gegrüßest seist du, Maria, voll der Gnade», murmelte er.

Er betete? Das war ganz was Neues.

«Hans, es ist nicht der richtige Zeitpunkt für ein Gebet», drängte sie. «Komm mit. Tausende warten auf dich.»

«... und gebenedeit ist die Frucht deines Leibes ...»

«Hans! Komm endlich!»

Er hob langsam den Kopf, auf sein Gesicht fiel Sonnenlicht, und er zeigte hinauf in die Baumkronen.

«Siehst du sie?»

Magdalena kniff die Augen zusammen, blinzelte gegen das blendende Licht. «Was ist dort?» Sie konnte nur dunkle Zweige erkennen, die sich gegen den hellen Himmel absetzten. Dazwischen stach die Sonne hindurch, es glitzerte.

«Sie, die Heilige Jungfrau», antwortete Hans.

Auch das noch. «Bist du betrunken?», fragte Magdalena vorwurfsvoll.

«Nie war ich so klar wie jetzt. Sie war die ganze Zeit bei mir, und ich Narr habe sie nicht bemerkt.»

«Wovon redest du?» Sie griff ihm unter die Arme, versuchte ihn auf die Beine zu bringen. Es war höchste Zeit. Jeronimus würde Blut schwitzen.

«Alles war vorherbestimmt. Von Anfang an. Die Herrin im Badehaus ... die Lüge und das Scheitern in der Kirche ... der Tod von Elsbeth ... das Opfer, das sie für mich gebracht hat ...»

«Das kannst du doch nicht allen Ernstes meinen?»

«Zuvor war ich blind, jetzt sehe ich den großen Plan.»

Magdalena rüttelte ihn an den Schultern. «Wach auf, Hans. Das bildest du dir alles nur ein.»

Er lachte, laut und verrückt. «Ein Blitz hat ihn gerichtet. Verstehst du? Das göttliche Schwert.»

«Wen?»

«Den Häschern ist er entkommen, ein ums andere Mal. Es war wie verhext. Als würde ihn eine teuflische Macht beschützen. Wir hatten schon aufgegeben, da kam ein Gewitter über ihn und seine Begleiter. Sie stellten sich unter, warteten ab, bis es vorübergezogen war. Der Himmel öffnete sich, ein Regenbogen rief zum Aufbruch. Da, plötzlich, ein Blitz und ein Donnerschlag ... aus einer Reihe von acht Reitern traf ihn die rächende Hand. Ihn ... hörst du? Den Dominikaner. Nicht die Folterknechte und Mörder an seiner Seite. Nur ihn. Die anderen sind ohne einen einzigen Kratzer davongekommen.» Er lachte grell auf. «Wenn es jemals eines göttlichen Zeichens bedurft hatte, dann war es das.»

Was für eine seltsame Geschichte. Magdalena setzte sich zu ihm.

«Das Kreuz», fuhr er fort, «das er um den Hals getragen hat, hat sich durch Kutte und Brust in sein verbrecherisches Herz gebrannt, hat es gekocht und gebraten wie ein Stück Fleisch auf dem Feuer. Nie zuvor hat man Ähnliches gesehen oder gehört. Das war die Rache des Himmels für sein schreckliches Tun, sagen sie. Die Knechte liefen schreiend davon.»

«Davon hast du gestern erfahren?»

Er nickte. «Ich wollte es erst selbst nicht glauben, so abenteuerlich wie der Bericht war. Aber dann habe ich über alles nachgedacht, wie eins zum anderen geführt hatte, die Lüge, die zum Betrug wurde, und der Betrug zur Wahrheit. Man kann es nur erkennen, wenn man schweigt und ganz genau hinhört ...»

«Wo hinhört?»

«Auf die Stimmen.»

«Welche Stimmen?»

«Überall sind sie, in jedem Ding, das uns umgibt.»

«Du spinnst.»

«Komm», sagte er, «leg dich hin, leg dein Ohr auf die Erde und hör zu.»

«Blödsinn.»

«Du wirst es nie begreifen, wenn du es nicht tust.»

Sie seufzte. Wenn sie dadurch schneller ins Dorf zurückkehrten, sollte es ihr recht sein. Sie legte sich hin, hielt das Ohr an den Waldboden und wartete ab.

«Ich höre nichts», sagte sie.

«Du musst Geduld haben.»

Das war das Letzte, das sie besaß. Jeronimus würde mittlerweile aus der Bibel vorlesen, damit sie ihn nicht von der Kanzel zerrten. Irgendwas bewegte sich zwischen den Tannennadeln und den verdorrten Blättern. Würmer wahrscheinlich, oder Käfer, aber keine himmlische Botschaft.

«Noch immer nichts.»

«Komm mit.» Er führte sie zu einer mächtigen Eiche. «Leg dein Ohr an den Stamm, umarme ihn.»

«Also wirklich, Hans ...»

«Tu es.»

Sie tat es. Dieses Mal war es klarer. Es knarrte, und der Stamm bewegte sich leicht. Der Wind, natürlich, was sonst ...

«Sieh hinauf ins Licht», sagte er.

Die Sonnenstrahlen blendeten sie, stachen in ihren Augen, dass sie dunkle Flecken sah, die sich hinter ihren geschlossenen Lidern in gelben und roten Kreisen entluden. Unscharfe Bilder der Zweige blitzten auf, gefolgt von Hans' Gesicht, einer großen Menschenmenge, die jubelte ... ein Kreuz ... der Sternenreif der Gottesmutter ... ihr Lächeln.

Magdalena schreckte auf.

«Was ist?», fragte Hans. «Hast du sie gesehen?»

Um Himmels willen, war sie jetzt schon selbst betrunken von Hans' Phantastereien?

«Wir müssen gehen», sagte sie und ging voran. Sie rieb sich die Augen.

«Los, sag schon!», rief Hans, der ihr nun ohne weitere Aufforderung folgte. «Du hast sie gesehen, oder? Ich träume nicht, es ist wahr. Habe ich recht?»

«Ja», antwortete sie widerwillig, damit endlich Ruhe einkehrte, «ich habe etwas gesehen.»

Ein Jubelschrei von Hans. Er hallte durch den dichten

Wald. «Jetzt weißt du, dass ich nicht verrückt bin. Die heilige Gottesmutter ist mit uns ... seit Anfang an.»

Den Weg hinab ins Tal brachten sie schnell hinter sich. Hans war beseelt von seiner Erleuchtung und Magdalena verstört von den seltsamen Bildern, die sie gesehen hatte. Es war alles nur Einbildung, sagte sie sich, ein Tagträumen, eine Laune ihres Geistes. Doch je näher sie der unruhig wartenden Menge kamen, desto größer wurde der Druck, den sie empfand. Was, wenn er recht hatte? Wenn sich die Lüge zur Wahrheit gewandelt hatte?

Hans kamen diese Zweifel nicht. Ein neuer Geist hatte Besitz von ihm ergriffen. Er machte ihn stark und selbstbewusst. Erhobenen Hauptes und mit dem Lächeln eines Siegers eilte er zur Kanzel, vorbei an den unzähligen Händen, die ihn zu berühren suchten, geschützt durch die Ritter vor frenetischen Übergriffen, stieg er die Stufen empor und umarmte den überraschten und erschöpften Jeronimus.

«Hab Dank, Freund», sagte er zu ihm, «jetzt bin ich an der Reihe.»

«Was ist mit dir?», fragte Jeronimus. «Bist du betrunken?»

«Ja, vom Heiligen Geist.»

Einer Welle gleich brandete der Jubel unter den vielen tausend auf, als sie Hans erkannten. Zurufe, Gebete und Gesänge erhoben sich, priesen ihn als den heiligen Jüngling, den Propheten, ihren neuen Messias.

Er breitete die Arme aus und genoss die Ehrerbietung. Heute, zum ersten Mal, gab es nichts zu verbergen oder zu vertuschen. Er konnte mit befreiter Brust und einem ruhigen Gewissen sprechen.

«Brüder und Schwestern», rief er ihnen zu, «hört mich an. Ein Wunder ist mir widerfahren. Die Heilige Jungfrau, unsere Gottesmutter und Himmelskönigin, hat sich mir offenbart. ‹Gesegnet seid ihr›, sagte sie, ‹die ihr mühsam und beladen seid, gesegnet ihr, die ihr ins Taubertal gekommen seid, denn hier sollt ihr Erlösung finden von euren Sünden, von Krankheit und Gram ...› Hier in der kleinen Kirche unserer lieben Frau ist euch das Himmelreich nah ... Hier und nicht in Rom, der Hure Babylon, wo sich die Pfaffen in Sünde und Ungehorsam wider die göttlichen Gesetze suhlen wie die Schweine im Dreck. Der Papst ist ihr Hirte, er führt sie auf die Weide, wo sie prassen und huren, wie es ihnen beliebt.» Hans machte eine kurze Pause.

«Ihr wisst, wovon ich spreche, denn ihr seid die Weide, das Wildbret und der Wein. Sie pressen euch aus wie einen Schwamm, saugen an eurem Herzen und an der Seele, erlegen euch Strafen auf für die kleinste Verfehlung und lehren euch das Fürchten mit dem Fegefeuer und der ewigen Verdammnis in der Hölle.

Ich aber sage euch: Es gibt kein Fegefeuer, nur das Himmelreich und die Hölle. Und gibt es dort eine gerechte Seele, so werde ich sie an der Hand nehmen und herausführen ... Ein gottgefälliges Leben oder dem Teufel gleich, das ist die einzige Wahrheit. Doch wer, in Himmels Namen, versündigt sich gegen das wahre Wort unseres Herrn von Sonnenaufgang bis in die Nacht? Nicht ihr, Brüder und Schwestern, nicht ihr ... An ihren Taten sollt ihr sie erkennen, so sprach der Herr, nicht an ihren Worten. Schlangen sind die Pfaffen, vernebeln euch die Sinne mit ihrem Gift und rauben euch die Seele wie einst dem Adam. Es war die Schlange, nicht das Weib, die uns aus dem Paradies vertrieben hat. Vergesst das nicht. Schlangen! Vipern! Pfaffen! Schlagt sie tot, wo immer ihr sie trefft.»

Applaus brauste auf, ein Meer von Fahnen. Begeisterte Zurufe.

«So hörte ich heute aus Würzburg und Mainz die Pfaffen sagen, ich sei ein Ketzer, sie wollen mich einfangen und verbrennen. Aber wüssten sie, was wahrlich ein Ketzer ist, würden sie erkennen, dass sie selbst die Ketzer sind und nicht ich. Verbrennen sie mich als Ketzer, werden sie erkennen, dass sie große Schuld auf sich geladen haben, die auf sie zurückfallen wird.

Gott wird das nicht dulden, denn Gott ist gerecht. Gott kennt keine Tyrannei. Alle Menschen sollen in Gleichheit und Freiheit leben, das ist seine Botschaft, nicht erst im Himmel, nein, schon heute hier auf Erden. Wenn die ungerechten Herren nicht darauf hören, wird er ihnen das Schwert entreißen und es dem Volk geben. Denn die Zeit der Ernte kommt schon bald, jener Tag, an dem Gott den Weizen von der Spreu trennt. Und ihr, liebe Brüder und Schwestern im Herrn, ihr wisst, was ich damit meine.»

Ein tausendfaches *Ja, wir wissen es* erhob sich über das Tal. Fäuste reckten sich, ein Ende der Tyrannei wurde gefordert.

«Ihr werten Herren in Würzburg, Mainz, Rom und Wien, hört meine Stimme: Eure Macht habt ihr von unserem Herrn im Himmel erhalten, damit ihr auf Erden für eine gerechte Ordnung sorgt. Es ist eure göttliche Pflicht, den Willen unseres allmächtigen Vaters zu erfüllen. Im Namen Gottes fordere ich euch auf: Tut endlich, was euch befohlen worden ist. Wenn nicht, dann tretet zurück, gebt das Schwert in die Hände des Volkes.

Brüder und Schwestern, ihr habt lange genug gelitten, das Kreuz zu lange schon getragen, nun ist die Zeit gekommen, es von den Schultern zu nehmen und für Gerechtigkeit zu sorgen. Sagt mir, wollt ihr das mit mir tun?»

Wer bisher noch in Andacht still gehalten hatte, erwachte, applaudierte und rief ihm Unterstützung zu.

«Als Gott den Menschen machte, gab er ihm die Vormachtstellung über die Tiere, die Vögel in der Luft, die Fische in Seen und Flüssen und auch über das Wild in den Wäldern und Auen. Das war sein heiliger Wille, das war sein Plan. Er sagte nicht, nur die Edlen und Herren, nein, er sagte: Alle Menschen sollen teilhaben an meiner Schöpfung. Daher ist es nicht Recht und auch kein göttlicher Wille, dem einfachen Mann die Jagd und den Fischfang zu verbieten, auch der Zehnte auf das Vieh ist nicht der Wille Gottes.

Jesus hat mit seinem Blut und seinem Tod alle Menschen erlöst, nicht nur die Edelmänner, auch die Hirten und Bauern. Von Leibeigenschaft, Zoll und Abgabe steht nichts in der Heiligen Schrift. All das ist unrecht, eine Erfindung der Herren. Also, meine Brüder und Schwestern: Wollen wir frei sein, wie es geschrieben steht, oder wollen wir weiter in Knechtschaft leben?»

Einem Donnergrollen gleich hub Jubel aus vierzigtausend Kehlen an, und doppelt so viele Fäuste. Das war die Botschaft, die sie hören wollten.

Die Knechtschaft würde nun ein Ende finden. Sie war gegen das göttliche Gesetz. Der Herr war auf ihrer Seite.

## 17

## Auf der Johannisburg in Aschaffenburg

Die stolze Burg an den Ufern des Mains mit ihren vielen Zinnen und Türmchen war festlich beflaggt. An die zwei Dutzend Fähnchen flatterten im Wind und hießen die Teilnehmer des eilig einberufenen Treffens zwischen der Würzburger und der Mainzer Delegation willkommen. Die Johannisburg lag auf halbem Weg und diente dem Mainzer Erzbischof als zweiter Regierungssitz. Ihre Gnaden waren selbst nicht zugegen, genauso wenig wie der Würzburger Bischof. Die Vorgänge im Taubertal erforderten zwar ein rasches Handeln, aber wie mit einem verrückt gewordenen Schafhirten umzugehen war, das sollten gefälligst ihre Sekretäre und Räte regeln.

Einzige Vorgabe: die überbordende Wallfahrt nach Niklashausen musste ein schnelles Ende finden, bevor noch weitere Beschwerden aus Rom, Wien und anderen Städten eintrafen und das ganze Land in Aufruhr geriet. Nicht zuletzt brodelte es in den beiden Bischofsstädten selbst, insbesondere die Frauen ergriffen Partei für den heiligen Jüngling, die Bauern und die Tagelöhner folgten, und ja, selbst viele Edelleute und Handwerker fühlten sich dem neuen Geist verpflichtet, der aus dem Taubertal kommend übers Land schwappte und rechtschaffene Gläubige erfasste. Von einem lokalen Phänomen, das sich bald wieder verflüchtigte, konnte also keine Rede mehr sein. Man hatte die Entwicklung unterschätzt, nun galt es, den Schaden zu begrenzen.

So fand man sich in einem herrschaftlichen Raum der Burg zusammen. Die Stimmung war angespannt, und noch vor Beginn drehte sich alles um die alten Fragen: Wie war mit dem Verursacher der Niklashauser Wallfahrt, dem Schafhirten Hans Behem, umzugehen? In wessen Gerichtsbarkeit fiel er?

Die Mainzer votierten, dass es sich bei Hans Behem um einen Würzburger handelte und damit Bischof Scherenberg verantwortlich sei. Die Würzburger konterten mit dem Ort und der Art des Verbrechens. Nach den letzten Spitzelberichten lästerte Behem hauptsächlich gegen den Papst, Priester und Mönche, somit läge ein kirchliches Verbrechen vor, das in die Gerichtsbarkeit des Mainzers fiel. Außerdem fand das Treiben ohnehin auf dem Land des Grafen von Wertheim statt, und der wäre wohl der Erste, der geeignete Schritte einleiten müsste.

«Ob das so eine gute Idee war?», fragte Lutger von Schwarzenberg seinen Kollegen aus dem Würzburger Domkapitel, Lorenz von Bibra, der das Treffen leitete. Sie standen am Rande, tranken einen Becher Wein. «Die werden sich in hundert Jahren nicht einig.»

Insgeheim lachte sich Lutger jedoch ins Fäustchen. Besser hätte es nicht laufen können. Diese Plappermäuler zogen mit ihrem Geschwätz eine Lösung des Konflikts in die Länge. In der Zwischenzeit würden noch mehr Wallfahrer aus allen deutschen Landen nach Würzburg kommen. Ihre Stadt- und Lehnsherren würden schon bald einsehen, dass die Bischöfe von Mainz und Würzburg in Untätigkeit, ja, in grober Fahrlässigkeit handelten und dass nicht länger auf sie Verlass war. Eher früher als später würden sich Papst und Kaiser selbst um eine Lösung kümmern müssen. Das sollte zumindest Scherenberg so weit in Misskredit bringen, dass es für Albrecht Achill leichter war, die Vorherrschaft in Franken zu erlangen.

«Darüber mache ich mir die geringsten Sorgen», antwortete Bibra, «die Frage ist, wie wir diesen Behem zu fassen kriegen.»

«Da habt Ihr wohl recht. Wenn es stimmt, ist er von vierzigtausend Wallfahrern umgeben. Welche Armee kommt schon dagegen an?»

«Es muss einen anderen Weg geben ... Habt Ihr eine Idee?»

«Man müsste ihn nach Wertheim oder Würzburg bringen», schlug Lutger vor, «dann wäre es einfacher, ihn zu fangen.» Mal sehen, ob Bibra darauf hereinfiel. Denn gelang der Plan, würden die Versuche der beiden Bischöfe noch kläglicher erscheinen.

«So dumm wird er nicht sein», gab Bibra enttäuscht zurück. «Wenn schon nicht nach Würzburg oder Wertheim, vielleicht würde er aber nach Ansbach gehen?»

«Wieso ausgerechnet nach Ansbach?»

«Hat man Euch nicht kürzlich mit dem Markgrafen gesehen?»

Lutger schreckte auf. «Das war rein zufällig ...»

«Wenn Ihr den Markgrafen dazu brächtet, Behem festzusetzen und nach Würzburg auszuliefern, wo wir ihm den Prozess machen können, wäre uns geholfen.»

In drei Teufels Namen! Wie kam Bibra auf den Gedanken, dass er näheren Kontakt zum Markgrafen pflegte? Bluffte er, oder wusste er mehr?

«Wie kommt Ihr darauf», erwiderte Lutger, «dass ich und der Markgraf ein Gespräch über diesen Schafhirten führen könnten?»

Bibra lächelte hinterlistig. «Verzeiht, ich wollte Euch nicht in Verlegenheit bringen.»

Lutgers Miene erstarrte. Wie um alles in der Welt hatte er davon erfahren? Wusste der Bischof davon?

«Nun denn», sagte Bibra und wies zum Tisch, «gehen wir es an.»

*

«Es ist gefährlich», mahnte Magdalena.

«Was soll mir schon passieren?», erwiderte Hans. «Die Heilige Jungfrau wacht über mich.»

Magdalena seufzte. Er glaubte also immer noch daran, dass er vom Himmel beschützt wurde. Wenn man bedachte, was alles in den vergangenen Wochen geschehen war, konnte man leicht auf den Gedanken kommen. Vom Rumtreiber zum neuen Messias. Ein kometenhafter, nie dagewesener Aufstieg. Und das ohne größere Zwischenfälle.

Damit konnte es aber schnell vorbei sein, wenn sie das Tal von Niklashausen hinter sich ließen. Hier waren sie unangreifbar, sicher wie in Abrahams Schoß. Doch jenseits davon wären sie auf fremdem Gebiet, ohne Schutz durch die Wallfahrer, ohne Fluchtmöglichkeit durch die Wälder oder über die Tauber.

In ihrer Begleitung waren zwei Burschen von Anton, dem Marienschnitzer und erfolgreichen Neu-Unternehmer, jeweils einen Sack geschultert, darin Brot, Hirse und was sonst noch an Essbarem übrig geblieben war. Ritter Thunfeld hatte drei starke Kerle zu ihrem Schutz abgestellt, gefolgt von einem Dutzend ausgesuchter Wallfahrer, die sich wie sie in einfache Gewänder gekleidet hatten. Seine «Mission» – so hatte Hans das waghalsige Unterfangen genannt – war, die Dörfer in der Umgebung zu besuchen und ihnen sein «Evangelium» nahezubringen. Jesus und Paulus hatten das Gleiche getan, nicht minder die drei Frankenheiligen Kilian, Kolonat und Totnan aus dem fernen Irland. Nun sei es an ihm, den Menschen die Wahrheit zu verkünden.

Oben angekommen, schnauften sie durch, Magdalena schaute zurück ins Tal. Dort lag das winzige Dorf mit seinen Häusern und Hütten, die kleine Kirche, eingerahmt von einem Meer aus abertausenden Zelten, dazwischen Feuerstellen und Wallfahrer. Aus Niklashausen war eine riesige Stadt geworden, größer als alles, was Magdalena bisher gesehen hatte. Die Menschenmassen erstreckten sich so weit das Auge reichte und in den Wäldern würde es nicht anders sein.

Auf der Tauber reihte sich noch immer Boot an Boot, wer hindurch wollte, brauchte Geduld und Überredungskünste. Dennoch blieb alles friedlich. Man ging besonnen miteinander um, man wusste ja, dass man hier nicht auf einem Jahrmarkt war, sondern an einem heiligen Ort, an dem die Mutter Maria neuerdings zu Hause war. Wer wollte da noch nach Rom? Selbst in Jerusalem konnte die Gnade nicht größer sein. Hatte man dort in den letzten tausend Jahren etwa Maria, Jesus oder einen anderen Heiligen zu Gesicht bekommen?

Nun, es war nicht alles Gold, was glänzte. Zu viele Marktschreier und Wunderheiler hatten sich unter die Gläubigen gemischt. Sie würden den Gnadenort in Verruf bringen, wenn ihnen nicht bald Einhalt geboten wurde. Fraglich war, wie man sie fernhalten konnte. Darüber mussten sie alsbald reden und eine Entscheidung treffen.

«Können wir weiter?», fragte Hans.

Seit er die Erscheinung im Wald gehabt hatte, war er wie ausgewechselt. Er sprühte nur so vor Tatendrang und der Überzeugung, das Richtige zu tun. Magdalena rätselte noch, ob er es ernst meinte oder in den letzten Wochen nur ein besserer Schauspieler geworden war. Seine mitreißende Rede vor den vierzigtausend hatte selbst ihr eine Gänsehaut beschert. Kräftig in der Stimme, gestenreich und aus voller Überzeugung war er dort oben gestanden und hatte ihnen sein Evangelium entgegengeschleudert. Er glich einem Sturm, der all seine Kraft und Legitimation aus göttlicher Quelle zu erhalten schien. Er fegte über die Köpfe hinweg, nahm die Herzen und Seelen seiner Zuhörer im Alleingang. Nichts und niemand konnte dem widerstehen.

«Es ist zu gefährlich, das Tal zu verlassen», erwiderte sie. «Es braucht nur eine Handvoll Reiter, um uns gefangen zu nehmen.»

«Du sorgst dich zu viel», sagte er mit einem Lächeln. «Niemand wird uns aufhalten und schon gar nicht überwältigen.»

«Was macht dich so sicher?»

Er breitete die Arme aus, reckte das Gesicht zum Himmel. «Weil ich nicht alleine bin. Die Heilige Jungfrau steht mir bei. Sie hat ihren Mantel über mich ausgebreitet, und nichts vermag mir zu schaden.»

Er meinte es ernst. Magdalena sah es in seinen Augen.

«Vielleicht sollten wir einfach vorsichtiger sein», antwortete sie, «so lange bis ...»

«Ich habe schon zu viel Zeit verschwendet. Letzte Nacht im Traum sprach sie zu mir ...»

«Wer?»

Er lächelte nur. «Sie sagte: ‹Hans, zögere nicht. Das Ende der Welt ist nah. Wer nicht umkehrt und bereut, wird einen ewigen Tod sterben. Es bleibt nicht viel Zeit. In deine Hände lege ich ihr Schicksal und Seelenheil. Geh, verkünde ihnen meine Botschaft.›»

Sie seufzte. Was sollte sie nur darauf antworten?

«Gehen wir weiter, damit wir noch vor dem Abend zurück sind.»

Noch bevor sie das erste Dorf erreichten, kamen Bauern von den Feldern auf sie zugelaufen. Sie warfen sich vor Hans in den Schmutz, küssten ihm Hände und Füße.

«Heiliger Jüngling, erteil mir deinen Segen.»

«Bitte für mich bei der Heiligen Jungfrau.»

«Gib uns eine gute Ernte.»

Die Ritter in Hans' Gefolge zerrten sie weg, doch Hans gebot ihnen Einhalt.

«Lasst sie. Lasst alle zu mir kommen. Keiner soll abgewiesen werden.»

«Sie reißen dich in Stücke», flüsterte Magdalena nervös.

«Niemandem wird ein Leid geschehen.»

So ließ er die Ehrerbietung geschehen, auch wenn sie an ihm zerrten, ihm am liebsten das Gewand vom Leib reißen wollten, um es nach Hause zu tragen und es anzubeten.

«Ich segne euch und eure Nachkommenschaft. Nun geht hinein in die Wälder, erlegt das Wild, schöpft die Flüsse nach Fisch und stärkt euch daran. Die Zeit des Hungerns ist vorbei. Das ist der Wille unserer geliebten Muttergottes.»

«Aber die Herren werden uns dafür totschlagen», sagte einer.

«Die Hand soll verdorren, die sich gegen euch und unsere Himmelskönigin erhebt. Fürchtet euch nicht, denn ich spreche in ihrem Namen, und ihr Wille ist heiliges Gesetz.»

Hans löste sich aus dem Pulk und ging weiter, Magdalena schloss zu ihm auf. Ihr war nicht wohl dabei, was er da den Menschen antrug.

«Das kannst du nicht zu ihnen sagen. Man wird sie dafür töten.»

«Ich habe nichts Unrechtes getan.»

«Du forderst sie zum Bruch des Gesetzes auf!»

«Es ist ein Herrengesetz, und es muss fallen.»

«Sicher, aber doch nicht so.»

«Wie denn dann?»

«Die Herren müssen überzeugt werden, das Gesetz abzuschaffen. Ansonsten schickst du sie in den Tod.»

«Nicht, wenn alle das Gesetz brechen, denn dann ist es kein Gesetz mehr.»

Er ging weiter. Magdalena brauchte noch einen Moment, um zu verstehen, was Hans da tat. Er hatte recht, das Herrengesetz musste fallen, aber war dies der richtige Weg? Bisher hatte sie ihn so verstanden, dass die Anklage gegen die Herren gerichtet war, dass sie den ersten Schritt machen mussten und nicht die Bauern. Änderte er nun die Reihenfolge, würde Blut fließen.

«Hans, warte!»

Sie lief ihm nach.

«Was ist?», fragte er.

«Du darfst die Bauern noch nicht zur Jagd schicken. Zuvor muss das Gesetz fallen.»

«Glaubst du, es wird passieren, wenn sie es nicht tun?»

«Ich weiß nicht … vermutlich nicht. Aber …»

«Warte, bis wir ins nächste Dorf gekommen sind.»

Gut, dann wartete sie eben, aber vom Tisch war das Thema nicht. Er durfte das nicht tun. Blut würde an seinen Händen kleben.

Das Dorf war eine Ansammlung kleiner, verwahrloster Hütten. Auf den strohgedeckten Dächern hatte der lange, harte Winter seine Spuren hinterlassen. Einige waren vom Schnee eingedrückt, andere hatten Löcher, und selbst die Lehmmauern sahen nicht besser aus. Vor den Hütten saßen Alte und beaufsichtigten die Kleinkinder. Alle waren ausgemergelt, von Hunger und Durst gezeichnet, nahezu apathisch. Sie registrierten kaum den fremden Besuch. Tiere gab es keine, selbst Hunde, die normalerweise als Erste Neuankömmlinge meldeten, waren nicht zu sehen. Es stank nach Exkrementen, mit Stroh vermischter Mist diente als Reparaturmasse für die Hütten.

Wahrlich, so ein Elend hatte Magdalena überhaupt noch nicht gesehen. Wenn sie von früh bis spät im Badehaus arbeitete, gab es keine Zeit für Ausflüge, außer zum Holzsammeln in den Wald oder zum Wasserholen am Dorfbrunnen. Sie hielt die Hand vor den Mund, um den Schrecken zu verbergen.

Hans wies die beiden Burschen von Anton an, die Säcke zu öffnen. Gemeinsam mit den Wallfahrern verteilten sie Brot und Hirse unter den bedauernswerten Kreaturen.

«Für die Herren sind diese Leute weniger wert als Vieh», sagte Hans. «Sie sollen arbeiten und stillhalten. Wenn sie verhungern … Wen kümmert's? Die Nächsten stehen bereit, Schaufel und Hacke in die Hand zu nehmen. Dieses Martyrium besteht seit Menschengedenken, und nichts wird sich ändern, wenn wir nichts tun.»

Langsam begriffen die Alten, was ihnen da in die Hände gelegt wurde. Zähne, um das Brot zu beißen, hatten sie nicht mehr, so tunkten sie es in eine Schale Wasser, saugten es auf. Die Kinder – keines unter ihnen war älter als zwei Jahre – taten es ihnen gleich. Sie schlürften begierig den Brei, schauten sich verwundert um, woher die unerwartete Mahlzeit kam.

«Sollen wir sie also verhungern lassen», fragte Hans, «damit sie von ihren Herren beim Jagen oder Fischen nicht erschlagen werden?»

Magdalena seufzte. Natürlich durfte man das nicht. Die Herren sollten ihnen zumindest so viel lassen, dass sie sich selbst ernähren konnten. Aber das war nicht der Fall. Das Dorf war nicht nur ausgehungert, sondern auch ausgeplündert. Hier gab es augenscheinlich nichts, was man noch hätte verwerten können. Selbst die Hunde waren verschwunden oder hatten diesen armen Leuten als letzte Nahrungsquelle gedient.

«Hans!»

Einer von Antons Burschen zeigte auf eine Hütte. Stand dort tatsächlich ein Mönch? Er trug ein Bündel in den Armen. Hans glaubte seinen Augen nicht zu trauen. Was machte der Kerl hier? Hans rannte auf ihn zu.

«Wer bist du?», rief er ihm entgegen.

Der Mönch schreckte zurück, hinter ihm ein Esel mit

zwei Tragetaschen daran. Er stopfte das Bündel hinein, suchte sein Heil in der Flucht, offenbar glaubte er, man wolle ihn ausrauben.

«Hiergeblieben!» Hans packte ihn und warf ihn zu Boden.

«Gnade, Herr, Gnade!»

«Ich bin kein Herr. Sag, was hast du hier verloren?»

«Ich … ich bin im Auftrag eines Bruders unterwegs.»

«Von wem sprichst du?»

«Bruder Karl von Heidingsfeld.»

«Wer ist das?»

«Ein Priester.»

«Ein … was?»

«Das Dorf gehört ihm, es ist Teil seiner Pfründe.»

Jetzt war Hans die Sache klar. Er schob den Fetzen am Eingang der Hütte zur Seite, schaute hinein. Auf dem nackten Erdreich lag eine Frau in zerrissenen Kleidern, nur noch aus Haut und Knochen bestehend, die Augen halb geöffnet.

«Was hat er dir genommen?», fragte Hans.

Sie antwortete nicht.

Viel konnte es nicht sein. In diesem erbärmlichen Loch gab es nichts außer verschmutztes Stroh, eine erloschene Feuerkuhle im Boden, zwei Holzschalen, und wenn ihn nicht alles täuschte, waren das verdächtig kleine Knochen, wie von einem Nagetier.

Hans ging zum Esel, holte das Bündel aus der Tragetasche. Er erschrak, als es sich bewegte, und schlug den Fetzen Stoff zurück. Das Kind war nur wenige Wochen alt, dünn und leicht wie ein Kätzchen, die Augen geschlossen, es atmete noch.

«Was wolltest du mit dem Kind?»

Hans schoss das Blut ins Gesicht.

«Das Weibsbild kann ihre Abgaben nicht zahlen», erklärte der Mönch und fuchtelte hilflos mit den Händen herum.

«Und dafür holt sich der feine Bruder ein Kind?!»

«Es ist nicht meine Entscheidung, Herr. Bruder Karl hat es mir aufgetragen.»

Aus der Hütte kam ein Lebenszeichen, ein Stöhnen, ein Wimmern. Hans schob den Fetzen erneut zur Seite, war im Begriff, der Frau ihr geraubtes Kind zurückzugeben. Doch etwas Unerwartetes geschah.

«Nein», stöhnte sie, «nicht …»

«Was meinst du?», fragte Hans.

«Gib ihm mein Kind.»

«Bist du verrückt geworden, Weib?»

Die Frau beugte sich unter Schmerzen auf. Sie war gar nicht so alt, wie Hans anfänglich dachte, eigentlich jung, nur der Hunger hatte sie zum Schatten ihrer selbst gemacht.

«Es wird verhungern», sagte sie mit dünner Stimme, «wenn es bei mir bleibt. Gib es ihm.»

«Niemals.»

Sie fiel zurück auf ihr modriges Lager. «Gib es ihm …»

«Sie hat recht», sagte Magdalena, die ihm nachgekommen war. «Das Kind wird sterben, wenn es hier bleibt.»

Mit dem Kind im Arm drängte Hans zur Hütte hinaus. «Was ist das nur für ein Wahnsinn?!»

Der Mönch brachte sich auf allen vieren in Sicherheit.

«Es ist das Gesetz», sagte Magdalena.

«Zum Teufel damit!»

# 18

Im Kiliansdom von Würzburg herrschte Anspannung. Völlig unerwartet wollte Bischof Scherenberg zu den Gläubigen sprechen, insbesondere zu seinem geistlichen Gefolge, den Dom- und Spitalherren, Priestern, Mönchen, Äbtissinnen, Nonnen und Vikaren, aber auch zu den Adeligen aus Stadt und Land, den Ratsherren und Bürgermeistern, den Quartiermeistern, den wohlhabenden Kaufleuten, Handwerksmeistern und einflussreichen Bürgerfrauen. Den noch verbleibenden Platz im langen Kirchenschiff sicherten sich die Beamten und Ärzte, Anwälte und Lehrer. Jeder, der in der Stadt eine Stellung einnahm, ließ sich die angekündigte Ansprache ihres Herrn nicht entgehen.

«Wisst Ihr, worum es gehen soll?», fragte Lutger von Schwarzenberg den neben ihm stehenden Rack.

Der war sichtlich missmutig, dass sich Lutger ausgerechnet in seiner Nähe aufhielt. Seitdem er ihn mit seinem früheren Dienstherrn Albrecht Achill hatte kungeln sehen, traute er ihm nicht länger über den Weg. Außerdem ging das Gerücht um, Lutger umwerbe die Herren des Domkapitels mit Geschenken und Versprechen. Sollte Bischof Scherenberg erneut schwer erkranken, vielleicht sogar sterben, könnte Lutger ein würdiger Kandidat für seine Nachfolge sein. Die seit Jahren andauernden Reibereien mit Ansbach müssten aufhören, forderte er darüber hinaus, außerdem würde er eine Wiederaufnahme der Beziehungen begrüßen, wenn nicht gar einen Ausbau. Nicht wenige im Domkapitel standen dem nun positiv gegenüber, auch wenn sie bisher entschiedene Gegner des Ansbachers gewesen waren.

«Ich schlage vor», knurrte Rack, «Ihr hört einfach zu.»

Racks mitunter derbe Brummigkeit war Lutger hinreichend gewöhnt, aber in diesem Moment kam sie ihm reichlich keck vor. Schließlich war er gerade dabei, sich zur neuen zweiten Macht in Würzburg aufzuschwingen. Dieser Grobian würde der Erste sein, der seinen Posten abtreten müsste, sobald er sein Ziel erreicht hatte.

Unruhe kam auf, die Köpfe reckten sich. Der Bischof trat vor seine Gemeinde, gebeugt und schwach, noch immer saß der Schmerz tief im Kreuz und machte jede Bewegung zur Qual.

«Ihr getreuen geistlichen und weltlichen Herren», begann er mit brüchiger Stimme, «es hat sich in den letzten Wochen ein merkwürdiges Wallen nach Niklashausen ins Taubertal eingestellt, das uns große Sorgen bereitet. Ein liederlicher Spielmann und Schafhirte, Hans Behem genannt, will dort unsere Heilige Jungfrau, die liebe Gottesmutter, gesehen haben.

Ist das nicht schon allein verwunderlich, im eigentlichen Sinn eine Lästerung an der Himmelskönigin und eine Verhöhnung des rechten Glaubens, predigt er darüber hinaus in sündhafter Rede gegen den geistlichen Stand, gegen die Priester und Mönche, die Bischöfe und gegen den Papst. Auch an den weltlichen Herren, zuvorderst dem Kaiser, den Fürsten und Grundherren will er nichts Gutes lassen, ruft zur Befreiung der Bauern und Tagelöhner aus der gottgegebenen Ordnung auf.»

Ein vielkehliges Gemurmel erhob sich, es ging wie ein empörtes Raunen durch die weite Halle. Der Bischof hatte endlich Stellung zu den Vorfällen im Taubertal bezogen. Für viele war der Schritt längst überfällig, andere fragten sich, ob er zu spät kam. Hätte man früher eingegriffen, stünde man nun nicht einem Heer von Wallfahrern gegenüber, sondern nur einer Gruppe verirrter Taugenichtse.

«Tausende Gutgläubige, Wirrköpfe, Scharlatane und Possenreißer sind seinem Ruf inzwischen gefolgt, sie haben das friedliche Tal in einen Ort des Schreckens und des Aufruhrs verwandelt. Von Wundern ist die Rede, von der Heilung Blinder, Lahmer und der Auferweckung von den Toten. Selbst das Strafgericht unseres allmächtigen Herrn am Ende aller Tage will der Schafhirte für sich beanspruchen, sagt, dass es kein Fegefeuer gebe und dass er seine Verbündeten an der Hand aus der Hölle in den Himmel führen wolle.

Inzwischen erreichen uns besorgte Nachrichten aus allen deutschen Landen. Von der Flucht der Bauern von Hof und Feld ist die Klage, in den Städten erheben sich die Verblendeten und Verführten des Schafhirten gegen ihre Herrschaft, kein rechtschaffener Mann ist mehr seines Lebens sicher. Es drohen Aufstände, Mord und Totschlag. Auch hier in Würzburg und auf dem Land vergiften die Reden des Schafhirten die braven Gemüter. Tausende sind bereits angesteckt und weitere werden folgen, sodass bald alles in Krieg und Chaos versinkt.

Mein Amtsbruder in Mainz teilt meine Sorgen. Auch dort verwandelt sich das friedliche Miteinander in ein gefährliches Gebräu aus Gotteslästereien und dem Aufruf, die Herrschaft zu töten. Wir müssen dieser Pest Einhalt gebieten, jetzt und mit aller Entschiedenheit.

Damit bestimme ich: Es soll niemand mehr nach Niklashausen gehen oder wallen, auch keine Schandlieder gegen Gott, Papst und die Priester singen. Niemand soll einem Wallfahrer mehr Unterkunft, Essen und zu trinken geben, von heute an sollen ihnen unsere Brücken und Stadttore verschlossen bleiben, auf dass bald wieder Ruhe einkehre und ein gerechter Mann in Frieden beten kann. Jeder, der dagegen verstößt, soll Strafe fürchten, an Leib und Seele Schaden zu nehmen.»

Der Bischof wandte sich ab, trottete in die Sakristei zurück. Er ließ eine aufgebrachte Gemeinde zurück.

«Und der Pfeifer? Was soll mit ihm geschehen?», rief einer.

Der Bischof hielt inne. Kaum hörbar antwortete er: «Hans Behem, der Schafhirte, soll nach Würzburg gebracht und wegen seiner ketzerischen Reden befragt werden.»

«Wie soll das gehen? Wer hat eine so große Streitmacht, um ihn gefangen zu nehmen?»

Der Bischof ließ die Frage unbeantwortet. Gebeugt und müde von der Ansprache verließ er das Kirchenschiff.

Gemurmel brach los – teils war man zufrieden, dass der Bischof klare Worte gesprochen und ein tatkräftiges Handeln angekündigt hatte, teils skeptisch, wie das umzusetzen war. Zehntausende hielten sich im Taubertal auf, täglich kamen neue hinzu, und während in der Kirche weitgehend Einigkeit mit der Politik des Bischofs bestand, sah es in den Familien anders aus. Frauen und

Kinder, gleich welchen Standes, hatten Sympathien für den Jüngling, gar manche Bürgerfrau sammelte Spenden und bereitete sich selbst auf die Wallfahrt vor. Wer, um Himmels willen, würde gegen sein eigenes Weib vorgehen wollen, wer den Sturm und Drang seiner Söhne und Töchter zügeln können? Die Stadt drohte, sich in zwei Lager zu spalten.

Rack teilte die Sorge. Ein offener, großer Angriff kam nicht in Frage. Zu viel Blut würde fließen und das Leben in Stadt und Land auf Jahre hinaus vergiften. Es musste einen anderen Weg geben, einen subtileren, und er hatte auch schon eine Idee.

✷

«Die Pfaffen sind Heuchler und Ausbeuter ... die Pest, noch schlimmer als die Pest, sie sind die Ausgeburt der Hölle mit ihrer Verderbtheit und der Doppelzüngigkeit einer Schlange. Was sie euch als Sünde verkaufen, ist ihr eigenes Tagwerk. Sie huren, spielen, saufen und scheiden die Ehe. Wo ein Laster erwächst, da findet ihr einen Pfaffen. Habe ich nicht recht?!»

Jubel aus Tausenden Kehlen brandete Hans entgegen.

«Darum sage ich: Schlagt die Pfaffen tot, wo immer ihr sie trefft. Es wird euch im Himmel vergoldet.»

Jeronimus war noch immer nicht damit einverstanden. «Jetzt sagt er das schon wieder.» Er stand mit Magdalena und Ulrich ein paar Schritte entfernt, an der Absperrung, die mittlerweile nötig war, sonst wären sie von der Masse an Menschen erdrückt worden.

«Ob es dir gefällt oder nicht», erwiderte Magdalena,

«es ist das Beste, was er bisher gesagt hat. Er spricht den Menschen aus dem Herzen. Sie lieben ihn dafür.»

«Und mich fragen sie, warum ich noch lebe», warf Ulrich ein. «Ich gehöre doch zu ihm.»

«Genau das meine ich», sagte Jeronimus. «Die Leute sind nicht dumm. Sie merken schnell, wenn sie übers Ohr gehauen werden.»

«Das hat doch damit nichts zu tun», hielt Magdalena dagegen. «Jeder kann zwischen einem schlechten und einem guten Pfaffen unterscheiden.»

«Dann soll er das auch so sagen.»

Magdalena war nicht überzeugt. «Was ist eigentlich dein Problem?»

«Was meinst du?»

«Dir geht es doch nicht darum, ob Hans gegen die Pfaffen wettert oder nicht.»

«Ich verstehe nicht, was du mir damit sagen willst.»

Sie baute sich vor ihm auf, was ein seltsames Bild abgab. Jeronimus war nahezu zwei Köpfe größer als sie.

«Du bist zerfressen von Eifersucht. Du willst derjenige sein, der da vorne auf der Kanzel steht.»

«So ein Unsinn. Er ist mein Werk.»

«Dennoch: Der Applaus sollte dir gelten, nicht ihm.»

«Du irrst. Ich habe ihn zu dem gemacht, was er ist. Ohne mich würde er noch immer keinen zusammenhängenden Satz sprechen können.»

Ulrich ging dazwischen. «Hört auf zu streiten. Hans ist schon längst nicht mehr euer Püppchen. Er tut, wozu er berufen ist.»

Seine Gegenrede ging in dem Applaus und den Hoch-Rufen für Hans unter.

«Seid wachsam, steht fest im Glauben», rief er ihnen entgegen. «Seid tapfer und stark! Alles, was ihr tut, geschehe in Liebe.»

«Seht ihr?», sagte Jeronimus. «Selbst diese Bibelstelle habe ich ihm eintrichtern müssen. Jedes Kind kennt sie, außer Hans.»

«Lass gut sein», besänftigte Ulrich. «Du hast großes Verdienst. Das will keiner bezweifeln.»

«Aber genau das tut sie.»

«Weil du dich nicht damit zufriedengeben kannst, was du bist», wetterte Magdalena. «Du bist der Mann für die zweite Reihe, belesen, klug und fromm. Hans aber gehört ins Licht. Er ist die Sonne, nach der sie sich alle strecken.»

«Er ist ein Gaukler und Schafhirte», hielt Jeronimus dagegen. «Wenn er niemanden hat, der ihm seinen Text einflüstert, ist er stumm wie ein Fisch.»

Die Zornesröte stieg Magdalena ins Gesicht. «Du bist ein Judas, ein falscher Apostel. Wenn man dir den Rücken zukehrt, kennst du nur den Verrat.»

«Jetzt reicht es aber!» Ulrich brachte seine ganze Leibesfülle zwischen die beiden. «Habt ihr den Verstand verloren? Warum streitet ihr euch, hier, vor allen Leuten?»

Hans war am Ende seiner Rede angekommen. «Mein Schild ist bei Gott, der den frommen Herzen hilft. Auch dich, Heilige Jungfrau, rufe ich an, steh uns im Kampf gegen die Ungerechten bei, sei es Papst, Bischof oder Kaiser, hilf uns, die zu strafen, die uns verfolgen und deinen Namen entehren. Lass sie ertrinken in den Fluten ihrer Gottlosigkeit, auf dass eine neue Welt entstehe, dein Himmelreich auf Erden.»

Der Jubel von vierzigtausend und mehr erhob sich, das

Tal war wie ein bebender Kessel auf der Feuerstelle. Wer konnte allen Ernstes gegen diese Massen und ihre Begeisterung angehen? Hans hatte sie in ihrem Hass auf Thron und Kirche geeint. Ein Wort von ihm würde genügen und sie griffen zu den Waffen. Würzburg mit seinen sechs- bis siebentausend Bürgern wäre schnell genommen, auch Mainz sollte kein Problem darstellen. Nur ein einziges Wort, und das Schicksal der Pfaffen würde sich entscheiden. Dann wären sie an der Macht, und der alte, richtige Glauben könnte sich neu entfalten. Das Reich Gottes auf Erden. War es nicht das, wovon Jesus immer geträumt hatte?

Als Hans von der Kanzel stieg, offenbarte sich jedoch ein anderes Bild. Jeronimus und Magdalena waren in eine heftige Auseinandersetzung vertieft, dazwischen Ulrich, der vermitteln wollte.

«Was ist mit euch?», fragte er. «Warum streitet ihr?»

«Er ist ein Judas», fauchte Magdalena ihm ins Gesicht.

«Und sie eine nichtsnutzige Hure», grollte Jeronimus, «wie es Maria Magdalena nicht schlimmer hätte sein können.»

Hans legte die Arme um die Streithähne, führte sie hinüber zur Kirche. «Kommt mit.»

Ulrich verschloss die Kirchentür hinter ihnen. In den Bänken war niemand zu sehen.

«Jetzt noch mal in Ruhe: Was ist los?»

Hatten sich Jeronimus und Magdalena noch eine Minute zuvor wüste Anschuldigungen und Beleidigungen an den Kopf geworfen, so schwiegen sie jetzt voneinander getrennt in den Bänken vor sich hin. Jeronimus links, Magdalena rechts.

«Habt ihr die Sprache verloren?», fragte Hans. Er ging zu Jeronimus. «Warum nennst du Magdalena eine Hure?» Der schüttelte den Kopf und schwieg. Er wandte sich an Magdalena. «Und warum ist Jeronimus ein Judas?» Auch sie wollte keine Antwort geben, zupfte stattdessen an ihrem Gewand, als säße es schief.

«Was ist los?!»

Ulrich kam vorsichtig näher. «Sie streiten ... wegen dir.»

Hans merkte auf. «Wegen mir? Warum?»

«Jeronimus meint, du solltest nicht länger die Leute dazu aufrufen, die Pfaffen totzuschlagen.»

«Ach, darum geht es. Und was sagt Magdalena dazu?»

«Du würdest es nicht so meinen.»

Hans dachte nach, nickte mehrmals, als er den Mittelgang abschritt.

«Und du, Ulrich, was glaubst du? Meine ich es ernst?»

Ulrich schaute unsicher zur Seite, suchte nach einer genehmen Antwort. «Wenn ich ehrlich bin ... Ich weiß es nicht ...»

«Zeig einmal in deinem Leben Rückgrat», fuhr Jeronimus auf. Dann an Hans gewandt: «Er versteht es so, wie du es sagst. *Schlagt die Pfaffen tot.* Und er ist einer.»

«Einer der Guten», ging Magdalena dazwischen.

«Das sagt er aber nicht!»

«Meint er aber!»

«Ruhe!» Hans stand zwischen ihnen, die Arme ausgebreitet, als wolle er die beiden davon abhalten, aufeinander loszugehen. «Ist es das, warum ihr euch an die Gurgel gehen wollt? Wegen eines einzigen Satzes?»

«Den du in deinen Predigten hundertmal wiederholst», setzte Jeronimus hinzu.

«Was ist falsch daran?»

«Du rufst zu Mord und Totschlag auf. Das ist nicht die Lehre Jesu Christi.»

«Die Pfaffen sind Teufel. Sie versündigen sich an seinem Wort.»

«Nicht alle.»

«Kennst du einen Unschuldigen?»

«Sogar mehr als du dir vorstellen kannst. Es gibt gute, aufrechte und gottesfürchtige Priester und Mönche, die nach dem Wort Gottes leben und dafür auf viel verzichten. An ihnen ist kein Makel zu finden. Du aber scherst alle über einen Kamm. Das ist falsch, und es muss aufhören, bevor Blut an unseren Händen klebt.»

«An unseren? Bisher waren es nur meine.»

«Wir sitzen alle in einem Boot.»

«Richtig, und es gibt Ruderer und es gibt den Steuermann. Ich bestimme, welche Richtung wir einschlagen, und ich entscheide, was ich sage.»

«Dann sind wir also nichts anderes als deine Gehilfen.»

«War es je anders?»

Jeronimus blickte die anderen beiden an, wie sie darauf reagierten. Magdalena hielt seinem Blick stand, sie akzeptierte offensichtlich die Hackordnung. Ulrich war immer unentschieden, er suchte nach einer salomonischen Lösung.

«Lasst uns nicht länger streiten», sagte er, «es ist nicht so wichtig.»

«Doch, ist es», sagte Jeronimus bestimmt. «Wir haben hier einen Schafhirten im Gewand eines Messias, der glaubt, ein paar auswendig gelernte Sätze aus der Bibel machen ihn gleich zu einem Erlöser. Du täuschst dich, du falscher Prophet, du bist nichts weiter als ein Scharlatan mit einem hübschen Gesicht. Damit kannst du ehrlose Witwen und läufige Jungfrauen einfangen, eine aufrechte Seele täuschst du aber nicht. Sie durchschaut nämlich dein Werben um ihre Gunst, gleich welche süßen Worte du flüsterst. Eine aufrechte Seele schaut hinter die Maske, traut keinem deiner aufgesetzten Sprüche und vor allem spürt sie deine Verlogenheit, so wie ein Hund schnell merkt, welche Hand ihn schlagen und welche ihn streicheln will. Geh zurück auf deine Wiese, zu den blökenden Schafen und berichte ihnen von deinem Himmelreich. Niemand anderes wird es dir mehr glauben.»

Damit war die Sache entschieden. Ulrich, Magdalena und Hans schauten ihn stumm an, während die Menschen vor der Kirchentür mit Liedern und Gebeten ihren Messias feierten.

Jeronimus ließ sich nicht länger davon beeindrucken. Er kniete vor dem Kreuz hinter dem Altar nieder, bekreuzigte sich und verließ ohne ein weiteres Wort die Kirche.

Ulrich zögerte, ob er ihm folgen sollte.

Magdalena kam an Hans' Seite, schmiegte sich an ihn, als seien sie nun Mann und Frau. «Wir sollten ihn im Auge behalten.»

# 19

Da hatte Conrad von Thunfeld einen schönen Fang gemacht. Der Bursche, den er am Kragen zum Wirtshaus schleppte, war orientierungslos im Wald herumgeirrt, behauptete, sein Pferd habe sich den Lauf gebrochen, und erbat sich vom edlen Ritter Hilfe bei einer wichtigen Mission. Er sei mit einer Depesche des Bischofs von Würzburg unterwegs nach Mergentheim zu den Rittern vom Deutschen Orden. Die Sache sei streng geheim, niemand dürfe davon wissen und der Ritter müsse ihm helfen, schließlich sei er ja dem Bischof zur Treue verpflichtet.

Thunfeld klopfte mit der eisernen Faust gegen die Tür. Es war früh am Morgen, aber nicht noch so früh, dass man davon ausgehen musste, der heilige Jüngling läge noch im Bett. Niemand öffnete, so ging er ums Haus herum, zum Hintereingang neben dem Badehaus, dort fand er eine unverschlossene Tür. Nur ein paar Eingeweihte wussten davon. Der Zugang war zu nutzen, wenn Eile geboten war. Der kurze Durchgang führte direkt zum Schlafzimmer des Jünglings. Erneut pochte er gegen die Tür, während er den Boten mit der anderen Hand disziplinierte.

«Öffnet. Ich habe dringende Nachricht.»

Jenseits der Tür schreckte Magdalena auf. Sie war nackt unter der dünnen Zudecke, suchte sich zu orientieren, wo sie hier eigentlich war, sah den leeren Krug Wein, die umgestoßenen Becher, die heruntergebrannten Kerzen. Ihr Kopf schmerzte ein wenig, doch im Schoß spürte sie eine angenehme Wärme.

«Öffnet. Es eilt.»

«Wach auf», sagte sie, «da ist jemand.»

Sie rüttelte den nackten Körper neben ihr, ein Stöhnen.

«Was ist?», fragte Hans schlaftrunken.

«Da ist jemand an der Tür.»

Sie zog sich eilig das Gewand über, wand den Schleier ums Haar.

«Er soll weggehen», raunte Hans.

«Zu spät.»

Sie ging zur Tür. «Wer ist da?»

«Ritter von Thunfeld.»

«Was wollt Ihr?»

«Öffnet, es ist wichtig.»

«Zieh dir was an», raunte sie Hans zu und öffnete die Tür.

Ein kurzer, unsicherer Blick, worauf Thunfeld hier gestoßen war, dann aber überwog das Pflichtgefühl. Er stieß den Boten ins Schlafzimmer, wo er auf allen vieren landete.

«Den Burschen haben wir im Wald gefunden, auf dem Weg nach Mergentheim», sagte Thunfeld, und er berichtete, was er bisher in Erfahrung gebracht hatte. Hans kam langsam zu sich, Magdalena hingegen war beim ersten Wort über den Bischof hellwach.

«Wo ist die Nachricht?», fragte sie.

Thunfeld zog eine Depesche aus dem Gürtel, reichte sie aber nicht Magdalena, sondern Hans. Der wusste nicht so recht etwas damit anzufangen, lesen hatte er nie gelernt, und so schnappte sich Magdalena das zusammengerollte Schriftstück. Noch nie hatte sie ein derartiges Dokument in den Händen gehalten. Sie zögerte, das bischöfliche Siegel zu brechen.

«Mach schon», forderte Hans sie auf. «Was steht drin?»

So tat sie es und las vor.

«Ihr edlen Ritter vom Deutschen Orden ...» Sie überflog die Begrüßungsfloskeln, suchte nach dem eigentlichen Inhalt des Schreibens. «... haben wir Nachricht erhalten, dass sich in zahlreichen Städten Aufstände gegen die Herrschaft ereignet haben und ein Ende nicht abzusehen ist. Daher wollen wir Euch aufrufen, jedes Wallen nach Niklashausen und das Singen von Schmähliedern gegen die Priesterschaft, Papst und Kaiser zu verbieten ... haben wir aus den schweizerischen Gebieten Kunde erhalten, dass sich kriegerische Bauern zusammenrotten, um die Aufständischen im Taubertal zu unterstützen.»

«Was?» Nun war Hans wach. «Die Schweizer Bauern kommen?»

Er blickte zu Thunfeld. Der zuckte die Schultern.

«Davon weiß ich nichts.» Er trat den Boten in die Seite. «Stimmt das?»

Der arme Kerl heulte vor Schmerz auf. «Gnade, Herr, ich bin doch nur der Bote.»

«Ich will wissen, ob das stimmt.»

«Es geht ein Gerücht um ... Die Bauern haben den Herzog von Burgund in einer Schlacht bezwungen ... Nun fürchtet man, dass sie noch weitere Herren niederringen werden.»

«Und dazu wollen sie ausgerechnet nach Niklashausen

kommen?» Magdalena kam das recht abenteuerlich vor. «Das sind Hunderte von Meilen.»

«Das ist kompletter Unsinn», stimmte Thunfeld zu. «Ich vermute, der Bischof will damit den anderen Landesherren Angst einjagen, um sie auf seine Seite zu ziehen.»

«Wird es ihm gelingen?», fragte Hans.

Thunfeld zweifelte daran. «Jeder mit etwas Verstand im Kopf lässt sich dadurch nicht einschüchtern. Er wird vorsichtshalber seine Grenzen stärker sichern. Alles Weitere geschieht, wenn tatsächlich eine Armee aufmarschiert.»

«Wie reagieren wir darauf?», fragte Magdalena.

«Wenn der Bischof Truppen zusammenzieht und andere Landesherren dazu ermuntert, steht ein Angriff bevor», antwortete Thunfeld. «Allerdings will mir nicht in den Kopf, dass er es überhaupt wagt. Da würden Männer gegen ihre eigenen Frauen und Kinder aufmarschieren, gegen Nachbarn und Freunde. Es ist unvorstellbar, er holt sich damit Krieg und Feindschaft in seine Stadt. Das kann er nicht wollen.»

«Kann es auch etwas anderes bedeuten?»

«Er will uns mit einer großen Armee Angst machen. Angreifen würde er aber nicht.»

Hans sprang aus dem Bett, zog sich das Gewand über. «Dann soll er mich kennenlernen.»

«Was meinst du damit?», fragte Magdalena.

«Die Herren machen seit Anbeginn der Zeit nichts anderes ... sie jagen uns Angst ein, wenn wir nicht spuren. Angst vor der Hölle und dem Fegefeuer, Angst vor Feinden, Angst vor dem Verhungern. Dabei sind wir es doch, vor denen sie Angst haben sollten. Wir ernähren und schützen sie, wir bauen ihre Kirchen und Paläste, ohne uns sind sie nichts.»

«Was hast du vor?»

«Ich will zu den Menschen da draußen sprechen, ihnen sagen, was soeben geschieht.»

«Zu welchem Zweck? Wenn sie gehen, sind wir entblößt.»

«Die Frauen und Kinder müssen weg. Wer von den Männern bleiben will, ist willkommen. Dann sehen wir, wie stark wir wirklich sind.»

«Das ist ein gefährlicher Weg», gab Thunfeld zu bedenken.

Hans lächelte schief. «Habt Ihr etwa Angst?»

Thunfeld schüttelte den Kopf, schluckte seinen Zorn über diese Ehrabschneidung hinunter. Ein Ritter wie er würde niemals eine gerechte Sache im Stich lassen, selbst wenn er dem Feind gegenüber in der Unterzahl war.

Nicht ganz so heroisch reagierte Magdalena.

«Da draußen marschiert eine Armee gegen uns auf. Ich finde es durchaus angebracht, Angst zu haben. Wir sollten über andere Möglichkeiten nachdenken.»

«Er sagte doch, dass es nur eine Lüge ist», entgegnete Hans.

«Er hält es für eine Möglichkeit.»

«Wir können nicht gegen schwer bewaffnete Kriegsknechte gewinnen.»

«Müssen wir auch nicht. Es reicht, wenn wir den Eindruck erwecken, dass der Bischof mehr zu verlieren hat als wir.»

«Und was sollte das sein?»

«Den Frieden.»

«Den hat er schon vor Wochen verloren. Spätestens mit dem Aufruf, die Pfaffen totzuschlagen.»

«Fängt du jetzt auch noch damit an?»

Ein langer, durchdringender Blick. Er meinte es ernst. Magdalena musste klein beigeben, bevor sie das gleiche Schicksal ereilte wie Jeronimus.

«Gut, dann bereitet alles vor», sagte Hans. «Die Kanzel, die Kirchenglocke ... Ich will jetzt zu ihnen sprechen.»

«Was machen wir mit ihm?», fragte Thunfeld und wies auf den am Boden kauernden Boten.

«Er wird für die nächsten Tage unser Gast sein. Sperrt ihn ein.»

Entschlossen ging Hans zur Tür hinaus, band sich die Kordel um die Hüfte, ging sich durch die Haare, atmete frische Luft, als er ins Freie kam. Was machte er zuerst? Einen Ranken Brot, eine Suppe zum Frühstück? Nein, er brachte jetzt keinen Bissen hinunter, er war viel zu aufgeregt. Sich die Worte seiner Rede überlegen? Schon besser. Dazu musste er alleine sein. Nicht ins Haus, dafür war der Tag zu schön. Hoch in den Wald ... zu weit. Runter zum Fluss?

«Ich hätte nie gedacht, dass du es so weit bringst», sagte Clarissa. Sie stand an der Ecke zum Badehaus, in einem für ihre Verhältnisse schlichten Kleid. Sie hatte aus der letzten Erfahrung mit den verrückten Wallfahrern offensichtlich gelernt. Auf dem Kopf einen dünnen Schleier, der ihr Gesicht zur Hälfte einnahm. Ihr Pferd stand locker festgemacht neben ihr.

«Ihr?» Hans hatte alles andere erwartet.

«Du bist ein berühmter und vor allem gefährlicher Mann geworden», sagte sie und ging auf ihn zu.

«Wer sagt das?»

Sie lächelte und streifte den Schleier zurück. «Ich denke, das weißt du. Lass mich dir nicht länger schmeicheln.»

«Nun gut. Was wollt Ihr?»

Der Bote stolperte unversehens ins Freie, hinter ihm Thunfeld, der für einen Augenblick schaute, um wen es sich da handelte. Eine Frau hielt er nicht für eine Gefahr für Hans, so ging er weiter, trieb den armen Burschen unter Fußtritten hinüber zur Scheune.

Auf ihn folgte Magdalena, sie erkannte Clarissa sofort.

«Um Himmels willen», sagte sie vor Schreck. Ihr Blick ging zur Seite. Wo waren die Knechte, die Hans und sie gefangen nehmen sollten?

«Es ist nichts», beruhigte sie Hans. «Wir reden nur.»

«Worüber?»

«Später», antwortete er. «Geh zu Ulrich. Er soll die Glocke läuten, die Kanzel herbeischaffen.»

«Aber ...»

«Es ist gut!» Er ließ keine weiteren Fragen zu. «Geh jetzt.»

Sie streifte sich den Schleier über den Kopf und folgte der Anweisung, nicht ohne Clarissa einen missbilligenden Blick zuzuwerfen.

Dafür hatte Clarissa nur Spott übrig. «Das kleine Bademädchen ist nun deine Gefährtin?» Sie lachte. «Was für ein Paar.»

«Nun redet endlich», sagte Hans, «meine Zeit ist knapp bemessen.»

«Dein Gauklerstück hat viel Aufmerksamkeit erregt. Überall spricht man von dir und der Gottesmutter. Für den Geschmack des Bischofs zu viel. Er wird dich fangen und dir den Kopf abschlagen, wenn du nicht schleunigst verschwindest.»

«Deshalb seid Ihr gekommen?», fragte Hans skeptisch.

«Du hast dich für meine Sache dienlich erwiesen. Es soll dein Schaden nicht sein. Komm mit mir nach Ansbach, bevor du deinen Kopf verlierst.»

«Nach Ansbach? Was soll ich dort?»

«Schweigen und dich ausruhen. Wenn der Ärger sich gelegt hat, kannst du von neuem beginnen.»

«Ich darf nicht predigen?»

Sie lachte. «Natürlich nicht. Meinst du, der Markgraf will das gleiche Chaos in seinem Land wie hier?»

«Habt Dank für Euer Angebot, aber ich habe keine Verwendung dafür.»

«Bist du verrückt geworden? Du hast nur noch wenige Tage zu leben, wenn du bleibst.»

Hans wandte sich ab.

«Oder ist es wegen dem Bademädchen? Sie kann mitkommen, wenn du es wünschst», sagte Clarissa.

Er hielt inne. «Ich denke, den Markgrafen und Euch treibt eine ganz andere Sorge um.»

«Was soll das sein?»

«Ihr fürchtet, dass ich Eure Namen preisgebe, wenn es zum Schlimmsten kommt.»

Ihre Gesichtszüge verloren die Heiterkeit. Er hatte ins Schwarze getroffen.

«Das würde den Markgrafen in eine wenig schmeichelhafte Situation bringen», fuhr er fort. «Er wäre dann der eigentliche Aufwiegler und ich nur sein tölpelhaftes Werkzeug. Aber Ihr könnt ihn beruhigen. Euer Angebot seinerzeit im Badehaus hat nichts mit der Sache hier zu tun. Ich muss niemandem mehr vorspielen, dass ich die Heilige Jungfrau gesehen habe. Sie existiert tatsächlich und sie hält ihren schützenden Mantel über mich. Und nun wünsche ich Euch eine gute Heimreise.»

Er ging weiter, ließ eine staunende Clarissa zurück.

«Das kannst du doch nicht wirklich glauben!», rief sie ihm nach.

«Sie geht an meiner Seite», antwortete er, «könnt Ihr sie nicht sehen?» Er schmunzelte bei dem Gedanken, dass Clarissa nun genauer hinschauen würde, aber er spürte auch die Sorge, die wegen ihrer Warnung in ihm wuchs. Der Bischof würde bald handeln. Sollte er deshalb weichen, sein Lebenswerk verraten, auf die Gefahr hin, zu sterben? Das würde ihn zu einem Feigling machen, einem Lügner, einem falschen Propheten. Doch er war auch kein Dummkopf oder ein blinder Held, der sich wider besseres Wissen in das Schwert des Feindes stürzte.

Er hatte eine Chance, den Angriff des Bischofs abzuwehren. Er war nicht alleine, Tausende scharten sich um ihn, mehr als zwei Bischöfe an Kriegsknechten besaßen.

Thunfeld hatte recht. Ein Angriff wäre sinnlos. Er würde den Frieden zerstören, Hass und Rache heraufbeschwören.

Was hatte der Bischof dann vor?

Es wollte ihm keine zufriedenstellende Antwort einfallen. Wie auch? Er war kein Kriegsknecht. Aber Thunfeld könnte eine Antwort kennen. Der war erfahren in der Kriegskunst. Er musste nochmals mit ihm sprechen.

✳

Jeronimus würde nicht mehr nach Niklashausen zurückkehren, so viel war sicher. Ausgenutzt und davongejagt hatten sie ihn, dieser Schafhirte und seine verfluchte Hure. Sollten sie im Kerker verfaulen, wenn der Bischof sie endlich einfing. Ihm war es egal. Er würde wieder auf Wanderschaft gehen, sich in einem anderen Land niederlassen, wo man ihn und seine Frömmigkeit mehr schätzte als in diesem ketzerischen Sündenpfuhl an der Tauber.

«Wirt, noch einen Krug Wein», rief er hinüber.

«Bruder, habt Ihr nicht schon genug getrunken?», wagte der zu fragen.

«Schenk endlich nach. Ich habe einiges zu vergessen.»

Doch mit dem Vergessen tat er sich schwer. Die Schmach schmerzte, sein Ehrgefühl war am Boden und ließ sich mit dem bisschen Wein kaum besänftigen. So ließ er sich den Becher füllen und trank ihn in einem Zug aus.

«Mehr.»

Jeronimus war nicht alleine in der Schenke. Ein paar krumme Kerle kauerten in der Ecke, tuschelten und tauschten verstohlene Blicke. War das nicht der Mönch aus Niklashausen, der an der Seite des Schafhirten ging? Was hatte er hier verloren? Er war auf Würzburger Gebiet, und wenn ihn die Knechte des Bischofs erkannten, wäre es um ihn geschehen.

Die Frage gebar eine naheliegende Idee, besonders wenn der Magen leer war und der Durst groß: Warum auf die Knechte warten? Der Bischof würde bestimmt eine nette Summe für diesen Halunken ausspucken. Abgemacht.

Das Letzte, das Jeronimus spürte, war ein Schlag gegen den Kopf.

*

Rack hatte das Lager weit südwestlich der Festung Frauenberg aufgeschlagen. Hier würde er mit einer Reiterschaft aus Mainz zusammentreffen, um zu beratschlagen, wie man des Schafhirten habhaft werden konnte, ohne ein Blutbad anzurichten. Der Mainzer Bischof hatte überraschend das Kommando an den Würzburger abgegeben – nicht, weil er Dringlicheres zu tun hatte, sondern weil Hans Behem schließlich Würzburger war.

Der Vorschlag, das Treffen außerhalb von Stadt und Burg abzuhalten, war nicht von Rack gekommen, sondern von einem seiner Kommandanten. Der hatte zwei Reiter aus seinem Befehl entlassen müssen, da sie offenkundig mit Behem sympathisierten. Auf die Dienerschaft war auch nicht länger Verlass. Sie hatten ihre Augen und Ohren überall. Wenn ihr Plan bekannt wurde, drohte nicht nur das Unterfangen zu scheitern, auch ihr Leben wäre bedroht.

Die Sonne versank hinter den Baumspitzen, das Licht verlor sich, und bald brannten die Lagerfeuer.

Rack hatte sich in sein Zelt zurückgezogen, dort erwartete er die Mainzer Reiterschaft. Von Fackeln erleuchtet lag eine Karte vom Taubertal rings um Niklashausen auf dem Tisch. Rack war darüber gebeugt, studierte zum wiederholten Mal das Gelände. So weiträumig es auch war, so schwierig ließ es sich durchdringen, ohne Aufsehen zu erregen. Man konnte nicht einfach an vierzigtausend

Menschen vorbeireiten, schon gar nicht mit der schweren Ausrüstung am Leib, den Schwertern, den Piken … Das Geklapper der Waffen und Schilde, das Schnauben der Pferde würde jeden aus dem Schlaf holen. Dann noch eine Stange in den Lauf eines Pferdes geworfen, und Ritter und Pferd gingen zu Boden, wo sie eine leichte Beute für die erbosten Wallfahrer würden.

Es musste einen anderen Weg geben.

Über die Tauber, als Fischer getarnt. Drei Mann pro Boot, die Waffen im Rumpf versteckt. Das Vorankommen sollte still und leise vonstattengehen, durch all die Boote hindurch, die dort vor Anker lagen. An der Anlegestelle würde man sich sammeln, in drei, vier Trupps ausströmen … Nur wohin? Wo hielt sich der Schafhirte um diese Zeit auf? Es gab da inzwischen Dutzende von Hütten, tausende Zelte, die Kirche, das Wirtshaus, eine Scheune, eine Bäckerei … Er konnte sich überall versteckt halten. Es war aussichtslos. Ohne den Aufenthaltsort des Schafhirten zu kennen, war das Unterfangen von Beginn an zum Scheitern verurteilt. Folglich musste sich einer seiner Kämpfer vorher unter die Leute mischen und herausfinden, wo sich das Nachtlager des Schafhirten befand. Aber war das realistisch? Die letzten Spitzel waren aufgeflogen, der Feind war vorgewarnt, er würde geeignete Gegenmaßnahmen getroffen haben.

Rack seufzte. In seinem vieljährigen Kriegsdienst war ihm noch nie eine Aufgabe so schwergefallen: Er brauchte eine Strategie, um einen Einzelnen unbemerkt in einer Masse von Zigtausenden gefangen zu nehmen. Bisher hatte er Armeen aufmarschieren lassen, Bogenschützen ein Ziel befohlen, den Reitern …

Lautes Pferdegetrappel rollte dumpf durch den Wald. An den Feuern sprangen seine Kämpfer auf, zogen die Schwerter, hoben die Fackeln an, postierten sich im Kreis.

«Wir sind es.»

Es war so weit. Die Wache hatte die Mainzer Reiter ins Lager geführt. Rack stapfte hinaus.

«Seid willkommen», rief er ihrem Anführer entgegen.

Es war ein gutes Dutzend Reiter, schwer bewaffnet und laut wie die Glocken des Doms zu Würzburg in der Nacht. Es bestätigte sich: Niemals würden sie so unbemerkt in das Lager der Wallfahrer eindringen können.

Ihr Anführer saß ab, reichte Rack die eiserne Hand. «Gunther von Windeck. Ich hoffe, Ihr habt nicht zu lange warten müssen.»

«Macht Euch keine Sorgen», erwiderte Rack und wies ihm die Richtung. «Gebt den Mainzern Wein und Essen», rief er in die Runde.

Zusammen gingen sie ins Zelt. Rack füllte zwei Becher mit Wein, reichte Ritter Gunther einen.

«Zum Wohl!»

«Auf einen erfolgreichen Feldzug.»

Sie stießen an und leerten die Becher.

«Wir werden uns etwas überlegen müssen», begann Rack seinen Bericht über die Lage und wies auf die Landkarte. «Das Tal, in dem sich der Schafhirte versteckt hält, lässt sich nicht so einfach erstürmen. Er wird geschützt von rund vierzigtausend Wallfahrern.»

«Sind darunter kampfbereite Männer?», fragte Gunther.

«Die meisten sind Frauen und Kinder, aber dennoch bleiben ausreichend viele Männer übrig, die eine Gabel oder eine Axt führen können. Sie werden angeführt von schlachterprobten Adeligen und ihren Knechten. Sie schützen den Schafhirten als seine persönliche Leibwache.»

«Das heißt, wir müssen unbemerkt reinkommen, die Wachen ausschalten, den Schafhirten gefangen nehmen und ebenso unauffällig das Tal wieder verlassen.» Gunther seufzte. «Ich hatte schon leichtere Aufgaben.»

«Das größte Problem ist, wir wissen nicht, wo sich der Schafhirte aufhält.»

«Wir sollten einen Kundschafter reinschicken.»

«Das wird nicht so einfach sein. Die letzten wurden gefasst, die Wachen sind alarmiert.»

Gunther schüttelte den Kopf. «Dann ist es aussichtslos.»

«Wir müssen einen Weg finden», hielt Rack dagegen, «um den Schafhirten herauszulocken oder ihn von den Männern abzuschneiden, die ihn schützen.»

«Gute Idee. Die Frage ist: Was würde ihn dazu bewegen, sich uns kampflos auszuliefern?» Gunther lächelte bitter. «Das ist ein Albtraum. Ich werde meinem Bischof berichten, dass nur eine große Schlacht die Entscheidung bringen kann.»

«Überlegt Euch das gut. Niklashausen liegt auch auf Eurem Gebiet. Ihr holt Euch damit den Krieg in die Kirchen.»

«Aber wenn es keine andere Möglichkeit gibt?»

Ein Ruf platzte ins Gespräch. «Wer da?!»

Er kam von außerhalb des Zeltes, die Männer an den Feuern sprangen auf, zogen die Schwerter. Rack und Gunther taten es ihnen gleich, stürzten hinaus.

«Ich bin's, Jörg.»

Aus dem Dunkel der Tannen trat einer der Ihren mit den Zügeln in der Hand. Auf dem Pferd, das er führte, saß eine vermummte Gestalt, die Hände gefesselt.

«Was machst du hier?», fragte einer.

«Ich habe dringende Nachricht für den Kommandanten.»

Rack trat vor ihn hin. «Wer ist das?» Er zeigte mit dem Schwert auf den gefesselten Mann im Sattel.

«Ein Mönch.»

«Was willst du mit einem Pfaffen?»

«Er ist nicht irgendein Mönch, er ist der Gefährte des Schafhirten.»

# 20

«Geht mit dem Schutz unserer heiligen Gottesmutter, geht guten Gewissens nach Hause.»

Hans stieg von der Kanzel hinab und hinterließ Ratlosigkeit, Entsetzen und Fassungslosigkeit bei seinen Zuhörern.

Vereinzelte Rufe gellten durchs Tal: «Wir bleiben.»

«Wir fürchten uns nicht vor dem Bischof.»

«Schlagt die Pfaffen tot.»

Aber es war vergebens. Hans hatte die Frauen und Kinder aufgefordert, das Tal zu verlassen. Die Männer konnten bleiben, wenn sie es wünschten. Sie sollten sich aber darauf gefasst machen, dass sie nicht länger als harmlose Wallfahrer galten, wenn die Kriegsknechte aus Mainz und Würzburg eintreffen würden, sondern als Verteidiger des Jünglings zur Zielscheibe wurden.

«Das ist mutig», sagte Ritter Thunfeld, als er Hans am Fuß der Kanzel in Empfang nahm. Ihm folgten sechs seiner Knechte, die Hans in ihre Mitte nahmen. «Ihr beraubt Euch damit eines großen Vorteils.»

«Es gibt keine andere Lösung», erwiderte Hans, «außer ich flüchte.»

«Ich kann für sicheres Geleit sorgen.»

«Was wäre ich für ein Mann, wenn ich nicht zu meinen Worten stehen würde?»

Er ging voran. Die Leibwache räumte jeden aus dem Weg, der sich ihnen in den Weg stellte.

«Habt Ihr Nachricht aus Würzburg oder Mainz?», fragte Hans.

«Entweder stellen die Bischöfe ihre Armeen im Verborgenen auf oder es gibt sie nicht», antwortete Thunfeld. «Es ist alles ruhig.»

«Sie wollen uns in Sicherheit wiegen.»

«Möglich, sogar wahrscheinlich.»

«Das bedeutet?»

«Sie kommen nur mit einem Dutzend. Das erregt keinerlei Aufsehen.»

«Aber was wollen sie mit einem Dutzend Kriegsknechten schon bewirken? Selbst wenn nur hundert Männer bleiben, sind wir ihnen überlegen.»

Magdalena und Ulrich standen an der Wirtshaustür, ließen sie herein und verschlossen die Tür gleich wieder hinter ihnen.

«Es muss ja nicht bei einem Dutzend bleiben», gab Thunfeld zu bedenken. «Vermutlich gibt es einen Treffpunkt für die anderen irgendwo im Wald. Mainzer, Bamberger, Deutscher Orden, Stuttgarter ... und schon hat man eine Hundertschaft zusammen, ohne dass es jemand bemerkt.»

«Angenommen, das stimmt, wie können wir uns dagegen verteidigen?»

«Indem wir uns schnellstens davonmachen», fiel Magdalena ein.

«Das wäre die beste Lösung», stimmte Thunfeld zu.

«Ich bleibe», widersprach Hans.

«Sei kein Narr», sagte Magdalena, «ein toter Held ist zu nichts zu gebrauchen.»

Hans zögerte. Sein Blick fiel auf Ulrich, der am Fenster saß und ängstlich den Abzug der Wallfahrer beobachtete.

«Was meinst du, Ulrich?», fragte Hans. «Soll ich mich wie ein Dieb in der Nacht davonstehlen oder soll ich auf den Schutz unserer geliebten Himmelskönigin vertrauen?»

Ulrich kratzte sich hinter dem Ohr, wusste nicht so recht, was er davon halten sollte. Aber er kam auf eine salomonische Lösung. «Vielleicht sollten wir beides in Betracht ziehen.»

Hans lachte. «Und wie soll das gehen?»

«Wir nehmen das nächste Boot und beten zur Heiligen Jungfrau, dass sie uns nicht erwischen.»

Der Vorschlag fand Gefallen, außer bei Hans.

«Du bist ein Hasenfuß, Ulrich, schon immer gewesen. Dein Vertrauen in den himmlischen Beistand ist eine Schande für die gesamte Pfaffenschaft.»

Damit erwischte er einen wunden Punkt. Ulrich drehte sich herum, zornentbrannt und mit pochendem Herzen. «Die Pfaffen ... ja, schlagt sie alle tot. Sie sind der Abschaum der Welt. Das ist es doch, was du willst.»

Jeder im Raum schreckte zurück wegen der Unmittelbarkeit des Ausbruchs. So hatten sie Ulrich noch nie erlebt.

Magdalena erbarmte sich. «Sei nicht zornig, Ulrich. Er hat es nicht so gemeint.»

«O doch, seit Anbeginn. Jeronimus hatte recht. Du willst unseren Tod.»

«Nein, das will er nicht. Er sagt doch ...»

«Er sagt es eben nicht. Schlagt die Pfaffen tot ... alle! Das sind seine Worte.»

Magdalena gab Hans einen Stups. «Komm, sag jetzt auch mal was dazu.»

Der seufzte nur. «Ulrich, du warst nie gemeint.»

«Wieso sagst du das dann nicht?», hielt er ihm entgegen. «Kein einziges Mal habe ich es aus deinem Mund gehört, dass du nur die anderen meinst und nicht mich.»

«Weil ...», er suchte nach den richtigen Worten, «wie soll ich denn das vor den Leuten sagen? Schlagt alle Pfaffen tot, aber nicht Ulrich, auch Jeronimus und Bruder Antonius nicht ...»

«Es ist mir egal, wie du es anstellst.»

«Nein, das geht so nicht. Wenn ich auf der Kanzel stehe, dann müssen meine Worte klar und unmissverständlich sein. Ich kann doch nicht eine Litanei von Namen vorlesen.»

Ulrich schaute ihn lange an. Etwas ging in seinem Kopf vor. Sollte er oder sollte er nicht? Das Pendel schlug zugunsten von Jeronimus aus. Er hatte recht gehabt. Hans würde jeden für seinen Erfolg opfern, selbst seine besten Freunde. Das war ihm nun klar geworden. Er schloss die Tür auf, rannte hinaus, geriet den davonziehenden Wallfahrern in die Quere, scherte sich nicht darum, wenn er einem in die Beine lief, wollte nur noch weg.

«Ulrich! Komm zurück.»

Nein, das würde er nicht. Sollten sie doch offenen Auges ins Verderben rennen, diese Narren. Ausgenutzt und verspottet hatten sie ihn die ganze Zeit, doch damit war jetzt Schluss. Er würde sich einen ruhigen und sicheren Unterschlupf suchen, bis dieser Wahnsinn vorüber war. Sollten sich die anderen den Knechten des Bischofs entgegenstellen und sich abstechen lassen, er wollte weiterleben, mit oder ohne das Wunder aus dem Taubertal. Über diesen verdammten hohen Berg musste er noch kommen, dann war er in Sicherheit. Der Anstieg war steil und seine Puste begrenzt. Aber er ließ nicht nach. Weg, nur noch weg.

«Da, ein Priester», flüsterte Rack seinem Waffenbruder Gunther von Windeck zu.

Die beiden lagen am oberen Rand des Hangs zwischen den Bäumen versteckt und beobachteten verwundert die Vorgänge im Tal. Das riesige Feldlager löste sich vor ihren Augen auf, scharenweise zogen sie davon, zu Wasser, zu Fuß, einige auch mit Pferden. Was blieb, war eine verwüstete Fläche mit Hunderten von Feuerstellen, Unrat und niedergerissenen Zelten.

«Wo will er hin?», fragte Gunther.

«Es würde mich mehr interessieren, wer er ist», erwiderte Rack. Er wandte sich nach hinten. «Bringt den Mönch her.»

Aus dem Dickicht heraus stolperte Jeronimus, im Gesicht von Schlägen gezeichnet, die Lippe aufgesprungen, die Nase blutig. Ein Knecht stieß ihn neben Rack zu Boden.

«Wer ist das?», fragte Rack und deutete auf den Priester, der sich mühsam den Hang zu ihnen hocharbeitete.

Obwohl das eine Auge geschwollen war, konnte Jeronimus mit dem anderen schnell erkennen, um wen es sich da handelte. Es war Ulrich, sein einstiger Bruder im Geiste. Wenn es einer verdient hatte, den Knechten des Bischofs zu entkommen, dann war er es. Er musste nur sagen, dass er ein Priester aus dem Nachbarort war, der die

Wallfahrer aufrief, diesen schändlichen Ort zu verlassen. Dann wäre er gerettet.

Aber da war noch ihr letztes Streitgespräch in der Kirche. Jeronimus hatte sich für Ulrich eingesetzt und es gewagt, Hans zu widersprechen. Er hatte für ihn alles riskiert und alles verloren. Ulrich war nicht mit ihm gegangen, er stand noch immer zu Hans, selbst wenn der ihm den Tod wünschte. Nun war es an Jeronimus zu entscheiden, wer leben durfte und wer sterben musste.

«Es ist Ulrich», sagte Jeronimus, «der Pfarrer von Niklashausen. Er gehört zum Schafhirten und seiner Bande.»

«Bist du sicher?», hakte Rack nach. «Wenn wir ihn fassen, ist es um ihn geschehen.»

Jeronimus zögerte einen Moment, doch dann nickte er.

«Fangt ihn ein», bestimmte Gunther. Als geistlicher Oberhirte war der Bischof von Mainz für Niklashausen zuständig, also würde auch nur er über einen seiner Priester richten dürfen. Gleiches traf für Jeronimus zu. Morgen schon befänden sie sich auf dem Weg nach Mainz in den Kerker, wo sie ihr Urteil erwarteten.

Die Knechte schwärmten aus. Sie mussten nicht viel tun, außer zu warten, bis Ulrich den Hang hochgekommen war. Dann schlugen sie zu. Sie schleiften ihn zurück ins Dickicht, wo die Pferde standen. Niemandem war es aufgefallen. Die abziehenden Wallfahrer – vor allem Frauen und Kinder – waren mit sich selbst beschäftigt. Die Männer hingegen blieben. Sie sammelten sich rund um die Kirche. Trotz des Aderlasses von mehreren Tausenden blieb doch eine stolze Anzahl von Männern zurück.

«Wie viele sind es?», fragte Gunther.

«Schwer zu sagen», antwortete Rack. «Vielleicht ein paar tausend.»

«Dann sind es immer noch zu viele.»

«Bedenke, es sind Bauern, Händler, Fremde ... keine Krieger. Die werden beim ersten Kampfgeheul davonrennen wie die Hühner.»

«Aber auch sie können mit einer Hacke zuschlagen.»

«Hast du Angst vor Bauern?»

«Es wird ein Blutbad geben», erwiderte Gunther, aufgestachelt von der Unverschämtheit. «Würzburger werden genauso sterben wie Mainzer, Nürnberger, Stuttgarter und alle anderen. Willst du das?»

«Nein, natürlich nicht», lenkte Rack ein. «Aber wir müssen das Problem lösen, und zwar heute, bevor am Wochenende wieder Tausende hierherkommen. Wenn es Tote gibt, dann haben sie es selbst verschuldet.» Er wandte sich an Jeronimus. «Nun sag uns, Mönch, wo können wir dem Schafhirten heute Nacht auflauern?»

Bei dieser Frage musste Jeronimus nicht lange überlegen. «Dort, in der Dorfmitte, steht ein Wirtshaus. Der Vordereingang ist verriegelt. Aber hinter dem Badehaus gibt es einen Zugang, der unverschlossen ist. Im Schlafzimmer werdet ihr ihn finden ... den falschen Propheten mit seiner Hure.»

Einen Steinwurf entfernt saß Clarissa auf einem Baumstumpf. Sie war nicht minder verblüfft, was sich da im Tal abspielte. Tausende traten die Heimreise an, Frauen, Kinder und auch ein paar Männer, alte meistens, die jungen sammelten sich in der Dorfmitte, rund ums Wirtshaus, als wollten sie einen Schutzring bilden. Der Schafhirte hatte ihre Warnung also ernst genommen. Der Bischof schickte seine Knechte aus, um ihn zu fangen.

Und genau das war das Problem, nicht nur das des Schafhirten, sondern auch für ihren Herren Albrecht Achill, und damit ihres. Wenn herauskäme, dass er seine Finger im Spiel hatte bei der größten Scharade seit Menschengedenken, würde ihm das wenig Sympathien bei den anderen Landesherrn, dem König, Papst und Kaiser einbringen.

Hans musste verschwinden, egal wie, damit er nicht gegen Albrecht Achill aussagen konnte. Nur wie sollte sie es anstellen, zu ihm vorzudringen? Nach ihrem letzten Treffen würde sie nicht mehr einfach auftauchen können. Ihr Rauswurf war endgültig, die Ritter um ihn herum würden sie abweisen, bevor sie auf Armlänge an ihn herangekommen war, und diese Nähe zum Schafhirten war für ihr Vorhaben entscheidend. Denn wenn er nicht freiwillig verschwinden wollte, dann musste sie nachhelfen.

Der Dolch, den ihr Albrecht Achill geschenkt hat, würde nun endlich zur Anwendung kommen.

«Wir sollten nicht länger hierbleiben. Es ist viel zu gefährlich.»

Magdalena goss einen Krug mit Milch und Kräutern in den Badezuber, in dem Hans bereits saß.

«Wir sind nirgends sicherer als hier», antwortete er.

«Wir sitzen wie die Maus in der Falle.» Sie nahm den Schwamm und begann seinen Rücken zu schrubben.

«Schau hinaus», sagte er, «an die viertausend getreue Männer wachen über mich, bereit, mich bis aufs Blut zu beschützen. Keine Katze hat so viele Krallen.»

«Wenn wir die Tauber hinunterfahren würden, bräuchten wir sie nicht.»

«Wenn wir das Dorf verlassen, sind wir schutzlos.»

«Was ist der Schutz von viertausend Männern wert, wenn kaum einer mit dem Schwert umgehen kann?»

«Jede Hand kann töten.»

Magdalena warf den Schwamm ins Wasser. «Du willst es einfach nicht verstehen. Dieser Schutz ist nicht mehr als ein Nebel. Auf die Ferne hin kannst du dich vielleicht hinter viertausend Männern verstecken, aber je näher die Knechte des Bischofs kommen, desto schneller erkennen sie, dass sie es nur mit einer Geisterarmee zu tun haben.»

«Beruhige dich ...» Er zog sie zu sich heran, küsste sie. Sie ließ es widerstrebend geschehen. «Es wird uns nichts geschehen. Vertrau mir.»

«Aber ...»

«Sei still.»

Hans streifte ihr das Gewand ab. Doch Magdalena war nicht danach. «Hör auf.»

Hans machte weiter.

«Ich sagte: Hör auf damit!»

Er packte sie. «Komm jetzt. Zier dich nicht.»

Sie schlug ihm ins Gesicht. «Hast du den Verstand verloren?! Nein!»

«Du kleine Hure. Ich bin dein Herr und ich nehme, was mir gehört.»

## 21

Die Nacht war über das Taubertal hereingebrochen. Am Himmel stand ein dünner Mond. Wolken zogen vorüber, tauchten den kleinen Ort in Dunkelheit. Ruhe war eingekehrt. Nach Wochen der Gebete, Gesänge und des fröhlichen Miteinanders konnte man das Plätschern der Tauber wieder hören. Aus den Wäldern drang der Ruf eines Uhus.

In der Dorfmitte brannte ein Lagerfeuer, daran zwei Wallfahrer, die über die Sicherheit des Jünglings wachten. Sie starrten schlaftrunken in die Flammen. Nachdem die Kunde eingetroffen war, dass nirgends eine Streitmacht gegen sie aufmarschierte, war man dazu übergegangen, die laue Sommernacht mit Wein und Wildbret zu verbringen. Ritter Thunfeld hatte zwar davor gewarnt, dass die Gefahr noch lange nicht gebannt sei, aber letztlich war er an der Erleichterung und dem schönen Sommerabend gescheitert. Jetzt schliefen die viertausend Wallfahrer beruhigt in ihren Hütten und Zelten. Am Wochenende würden wieder Tausende ins Taubertal kommen und die Wackeren zu ihrem Mut beglückwünschen. Von nun an waren sie des Jünglings standhafte Armee, und ihnen gebührte Anerkennung.

Nicht ganz so zufrieden mit sich konnte Hans sein. Der Rausch, der ihn im Badehaus überkommen hatte, war nicht ohne Folgen geblieben. Magdalena hatte ihn vor die Tür gesetzt, wollte bis auf weiteres nichts von ihm hören und sehen.

Er unternahm einen neuen Versuch, scharrte an der Schlafzimmertür. «Es tut mir leid.»

«Verschwinde.»

«Ich weiß nicht, was in mich gefahren ist ...»

«Du bist ein Dreckskerl.»

«Es wird nie wieder vorkommen.»

«Darauf kannst du Gift nehmen. Morgen gehe ich fort von hier.»

«Verzeih mir.»

«Geh jetzt weg. Ich will schlafen.»

«Aber ...»

«Geh!»

Nein, das konnte sie nicht tun. «Du wirst es noch bereuen ... einen Propheten weist man nicht ab.» Er führte den Weinkrug an den Mund, nahm einen tiefen Schluck, rülpste. «Ich bin der heilige Jüngling ... die Muttergottes wacht über mich.» Er wankte, suchte Halt am Türrahmen, dann stolperte er hinaus ins Freie, sah die beiden Wachen am Feuer, die letzten verbliebenen Ansprechpartner in dieser einsamen Sommernacht.

«Wohin des Weges, Herr?»

Neben dem Badehaus saß ein Kriegsknecht von Ritter Thunfeld, eine Hand am Weinkrug, die andere am Schwert. Hans nahm ihn kaum wahr, winkte ab und trottete hinüber zum Feuer.

«Wer trinkt mit mir noch einen Wein?», sprach er in die kleine Runde.

«Herr, was macht Ihr hier?»

«Ihr solltet im Bett sein. Es ist spät.»

Hans ließ sich neben ihnen nieder. «Verdammtes Weibsvolk ... Kommt, trinkt mit mir.»

«Ihr solltet nicht hier sein», sagte der eine.

«Was soll schon geschehen?», antwortete Hans. «Die Würzburger und Mainzer Pfaffen, ehrloses Gesindel ... feige obendrein. Niemand wagt es, den heiligen Jüngling anzugreifen ... täten sie es, träfe sie der Blitz unserer Himmelskönigin ... wie seinerzeit den verfluchten Dominikaner ...»

«Herr, es ist spät, Ihr habt getrunken ... Wollt Ihr nicht zu Bett gehen? Wir helfen Euch.»

Aber Hans war trotzig. «Brauch keine Hilfe, von niemandem. Hilf dir selbst, dann hilft dir Gott.» Er lachte und trank. «Bin gespannt, wann ich den endlich zu Gesicht bekomme.»

Die beiden standen auf, griffen Hans unter die Arme. «Kommt, Herr, wir bringen Euch zurück.»

«Lasst los, ihr Narren. Wisst ihr nicht, wer ich bin?»

«Ihr seid der heilige Jüngling.»

«Richtig ... und morgen gehen wir nach Würzburg und jagen den Bischof davon ... wie einst unser Herr Jesus Christus die Händler aus dem Tempel.»

«Dafür solltet Ihr jetzt ruhen.»

Zusammen führten sie ihn zum Badehaus. Thunfelds Knecht zeigte zum Türeingang. «Setzt ihn dort ab. Soll er seinen Rausch ausschlafen, bevor er ins Bett geht.»

«Hab ein Auge auf ihn», sagte einer.

Der Knecht versicherte es.

In sich zusammengesackt, lehnte Hans an der Tür. Er brabbelte ein paar Worte, nichts davon ergab Sinn.

«Heilige Jungfrau voll der Gnaden ... zeig dich mir ... was soll ich tun in meiner dunkelsten Stunde? Soll ich mein Kreuz auf mich nehmen ... soll ich flüchten? Schick mir ein göttliches Zeichen.»

Er hob den Kopf, schaute flehentlich zum Himmel, wo sich der Mond gegen die Wolken stemmte. Einzelne Sterne traten aus der schwarzen Unendlichkeit hervor, während andere verblassten, sie bildeten eine Form, gleich einem Kranz, vier, fünf, sechs Sterne, im Halbkreis angeordnet, sie strahlten, glänzten wie eine Himmelskrone.

«Heilige Jungfrau ...» Hans traute seinen Augen nicht, stotterte. «Bist du es?»

Eine Stimme drang an sein Ohr, gütig und klar. *Geh hinab zum Fluss. Tauch ein in die Fluten des Jordans, wie einst mein geliebter Sohn. Folge ihm nach.*

«Folgen? Wohin?»

*In das Himmelreich.*

«Aber wie?»

*Werde, der du bist.*

«Werden? Wer bin ich?»

*Du musst sterben, um zu leben.*

«Sterben? Nein.»

*Geh, bevor dich der Judaskuss ereilt.*

Der Glanz der Himmelskrone erlosch. Die Erscheinung war weitaus kürzer als die vorangegangenen gewesen, aber nicht minder eindeutig. Ob er wollte oder nicht, er musste gehorchen.

Hans erhob sich, die Augen am Firmament suchten nach dem göttlichen Muster. «Heilige Jungfrau, verlass mich nicht, sprich zu mir. Wer ist der Judas? Wer wird mein Richter sein?»

Eine Antwort blieb ihm verwehrt. Eine Wolke schob sich vor den Mond, tauchte das Tal in einen rabenschwarzen Garten Gethsemane.

«Sterben, um zu leben ... Ist das mein Los?»

Enttäuscht ließ er den Kopf sinken, stolperte noch halb trunken der Tauber entgegen. Die Wache an seiner Seite reagierte nicht, sie schlummerte, genauso wie die beiden Wallfahrer am Lagerfeuer es sich bequem gemacht hatten und in einen friedlichen Schlaf gefallen waren.

Jetzt war er allein, und selbst die, die geschworen hatten, mit ihm und über ihn zu wachen, hatten ihn im Stich gelassen.

Am Ufer entledigte er sich seines Gewandes, streifte die Sandalen ab und stieg in die still dahinfließende Tauber. Das Wasser war angenehm, es kühlte seinen erhitzten Geist, sodass er wieder einen klaren Gedanken fassen konnte.

*Sterben, um zu leben.*

Wo hatte er das schon mal gehört? Jeronimus hatte mal darüber gesprochen, Jesus war für die Menschen am Kreuz gestorben, damit sie leben konnten ...

*Das war sein Los gewesen ...*

Er tauchte unter und ließ die Strömung mit seinen Haaren spielen. Es war ihm, als könnte er noch immer die Sterne vor seinen geschlossenen Augen sehen, wie sie sich langsam zu einem Kranz zusammenfügten, wie sie über dem Antlitz der Heiligen Jungfrau erstrahlten.

*Nimm dein Kreuz auf dich ...*

Wenn er jetzt losließe, sich treiben lassen würde, wäre alles so einfach. Die Welt um ihn herum würde verblassen, die Angst und die aufkommende Verzweiflung vor seinem drohenden Tod verschwinden. Ruhe und Frieden würden einkehren. Es bedurfte nur einer kleinen Anstrengung.

Einfach loslassen …

Sein Körper hatte anderes mit ihm vor, er zwang ihn an die Oberfläche zurück. Gierig nach Luft blähten sich seine Lungen auf, und mit dem erhofften Frieden war es vorerst vorbei. Die empfindliche Kälte des Wassers ließ ihn schaudern, eilig stapfte er ans Ufer, suchte sein Gewand mit zittrigen Händen.

«Suchst du das?»

Er fuhr herum. «Wer ist da?»

Ins fahle Mondlicht trat Clarissa mit seinem Gewand in der Hand.

Sie lächelte beim Anblick des nackten Jünglings. «Ein Bad zur nächtlichen Stunde? Du könntest dich erkälten.»

«Gebt es mir», bat Hans zitternd und seine Scham bedeckend.

«Nicht so schnell. Zuvor will ich von dir hören, wieso du nicht längst getürmt bist wie die anderen. Weißt du denn nicht, dass der Bischof dir nachstellt?»

«Ich bin nirgends sicherer als hier.»

«Ich habe es geschafft, dich nackt zu überraschen, es sollte auch anderen gelingen.»

Damit hatte sie zweifellos recht. Er würde Thunfeld für den laxen Schutz tadeln müssen.

«Habt Dank für Eure Fürsorge, ich werde es mir merken. Nun gebt mir mein Gewand.» Er streckte auffordernd die Hand aus.

«Du bist eine Gefahr für uns alle, schon viel zu lange. Ich fürchte, ich kann das nicht länger zulassen.»

«Und ich sagte Euch bereits, Ihr braucht Euch keine Sorgen zu machen. Wir haben uns nie getroffen.»

Sie lächelte schief. «Die Folter wird dir die Zunge lösen, und vorbei ist es mit deiner Verschwiegenheit.»

«Ich verspreche es Euch. Ich werde den Mund halten.»

«Genug der Worte. Hier ist dein Gewand.» Sie hielt es ihm hin. Die andere Hand, die sie hinter dem Rücken verbarg, umfasste den Dolch.

Zögernd griff er zu. Ein Augenblick des Misstrauens, doch da sie noch immer lächelte und nicht weiter insistierte, verschwand die Vorsicht. Er schlüpfte hinein und spürte im nächsten Moment einen stechenden Schmerz.

Ein Aufschrei gellte durch die Nacht. Rack und Ritter Windeck duckten sich.

«Was war das?»

Vor ihnen befand sich das Lagerfeuer mit zwei Wachen, hinter ihnen die Knechte mit den Pferden am Zügel. Unter ihnen war auch Jeronimus, die Hände gefesselt.

«Still», antwortete Rack und deutete nach vorne.

Die beiden Wachen am Lagerfeuer erwachten, schauten in die Dunkelheit, wechselten ein paar Worte. Einer von ihnen stand auf, nahm sein Schwert und verschwand in der Nacht. Der andere nahm seine Pike und wartete ab.

Die Entfernung zwischen dem Lagerfeuer und Racks Männern betrug gerade so viel, wie ein Knecht eine Pike weit werfen konnte, und der Schein des Feuers endete in einem beruhigenden Abstand, dennoch musste Rack vorsichtig sein. Wenn einer aus einer Hütte trat, hätte er keine großen Schwierigkeiten, sie zu erkennen.

«Wir sollten zum Fluss ausweichen», flüsterte Rack, «und von dort aus weitergehen.»

Ritter Windeck zog Jeronimus zu Rate. «Kommen wir von dort aus zur Hütte des Schafhirten?»

Jeronimus nickte.

«Geh voraus», sagte Windeck.»

«Mit gefesselten Händen?», fragte Jeronimus. «Was, wenn ich stürze?»

«Dann war es dein letztes Mal.»

«Ihr könnt mir vertrauen.»

«Seid ruhig.» Rack zeigte nach vorne. Aus der Dunkelheit ins Licht trat ein Knecht mit einem Schwert in der Hand und prügelte auf den vom Lagerfeuer ein.

«Wie konnte das passieren?»

«Vergebt mir, Herr. Es wird nicht wieder vorkommen.»

«Scher dich wieder ans Feuer, und wehe, du machst nur ein Auge zu.» Er gab ihm einen Tritt hinterher. Der Gescholtene setzte sich zu seinem Gefährten, missmutig stocherte er mit dem Schwert im Feuer herum und verbot sich jegliche Fragerei.

Der andere trat wieder aus dem Schein hinaus, verlor sich in der Dunkelheit.

«Los jetzt», sagte Rack.

Sie schlichen sich an den Hütten vorbei hinunter zum Fluss. Das Mondlicht war spärlich, doch reichte es aus, um eine Gestalt am Ufer zu erkennen, der Statur nach ein Mann. Er hielt sich die Seite, stöhnte und haderte mit seinem Schicksal. Zu ihm gesellte sich eine zweite Gestalt, im Gürtel ein Schwert, in den Händen einen Krug.

«Trink. Das wird den Schmerz lindern.»

«Wie konnte das passieren?», fragte der andere, und Jeronimus erkannte sofort seine Stimme.

«Das ist er.»

Rack fuhr herum «Der Schafhirte? Bist du sicher?»

«Es ist seine Stimme.»

«Der Linke oder der Rechte?»

Jeronimus zuckte mit den Schultern. «Ich erkenne nur seine Stimme.»

Rack befahl seine Knechte zu sich, ließ sie nach allen Seiten ausschwärmen, um die beiden Männer einzukreisen. Doch bevor das gelang, flutschte ein Körper in den Fluss. Langsam wurde er von der Strömung davongetragen, seine Kleider bauschten sich im Wasser auf, an der Oberfläche trieb langes Haar.

«Komm jetzt», sagte der eine, «gehen wir ins Haus. Die Wunde muss verbunden werden.»

Der andere folgte ihm schweigend.

«Schneller», flüsterte Rack seinen Knechten zu, aber es war vergebens, die beiden Männer waren im Dunkel verschwunden.

«Warte», sagte Windeck, «seien wir geduldig. Wir wissen jetzt, wo wir ihn finden.»

«Und wenn er das ganze Lager weckt?»

«Sähe er einen Grund dafür, hätte er es schon längst getan.»

«Eine bessere Gelegenheit bekommen wir nicht mehr. Schlagen wir jetzt zu.»

«Weißt du, in welche Hütte er gegangen ist?»

Rack verneinte.

«Lass sie uns erst finden. Noch ist genügend Zeit, bevor der Tag anbricht.»

Notgedrungen lenkte Rack ein. Die falsche Hütte auf den Kopf zu stellen, hätte die Wachen alarmiert. Sie hatten nur einen Versuch.

Mit einer klaffenden Wunde in der Seite lag Hans auf dem Bett. Der Stich hatte ihn am unteren Rippenbogen erwischt, die Klinge war auf den Knochen getroffen und zur Seite abgerutscht. Die Schmerzen waren größer als der Schaden. Hans konnte von Glück sagen. Einen Fingerbreit nach oben, und er würde nun flussabwärts in der Tauber treiben und nicht Clarissa. Sie hatte gedacht, mit einem Stich hätte sie ihn erledigt, aber als Hans wieder auf die Beine kam, hatte sie nur noch einen Augenblick Zeit, über ihr Scheitern nachzudenken. Dann hatte sie der Stein in Hans' Hand erwischt und ihr den Schädel gebrochen.

«Was ist passiert?», fragte Magdalena, als der Knecht mit Hans in die Stube gepoltert kam.

«Schnell, einen Verband», antwortete der Knecht.

Sie sah das Blut, die Wunde. «Wer hat das getan?»

«Jetzt mach schon», befahl Hans.

Magdalena eilte ins Badehaus, durchsuchte die Körbe und Regale. Frische Tücher, Salben und Heilkräuter waren ausreichend vorhanden, schließlich wurden hier Wunden behandelt, Beulen aufgestochen. Zähne gezogen und Brüche bandagiert. Als sie zurückkam, war Hans alleine. Er hatte den Weinkrug in der Hand, trank und schüttete den Rebensaft auch über die Wunde.

«Wo ist der Knecht?», fragte sie.

«Draußen. Er schaut nach dem Rechten.»

Sie legte die Wunde frei, säuberte sie und legte einen Verband an.

«Wie ist das passiert?»

Eigentlich hatte Hans nicht die geringste Lust, darüber zu sprechen, es würde auf Streit hinauslaufen. «Es war die närrische Herrin ... mit der damals alles angefangen hat.»

«Die aus Ansbach?»

Hans nickte.

«Was wollte sie von dir?»

«Dass ich verschwinde.»

«Sie hat dich gewarnt?»

«Ja!», fuhr Hans dazwischen. «Sie sagte, der Bischof würde mich holen.»

«Was muss eigentlich noch geschehen, bis du das endlich begreifst?»

«Und wie oft muss ich dir noch sagen, dass ich nirgends sicherer bin als hier.»

Magdalena lächelte höhnisch. «Wie man sieht.»

«Das ... war eine Ausnahme, ein Unglück.»

«Sicher, und die Wunde ist nur ein Versehen.»

«Ich sagte doch, sie hat den Verstand verloren.»

«Und ich glaube, sie ist eine der wenigen, die noch alle Sinne beisammen hat. Wieso hat sie auf dich eingestochen, wenn sie wollte, dass du fliehst?»

«Unwichtig.»

«Erzähl es mir!»

«Sie glaubt, dass ich sie und ihren Herrn verrate ...»

«... wenn die Knechte des Bischofs dich erwischen.»

Sie seufzte. So weit war es also schon gekommen. Die Herrin ging von einem baldigen Angriff aus, und das offenbar nicht ohne triftigen Grund, wenn sie sich mitten in der Nacht ins Lager schlich und ihr Leben aufs Spiel setzte.

«Wir müssen hier weg», sagte Magdalena, «jetzt, sofort. Lass uns keine Zeit verlieren.» Sie nahm einen Beutel, stopfte Kleidung hinein, ein Geldsäckchen, Schmuck, Edelsteine, einen Dolch.

«Was tust du da?»

«Ich rette unser Leben.»

«Du bist verrückt.»

«Nie war ich klarer im Kopf. Ich wette, die Knechte des Bischofs lauern uns bereits auf.»

«Niemand lauert uns auf. Es ist mitten in der Nacht. Sie würden sich im Wald die Knochen brechen, die Wachen würden sie auf eine Meile hören.»

Sie zog den Beutel zu, schwang ihn um die Schulter. «Kommst du jetzt oder nicht?»

Hans bewegte sich nicht. «Geh, wenn du unbedingt willst, und lass dich verlachen. Ich bleibe.»

Ein kurzer Moment der Stille, der Entscheidung, dann drehte sie sich um und ging.

«Du wirst es bereuen», rief Hans ihr nach. «Morgen kommst du wieder angeschlichen und …» Er ließ es sein, sie war verschwunden. «Verlasst mich nur alle … verräterisches Pack. Ich hätte es wissen müssen.» Er setzte den Weinkrug an. «Schmarotzer … aber damit ist jetzt Schluss.» Der Versuch aufzustehen scheiterte aber, der Schmerz war noch immer da, und er fiel zurück aufs Bett. «Verdammtes Miststück. Sollen sich die Fische an dir weiden.»

Er schloss erschöpft die Augen. Noch ein paar Stunden schlafen, bis der Tag anbrach. Dann würde er mit Thunfeld ein ernstes Wort sprechen. Die Wachen mussten verdoppelt werden, ein Zaun sollte errichtet werden, ein Graben, eine steinerne Burg, wo er als Herr über sein Land und seine Untertanen befehlen konnte …

Die Kerze im Raum flackerte, ein Windzug bog sie zur Seite. Magdalena kam reumütig zurück. Wusste er es doch. Er lächelte zufrieden.

Die Tür flog unter Getöse auf. In der Tür stand Jeronimus, der Judas.

## 22

Ein totes Pferd und ein Wachmann mit einer Kopfwunde waren die einzigen Anhaltspunkte auf die Frage, was in der Nacht geschehen war. Das Pferd lag mit aufgeschlitztem Bauch am Ufer der Tauber und war vom verletzten Wachmann mit einer Pike niedergestreckt worden, nachdem er seinen Posten verlassen und zur Tauber hinuntergegangen war. Er konnte sich lediglich an Stimmen und Pferdegetrappel im Dunkel der Nacht erinnern, bevor er einen Schlag auf den Kopf erhalten hatte.

Einen Steinwurf weiter waren Blutspuren gefunden worden, von einem Verletzten oder einer Leiche keine Spur. Die beiden anderen Wachleute konnten das Rätsel auch nicht lösen, waren sie doch zum Zeitpunkt des Angriffs auf dem weitläufigen Gelände unterwegs, um sicherzustellen, dass sich niemand anschlich. Ritter Thunfeld stellte sie zur Rede, warum sie ihren Posten wider ausdrücklichen Befehl verlassen hatten. Erst nach einer Drohung lenkten sie ein und berichteten von der nächtlichen Episode mit Clarissa und Hans. Es sei wohl besser für das Ansehen des heiligen Jünglings, wenn der Totschlag einer Herrin nicht bekannt würde. Dem stimmte Thunfeld zu.

Viel interessanter war auch, Hinweise auf die unbekannten Täter zu finden. Eine erste Spur gab das tote Pferd. Sattel und Saumzeug waren von guter handwerklicher Fertigkeit und ließen auf eine herrschaftliche Zugehörigkeit schließen. Welche genau, blieb unbekannt. Es war kein Wappen darauf zu finden.

Die These wurde gestützt von der Aussage des verletzten Wachmanns. Er habe mehrere Stimmen gehört, also eine Gruppe von Reitern, die sich im Schutz der Nacht an der Tauber entlang ins Dorf geschlichen hatte. Wer, wenn nicht ein Herr, vermochte schon eine Schar von Reitern mit guter Ausrüstung befehligen? Schnell bildeten sich unter den ratlosen und bestürzten Wallfahrern die ersten Gerüchte. Der Mainzer Bischof habe seine Knechte ausgeschickt, die anderen votierten für den Würzburger und Dritte gaben dem Grafen von Wertheim die Schuld, schließlich hatte sich der dreiste Raub des Jünglings auf seinem Gebiet zugetragen.

Einzig die Gefährtin des Jünglings, Magdalena, hätte die Frage beantworten können. Doch auch sie war von den Angreifern entführt worden. Es fehlte jede Spur von ihr, genauso wie von Jeronimus und Ulrich, sodass die Wallfahrer in einer einzigen Nacht ihrer gesamten Führung beraubt worden waren. Solange dem so war, übernahm Ritter Thunfeld die Verantwortung. Er schickte Späher aus. Ihr Auftrag: Spuren suchen und mögliche Zeugen ausfindig machen.

Aber Thunfeld war nicht der Einzige, der sich ins Vakuum der Führungslosigkeit begab. Findige Wallfahrer, die die Gunst der Stunde zu nutzen wussten, schwangen sich zu Predigern auf.

«Brüder, tapfere Weggefährten, verzagt nicht wegen des ungewissen Verbleibs unseres Jünglings. Die heilige Gottesmutter ist mir letzte Nacht erschienen und hat zu mir gesprochen. Wir sollen nicht verzagen, sagte sie zu mir. Sie hält ihre schützende Hand über uns …»

Der Appell war zwar leidenschaftlich, aber ohne durchdringende Wirkung. Die meisten waren niedergeschlagen, enttäuscht und bestürzt. Sie sanken auf die Knie und beteten für Hans. Ebenso reagierten die vielen Neuankömmlinge, die tagelang nach Niklashausen unterwegs gewesen waren und natürlich nichts von den Vorgängen der letzten Tage wussten, auch nicht von Hans' Aufforderung, dass Frauen und Kinder besser dem Taubergrund fernbleiben sollten, solange der Bischof Drohungen gegen ihn aussprach. Doch statt Angst und Beklemmung wegen der gefährlichen Lage zu verspüren, überwog der Schock über seine Entführung, die im Laufe des Tages in Trotz, bei manchen gar in Zorn und Vergeltung umschlugen.

Von all dem bekam Magdalena nichts mit. Sie hatte die letzten Stunden der Nacht im Wald verbracht und war bei Sonnenaufgang weitergegangen. In Gedanken spielte sie ein ums andere Mal ihr Streitgespräch mit Hans durch, seine Uneinsichtigkeit und Sturheit, offenen Auges ins Unglück zu rennen. Sie konnte ihn nicht mehr verstehen, haderte mit ihrer Treue zu ihm, wieso sie nicht schon früher gegangen war, als sie erkannt hatte, dass etwas mit ihm vor sich ging. Er hatte sich verändert, war eigensinnig geworden, hatte sich von ihr abgewandt. Dabei war doch alles so wunderbar verlaufen – die Inszenierung des Jünglings als Bote der Jungfrau Maria, ihr Verhältnis, das zur erhofften Vereinigung geführt hatte, ein Leben ohne Sorge in Zweisamkeit als Mann und Frau, ein Kind oder zwei, ein Junge und ein Mädchen, Geschwister, die für einander da waren. Und irgendwann, wenn sie zusammen alt und grau geworden waren, Enkelkinder, die sie drücken und verwöhnen konnten.

Doch damit war es jetzt vorbei. Hans hatte sich für ein anderes Leben und damit gegen sie entschieden. Zur Hölle mit ihm. Sollte der Bischof ihn bald einfangen ...

Je weiter sie ging, desto belebter wurde es auf den Wegen und Pfaden. Wallfahrer kamen ihr entgegen, Gott wusste woher sie kamen, sie sangen und lobpreisten den Jüngling, den sie alsbald hören, sehen und vielleicht auch anfassen durften. Seinen Segen erhofften sie sich, seine Fürsprache bei der Gottesmutter für ihre Sorgen und Leiden, Beistand in dieser schweren Zeit, und wenn es wirklich stimmte, die Befreiung aus den Klauen der Pfaffen und der Herren. Ein Sturm der Zuversicht und der Hoffnung fegte übers Land. Wenn nicht jetzt, wann dann? Heilige Jungfrau, schenke uns deinen Schutz und mach deinen auserwählten Jüngling zu deinem Werkzeug. Auf dass er uns führe und leite in die Barmherzigkeit deines Reichs auf Erden.

Magdalena seufzte. Wenn diese armen Menschen nur wüssten, zu wem sie da unterwegs waren. Seitdem Hans glaubte, ein Gottesurteil habe über den bösen Dominikaner gerichtet, war es um ihn geschehen. Er glaubte nun wirklich, er sei auserwählt und stünde unter dem persönlichen Schutz der Himmelskönigin. Nichts und niemand könne ihm mehr etwas anhaben, gottgleich geworden, der Erde und ihren Schurken entschwunden.

Morgen war Samstag und ein Feiertag obendrein, Sankt Margareten, tags darauf Sonntag, zwei freie Tage also, bevor es am Montag wieder an die Arbeit ging. Wenn schon an einem Freitagvormittag so viele Menschen unterwegs waren, wie viele würden es dann in den kommenden Tagen sein? Sie mochte es sich nicht vorstellen. Das Tal würde aus allen Nähten platzen.

Das war Hans' Chance. Er würde die Frauen und Kinder nicht ein weiteres Mal nach Hause schicken. Er hatte erlebt, wie leicht es war, nachts ins Dorf einzudringen und ihm aufzulauern. Nun würde er die vielen Menschen auf sich einschwören, wenn er klug war, befahl er ihnen den Weg nach Mainz und Würzburg, um den Bischöfen mit einer versammelten Macht im Rücken seine Bedingungen zu diktieren. Die hohen Herrschaften würden notgedrungen einlenken müssen, Niklashausen zu einem anerkannten Wallfahrtsort erheben und Hans als dessen obersten Glaubenswächter einsetzen.

Das zumindest würde sie ihm raten …

«Wohin des Weges, schönes Fräulein?»

Ein Pferdekarren hatte zu ihr aufgeschlossen. Auf dem Bock saß ein junger Kerl und lächelte verschmitzt. Die Ladefläche war voll mit Körben, darin Kirschen, Heidelbeeren, Himbeeren, Stachelbeeren, rote und schwarze Johannisbeeren und Brombeeren, dazwischen Bohnen, Erbsen und Gurken.

«Ich weiß nicht», antwortete Magdalena, «wohin fährst du mit deinen prächtigen Früchten?»

«Nach Würzburg.»

Würzburg war nun die letzte Stadt, in die sie gehen wollte. Wenn sie jemand erkannte, was dann? Andererseits, warum eigentlich nicht? Sie gehörte nicht länger zum heiligen Jüngling, war selbst nie als Predigerin in Erscheinung getreten, hatte nie behauptet, dass die Gottesmutter ihr erschienen sei. Sie konnte sich beruhigt sehen lassen, nichts lag gegen sie vor.

«Wirst du mir auch nichts tun?», fragte sie mit einem Lächeln.

«Nichts geschieht, was du nicht willst.» Er reichte ihr die Hand, sie nahm sie und stieg auf. «Woher kommst du?», fragte er und gab den Pferden freien Lauf.

«Aus Niklashausen», antwortete sie, ohne darüber nachzudenken, dass sie sich dadurch verdächtig machte.

«Aus ...?» Er schaute sie an, als sei sie plötzlich eine wichtige Person. «Dann hast du unseren heiligen Jüngling gesehen?»

Warum nicht, dachte sie sich. Der Bursche war ungefährlich. «Ja, das habe ich.»

«Stimmt es, dass er übers Wasser gehen kann und andere Wunder vollbringt?»

Sie musste an sich halten, um nicht zu lachen. «Wie kommst du darauf?»

«Die Leute sagen, er sei von der Gottesmutter gesegnet, würde Wundertaten in ihrem Namen vollbringen. Blinde sehend machen, Lahme gehend, selbst Tote soll er schon zum Leben erweckt haben.»

Nichts davon stimmte natürlich. Wie auch? Hans hatte genug mit sich selbst zu tun, als dass er Zeit und Lust aufbringen würde, sich um die Sorgen anderer zu kümmern. Aber sie wollte ihm nicht den Glauben nehmen, er schien freudig erregt, fast schon andächtig.

«Er macht den Menschen Mut, wieder an sich zu glauben», antwortete sie.

«Was gäbe ich darum, ihn einmal zu sehen, ihn und seine Gefährten. Aber mein Vater erlaubt es nicht. Er sagt, es seien Betrüger und Schwindler. Die anderen aber schwören, der heilige Jüngling sei rechtschaffen und dass er eine Gruppe ebenso selig machende Gläubige um sich schare.»

Ach ja? Über Jeronimus hätte sie sonst etwas sagen können, aber sicherlich nicht, dass er selig machen würde, eher im Gegenteil. Er war ein selbstverliebter, eifersüchtiger Besserwisser, dem man besser aus dem Weg ging. Aber die anderen – sie selbst –, was sagten die Leute über sie?

«Was hast du noch gehört?», fragte sie, «über die anderen?»

Und der junge Kerl begann in den höchsten Tönen von der heiligen Schar um den Jüngling zu erzählen, wie sie das wahre Wort der Himmelskönigin unter die Menschen brachten, wie sie die Armen und Kranken aus ihrer Not befreiten und viele dumme Dinge mehr. Magdalena hörte sich die Lobpreisung geduldig an. Sie musste sich schließlich eingestehen, dass sie die Wirkung ihres Handelns auf die Menschen unterschätzt hatte. Natürlich wusste sie von den vielen tausend Bekundungen der Wallfahrer, ihren Gesängen, Gebeten und ihrer Hingabe, aber die Schwärmerei dieses Burschen rührte sie an – auch wenn kaum ein Funken Wahrheit darin steckte. Es war die Leidenschaft, die ihm Flügel verlieh, Hoffnung auf eine lebenswerte Zukunft und die Gewissheit, dass der Himmel sie nicht vergessen hatte.

Es wurde schon Abend, als sie kurz vor Torschluss Würzburg erreichten. Hoch über ihnen thronte auf dem Frauenberg die Burg des Bischofs wie aus Fels gemeißelt – uneinnehmbar, gespenstisch und unerbittlich in ihrer Wucht. Die Fahnen des Bischofs waren aufgezogen, was bedeutete: Ihre Gnaden hatte sich hinter die meterdicken Burgmauern zurückgezogen.

«Seltsam», sagte der junge Kerl, «der Bischof ist doch sonst vor einem Feiertag in der Stadt.»

Magdalena ging nicht darauf ein, ihre Aufmerksamkeit gehörte den vielen Menschen und den Torwachen. Jetzt galt es. Wenn sie unerkannt passieren würde, müsste sie sich keine großen Sorgen mehr machen. Eine Nacht in einem Gasthaus, und morgen würde sie weiterziehen. Doch die Wachen gingen außergewöhnlich aufmerksam vor. Jeder, der die Stadt betreten wollte, wurde genauestens taxiert, Körbe, Taschen und Säcke eingesehen, die Wagenladungen inspiziert.

«Ist das immer so?», fragte Magdalena.

«Auf Befehl des Bischofs sind die Wachen verdoppelt worden. Sie haben Anweisung, jeden, der Ärger machen könnte, abzuweisen.»

«Was für Ärger?»

«Seit Tagen und Wochen kommen allerlei fremde Leute nach Würzburg. Sie bleiben meist nur eine Nacht und ziehen am nächsten Morgen weiter nach Niklashausen. Das Problem ist, während sie in der Stadt sind, machen sie Ärger. Sie wettern gegen den Bischof und die Pfaffenschaft, gegen Papst, Kaiser und König, ja, gegen alles und jeden, der ein Herr ist und sie unterdrückt. Sie stecken damit die anderen an, die Bürger, die Bauern und Knechte, sodass der Bischof um den Frieden fürchtet. Ein Aufstand droht und keiner weiß, wie das noch endet.»

«Sind es wirklich so viele, die den Jüngling verehren?»

«Wer nicht Herr ist, ist ein Knecht, und davon haben

sie mehr als genug in der Stadt. Aber die meisten sind die Frauen, egal welchem Stand sie angehören. Für sie ist der Jüngling ein wahrer Heiliger, ein Gottesgeschenk, ein Wunder, das es zu verehren gilt.»

Derweil im Sitzungssaal des Rathauses
von Würzburg

Zwei Lager standen sich unversöhnlich gegenüber. Auf der einen Seite die wohlhabenden und überwiegend bischofstreuen Räte der Stadt, auf der anderen die ärmere Fraktion, die gewählten Vertreter der Weinbauern, Handwerker, Händler und vielen anderen, die mit ihrem Auskommen zu kämpfen und mit der Rechtschaffenheit des Bischofs ihre Schwierigkeiten hatten. Sie votierten für Hans, ihren Erlöser von der Knechtschaft und Ausbeutung – den leibhaftigen Antichrist aus Sicht der Bessergestellten.

«Öffnen wir die Tore», rief einer, «lasst den heiligen Jüngling in die Stadt einziehen wie einst Jesus an Palmsonntag in Jerusalem.»

«Ein Scharlatan ist er», kam es von der Gegenseite, «im Rock eines windigen Spielmanns.»

«Wunder tut er, wie kein Heiliger vor ihm.»

«Der Teufel ist er, ein Augenwischer und Ohrensäusler. Wehe, wenn wir sein Gift trinken. Unsere Stadt wird verdorren wie einst Sodom.»

«Oder untergehen wie Jericho.»

«Ach was, Pharisäer seid ihr, des Bischofs Speichellecker.»

«Hüte dein Maul, verfluchter Ketzer!»

Am Ende des langen Tischs, an dem der Schreiber zu

verzweifeln drohte, was er nun aufschreiben oder der Nachwelt besser verschweigen sollte, saß der Erste Bürgermeister und rieb sich den vom langen Sitzen schmerzenden Nacken. Die Unterredung drohte ihm aus den Händen zu gleiten.

«Genug!», rief er dazwischen. «Haltet endlich ein mit euren Vorwürfen.»

Der Aufruhr verebbte, die Streithähne setzten sich wieder, tranken einen Schluck Wein zur Beruhigung. Jemand ging ans Fenster, öffnete es. Frische Luft schwappte herein, aber auch das Gezänk von der Straße, wo sich eine Frau mit einem Mann in den Haaren lag.

«Werft den Bischof und die Domherren aus der Stadt hinaus!», rief die Frau, «das bringt uns keinen Schaden.»

«Weib, der Bischof wird dich strafen.»

«Die Pfaffen wollen wir von den Schultern haben, dann wird es uns viel bessergehen.»

«Sie ist verrückt.»

«An Schreibern und Chorknaben haben wir schwer zu tragen. Auch sonst die ganzen Pfaffen, wie sie auch beschaffen, sie müssen alle aus der Stadt!»

«Werft die Irre in den Kerker. Wachen?!»

«Heiliger Jüngling, komm in dieses Sodom und erlöse uns von allem Bösen. Hunderte stehen bereit, dir zu Befehl, den Bischof mit seinem Lumpenpack aus der Stadt zu jagen.»

Dann endlich wurde die Frau überwältigt und fortgeführt. Im Nachhall ertönte die inzwischen beliebte Schmähweise.

«Kyrie eleison, ich will es Gott im Himmel klagen, dass wir die Pfaffen nicht zu Tod sollen schlagen.»

Die versammelte Räteschaft hatte aufmerksam gelauscht, und alle wirkten sichtlich beeindruckt. Der Vorfall zeigte, wie dringend es war, eine Übereinkunft zu erzielen, bevor weitere gegen den Bischof und die vorherrschende Ordnung aufbegehrten.

«Lasst euch das eine Warnung sein», sprach der Bürgermeister. «Je länger wir zögern, desto gefährlicher wird die Situation. Es muss wieder Ruhe einkehren in unserer Stadt.»

«Wie soll das gehen?!», rief einer dazwischen. «Die Pfaffen haben uns lange genug hinters Licht geführt. Es ist an der Zeit, endlich reinen Tisch zu machen.» Zustimmender Applaus von der einen Seite, die andere übte sich in Buhrufen.

«Die Pfaffen zur Stadt hinauswerfen?! Seid ihr noch ganz bei Trost? Himmel, Papst und Bischof werden uns strafen. Erst werden sie uns das Seelenheil nehmen, dann das Geld. Womit wollt ihr dann die Stadt am Leben erhalten?» Auch dafür gab es Applaus, allerdings nicht lange, bis einer aufstand und von der üblen Nachrede im ganzen Land berichtete.

«Was für eine Schande! Man hört's landauf, landab: In Würzburg seien alle Bastarde. Tagtäglich verrichteten die Pfaffen Unzucht mit unseren Müttern, Frauen und Schwestern, dass es kein unterschiedliches Blut mehr gebe, sondern nur noch eins: den Inzest der Pfaffen. Das können wir nicht länger ertragen, die Pfaffen bringen uns nur Schaden.»

Einer sprang auf den Tisch, riss die Faust in die Höhe.

«Schlagt ihn schnell tot, den Bischof. Mönche und Pfaffen werft ins Loch. Sie müssen unter unsere Macht, sonst werden alle umgebracht! Und künftig soll jeder frei sein von Abgaben, Steuer und vom Zoll … und von der Pfaffen Übermut!»

✷

Das Stadttor war nah, vor ihnen noch gut zwei Dutzend Männer und Frauen, einige mit Wanderstab, andere hatten ihren Beutel geschultert – vermutlich Wallfahrer. Die Wachen befragten sie, zu welchem Zweck sie gekommen waren, ob sie Freunde oder Familie in der Stadt hatten, dann brach ein Streit aus, ein Handgemenge folgte, und letztlich wurden die Wallfahrer vertrieben. Die waren nicht gewillt, das so einfach hinzunehmen, und es entzündete sich der bekannte und inzwischen gefürchtete Schmähgesang.

«Wir wollen es Gott im Himmel klagen, kyrie eleison, dass wir die Pfaffen nicht zu Tod sollen schlagen. Kyrie eleison.»

Ziel des Spotts war der Bischof von Würzburg, der ihnen den Zutritt zu seiner Stadt verwehrte. Der Gesang wurde in der langen Reihe der Wartenden aufgenommen und verstärkt, und plötzlich erklang er auch jenseits des Stadttors. Waren es Würzburger oder fremde Wallfahrer, die zur Unterstützung einstimmten, es machte keinen Unterschied, die Situation wurde für die Torwachen nicht mehr beherrschbar. Weitere Wachen kamen hinzu, trieben die Protestierenden auseinander, schlugen und hieben dazwischen, dass Schreie aufgellten und Blut floss.

«Um Himmels willen», rief Magdalena, «hört auf damit!»

«Sei ruhig», sagte ihr Begleiter, «es ist besser, wenn wir nicht auffallen.»

«Aber wir können doch nicht einfach zusehen, wie friedliche Pilger geschlagen werden. Das ist unrecht.»

«Das geht uns nichts an», antwortete er und gab den Pferden die langen Zügel. Der Karren setzte sich in Bewegung, schob sich langsam durchs Handgemenge, bis er am Tor gestoppt wurde.

«Was willst du?», schnauzte ihn eine Wache an.

«Wir bringen Früchte und Gemüse für die Gastwirtschaften», antwortete er.

Die Wache schaute über die Ladefläche. «Fahr weiter, schnell.»

So passierten sie das erste Stadttor, dahinter das zweite, das auf die Mainbrücke führte. Um sie herum aufgebrachte Wallfahrer und wahrscheinlich auch Würzburger mit dem Schmählied auf den Lippen.

«Das hätte ich mir nie im Leben vorstellen können», sagte Magdalena, die einerseits erleichtert von der schnellen Passage, anderseits auch betroffen war von dem Scharmützel zwischen Wachen und Wallfahrern.

«Du hast jetzt eine Vorstellung von der großen Kraft, die von unserem heiligen Jüngling ausgeht.»

Damit hatte er zweifellos recht. Bisher hatte sie nur die tausendfache Zustimmung zu den Reden von Hans erlebt, niemals, wenn Gegner und Befürworter aufeinandertrafen. Gott mochte es verhindern, dass der Bischof Hans' habhaft würde. Nicht auszudenken, was passieren würde.

Nachdem sie den Brückenzoll bezahlt hatten, passierten sie das letzte Stadttor, es führte sie direkt in die lange

Domstraße, an deren Ende der hohe und prächtige Kiliansdom stand. Auf der Straße tummelten sich allerhand Leute, sie bekamen nichts vom Aufruhr auf der anderen Mainseite mit. Die Gasthäuser hatten geöffnet und die Handwerkerstuben schlossen. Zeit nach Hause zu gehen, um zu Abend zu essen, oder auf einen Krug Wein um die Ecke.

«Ich muss jetzt das Obst ausliefern», sagte der junge Kerl. «Es war schön, dich kennenzulernen.»

Magdalena saß ab. «Und ich danke dir für die Fahrt.»

«Vielleicht können wir uns heute Nacht noch mal treffen?»

Sie grinste. «Ja, warum nicht.»

«Gut, dann im Mainbäck, gleich hier um die Ecke.»

«Ich werde dort sein.» Er fuhr weiter und ließ eine erschöpfte, aber letztlich zufriedene Magdalena auf der Straße zurück. So weit weg war sie von Niklashausen noch nie gewesen, in einer fremden Stadt, überhaupt in einer Stadt, bisher kannte sie nur die Dörfer im Taubertal. Was machte sie nun in einer Stadt? Wie verhielt man sich, wo ging man hin, gab es hier auch etwas zu essen? Sie hatte Hunger und Durst. In einem der vielen Gasthäuser in der Domstraße und den angrenzenden Gassen würde sie sicherlich beides finden. Doch welches war für eine junge Frau geeignet?

Vor dem ersten lungerte dunkles Gesindel herum. Sie ging rasch weiter, ließ sich von den Zurufen und Pfiffen nicht aufhalten. Das nächste machte einen guten Eindruck. Es war gepflegt, sie schaute durch die Fensterläden. Auffallend viele Pfaffen saßen dort an den Tischen, würfelten, spielten, zwei leicht bekleidete Frauen schenkten ihnen ein, buhlten um die Münzen auf dem Tisch. Nein, dafür war sie nicht nach Würzburg gekommen. Sie suchte etwas, wo sie keine Pfaffen und keine Herren treffen würde. Ganz normale Bürger wollte sie sehen und von ihnen hören, wie das Leben in einer Stadt war, wie sie mit dem Bischof auskamen, was in der Stadt so geredet wurde.

«Kyrie eleison!», hallte es durch die Gassen. «Wir wollen es Gott im Himmel klagen ...»

Schnelle, flüchtende Schritte, sie kamen direkt auf sie zu. Magdalena verbarg sich hinter einer Hausecke. Sie sah nur die Umrisse eines Mannes, gefolgt von einem anderen mit einer Fackel in der Hand, einer Pike und einem Fluch auf den Lippen.

Dann stimmte es also, was ihr der Bursche erzählt hatte. Es gab Würzburger, die auf Seiten von Hans standen. Sie scheuten sich nicht, es lauthals zu verkünden.

Sie ging weiter durch enge Häuserschluchten, passierte einen großen Platz, wo sie sich keinen Augenblick länger aufhalten wollte, so menschenleer, dunkel und unheimlich war er ihr. Eine Kirche ragte vor ihr auf, keine hundert Schritte weiter die nächste, und noch eine. Wahrlich, das war eine Stadt, die sich im Glauben ans Himmelreich wälzte. Wenn Hans das nur sehen könnte. So viele Kirchen, die Pfaffen beim Spiel und mit Dirnen in Gasthäusern, die Knechte auf der Jagd nach aufrührerischen Krakeelern. Er würde die Stadt mit ihren Bürgern im Handstreich nehmen.

Endlich wurde es etwas ruhiger. Ein herrschaftliches Gehöft tat sich vor ihr auf. Ein Spital, wie sie auf dem Schild neben der Tür las, das für die Bürger gebaut worden war, für Arme und Verstoßene, für Heimatlose und

Pilger. Das war schon eher nach ihrem Geschmack. Sie lugte zwischen den geschlossenen Fensterläden hindurch in die Gaststube. Einige Alte saßen um einen Tisch herum, man trank, redete, ein friedvolles Miteinander.

Dann heiteres Gelächter von der Seite, spärlich bekleidete Frauen hatten einen Jüngling in ihrer Mitte, scherzten, buhlten um Aufmerksamkeit. Ein Zweiter kam hinzu, halb nackt, nur mit einem Lendenschurz bekleidet, schenkte Wein aus, tanzte mit ihnen. Aus der offenstehenden Tür drang fröhliche Musik. Ein Geruch, den sie nur zu gut kannte, schwappte herüber. Sie kam vorsichtig näher. Ja, da lag Lavendel in der Luft, Mandelmilch mit Honig und andere Düfte, die man gemeinhin als Badezusatz verwendete.

«Wen haben wir denn da?», sagte der halbnackte Bursche zu ihr.

Sie antwortete nicht und trat den Rückzug an, er kam näher, umgarnte sie mit frivolen Worten und Gesten.

«Flüchte nicht vor mir, du zarte Knospe. Bist nicht von hier. Habe ich nicht recht?»

«Nein, Herr», sagte sie kurz angebunden. «Lasst mich gehen.»

«Sie nennt mich einen Herrn!» Er lachte amüsiert und rief den anderen zu: «Habt ihr das gehört? Einen Herrn!» Sie lachten.

«Treibt keine bösen Spiele mit mir», erwiderte Magdalena. «Ich habe Euch nichts getan.»

«Du musst dich nicht fürchten.» Er legte seinen Arm um sie, führte sie zu den anderen. «Wenn die Kleider fallen, sind wir alle gleich.»

«Was wollt Ihr von mir?»

Er reichte ihr einen Becher Wein. «Trink mit uns.»

Sie nahm ihn zögernd an, nippte daran, während ihre Augen diese Frauen musterten, wie ungehemmt sie in ungehöriger Weise den Jüngling umwarben, und das in aller Öffentlichkeit.

«Mir ist kalt», sagte eine der Frauen.

«Lass uns wieder reingehen.»

«Komm mit uns», sagte der Jüngling. «Es gibt Wein und Essen, und waschen kannst du dich auch.»

Sie blickte an sich herab. Verstaubt war sie von der langen Reise, Hunger und Durst hatte sie auch. Aber passte sie überhaupt unter diese feinen Leute?

«Jetzt komm schon.» Er nahm sie bei der Hand und sie ließ sich von ihm mitziehen, hinein in einen Badetempel, wie sie ihn sich in ihren kühnsten Träumen nicht schöner hätte vorstellen können.

Durch einen mit Kerzen beleuchteten Gang kam sie in die Umkleiden, links die Männer, rechts die Frauen, aber das schien niemand so genau zu nehmen. Es war ein fröhliches Flanieren, hin und her, in dünnen Badehemdchen, manche verzichteten gar auf das unnütze Kleidungsstück und gingen wie sie der Herr erschaffen hatte, nackt, parlierend mit einem Weinbecher in der Hand, andere aßen Obst oder Kuchen derweil, dritte verlustierten sich ohne Scham miteinander.

«Hast du Geld?!»

Ein bärtiger, verschwitzter Kerl stand plötzlich vor ihr, ein Handtuch über der Schulter.

«Wenn du hier baden willst, musst du zahlen.» Er schaute an ihr hinunter, missbilligte ihren Aufzug und bezweifelte, ob sie den Eintritt aufbringen konnte.

Magdalena griff in ihren Beutel, fasste ein paar Münzen und hielt sie ihm mit der offenen Hand hin.

«Reicht das?»

Die Augen dieses Grobians quollen über, es funkelte golden und ein paar Silbermünzen waren auch darunter, sein Verhalten änderte sich auf der Stelle. «Sicher, sicher. Verzeiht, dass ich Euch nicht gleich erkannt habe. Eine Nische gefällig?»

«Eine was?»

«Hühnchen, zartes Kalb oder frisches Lamm aus dem Ofen, Wein und Süßspeisen, so viel Ihr wollt. Ein eigener Zuber vielleicht?»

Mit einem Schnippen befahl er einen Bediensteten herbei, nicht ein dünn bekleidetes Bademädchen wie üblich, für die junge Herrin sollte ein ebenso spärlich bekleideter Badejunge zu Diensten stehen. «Zeig der Herrin, wo sie sich entkleiden kann. Sie bekommt Nische Nummer fünf. Wirf den alten Quacksalber raus, er ist ohnehin schon betrunken.»

Der Junge nickte. «Hier entlang, Herrin.»

Sie folgte ihm in die Frauenumkleide. Kleine Fächer standen bereit, viel zu klein für ein Kleid, sie erhielt einen schmalen Schrank. Nackte Frauen saßen auf einer Bank, fragten sich, wer dieses schmutzige Etwas war, das einen Schrank erhielt, der sonst Adeligen vorbehalten war.

«Darf ich Euch behilflich sein?»

Magdalena zierte sich. «Du brauchst das nicht zu tun.»

«Es ist meine Aufgabe, Euch beim Entkleiden zu helfen.»

Unsicher schaute sie sich um, die beiden Tratschtanten ließen sie nicht aus den Augen.

«Ich kann mich auch umdrehen, wenn Ihr es wünscht.»

Das war eine gute Idee. Magdalena nickte und der Junge kehrte ihr den Rücken zu. Sie verbarg sich vor den Blicken der Frauen, zog das Gewand über den Kopf und reichte es ihm.

«Ich werde es für Euch waschen lassen», sagte der Junge. Er reichte ihr ein frisches Badehemd, es war dünn, fast durchsichtig, aber es sollte seinen Zweck für die paar Schritte zum Zuber erfüllen.

Bei den abgelatschten Sandalen war er nicht so sicher. «Ich kann sie zum Schuster bringen lassen. Er bietet aber auch neue Schuhe an.»

«Nicht nötig», antwortete Magdalena. «Ich mag meine Sandalen.»

Er stellte sie in den Schrank. «Euren Beutel hänge ich dazu.» Er griff blind nach hinten, wartete, bis sie ihm das verstaubte Säckchen aushändigte, doch sie hielt es fest.

«Das behalte ich bei mir.»

«Wie Ihr es wünscht. Wenn Ihr mir nun folgen wollt?»

Sie zog das Badehemdchen über und trippelte ihm hinterher, den Beutel umklammernd, wie ein schüchternes Reh wagte sie weder links noch rechts zu schauen, was sie aber schnell aufgab, als ihr die atemberaubende Einrichtung dieses Badetempels gewahr wurde. Inmitten eines getäfelten Saals, in den ihr kleines Badehaus in Niklashausen locker zehn Mal hineingepasst hätte, stand ein Springbrunnen. Zwei marmorweiße Figuren stellten eine Badeszene aus längst vergangenen Zeiten nach, wie sie Magdalena schon mal in einem Buch von Ulrich gesehen hatte. Römer sollten es demnach sein, die sich dem Spiel der Lyra hingaben, während sie Trauben zum Mund führten und Wasser auf sie herabplätscherte.

Badezuber standen Rand an Rand, wie Seerosen auf einem Teich, darum wuselten leicht bekleidete Bademädchen und -jungen mit Wein und Essen, das die zahlreichen Badegäste in den Zubern bei guter Laune halten sollte. Musikanten in Narrenkostümen steuerten ihren Teil bei, brachten ihre Liedchen und mitunter schlüpfrige Weisen zu Gehör. Über den Köpfen verlief eine Galerie, auf der man sich für einen Plausch traf, angezogen oder auch im Badehemd, den hübschen Frauen Blumen zuwarf und den Dirnen Geldstücke.

Die Nischen, ein gutes Dutzend an der Zahl, bildeten den äußeren Ring. Hinter den Vorhängen wurde debattiert, schweißgebadet oder auch liebkost. Der Junge zog einen Vorhang zur Seite. In dem Zuber lag ein dünner, grauer Mann, eingenickt, das Wasser stand ihm bis zum Kinn. Mit einem Wink kam ein zweiter Junge hinzu. Sie hievten den nackten und sturzbetrunkenen Greis aus dem Zuber, danach ließen sie das Wasser ab, das über einen kleinen Kanal im Boden verschwand.

«Wenn Ihr Euch solange bei Wein und Essen gedulden wollt?», sagte ihr Badejunge. Ein kleiner Tisch stand bereit, darauf wurde Wein, Fleisch, Obst und Gemüse serviert.

Sie nahm Platz, und ein frisches Bad wurde für sie zubereitet. Zögernd griff sie zum Weinbecher, noch immer unsicher, ob es eine gute Entscheidung war, hierherzukommen. Das war die Welt der Reichen, der Herren und der Adeligen. Sie streifte den Vorhang zurück, ließ den Blick umherschweifen. Die feisten Herren thronten in den Badezubern wie die Könige der Ozeane, dünn bekleidete Meerjungfrauen waren ihnen zu Diensten, umgarnten, rieben und massierten sie, dass ihnen die Wallung ein rotwangiges Gesicht bereitete. Die Herrinnen waren nicht minder beschäftigt mit den Junkern und den unbekannten Reisenden. Ihre schlüpfrigen Bemerkungen fanden schnell Gegenliebe, sodass sie die parfümierten Badewässer mit ihrem Favoriten für die Nacht teilen konnten.

Von der Galerie regnete es plötzlich Blüten, Musik spielte auf. Das Gemurmel verebbte. Ein Barde trat an den Springbrunnen und begann zu singen.

«Wo bleibt sie nur, mein schöner Schatz,
ich bin bei ihr mit einem Satz ...»

Magdalenas Herz schlug schneller. War das nicht das Lied, das Hans in der Schenke immer gesungen hatte?

«Drehen sich ihre kleinen Füße,
wie sie tanzt, die feine Süße.»

Tränen traten ihr in die Augen. Hans, wenn du nur wüsstest ... hier in Würzburg singen sie deine Lieder, dein Name verbreitet Angst und Schrecken bei den Herren, und bei den Knechten und Armen gedeihen Hoffnung und Zuversicht. Du hast mehr erreicht, als du ahnen kannst.

«Hoch den Rock, die Schenkel auf ...»

Der Badejunge trat an ihre Seite. «Euer Bad ist hergerichtet, Herrin.»

Magdalena nahm ihn kaum wahr. Das Lied des Barden klang in ihren Ohren, Sehnsucht erfasste sie. Hatte sie die richtige Entscheidung getroffen, ihn zu verlassen?

«Euer Bad, Herrin.»

Das Bad, ja. Sie stieg hinein. Wohlig warm wurde ihr, der Duft von Kräutern, Milch und Honig nahm sie ein. Sie schloss die Augen, hörte nur noch den Gesang.

«Soll ich den Vorhang für Euch zurückschlagen?»

Das gäbe sie den Augen aller preis. Aber vor wem genau sollte sie sich eigentlich fürchten? Keiner dieser feinen Herren und nicht minder wollüstigen Frauen war jemals in Niklashausen gewesen. Das war kein Ort für sie – staubig, schmutzig, ohne jeden Luxus – und, ehrlich gesagt, wenn sie die Möglichkeit gehabt hätte, dieses wunderbare Badehaus aufzusuchen, dann hätte sie auch kaum etwas ins Taubertal geführt.

So gab sie ihm die Erlaubnis.

«Frech lacht beim süßen Schmerz ihr Mund.»

Der Springbrunnen tat sich vor ihr auf, der Barde mit seinen süßen Worten daneben, von der Galerie blickten die hübschen Junker auf sie herab und schickten ihr ein Lächeln, der eine, ein blonder Jüngling, ein Augenzwinkern.

Wieder spürte sie Wärme durch ihren Körper strömen, konnte das alles wahr sein? Wenn sie es gestattete, würde er zu ihr kommen. Ein Lächeln zurück genügte vermutlich …

Applaus brandete auf. Der Barde war am Ende seines Lieds angekommen, er verbeugte sich. Geldstücke wurden ihm zugeworfen, es regnete Blütenblätter, ein Prosit folgte auf ihn und seine famose Vorstellung.

«Wenn Ihr es wünscht», sagte der Badejunge, «kann ich ihn zu Euch befehlen.»

Magdalena verstand nicht. «Was soll ich mit ihm?»

«Alles, was Ihr verlangt.»

Wie bitte? Das kam nicht in Frage, niemals.

«Ihr würdet es bereuen, es nicht zu tun.»

Sie sah sich den Barden genauer an. Er war ein hübscher Kerl, zugegeben, aber er war ihr genauso fremd. Nein, das wollte sie nicht.

Als hätte er es gehört, kam der Barde unaufgefordert zu ihr. Er verneigte sich, entbot sich mit einem kecken Lächeln. «Darf ich Euch ein Lied singen, Herrin?»

Sie musste auf den Schlag rot geworden sein, gemessen an ihrem Herzschlag und der Hitze auf ihren Wangen. Sie brachte keinen Ton heraus. Der Barde nahm es als Einverständnis. Er setzte einen Fuß auf den Schemel, die Laute auf seinen Oberschenkel.

«Ein Lied aus meiner Heimat, wenn Ihr gestattet.»

Sie nickte zögernd.

«Die Ballade für ein Mädchen mit dem Namen Yssabeau.» Er räusperte sich, schickte einen Ton voraus. Dann begann er.

«Im Klee, da hat der Mai ein Bett gemacht,
da blüht ein schöner Zeitvertreib,
mit deinem Leib die lange Nacht.
Da will ich sein im tiefen Tal,
dein Nachtgebet und auch dein Sterngemahl ...»

Unruhe kam auf. Sie schnitt dem Barden die Worte im Mund ab. Eine Nachricht ging um.

«Sie haben ihn!»

## 23

«O heilige Mutter, hilf …»

Blutige Speichelfäden zogen sich aus seinem Mund, tropften auf den mit Fäkalien, Schweiß und Blut getränkten Boden. Zwei Zähne hatten sie ihm schon ausgeschlagen, das Nasenbein gebrochen. Nun schickten sich die Folterknechte an, ihm ein «Bad» zuzubereiten, wie sie es höhnisch nannten. Ein heruntergekommener Zuber stand bereit, darin die Jauche von Kühen, Pferden und Ochsen. Der beißende Kot von tausenden Fledermäusen, die in den Katakomben der Burg ein Paradies gefunden hatten, würde das Übrige tun – seine klaffenden Wunden auf Rücken, Beinen und Armen wie Feuer brennen lassen.

An den Handgelenken gefesselt, hing er an einer Verstrebung, der Kopf erschöpft nach vorne gefallen, in den Knien eingesunken.

Hinter ihm der Folterknecht. Er hatte sich für diesen Durchgang etwas Besonderes ausgedacht, er hatte Zweige eines Rosenbuschs mitgebracht, wickelte einen Teil davon um seinen Handschuh, der übrige Teil war lang genug, um als Peitsche zu dienen. Fünf Zweige hatte er so in der Hand, er holte aus.

«Ein Prophet willst du sein? Ein Heiliger, gar ein neuer Messias?» Er lachte. «Dann mach dich auf was gefasst.»

Im weiten Bogen flirrten die Äste durch die Luft. Die Stacheln fraßen sich ins Fleisch. Hans schrie heiser auf.

«Wie gefällt dir das, heiliger Jüngling?»

Mit einem Ruck zog er die Zweige zurück. Die Stacheln rissen tief, und Hans drohte die Besinnung zu verlieren.

«Aufhören ...»

«Nicht jetzt schon, du falscher Hund.» Wieder flirrten die Zweige, und wieder, bis die Aufschreie verebbten und Hans sich nicht mehr rührte. Wie tot hing er am Balken.

«Du hast ihn umgebracht», schimpfte der zweite Folterknecht. Er packte Hans an den Haaren, starrte in sein Gesicht.

«So schnell stirbt man nicht», erwiderte der andere. «Weck ihn auf.»

Der Knecht griff zu einer Fackel, drückte die Flammen aufs nackte Fleisch. Er zuckte.

«Siehst du? Er lebt.»

«Er ist mehr tot als lebendig.»

«Sei's drum.»

«Rack hat gesagt, er soll die Namen der anderen Anführer ausspucken, nicht, dass wir ihn umbringen sollen.»

«Rack, Rack, Rack. Ist doch egal, was der alte Griesgram sagt. Hauptsache, wir haben unseren Spaß.»

«Du bist ein selten dummer Wicht.»

«Pass nur auf. Ich kann dasselbe mit dir machen.»

Auf der steinernen Treppe wurden Schritte laut. Ein dritter Knecht kam herunter in den Folterkeller unter dem Randersackerer Turm. Er hielt sich die Hand vor Mund und Nase.

«Pah, was für ein Gestank.»

«Was willst du?», blaffte ihn der mit den Rosenzweigen an.

«Bringt den Gefangenen in den Burghof. Ihre Gnaden will ihn sehen.»

«Jetzt haben wir den Mist», sagte der Zweite, «und das nur wegen deiner Dämlichkeit.»

Er nahm einen Eimer, tauchte ihn in ein Fass und schüttete das Wasser über den geschundenen Körper. «Jetzt schneid ihn schon los.»

Der Erste ließ die Rosenzweige fallen und schnitt Hans vom Balken ab. Geschunden und ausgezehrt sackte der Körper zu Boden. Zusammen packten sie ihn unter den Armen und schleiften ihn die Treppe hoch, hinaus in den Burghof der Festung auf dem Frauenberg. Dort warteten bereits der Bischof und Rack.

«Hier, Euer Gnaden, ist der Gefangene.»

Sie ließen ihn zu Boden fallen, wo er regungslos liegen blieb. Rack kam mit der Fackel näher, leuchtete Hans ins Gesicht. Er kapierte schnell, dass die Folterknechte zu weit gegangen waren.

«Ist er tot?!», herrschte er die beiden an.

«Nein, Euer …»

«Er ist von Wunden übersät.»

«Er wollte einfach nicht das Maul aufmachen», verteidigte sich der Rosenzweig-Peiniger. «Wir mussten nachhelfen.»

Mit dem alten Haudegen war nicht zu spaßen. Er schlug den Knecht zu Boden. «Du wirst die nächsten Tage im Kerker verbringen. Mal sehen, ob dich das etwas lehrt.»

«Genug!» Der Bischof meldete sich zu Wort. «Lasst uns sehen, wie viel Leben noch in diesem Mann steckt.» Er deutete dem Knecht an, Hans umzudrehen, damit er ihm ins Gesicht sehen konnte.

«Mehr Licht», raunte der Bischof.

Rack hielt die Fackel neben den Kopf von Hans. Auch wenn der Schein spärlich war, die Spuren seiner Misshandlung waren unübersehbar. Ein Auge zugeschwollen, die Lippe gesprungen, die Nase krumm. Blut drang ihm aus einem Ohr, der Oberkörper war mit vielen kleinen Wunden übersät.

«Hat er preisgegeben, wer mit ihm den Aufstand angeführt hat?», fragte der Bischof.

Der zweite Knecht verneinte. «Er redete nur wirres Zeug, als wäre er nicht ganz bei Trost. Von einer Magdalena faselte er und dass er ihr Unrecht getan habe.»

«Magdalena?» Des Bischofs fragender Blick ging zu Rack.

Der zuckte nur die Schultern.

«Weiter.»

«Ansonsten nicht viel, aus dem ich schlau geworden wäre», sagte der Knecht. «Er betete ... summte eine Melodie ... Manchmal kam es mir vor, als sei er mit seinen Gedanken woanders.»

«Was wissen wir über die beiden anderen?», fragte der Bischof Rack.

«Der betrunkene Prediger ist ein Begarde. Er haust in einer Höhle im Hang. Vermutlich steckt er hinter allem. Wie sonst hätte dieser Schafhirte aus der Bibel zitieren können. Er kann weder lesen noch schreiben. Ein dummer, einfältiger Mensch, auf den kein Verlass ist – so beschreiben ihn die Leute, die ihn kennen.»

«Und der Priester?»

«Ist der Pfarrer von Niklashausen, zweifelsfrei. Die Mainzer haben ihn nach Aschaffenburg gebracht.»

«Ich will ihn zurückhaben, zur Befragung. Veranlasst alles Weitere. Nun zu dieser Magdalena ... Findet heraus, wer sie ist und wo sie sich aufhält.»

«Der Prediger wird es wissen», erwiderte Rack. «Vermutlich ist es diese Hure, von der er dauernd spricht.»

«Und wenn ihr jedes Haus von hier bis ins Taubertal durchsuchen müsst, das Weibsbild soll mir zu Füßen liegen.»

Hans regte sich, ein Stöhnen. «Wasser ...»

«Nun geh schon», bestimmte der Bischof, und der Knecht holte Wasser. Er schüttete ihm den halben Eimer über den Kopf. Der Bischof beugte sich zu ihm hinunter, hob seinen Kopf an und träufelte ihm mit der anderen Hand Wasser auf die Lippen.

«Mehr ...»

«Wer bist du?»

«Mehr Wasser.»

Der Bischof tauchte die Hand ins Wasser, ließ ihn davon trinken.

«Also, wer bist du?», fragte er noch einmal.

«Heiliger ... Jüngling.»

«Was macht dich heilig?»

«Maria ... Gottesmutter.»

«Man sagt, sie sei dir erschienen. Stimmt das?»

«Sie ist an meiner Seite.»

«Ich kann sie nicht sehen. Wo soll sie sein?»

«Im Rascheln der Blätter ... Licht der Sonne ... Sie ist unter uns, zu jeder Stund ... an jedem Ort.»

«Du lügst.»

«Wer reinen Herzens ist …»

«Schweig!» Einem einfältigen Schafhirten sollte eine so große Gnade zuteilwerden? Das durfte nicht sein, er war der Bischof, und wenn jemand einen Kontakt hinauf ins Himmelreich für sich beanspruchen durfte, dann war er das.

«Sprich die Wahrheit», drohte er ihm, «dort drüben ist ihr Haus», er zeigte hinüber zum Rundbau der Marienkirche – die älteste Kirche im Bistum und Zeugnis der frühen Christianisierung durch Bonifatius – «schwör bei deiner verrotteten Seele, dass du die Wahrheit sprichst.»

Hans neigte den Kopf, suchte etwas zu erkennen. Der Schein der Kerzen drang durch die Fenster …

«Siehst du», stammelte er, «das Licht … ihr Licht. Die Himmelskönigin ist zu Hause.»

Das war nicht die Antwort, die der Bischof erwartet hatte. Er gab missmutig den Kopf von Hans frei.

«Du bist ein elender Lügner.»

«Heilige Jungfrau, steh mir bei», rief Hans, «ich bin es, dein geliebter Sohn.»

«Stopft ihm das Maul!», befahl Rack.

Die Knechte packten ihn und brachten ihn zurück in den Kerker.

«Was gibt es Neues aus Niklashausen?», fragte der Bischof.

«Sie wissen immer noch nicht, wer ihren Jüngling geraubt hat», antwortete Rack.

«Gut, dann hoffen wir, dass es auch so bleibt, zumindest die nächsten Tage.»

«Irgendwann wird jemand reden.»

«Sicher, irgendwann. Aber ich habe nicht vor, das Problem lange vor mir herzuschieben. Sind die Zeugen bereit?»

«Ja, Euer Gnaden. Sie werden nicht zögern, gegen ihn auszusagen.»

«Ich will einen kurzen Prozess. Kein Aufsehen. Habt Ihr verstanden?»

Rack nickte.

«Und verstärkt die Wachen. Keine Überraschungen.»

✷

Im gestreckten Galopp preschte ein Reiter am Ufer der Tauber entlang. Sterne und Mond spendeten nur wenig Licht, ein Loch, ein Stein, eine Wurzel, und Reiter und Pferd würden sich das Genick brechen. Aber die Nachricht, die er zu überbringen hatte, rechtfertigte die halsbrecherische Aktion.

Er kam direkten Wegs von Wertheim, wo ein Bote des Bischofs von Würzburg Rast gemacht hatte, im Gepäck eine Note für den Kollegen in Mainz. Hans Behem, besser bekannt als der heilige Jüngling aus dem Taubertal, sei in sicherer Verwahrung auf der Festung Frauenberg in Würzburg. Der Prozess wegen Ketzerei und Aufwiegelung stünde kurz bevor, die Zeugen seien zahlreich, ihre Aussagen würden zu einem schnellen Urteil führen, was auch dringend erforderlich war, da noch immer Wallfahrer aus dem ganzen Land und in großer Zahl durch Würzburg reisten. Die Stimmung in der Bevölkerung verschlechtere sich zunehmend. Man müsse daher schnell und ohne Gnade die leidige Sache bereinigen, damit ein drohender Aufstand verhindert würde. Des Weiteren rief der Würzburger seinen Amtsbruder in Mainz auf, geeignete Schritte in seinem Land zu unternehmen, um der Wallfahrt endlich den Garaus zu machen.

Ritter Conrad von Thunfeld legte das Schriftstück zur Seite, rieb sich den müden und schmerzenden Nacken, seufzte.

«Hol die Schreihälse herein», sagte er zu einem seiner Kriegsknechte. Der ging vor die Tür und befahl ihnen einzutreten. Seit der Ankunft des Reiters harrten sie ungeduldig vor dem Wirtshaus aus, mürrisch und beleidigt, dass sie nicht früher einbezogen wurden. Es waren drei Kerle aus den viertausend, die in der Nacht der Entführung des Jünglings betrunken in ihren Betten gelegen waren. Eigentlich waren sie es nicht wert, dass man auch nur ein Wort mit ihnen wechselte, aber im Laufe des Tages hatten sie geschafft, lauter als alle anderen den Verlust des Jünglings zu beklagen, sich an die Spitze der Rachenehmer zu brüllen – vorlaut, hitzköpfig und dreist. Nun bildeten sie das Triumvirat, das die inzwischen wieder auf zwanzigtausend angewachsene Wallfahrerschaft vertrat.

Sie setzten sich zu Ritter Thunfeld an den Tisch. Der schob ihnen das Schreiben wortlos zu, sollten sie es selbst lesen. Aber keiner der drei machte Anstalten, es in die Hand zu nehmen.

«Was steht da drin?», knurrte ihn der Erste an.

«Lies es, dann weißt du es», entgegnete Thunfeld. Er schenkte sich einen Becher Wein ein, für seine ungelittenen Gäste hatte er keinen übrig.

«Wir können nicht lesen», sagte der Zweite.

Thunfeld lächelte bitter. Eigentlich hätte er damit rechnen können.

«Unser heiliger Jüngling befindet sich in Gefangenschaft des Bischofs von Würzburg.»

«Wusste ich's doch», sagte der Dritte und hieb zur Untermauerung seiner Vermutung mit der Faust auf den Tisch. «So ein dreister Hundsfott. Dafür wird er büßen.»

«Und nicht zu knapp.»

«Morgen marschieren wir gegen Würzburg.»

Darin waren sie sich also schon mal einig. Thunfeld schüttelte den Kopf vor so viel Dummheit.

«Seid ihr wahnsinnig? Der Bischof lässt euch in Stücke hauen.»

«Wir sind ihm doppelt und dreifach überlegen.»

«Er wird sich hüten, wenn er unsere Streitmacht sieht.»

«Die Würzburger sind auf unserer Seite. Sie werden sich uns anschließen und diesen Teufel verjagen.»

Thunfeld trank ruhig seinen Wein. Auch wenn er die drei nicht ernst nehmen konnte, so hatten sie doch in zwei Dingen recht: Das Heer der Wallfahrer war den bischöflichen Truppen zahlenmäßig um das Vielfache überlegen. Auch wenn es nur Bauern und kampfunerfahrene Leute waren, allein die Masse würde Eindruck machen. Nicht zuletzt auf die Bürger von Würzburg. Wenn diese sich ihnen anschlössen ... ja, dann sähe die Sache schon anders aus.

Die Burg des Bischofs, auf der der Jüngling vermutlich gefangen saß, ließ sich nur eine gewisse Zeit verteidigen, ohne auf die Unterstützung von außen angewiesen zu sein. Sicher, es würde Blut fließen, das meiste auf Seiten der Wallfahrer, die nur mit Mistgabeln, Stöcken und Steinen bewaffnet waren, aber der Bischof würde auch bald einsehen müssen, dass er mit seinen paar hundert Kriegsknechten auf sich alleine gestellt war. Morgen war Samstag und darüber hinaus Sankt Margareten, ein Feiertag. Unzählige Menschen waren bereits auf dem Weg ins Taubertal. Mit ihnen wuchs das Heer der Wallfahrer ein weiteres, beeindruckendes Stück.

Es könnte gelingen, den Jüngling zu befreien – nicht durch Kampfkraft, sondern mit einer überwältigenden Menge, vor der der Bischof nicht länger die Augen verschließen könnte.

«Warten wir den morgigen Tag noch ab», sagte Thunfeld. «Dann entscheiden wir, was zu tun ist.»

## 24

Racks Kundschafter wussten, wo sie suchen und wonach sie fragen mussten. Jeronimus hatte eine genaue Beschreibung geliefert. In Niklashausen war Magdalena jedenfalls nicht mehr, so viel stand nach dem letzten Bericht fest. Dort mache sich stattdessen große Ahnungslosigkeit breit, aber auch Wut über den Verlust des Jünglings. Ein gefährlicher Schmelztiegel, der außer Kontrolle geraten könnte. Man musste den Feiertag und den Sonntag abwarten, dann wusste man, ob die Gefahr eines Aufstandes gebannt war.

Weit konnte die Gefährtin des Jünglings zu Fuß allerdings nicht gekommen sein, niemand hatte sie gesehen, niemand wollte wissen, wo sie steckte – außer, sie wurde von jemandem mitgenommen. Erste Anlaufstellen für die Kundschafter waren daher die Händler, die Bauern und Fuhrknechte, die mit ihren Karren Lebensmittel, Kleidung und Holz transportierten. Hatte jemand eine junge Frau aus der Nähe des Taubertals aufgelesen? Wenn ja, wohin hatte sie gewollt, und hatte sie verraten, was sie noch vorhatte? Eine mühselige Aufgabe, aber sie war notwendig.

In den frühen Morgenstunden war der junge Bursche, der Magdalena nach Würzburg begleitet hatte, aufgebrochen, um die Heimreise ins Taubertal anzutreten. Enttäuscht war er, denn sie war vergangene Nacht nicht am verabredeten Treffpunkt erschienen. Er war durch die Straßen gelaufen, hatte nach ihr Ausschau gehalten, musste dann einsehen, dass sie ihn doch nicht so sympathisch fand, wie er anfänglich gedacht hatte.

«Halt!»

Ein Reiter tauchte vor ihm auf.

«Hast du eine junge Frau gesehen», sagte er, «oder mitgenommen?» Er gab ihm eine ziemlich genaue Beschreibung von Magdalena, sodass der Bursche vor Verwunderung nicht anders konnte, als die Frage zu bejahen.

«Gestern, auf dem Weg nach Würzburg», antwortete er. «Sie hatte nur einen Beutel bei sich.»

«Hat sie ihren Namen genannt?»

Der Bursche verneinte. «Aber sie kennt unseren heiligen Jüngling. Gepriesen sei die Himmelskönigin für ihre Gnade und …»

«Wo hast du sie abgesetzt?»

«In der Domstraße.»

«Sagte sie, wohin sie geht oder was sie vorhat?»

«Ich weiß nicht. Auf mich hat sie den Eindruck gemacht, dass sie nicht so recht wusste, was …»

Der Reiter gab seinem Pferd eine in die Seite, mehr musste er nicht wissen. Im Galopp ging es zurück auf die Festung, wo sein Kommandant Rack auf Meldung wartete.

Magdalena irrte durch die Straßen von Würzburg, vorbei an einer Kirche, deren Turm sich im Bau befand. Um die

Kirchenmauer herum befanden sich kleine Kramläden, die gut besucht waren. Davor ein großer Platz inmitten der Stadt, wo Händler ihre Waren feilboten, Tiere gekauft und verkauft wurden. In diesem Durcheinander musste es doch einen Weg zum Stadttor geben, und zwar jenes, das sie gestern in die Stadt geführt hatte, jetzt sollte es ihr der Weg in die Freiheit sein. Würzburg war kein sicherer Hafen mehr für sie, nachdem sie Hans gefangen genommen hatten. Unter den Schlägen der Folterknechte würde er alle Geheimnisse preisgeben, auch, wer seine Gefährten und Gehilfen waren. Nach ihr, Ulrich und Jeronimus wurde bestimmt gesucht, wenn die anderen sich nicht schon in Gefangenschaft befanden.

«Gute Frau», fragte sie eines der vielen Marktweiber, «könnt Ihr mir sagen, wie ich zur Stadt hinauskomme?»

Die Frau schaute sie mit großen Augen an, unsicher, ob ihr übel mitgespielt werden sollte. Als sie nichts Verdächtiges erkannte, wies sie auf das große Haus mit Turm, das jenseits des Marktes stand.

«Runter zum Grafeneckart, und dann stehst du schon vor der Mainbrücke.»

«Habt Dank.»

So bahnte sie sich einen Weg vorbei an den vielen Karren und Auslagen, den Kisten und Tieren, dem Stroh, Schweinen und Hühnern, geradewegs auf das große Gebäude zu. Unterwegs schnappte sie das eine oder andere Wort auf.

«Der Jüngling auf der Festung ...»

«Gemartert und geschmäht.»

«Eine Todsünde.»

«Der Bischof ein Teufel.»

«Aufbegehren sollte man gegen die verkommene Pfaffenschaft.»

«Ein Wort genügt.»

«Tausende stehen bereit.»

«Die Festung niederreißen.»

Hatte sie das richtig verstanden? Hans war auf der Festung gefangen? Die Bauern und Händler grollten dem Bischof und den Pfaffen? Wenn nur einer daherkäme, um ihnen den Aufstand zu befehlen …

Das stellte die Situation auf ganz andere Beine. Sie war nicht unter Feinden, ganz im Gegenteil, diese Leute standen auf ihrer Seite, auf der des Jünglings. Der Aufstand gegen die Herren war nur einen Aufruf entfernt. Doch es gab nur einen, der sie zu den Waffen rufen konnte, der ihnen Mut und Zuversicht gab, der sie gegen die Herrschaft anführen würde, der mit einem göttlichen Auftrag unterwegs war – Hans.

Wie um alles in der Welt würde sie das bewerkstelligen können? Hans war auf der Burg des Bischofs im Kerker eingesperrt. Da brauchte es schon eine Armee, um überhaupt in seine Nähe zu gelangen – oder die List einer Frau. Es wäre nicht das erste Mal, dass weiblicher Scharfsinn eine Armee bezwingt. Sie würde darüber nachdenken, gleich, wenn sie es aus der Stadt geschafft hatte. Die Burg war ja kaum zu übersehen. Wie ein Himmelsschloss thronte diese Feste dort oben über dem Maintal. Allein der Weg hinauf würde sie aus der Puste bringen.

*

«Warum hast du mich verraten?»

«Weil du ein Scharlatan bist, ein Teufel.»

«Waren wir das nicht alle?»

«Ich wollte die Menschen befreien, du aber hast sie verführt.»

«Du hast es mich gelehrt.»

«Und du mich betrogen.»

«Was ist schlimmer? Der Betrug oder der Betrüger?»

Jeronimus wusste keine Antwort darauf. Er wischte sich das Blut von der Nase, schaute es sich in der Hand lange an, dann schmierte er es an seiner zerrissenen Kutte ab. Die Knöchel seiner Hand waren zerschunden, der kleine Finger angeschwollen, er stand schief ab. Zwei Fingernägel hatte es ihn gekostet, bis die Folterknechte ihm glaubten, dass er nicht mehr wusste, als er ohnehin schon ausgesagt hatte.

Hans Behem war der Kopf der Betrügerbande, Ulrich ein einfältiger und willfähriger Helfer, die Hure Magdalena aber der Quell allen Übels. Sie hatte von Anfang an einen Keil zwischen sie getrieben, sie wollte Hans ganz für sich alleine haben. Und die Marienerscheinungen? Jeronimus hatte nie eine gehabt, er war auch nie dabei gewesen, als sie Hans zuteilwurde. Letztlich war alles ein großer Schwindel.

«Warum hasst du Magdalena so sehr?», fragte Hans. Er lehnte in der Ecke des dunklen Kerkers mit dem Kopf an der Wand. In dem modrig-feuchten Mauerwerk hatten sich Verzweifelte mit Kratzspuren verewigt, der Gestank von Fäkalien und Blut hing schwer in der Luft, das Stöhnen und Jammern aus den Nachbarzellen begleitete die Inhaftierten durch die hoffnungslosen Tage und Nächte.

Lediglich das Ungeziefer fand paradiesische Zustände vor. Ratten und Aasfresser gediehen ungehindert, das Blut und die Wunden der Dahinsiechenden boten eine sichere Nahrungsquelle.

«Das Weib hat den Teufel in sich», knurrte Jeronimus.

«Magdalena ist wie jede andere Frau ... und auch wieder nicht. Für mich ...»

«Für dich!», fiel ihm Jeronimus ins Wort. «Ja, nur für dich. Du bist der heilige Jüngling, zu dir kommt unsere Himmelskönigin, du bist der größte Redner aller Zeiten, das Volk liegt nur dir zu Füßen ... Ich kann es nicht mehr hören. Es dreht sich alles nur um dich. Lass dir gesagt sein: Du bist nicht der Mittelpunkt der Welt, auch wenn du dich dafür hältst.»

Hans verstand nicht. «Was ... ist los mit dir?»

«Ich habe es satt, dein Diener zu sein. Und noch etwas: Willst du wissen, wieso ich bei diesem Unfug überhaupt mitgemacht habe?»

«Weil du das Volk retten wolltest.»

«Das war der eine Grund, der andere aber ...»

Er brach ab. Im Dunkel des Kerkers hörte Hans ein Seufzen, gefolgt von einem Schluchzen.

«Was war der andere Grund?», fragte Hans.

Es dauerte. Dann ein Schniefen: «Elsbeth.»

«Elsbeth? Was hat sie mit dir zu tun gehabt?»

«Du bist ein einfältiger Narr, Hans Behem. Schon immer gewesen.»

Heute war Sankt Margareten. Es war der 13. Juli, der Tag, an dem normalerweise die Bauern mit der Ernte begannen. Doch heute ruhte die Arbeit, genauso wie am folgenden Tag, der ein Sonntag war.

Dass man diesen wertvollen Tag verstreichen ließ, lag auch an der Schutzheiligen der Bauern, der Jungfrauen, Ammen und der Gebärenden – Margareta von Antiochia, deren Martyrium und Tod an diesem Tag in Erinnerung gerufen wurde. Der Sage nach wurde sie weniger wegen ihres starken Glaubens an Christus, sondern wegen ihrer Schönheit getötet, was der Bewunderung jedoch keinen Abbruch tat. Margarete soll auch eine jener Stimmen gewesen sein, die Johanna von Orleans vor ein paar Jahren gehört hatte, um sie gegen die verfeindeten Engländer und Burgunder aufzurufen – eine Revolutionärin, Märtyrerin und Visionärin im besten Sinne. Der heilige Jüngling stand dadurch mit Margarete und Johanna auf einer Stufe, insbesondere, da sich das Martyrium nun auch an ihm vollzog.

Die erschreckende Nachricht von der Gefangenschaft Hans' ging wie eine Zündschnur durch die Reihen der Neuankömmlinge. Sie führte zur gleichen Reaktion wie bei den anderen, die an den Tagen zuvor angekommen waren: Auf das Entsetzen und die Sprachlosigkeit folgte ein lodernder Hass auf den Würzburger Bischof und die spontane Bereitschaft, Hans zu befreien.

Inzwischen war das Meer der Wallfahrer erneut auf vierzigtausend Menschen angewachsen, und wieder stellte sich die Frage, ob man Frauen und Kindern bei einer möglichen Auseinandersetzung mit bischöflichen Truppen dabeihaben wollte oder nicht.

«Brüder und Schwestern!», rief einer der drei der Menge zu, die in der Nacht zuvor von Ritter Thunfeld über die Gefangennahme von Hans informiert worden waren. «Steht zusammen in dieser schwierigen Zeit. Männer, Frauen und Kinder, ihr alle seid aufgerufen, dem Weg unseres Herrn Jesus Christus zu folgen. Lasst uns nach Würzburg gehen …»

Der Jubel gab ihm recht. Ja, sie alle waren gewillt, ihren Messias zu befreien.

Auf der Kanzel, die bisher nur Hans genutzt hatte, war es eng. Der Nächste drängte sich nach vorne und richtete sich an die Menge: «Brüder und Schwestern, macht keinen Fehler. Ihr seid brave Bauern, Händler und gläubige Menschen. Was wollt ihr mit bloßen Händen gegen die Piken und Schwerter der Kriegsknechte ausrichten? Sie werden euch in Stücke hauen.»

Ernüchterung machte sich breit. Kinder und Frauen verstummten, die Männer mussten einsehen, dass sie die Befreiung alleine stemmen mussten. Doch auch für sie galt: Sie waren keine kampferfahrenen Kriegsknechte. Wenn sie einem gegenüberstanden, konnten sie nur auf seine Milde hoffen, ein Kampf auf Augenhöhe war ausgeschlossen.

Ein Dritter ergriff das Wort: «Brüder und Schwestern, hört mir zu. Letzte Nacht ist mir die Gottesmutter erschienen … hell und klar sprach sie zu mir: ‹Führe mein Volk aus der Knechtschaft der Herren wie einst Mose meine Kinder aus Ägypten ins Gelobte Land. Wisse um die Gefahren, denn der Bischof wird seinen Gefangenen nicht freiwillig ziehen lassen. Doch hab Vertrauen in meine unendlich währende Güte. Mein Mantel wird euch beschützen, kein Speer und kein Schwert soll auch nur eine Wunde reißen.›»

Der überwiegende Teil der Zuhörer stimmte unter lautem Jubel zu. Ein Marsch auf Würzburg unter dem Schutz der Himmelskönigin, das war es, was sie hören wollten.

«Auf nach Würzburg!»

Ritter Thunfeld stand abseits und beobachtete die Menschen, die mit bloßen Händen gegen die Mauern der Würzburger Festung anrennen wollten. Was für ein Irrsinn. Sie würden sich blutige Mäuler holen, abgeschlagene Hände und Beine, wer lebend aus Würzburg zurückkehrte, durfte wirklich von einem Wunder sprechen. Aber er schritt nicht ein. Zehntausende gutgläubige Wallfahrer zur Vernunft zu bringen, lag außerhalb seiner Macht. Er rechnete mit der Unterstützung der Würzburger, wenn sie diese Massen vor ihren Toren willkommen hießen. Dann könnte es gelingen, aber nur dann.

«Auf nach Würzburg!», donnerte es durchs Taubertal, und wer bereit war, für den heiligen Jüngling sein Leben aufs Spiel zu setzen, packte sein Bündel und reihte sich in den langen Zug ein, der sich um die kleine Kirche bildete.

Die Ersten stemmten eine schwere Marienfigur auf die Schulter. Sie sollte ihrem Vorhaben als weithin sichtbares Zeichen des göttlichen Auftrags vorausgehen, es folgten Hunderte mit mannshohen Kerzen in den Händen, ein Lichtermeer in der anbrechenden Dunkelheit.

Einem Lindwurm gleich schob sich die Prozession voran, durch die dunklen Wälder, hinein in eine Konfrontation mit ungewissem Ausgang.

«Heiliger Jüngling, wir kommen!»

## 25

Man suchte nach einer jungen, schwarzhaarigen Frau in einfachem Gewand und mit Sandalen bekleidet. Die Beschreibung von Magdalenas Aussehen, die an die Torwachen weitergegeben worden war, war zwar nicht einzigartig, aber sie hatte zur Folge, dass jede Frau, auf die sie passte, kontrolliert wurde.

Magdalena hatte Glück. Der Befehl ging bei den Wachen am Zeller Tor ein, als sie es gerade hinter sich ließ. Dennoch musste sie vorsichtig sein. Der gleiche Befehl würde auch an die Wachen auf der Festung gegangen sein, ihrem eigentlichen Ziel.

Zeit für eine Verwandlung. Für ein paar Münzen erstand sie neue Kleidung, einen Korb voller Früchte und ein Messer, mit dem sie in einem Graben abseits des steilen Festungswegs ihre Haarpracht auf eine kurze Länge brachte. Damit sah sie um ein paar Jahre jünger aus, einem harmlosen Mädchen ähnlich, das für den Koch eine letzte Lieferung brachte.

Die Sonne hatte sich im Westen schlafen gelegt, als sie endlich die dicken Mauern der Festung erreichte. Die Wachen waren gerade im Begriff, das Tor zu schließen.

«Einen Moment», rief sie ihnen zu, «sperrt mich nicht aus.»

«Wer bist du?»

«Maria. Ich habe Früchte für die Küche.»

«Ich kenne dich nicht. Scher dich davon.»

«Aber Herr, Ihre Gnaden, der Bischof, hat Früchte bestellt, die er zum Nachtmahl essen möchte.»

Die Wache schaute fragend zur anderen. Sie zuckte mit den Schultern.

«Zeig her», sagte der Erste, und sie hielt ihm den Korb hin. Er wühlte darin, suchte nach einer Waffe oder sonst etwas, er fand erwartungsgemäß nichts. Dafür nahm er sich eine Handvoll Beeren.

«Wenn das Tor zu ist, bleibt es auch bis morgen früh zu.»

«Ist schon recht», antwortete Magdalena, «ich habe meinen Platz beim Küchengesinde.»

«Wie du willst. Geh jetzt.»

Sie ließ sich das nicht zwei Mal sagen, nahm den noch steileren Weg hinauf in den Vorhof. Die Wachen dort nahmen sie nur am Rande wahr, wer es durchs erste Tor geschafft hatte, hatte wohl einen Grund, zu so später Stunde auf der Burg zu sein. Sie ließen sie ungehindert passieren. Das Desinteresse für ein Mädchen hatte aber noch einen anderen Grund. Es herrschte große Betriebsamkeit dort. Kriegsknechte, mindestens hundert an der Zahl, waren um die Pferdetränke herum versammelt und bereiteten sich vor. Worauf, das blieb vorerst im Unklaren. Fakt war, dass sie nicht in ihren Unterkünften waren oder am Lagerfeuer in ausgelassener Runde zusammensaßen, sondern von ihrem Kommandanten einen Auftrag zugewiesen bekamen.

Mit dem nächsten Tor kam Magdalena endlich ins Innere der Burg. Der hohe Bergfried, das Kerkergefängnis, ragte vor ihr auf, ein paar Schritte weiter lag die runde Marienkirche. Auch hier herrschte reges Treiben. Knechte und Mägde luden Lebensmittel von Karren ab in die Gebäude, die persönliche Wache des Bischofs wurde für die Nachtschicht eingewiesen, ein Waffenschmied hatte einen Korb voller Schwerter, die er zu schleifen hatte, gut gekleidete Diener huschten über den Burghof.

Auch wenn Magdalena keine Vorstellung davon hatte, wie das Leben auf einer Burg organisiert war, so kam es ihr doch reichlich seltsam vor, dass zu später Stunde Arbeiten erledigt wurden, die auch tagsüber hätten gemacht werden können.

«Was stehst du hier so faul herum?»

Der Kerl, der sie anschnauzte, befehligte das Abladen der Lebensmittel. Er trug eine verschmutzte Schürze und eine weiße Mütze.

«Ich habe Früchte für den Bischof», antwortete sie.

«Davon weiß ich nichts.»

Sie zuckte die Schultern. «Mein Meister hat mir aufgetragen, sie noch heute zu liefern. Mehr weiß ich nicht.»

«Wer ist dein Meister?» Der verschwitzte und unangenehme Kerl ließ nicht locker, er kam näher, schaute erst sie an und dann in den Korb.

Himmel, was sollte sie darauf antworten? «Er sagte, geh hinauf zur Festung, zur Küche und drück sie dem Koch in die Hände. Er weiß schon, was er damit anzufangen hat.»

«Ich bin der Koch, und ich habe keine Früchte bestellt, bei niemandem.»

«Es war auch kein Mann, Herr, eine Frau kam zu uns ins Haus mit der Bestellung.»

Wieder nahm sie der Kerl in Augenschein, dann aber drehte er sich um. «Clara, hast du Früchte bestellt?»

«Was?»

«Früchte für Ihre Gnaden.»

«Ich weiß von nichts.»

Allmählich wurde es eng. Magdalena musste sich etwas einfallen lassen. «Nun gut», sagte sie, «wenn niemand etwas bestellt hat, dann geh ich halt wieder.»

«Einen Moment.»

Er griff in ihren Korb, holte eine Handvoll Beeren heraus, roch daran und probierte sie. «Süß und saftig. Nun gut. Gib sie mir, ich werde schon etwas damit anstellen.»

Sie händigte ihm den Korb aus, vergaß auch nicht die Hand aufzuhalten.

«Was ist?», fragte er.

«Mein Geld.»

Er seufzte. «Wie viel willst du?»

«Mein Meister sagte, der Koch des Bischofs ist ein ehrlicher Mensch. Er weiß, was Früchte wert sind, besonders, wenn sie für Ihre Gnaden bestimmt sind.»

Der Kerl knurrte. Diese Antwort hatte er nicht erwartet. «Geh hinüber zum Zahlmeister. Sag ihm, ein Korb Früchte für den Bischof. Er weiß dann Bescheid.»

«Danke, Herr.»

So ging sie hinüber, wo die Knechte und Mägde die Körbe, Kisten und Fässer abluden, und fragte nach dem Zahlmeister. Es war eine Frau, dick und verschwitzt, den Argwohn im Auge.

«Was willst du?», keifte sie Magdalena an.

«Früchte für den Bischof. Ihr wisst schon ...» Sie zeigte hinüber zum Koch.

Ein kurzer Augenkontakt, dann gab sie ihr ein paar Münzen. «Mach dich nützlich.»

«Ich muss zurück in die Stadt.»

«Das Tor ist zu. Du kommst erst morgen früh wieder raus.»

Nun gut. «Was soll ich tun?»

«Hilf den anderen beim Abladen.»

Für jemanden, der sein ganzes Leben nichts anderes gemacht hatte, als Kinder zu baden und Erwachsene zu waschen, war das Schleppen von Säcken und Körben eine ungewohnte Tätigkeit. Ein Korb mit Bohnen glitt ihr aus den Fingern, ein Sack mit Erbsen zwang sie in die Knie. Ein Knecht kam ihr zu Hilfe.

«Warte, ich nehm ihn dir ab», sagte er.

Sie atmete auf. «Danke.»

«Das ist nicht die richtige Arbeit für dich. Du gehörst zu den Kammerzofen, richtig?»

Kein schlechter Gedanke. Sie nickte.

«Was machst du dann hier?»

Gute Frage. Sie sollte erst denken, dann sprechen. «Ich habe mich verlaufen.» Etwas Dümmeres fiel ihr nicht ein. Der Knecht lachte trotzdem.

«Auf so einer großen Burg ist es nicht leicht, den Überblick zu behalten. Über hundert Leute arbeiten hier. Komm, ich bringe dich rüber.»

Schreck lass nach. «Rüber? Wohin?»

«Zu den Dienstboten natürlich.»

«Aber ...»

«Was jetzt? Bist du nun eine Kammerzofe oder nicht?»

«Ich ... ich will erst eine werden.»

Jetzt fiel der Groschen. «Ach, du bist neu? Sag das doch gleich.»

Er nahm sie an der Hand und führte sie hinüber in den Wohntrakt des Schlosses, wo die Diener und Zofen ihren Arbeiten nachgingen. Magdalena wusste nicht, wie ihr geschah. Es ging Schlag auf Schlag. Kaum hatte der Knecht eine Zofe in den Gängen erwischt, befand sie sich in einer völlig neuen Welt – der Wäschekammer.

«Du bist die Neue?», fragte die Zofe, ein Mädchen, kaum älter als sie.

Magdalena nickte und schaute sich ängstlich um. Ein halbes Dutzend Frauen beackerte einen Wäscheberg, die einen bügelten, die anderen falteten.

«Komm her und hilf mir.»

«Was soll ich tun?»

«Wäsche falten und einräumen.»

Nun gut, diese Arbeit war ihr vertraut. Im kleinen Badehaus in Niklashausen gehört dies auch zu ihren Tätigkeiten, wenngleich in einem viel kleineren Ausmaß.

«Wie heißt du?», fragte die Zofe.

«Maria.»

«Und woher kommst du?»

Erst nachdenken, dann sprechen. Würzburg war keine gute Idee, sie hätte Nachbarn und Verwandte kennen müssen. «Aus dem Taubertal.»

«Aus dem …?» Sie drehte sich zu den anderen um. «Habt ihr das gehört? Sie kommt aus dem Taubertal.» Die anderen gaben Bügeleisen und Wäsche aus der Hand, strömten herbei. «Hast du schon etwas gehört? Kommen sie ihn befreien?»

«Ich … weiß nicht, wovon ihr sprecht.»

«Die vielen tausend Gläubigen und Wallfahrer aus dem Taubertal. Kommen sie jetzt nach Würzburg? Werden sie unseren heiligen Jüngling befreien?»

Mitten in der Höhle des Löwen auf Solidarität für Hans zu treffen, hatte sie nicht erwartet. Sie seufzte erleichtert auf, schöpfte neuen Mut, jetzt, da sie auf Unterstützung hoffen konnte.

«Ich bin gekommen, um ihn zu befreien.»

Überrascht schauten sie sie an. «Du? Eine einzelne Magd?»

«Ja, mit eurer Hilfe wird es gelingen.»

So schnell die Unterstützung gekommen war, so schnell schwand sie wieder. Ernüchterung machte sich breit.

«Was ist?», fragte Magdalena.

«Es sind über hundert Ritter auf der Burg.»

«Bis an die Zähne bewaffnet.»

«Mit einem Handstreich werden sie dich töten.»

«Wenn nicht ein Wunder geschieht, ist er morgen tot.»

«Eben darum müssen wir schnell handeln», versuchte Magdalena die Aussicht auf einen gemeinsamen Erfolg zu schüren. «Wenn wir zusammenstehen, werden wir siegen.»

Sie schaute in die Gesichter dieser braven Frauen und musste erkennen, dass Todesmut nicht zu den Stärken von Kammerzofen und Wäschefrauen zählte. Aber Magdalena gab nicht auf. «Ruft eure Männer und Brüder zu Hilfe, die Knechte und Dienstboten. Jetzt ist der Zeitpunkt zum Handeln. Das Ende der Knechtschaft liegt in euren Händen. Steht Schulter an Schulter, treu und fest im Glauben an die Gerechtigkeit unserer Gottesmutter.»

Für einen Moment spürte Magdalena den beflügelnden

Geist der Revolution, der Hans an die Spitze des Widerstands katapultiert hatte. Es blieb bei dem kurzen Moment. Sie war kein heiliger Jüngling. Die Frauen wandten sich ab, gingen wortlos an ihre Arbeit zurück.

«Was ist mit euch?», rief sie ihnen nach. «Niemand wird euch die Freiheit schenken. Ihr müsst sie euch schon erstreiten.»

Der Appell verpuffte. Der Wind der Freiheit wehte nicht in einer Wäschekammer. Magdalena schüttelte niedergeschlagen den Kopf.

«Verurteile sie nicht», sagte eine Frau, die als Einzige an ihrer Seite geblieben war. «Sie haben Angst, und das zu Recht. Wenn nicht schon ihre Männer den Mut aufbringen, mit bloßen Händen gegen Ritter zu kämpfen, warum sollten sie es tun?»

Verständnis zu heucheln, lag Magdalena fern. Sie erinnerte an den Aufstieg des Schafhirten zum Anführer der Massen. «Aus wenigen werden viele, und aus vielen eine Armee. Wenn wir mit gutem Beispiel vorangehen ...»

«Es wird nicht gelingen», unterbrach die Frau, «auch wenn ihr Glaube groß ist, sie sind keine Helden.»

«Aber Hans braucht jetzt eure Hilfe.»

«Sein Schicksal liegt in Gottes Hand.»

«Unsinn», fuhr Magdalena sie an. Tränen traten ihr in die Augen. «Wir dürfen ihn nicht aufgeben. Er hat so viel für uns getan.»

«Er wird sein Kreuz auf sich nehmen, so wie es jeder Märtyrer getan hat.»

«Märtyrer?!» Magdalena schnappte nach Luft. Das bedeutete, dass sie ihn schon tot sahen. So schnell würde sie nicht aufgeben.

«Wo ist er?»

«Eingesperrt im Kerker. Die Folterknechte bereiten ihn auf sein Martyrium vor.»

«Führ mich zu ihm.»

«Das geht nicht. Er wird streng bewacht.»

«Vielleicht schon», sagte eine andere Frau. «In der Nacht ist nur eine Wache an der Tür.»

*

Der Zug der Wallfahrer wand sich wie ein behäbiger, riesiger Lindwurm durchs nächtliche Taubertal, durch die Wälder in die Auen und wieder hinauf zu den Hügeln. Am Kopf des Zuges befand sich die von Kerzen hell erleuchtete Marienstatue, dahinter, auf einer nahezu unüberschaubaren Länge, an die sechzehntausend Wallfahrer, die sich von einer drohenden Auseinandersetzung mit dem Bischof und seinen Knechten nicht einschüchtern ließen. Die Masse an Menschen war schier unbegreiflich, drei Mal so viel, wie Würzburg Einwohner hatte. Es war eine friedliche Prozession, kein Aufstand gegen die Obrigkeit, Waffen, gleich welcher Art, waren in Niklashausen geblieben. Man wollte mit guten Worten das Herz des Bischofs erweichen, und sollte das nicht genügen, eine kleine Drohung hinterherschicken, seine Burg so lange mit Gebeten und Gesängen belagern, bis er ein Einsehen hatte.

Die meisten Frauen und Kinder waren dennoch zu Hause geblieben, auf Anraten und Bitten der Männer. Man wusste nie, was geschehen konnte. Ein falscher Befehl oder eine voreilige Schlussfolgerung, und schon würde man sich mitten in einem Getümmel wiederfinden. Das sollten die Männer richten, und sie waren guten Mutes. Wer an der Spitze des Zugs stand und zum Schwanz des Lindwurms Ausschau hielt, der konnte nicht anders als das Beste aus ihrem Unterfangen erwarten. Es war eine beeindruckende Demonstration von Stärke und Überzeugung. Jeder gedungene Knecht des Bischofs würde es sich zwei Mal überlegen, seine Pike oder sein Schwert gegen sie zu erheben. Er musste fürchten, von diesem riesigen Tier verschluckt zu werden.

Nicht ganz so hoffnungsfroh war Ritter Thunfeld. Er ritt mit seinen Knechten dem Zug voran, schaffte Platz für die Marienstatue, warnte vor gefährlichen Hindernissen auf dem Weg. Drei weitere Adelige hatten sich ihm angeschlossen. Mit ihrer Hilfe hoffte er die Würzburger Bürger auf seine Seite zu ziehen, gegen den Bischof Faust und Stimme zu erheben, sodass er den Jüngling freigab. Wenn das gelänge, war alles möglich, selbst eine Flucht des ungeliebten Oberhaupts war dann nicht mehr ausgeschlossen. Die Würzburger würden ihrem Erzfeind ein rauschendes Abschiedsfest bereiten, ihr Dank wäre ihnen auf ewig sicher.

Um Mitternacht erreichte der Zug das Heimatdorf des Jünglings – Helmstadt. Nicht so viele wie erwartet, aber dennoch eine ordentliche Anzahl scherte in die Reihen ein, genau so, wie es in den Dörfern zuvor der Fall gewesen war. Je näher sie Würzburg kamen, desto spannender wurde es. Wie war die Gemütslage der Menschen? Unterstützten sie ihre Sache, oder überwog die Angst und die Treue gegenüber ihrem Landesherrn?

Bald würden sie es herausfinden. Der Sonnenaufgang

war nicht mehr weit entfernt, genau rechtzeitig würde man vor den Toren der Burg Stellung beziehen.

Die Zofe hatte recht behalten. Nur ein Mann bewachte den Kerker. Die anderen Wachen hatten sich um Mitternacht in ihre Schlafräume zurückgezogen. Auf dem Burghof herrschte Stille, nur wer genau hinhörte, vermochte ein Schnarchen aus den oberen Räumen zu hören, oder wenn man dem Bergfried zu nahe kam, ein Stöhnen und Wimmern um Gnade und Entlassung aus dem Verlies. Durch das Fenster der Marienkirche schien fahles Kerzenlicht, es warf seinen Schimmer auf Magdalena, die mit einem Weinkrug in der Hand der Wache einen Besuch abstatten wollte.

Es war eine laue Sommernacht, die Tür zum Kerker unter dem Randersackerer Turm stand offen, der beißende Gestank nach Schweiß und Fäkalien drang aus der Hölle an die Oberfläche. Die Nachtruhe war die einzige Zeit, in der Wachen und Gefangene auf frische Luft hoffen konnten, am Tag hätte sich das verboten.

Magdalena wartete auf den richtigen Moment, um den Wachmann abzupassen. Er war schon mehrmals am Kerkerloch erschienen und schnappte nach frischer Luft, jedes Mal hatte sie den Zeitpunkt verpasst, sich von ihm ansprechen zu lassen. Der Morgen war nicht mehr weit entfernt. Sie schaute hinter der Mauerecke hervor.

Jenseits des Burghofs war alles friedlich, die Kriegsknechte schliefen, ab und zu hörte man das Schnauben eines Pferds, eine Katze schlich an der Mauer entlang, die spitzen Ohren aufgestellt, sie war auf Beute aus. Fledermäuse huschten durch die Dunkelheit, unmöglich ihren Schatten zu folgen.

Plötzlich Schritte, ein Keuchen.

«Teufelsbrut.» Die Wache räusperte sich, spuckte aus.

Nun galt es. Magdalena ging los.

«Wer da?!» Der Kerl griff zu seinem Dolch am Gürtel.

Sie verharrte, als wäre sie ertappt worden.

«Maria, die Kammerzofe.»

«Was machst du hier mitten in der Nacht?»

«Wein für die Herren holen.»

«Sind die noch immer nicht zu Bett?» Er grummelte und spuckte erneut aus. «Werden schon einen Grund haben. Jetzt geh weiter.»

Doch Magdalena hatte anderes vor. «Ich weiß nicht», sagte sie unsicher, «ob ich den richtigen Wein habe.»

«Hat dir denn niemand gesagt, wo du ihn findest?»

«Da war nicht nur ein Fass ... Ich bin neu auf der Burg, wisst Ihr.»

«Es gibt viele Fässer dort unten im Keller ... der beste Wein, den man kriegen kann ... wenn man das Geld dafür hat.»

«Wollt Ihr nicht mal probieren und mir sagen, ob es der richtige ist?»

Das war ein verführerisches Angebot. Der Wachmann schaute verstohlen zur Seite. Wann hatte er schon mal Gelegenheit, denselben Wein zu trinken wie Ihre Gnaden der Bischof?

«Wenn ich dir damit helfen kann ...»

Einen Becher hatte Magdalena auch dabei, einen großen, damit die Scharade nicht allzu lange dauerte. Sie schenkte bis zum Rand ein, während die Augen des Wachmanns immer größer wurden.

«Hier, trinkt, und sagt mir, ob ich das richtige Fass gewählt habe.»

Der Einfaltspinsel nahm den Becher und verschlang den ausgesuchten Rebensaft regelrecht. Das war keine dünne Plörre, wie er sie aus den Gaststuben gewohnt war, das war unverdünnter Wein, schmackhaft und mit der doppelten Wirkung. Als er endlich den letzten Tropfen aus dem Becher geleert hatte, kam er zu einem Urteil.

«Wahrlich, mein Kind, das ist der Wein eines Herrn.»

«Meint Ihr, ich sollte auch mal probieren?»

«Sicher, warum nicht. Du musst ja wissen, was unserem Herrn schmeckt.»

Und wieder füllte sie den Becher bis zum Rand. Sie nippte daran, gluckste dann kleinmädchenhaft. «Ich bin so ungeschickt, jetzt habe ich mir zu viel eingeschenkt. Wollt Ihr mir helfen?»

Weitere Überredungskunst brauchte es nicht mehr. Der Becher, der halbe Krug war schnell geleert. Der Wachmann setzte sich auf den Hosenboden, lehnte an der Wand. Eine Pause vom Höllenschlund hatte er sich redlich verdient. Frische Luft, ein leckerer Wein, der Sternenhimmel und nirgends eine Spur von seinem Vorgesetzten. Mehr gab es nicht zu wünschen.

Manche macht der Wein aggressiv, andere redselig. Vom Wachmann erfuhr Magdalena, dass sich der Bischof mit seinen wichtigsten Beamten und den Kommandanten auf die Burg zurückgezogen hatte, daher auch die vielen Lebensmittellieferungen und die Kriegsknechte im Vorhof bei ihren Vorbereitungen für eine Auseinandersetzung. Man wollte für alle Eventualitäten gerüstet sein, auch für eine Belagerung. Seitdem sie den Schafhirten gefangen hatten, war mit allem zu rechnen, selbst mit einem Volksaufstand. In den letzten Jahren war das seit jeher schwierige Verhältnis zwischen Bischof und Volk zwar entspannter geworden, aber die ketzerischen Reden dieses Schafhirten hatten die Stimmung in Stadt und Land aufgeheizt.

Der Wachmann ließ mit einem Seufzen den Kopf sinken, der Becher glitt ihm aus der Hand. Der Krug war leer und der Wachmann in einen wohltuenden Schlaf gefallen.

Jetzt war Eile geboten, das Intermezzo hatte länger gedauert, als Magdalena gedacht hatte. Vorsichtig stieg sie die glitschigen Stufen hinunter. Der bissige Dunst der Ausscheidungen legte sich als fester Griff um Hals und Brust, Atmen fiel schwer, wenn man die unverbrauchte Luft aus dem Burghof noch in den Lungen hatte. Am Ende der Treppe angekommen, tat sich eine Reihe Kerkerzellen vor ihr auf. Fackeln warfen ein schales Licht auf die unüberwindbaren, festen Holztüren, die mit Riegeln, manche auch mit Schlössern gesichert waren. Wie um alles in der Welt sollte sie Hans hier finden?

«Hans», rief sie, «wo steckst du?»

Ein Stöhnen drang aus der ersten Zelle.

«Hans, bist du das?»

Keine Reaktion. Sie ging weiter zur nächsten.

«Hans?»

Aufgeschreckt rannten Ratten an ihren Füßen vorbei, den grellen Aufschrei erstickte sie hinter vorgehaltener Hand.

Plötzlich ein Pochen. Wo kam das her? Sie ging an den

Kerkertüren entlang, eine Hand zeigte sich an der Durchreiche für das Essen und die Notdurft.

«Hans?» Sie ergriff die Hand.

«Wer bist du?», kam es hinter der Tür hervor.

«Ich bin's, Magdalena.» Die Anspannung fiel von ihr ab, sie drückte die Hand an ihre Wange, liebkoste sie.

«Bist du hübsch?»

Sie schreckte auf. «Was?»

«Ich sagte: Bist du hübsch, mein Täubchen?»

Bevor sie sichs versah, packte die Hand sie an den kurzen Haaren, zog sie an die Durchreiche, mit halbem Gesicht im Kerker, mit der anderen Hälfte auf dem Gang. Was sie mit dem einen Auge sah, jagte ihr den Schrecken in die Glieder. Ein behaartes Gesicht mit stechenden Augen und dem giftigen Atem eines Drachen.

«Lass mich los!», schrie sie und stemmte sich gegen die Tür.

«Du kommst mir gerade gelegen.»

Irgendetwas drang in ihren Mund, sie biss zu, mit aller Kraft. Ein Schrei, und sie war frei. Auf allen vieren brachte sie Abstand zwischen Tür und der Wand, verharrte dort, versuchte ihr pochendes Herz zu beruhigen. Im Mund hatte sie einen beißend süßen Geschmack, sie spuckte Blut.

«Du verfluchtes Miststück hast mir den Finger abgebissen!» Er jaulte, stöhnte und haderte mit seinem Missgeschick. «Wenn ich dich kriege ...»

Dafür hatte sie die passende Antwort. «Verfaulen sollst du.»

«Magda...lena?»

Woher war das gekommen? Sie schaute sich um.

«Hans? Bist du das?»

«Ja.»

«Wo bist du?»

«Hier.»

Unter einer Tür links von ihr schoben sich dürre Finger hindurch, versuchten etwas zu ertasten.

«Magdalena.»

Sie stürzte sich dorthin, doch dann zögerte sie.

«Bist du es wirklich?»

«Wie kommst du hierher?»

Ja, er war es. «Ich habe dich gesucht.»

Sie rüttelte an der Tür, ein Riegel war nicht zu finden, dafür ein Schloss. Ausgerechnet.

«Wo ist der Schlüssel?»

«Die Wache», kam es von der anderen Seite zurück. «Sei vorsichtig.»

Wieder die Stufen hoch, der Wachmann lag immer noch da und schnarchte vor sich hin. Sie suchte nach einem Schlüssel an seinem Gürtel, nichts, in den Hosentaschen, auch nichts ... Wo war dieser verfluchte Schlüssel? Wenn er ihn nicht bei sich hatte, dann musste er unten im Gang sein, an einem Brett, an einem Nagel. Sie eilte wieder hinunter, musste aufpassen, auf den schmierigen Stufen nicht auszurutschen, hielt Ausschau nach diesen Schlüsseln, die diese verdammten Türen öffneten. Aber es war vergebens.

«Ich kann ihn nicht finden», rief Magdalena Hans zu. Jetzt war sie so weit gekommen, sollte sie wirklich an einer einzigen Tür scheitern?

«Dann hat ihn die andere Wache mitgenommen», hörte sie Hans sagen.

«Er muss doch irgendwo sein.»

«Komm zu mir.»

Seine Finger unter der Tür befahlen ihr heranzukommen. Sie erfasste sie, drückte sie. Zwischen ihr und Hans befand sich nur noch eine Tür und ein Schloss ohne Schlüssel. Sie hätte schreien können vor Wut auf das Schicksal. Tränen traten ihr in die Augen, sie schluchzte.

«Weine nicht», sagte Hans. «Wenn die Himmelskönigin es gewollt hätte, wäre ich frei gekommen. So aber ist es ihr Wille.»

All der Frust bahnte sich einen Weg. «Hör endlich auf damit! Es ist ungerecht ... es darf nicht sein.»

«Darüber haben wir nicht zu entscheiden.»

«O doch ... Ich werde nach Niklashausen reiten und Jeronimus und Ulrich holen. Die ganzen vierzigtausend werde ich herführen, und dann wollen wir sehen, wer dem Schicksal befiehlt.»

«Sie werden nicht kommen ...»

«Das werden sie. Ganz sicher.»

«Jeronimus hat mich verraten, und Ulrich ist gefangen in Mainz.»

«Was sagst du da?»

«Jeronimus hat die Knechte des Bischofs zu unserer Hütte geführt. Nur durch ihn wussten sie, wo sie mich finden können.»

Dafür würde er bluten, dieser verfluchte Höhlenpriester. «Ich werde ihn umbringen, eigenhändig.»

«Zu spät. Er wird bei seinem Herrn in Mainz Rechenschaft ablegen. Gott sei seiner Seele gnädig.»

«Was redest du da? Er soll schmoren in der Hölle.»

«Ich habe ihm verziehen.»

«Niemals!»

«Magdalena, meine wunderschöne Gefährtin, hör mir zu. Mein Weg endet hier. Es war mir vorherbestimmt, von Anfang an.»

«Du bist im Wahn ... ich kann dir nicht glauben.»

«Tu es und mach deinen Frieden mit mir und der Welt.»

«Nein!», schrie sie unter Tränen, «nicht ohne dich. Du kommst jetzt mit. Ich werde den Schlüssel finden.» Sie stand auf, eilte durch den Gang, suchte die Wände ab, schaute in die Ecken, stieß einen Schemel um, durchwühlte das modrige Stroh ... Vergebens, der Schlüssel blieb unauffindbar.

Dann musste es anders gehen. Sie würde den Wachmann schon dazu bringen, den Schlüssel zu besorgen, notfalls mit Gewalt. In der Wäschekammer würde es ein Messer geben oder eine Schere, irgendetwas, mit dem sie drohen konnte. Herrgott, wieso hatte sie nicht früher daran gedacht.

«Ich bin gleich zurück», rief sie in den Gang. «Halt dich bereit.»

Sie eilte die Stufen hoch, und kaum war sie auf dem Burghof, kam ein Knecht angerannt.

«Sie kommen!», schrie er. «Tausende. Wacht auf. Sie kommen.»

# 26

Die Nervosität der Reiter schien sich auf die Pferde zu übertragen. Unruhig trippelten sie und schnaubten, aus den Schnuten tropfte weißer, aufgeschäumter Speichel. Obwohl die Kommandanten wussten, gegen welchen Gegner sie gleich antreten würden, hatten sie befohlen, die Pferde mit Schutzgeschirr auszustatten – Metallplatten an der Stirn, die Brust und die Hinterbacken mit festen Ledermatten geschützt. Die Reiter waren in voller Rüstung mit Helm und heruntergeklapptem Visier, in der Rechten eine Lanze, an der linken Seite das Schwert.

In den Rüstungen steckten zweifelnde Krieger. Sollten sie wirklich gegen eine Übermacht von mehreren tausend fanatischen Bauern antreten? Auf einen Ritter kamen nach letzten Schätzungen über hundert Bauern. Hundert Ameisen konnten einen gepanzerten Käfer erlegen. Spätestens wenn der Ritter vom Pferd stürzte, war es um ihn geschehen. Die schwere Rüstung, die ihn auf dem Pferd noch schützte, würde im Bodenkampf seine größte Schwäche werden.

Andere bekämpften die Beklemmung mit aufmunternden Parolen. Ein längst überfälliges Blutfest würden sie unter den Bauern anrichten. Das Ungeziefer mit Stumpf und Stiel ausreißen. Wie die sieben Plagen des Alten Testaments über das Pack kommen. Sie waren stolze und gefürchtete Ritter. Ihr Schwert würde durch die Reihen gleiten wie eine Sense durch die Halme einer Frühlingswiese.

Obwohl es niemand laut aussprach, so hörte man vor dem noch geschlossenen Tor einzelne Gebete – gegen die Angst, gegen den möglichen Tod, einen unehrenhaften Tod, denn der Feind war alles andere als ebenbürtig. Es war ehrloses, kriegsunerfahrenes Gesindel da draußen, das den Bischof von seinem Thron stoßen wollte – so war es ihnen gesagt worden. An ihnen läge es nun, Recht und Ordnung aufrechtzuerhalten, nicht als Gespött in die Geschichte einzugehen. Sie alle hatten einen Eid geleistet, auf die göttliche Ordnung, auf ihren Herrn, den Bischof, ihn zu schützen und zu ehren.

Dieser Tag war nun gekommen, das Dunkel war verschwunden, doch die Sonne hatte es noch nicht über die Hügel des Maintals geschafft. Ein Hahn krähte, es klang wie die heisere Stimme eines Höllenknechts. In den Bäumen zwitscherten die Vögel seit Tagesanbruch, ein Te Deum aufs Himmelreich für die Tapferen und Furchtlosen. Wer von ihnen würde sein Weib und seine Kinder heute Abend wieder in die Arme schließen können? Bald war die Zeit der Ernte. Würden ihre Söhne sie ersetzen können, die Speicher füllen und die Ehre der Familie mehren?

Von der Stadt drang das Gebimmel der Sturmglocke herauf. Für den einen oder anderen würde es das Todesglöcklein sein.

*Mein Schicksal, o Herr, lege ich in deine Hand. Amen.*

Aus dem Hintergrund, beritten und in Rüstung, kam ihr oberster Kommandant Rack. Er befahl den Wachen, das schwere Tor zu öffnen. Es war so weit.

Statt mit ihm an der Spitze hinauszureiten und den Feind zu stellen, befahl er aber das Tor hinter ihm zu schließen. Er würde die Angelegenheit alleine und vor allem unblutig regeln. Die Ritter schauten sich fragend an. Was war das für ein Irrsinn?

Eine Holzbrücke führte Rack über den tiefen Burggraben, das Klappern der Hufe und der Waffen verliehen ihm Wucht und Autorität. Vom Feind war nichts zu sehen. Der hatte sich wohlweislich aus dem Wirkungskreis der Bogenschützen herausgehalten, die auf den Zinnen in Position gebracht worden waren. Neben ihnen die starken Kanonen, die weit ins Land feuern konnten. Wenn es etwas gab, das beunruhigend wirkte, dann waren es diese Höllenfeuer, die überall, wo sie ihre zerstörerische Kraft entfalteten, nur Tod und Verzweiflung hinterließen.

Und noch jemand zeigte sich dort oben, auf den sicheren Wällen, hinter den Zinnen und den Schilden – Ihre Gnaden, der Bischof und seine wichtigsten Berater und Beamten. Sie würden die Schlacht von dort aus beobachten und die Entscheidungen treffen. In der Stadt fühlte sich keiner von ihnen länger sicher. Zu laut und zu unverblümt waren die Rufe nach dem heiligen Jüngling und dem Tod aller Pfaffen in den letzten Tagen geworden. Wenn alles schieflief und das Volk sich gegen den Herrn erhob, waren sie auf der Burg so lange sicher und verpflegt, bis Verstärkung aus Mainz und den umliegenden bischofstreuen Ländern eingetroffen war. Bis dahin galt es auf sich gestellt durchzuhalten und auf den Schutz der Himmelskönigin zu hoffen.

Rack befahl seinem Pferd einen Schwenk nach Südosten, dort stand das Wallfahrerheer. Ihre Marienfahnen wehten im leichten Wind, eine Marienstatue stand ihnen voran. Zwei Autoritäten trafen nun aufeinander, unterschiedlicher hätten sie kaum sein können: Auf der einen Seite das Volk in seiner unüberschaubaren Menge, auf der anderen ein einzelner Ritter, der Inbegriff der bischöflichen Vormachtstellung. Das Bild war vertraut: ein David, der auf einen Goliath traf.

Von den Torwachen als unbedeutend betrachtet, schlüpfte Magdalena aus der Burg hinaus aufs freie Feld. Sie wählte nicht den langen Weg, den Rack genommen hatte, sie stürzte mit schnellen Schritten den Abhang hinunter, geradewegs auf die Wallfahrer zu.

In der vordersten Reihe erkannte sie Conrad Thunfeld, neben ihm weitere Ritter und drei Männer, die sie schon einmal gesehen hatte.

«Dem Himmel sei Dank», sagte sie zu Thunfeld atemlos, «Ihr seid gekommen.»

Thunfeld, der von ihrem Streit mit Hans nichts wusste und davon ausgehen musste, dass Magdalena ebenfalls entführt worden war, war nicht minder überrascht. «Du lebst? Die Gottesmutter muss Gefallen an dir gefunden haben. Aber wo ist unser Jüngling?»

«Auf der Burg, im Kerker. Wir müssen ihn befreien.»

«Deswegen sind wir hier», sagte einer von Thunfelds Begleitern vorlaut.

«Wer seid Ihr?», fragte sie ihn.

«Ich bin der neue Anführer.»

Der Einwurf stieß auf Widerspruch bei den anderen zwei, Thunfeld befahl ihnen zu schweigen.

Magdalena schaute durch die Reihen. «Wo sind Eure Waffen?»

«Wir kommen in Frieden», antwortete der eine.

«Seid Ihr von Sinnen?»

«Wir stehen unter dem Schutz der Gottesmutter. Ihr Wort wird uns leiten ...»

Magdalena glaubte den Boden unter den Füßen zu verlieren.

«Mit Worten werdet ihr keine Schlacht gewinnen. Heilige Jungfrau, warum habt ihr keine Waffen dabei?!»

Thunfeld nahm sie zur Seite. «Beruhige dich. Auch wenn sie bewaffnet wären, das sind Tagelöhner, Bauern, Händler, einfache Leute. Sie kennen das Kriegshandwerk nicht. Sie hätten keine Chance gegen die Ritter.»

«Wieso seid Ihr dann überhaupt gekommen?»

«Der Bischof muss einsehen, dass er nicht gegen sein eigenes Volk regieren kann. Deshalb brauchen wir die Würzburger. Wenn sie sich uns anschließen, werden wir diesen Kampf gewinnen, ohne einen Tropfen Blut zu vergießen.»

Magdalena schaute ins Tal. «Und wo sind sie? Ich kann keinen Einzigen sehen.»

«Ich habe einen Boten losgeschickt. Er wird sie zu uns führen.»

Doch in diesem Moment erschien Rack auf der Hügelkuppe.

Unruhe machte sich unter den Wallfahrern breit. Auf den ersten Ritter an der Spitze würde nun sein Heer folgen. Wie viele würden es sein?

Rack ritt auf die Prozession zu, alleine, ohne einen einzigen Ritter hinter sich. Die Unruhe wuchs. War es eine Finte? Würde das Heer der Ritter aus einer anderen Richtung angreifen? Die Köpfe reckten sich zu allen Seiten.

Doch es blieb dabei. Ein einzelner Ritter stellte sich ihnen entgegen. Erleichterung griff um sich, die ersten übermütigen Schmährufe erhoben sich.

«Was ist da los?», fragte Thunfeld.

«Er kommt alleine», antwortete Magdalena, «auf Befehl des Bischofs.»

«Warum?»

«Er soll verhandeln.»

«Nun gut. Ich werde das übernehmen», sagte Thunfeld und befahl seinem Pferd den Trab. Magdalena würde ihm die Verhandlungen nicht alleine überlassen. Sie folgte ihm.

«Kenne ich Euch?», sagte Rack, als er mit Thunfeld Auge in Auge zusammentraf.

«Ritter Conrad von Thunfeld. Und Ihr seid Georg von Gebsattel, von allen Rack genannt, Beschützer des Bischofs und seiner Burg, auch verantwortlich für das Kriegswesen.»

«Ihr habt dem Bischof einen Eid geschworen», mahnte Rack. «Ihr seid ihm zur Treue verpflichtet. Das, was Ihr hier tut, wird Euch den Kopf kosten.»

«Mein Eid, den ich unserer lieben Gottesmutter geschworen habe, wiegt schwerer. Ich bin in ihrem Auftrag unterwegs und fordere die Freilassung des Jünglings.»

Rack lächelte bitter. «Ihr habt nichts zu fordern, Ritter, sondern nur zu gehorchen. Im Namen des Bischofs: Kehrt um, schickt diese verwirrten Menschen wieder nach Hause, an ihre Arbeit zurück, und niemand wird verletzt.»

«Dafür ist es zu spät», erwiderte Thunfeld, «ich spreche im Namen aller, wenn ich sage: Lasst den Jüngling frei.»

«Ihr habt nichts, womit Ihr Eure Drohung durchsetzen

könnt. Von der Burg sind schwere Kanonen auf Euch gerichtet, sie werden diesen jämmerlichen Haufen in Stücke schießen, und wer dann noch Leben in sich spürt, lernt meine Ritter und ihre Schwerter kennen. Es ist aussichtslos, seht das endlich ein.»

«Im Namen unser heiligen Himmelskönigin», rief einer der drei Männer dazwischen, dem das ganze Gerede zu lange dauerte, «gebt unseren Jüngling frei.» Er gab ein Zeichen. Die Statue wurde nach vorne gebracht, befand sich nun zwischen Rack und den Wallfahrern, «versündigt Euch nicht.»

Rack war ein erfahrener Krieger, er kannte solche Situationen aus zahlreichen Schlachten, wenn die Entscheidung auf Leben und Tod bevorstand, er war ihnen bisher immer mit einem kühlen Kopf begegnet. Aber diese Masse an Menschen, die ihn wie eine stürmische Flut zu überrollen drohte, ließ ihn unruhig werden.

«Ein letztes Mal: Zieht Euch zurück. Ein Zeichen von mir, und die Kanonen der Burg reißen Euch in Fetzen.»

«Sagt Eurem Bischof», schaltete sich Magdalena unvermittelt ein, «dass wir nicht eher weichen, bis der Jüngling wieder frei ist.»

Rack schaute verärgert auf sie herunter. «Wer bist du, dass du so mit mir sprichst?»

«Ich bin die Gefährtin des Jünglings, und ich weiß, wo Ihr ihn gefangen haltet. Seid versichert, wir wollen keinen Krieg mit Euch, das sind friedliche Wallfahrer, treue Untertanen ihrer Herren aus allen Teilen des Landes. Gebt uns zurück, was Ihr uns geraubt habt.»

Die Zustimmung aus vielen hundert Kehlen folgte auf dem Fuß.

«Lasst den Jüngling frei!»

«Wir wollen ihn zurück.»

«Die Heilige Jungfrau ist mit uns.»

Fäuste reckten sich, die Stimmung der ehemals friedfertigen Wallfahrer schlug um. Ein Stein kam geflogen.

«Haltet ein!», befahl Thunfeld rückwärtsgewandt, aber es war vergebens, es folgte ein zweiter und darauf ein ganzes Gewitter an Steinen, die auf Rack und Thunfeld niedergingen.

«Wir holen uns den Jüngling!»

«Schlagt die Ritter tot.»

«Der Bischof soll uns kennenlernen.»

Rack zog sein Schwert, sein Pferd bäumte sich auf, und Thunfeld rief ihm zu: «Zieht Euch zurück. Schnell, bevor es zur Katastrophe kommt.»

«Wollt Ihr mir befehlen?!», donnerte es aus der Brust von Rack. Aber er musste einsehen, dass er umschlossen war. Steine flogen, Fahnenstangen stichelten gegen sein Pferd, es war nicht mehr unter Kontrolle zu halten.

«Ich flehe Euch an», schrie Thunfeld, «zieht Euch zurück. Erst dann wird Ruhe einkehren.»

Einen Moment dachte Rack nach, dann wendete er sein Pferd und galoppierte zurück. Jubel brach aus unter den Wallfahrern, aber dafür war es noch zu früh.

«Habt ihr völlig den Verstand verloren!», schrie er sie an.

Die Antwort: «Er ist geflüchtet. Sieh doch.»

«Wir haben ihn besiegt.»

«Das soll dem Bischof eine Lehre sein.»

Thunfeld ritt einen der Schreihälse nieder. «Ihr verdammten Narren. Glaubt ihr wirklich, ein Ritter fürchtet sich vor euch?! Er wird mit einem Heer, mit Feuer und Schwert zurückkommen, und dann gnade uns Gott!»

Magdalena teilte seine Sorge. Einen einzelnen Ritter in die Flucht zu schlagen war wahrlich keine Heldentat, die Eindruck hinterließ. Im Gegenteil. Jetzt wussten sie auf der Burg, mit wem sie es zu tun hatten – mit einem heillos zerstrittenen, unbewaffneten Haufen. Dafür brauchte es keine Armee, eine Handvoll mutige Ritter würde reichen, um sie wie Hasen zu verjagen.

Wo um alles in der Welt blieben die Würzburger? Die Sturmglocke bimmelte schon die ganze Zeit, jeder wusste, und vor allem, jeder konnte sehen, was sich auf dem Hügel über der Stadt abspielte. Wenn es Solidarität bei den Würzburgern für ihre Sache gab, dann war jetzt der Zeitpunkt, sie unter Beweis zu stellen.

«Wo bleiben sie?», fragte Magdalena Thunfeld.

Der saß hoch zu Ross und blickte auf die Stadt hinunter. Er antwortete nicht. Dieselben Gedanken mussten auch ihm durch den Kopf gehen.

Wo waren die Würzburger? Magdalena hoffte auf den Mut der Würzburger Bürger, der um so vieles größer sein musste als die Feigheit der Burgdiener und Zofen. Herr, gib ihnen die Einsicht und ein flammendes Herz, dass jetzt die unwiederbringliche Gelegenheit war, sich vom Bischof und den Pfaffen zu befreien. Stürmt die Tore, kommt uns zu Hilfe und lasst uns gemeinsam dieses Symbol der Macht niederreißen. Jetzt. Ein für alle Mal.

Aber es tat sich nichts. Die Tore blieben verschlossen, die Würzburger gaben sie den Herren preis. Dafür offenbarte sich am Hügel hinter ihnen die befürchtete Entwicklung. Zuerst hörte man dumpfe Hufschläge, dann das Geklapper von Metall auf Holz, das Schnauben von Pferden und schließlich die Ritter des Bischofs, rund hundert an der Zahl, gefolgt von doppelt so viel Fußvolk. An ihrer Spitze ein Reiter, nicht Rack in Rüstung, sondern ein Mann wie aus einer Amtsstube. Es war ein seltsames Bild. Umringt von bis an die Zähne bewaffneten Rittern und Kriegsknechten saß da ein biederer Kämmerer auf einem Pferd, ein Pfennigfuchser, ein Schreiberling – einfach ein bleicher Bursche, dafür aber furchtlos und hochgestochen, denn er befahl dem Tross zu halten.

«Im Namen des Bischofs», verkündete er, «zieht euch zurück.»

Es war weniger seine dünne Stimme als die beängstigende Phalanx kampfbereiter Ritter und Kriegsknechte, die Eindruck auf die Wallfahrer machte. Das Hochgefühl, einen Ritter in die Flucht geschlagen zu haben, war mit einem Mal verschwunden. An seine Stelle rückte die Angst, bei dem einen oder anderen die schiere Verzweiflung. Sie wichen zurück, als stünde eine Horde mordlüsterner Hunnen vor ihnen.

Einzig Thunfeld behielt einen kühlen Kopf. «Wer seid Ihr?»

«Ich bin Konrad von Hutten, Amtsrichter zu Arnstein.»

«Was wollt Ihr hier?»

«Ich spreche für Ihre Gnaden, den Bischof von Würzburg, der auch Euer Herr ist, Thunfeld. Vergesst das nicht.»

«Ich habe es nicht vergessen.»

«Dann seid Ihr Euch im Klaren darüber, dass Ihr ein Verräter seid.»

«Ich diene jetzt einer höheren Macht. Nun sprecht endlich: Werdet Ihr den Jüngling freigeben?»

«Der Ketzer bleibt im Kerker. Er wird sich seiner Verantwortung stellen müssen.»

«Der Ketzer, wie Ihr ihn nennt, ist der Bote unserer Himmelskönigin. Sprecht Ihr ihn schuldig, versündigt Ihr Euch an der Heiligkeit der Jungfrau.»

Magdalena hatte für den Disput nichts übrig, genauso wenig wie ein Teil der Wallfahrer. Drohungen und Geschrei erhob sich, und wieder konnte einer sein Temperament nicht zügeln. Ein Stein flog und traf einen Ritter am Helm. Sein Pferd scheute vor Aufregung, die Lanzen der anderen senkten sich gegen die Menge. Jetzt galt es. Noch ein falsches Wort, und die Waffen würden sprechen.

Die ersten furchtsamen Wallfahrer zogen sich zurück, rannten den grünen Hügel hinunter ins Maintal.

«Bleibt hier!», rief sie ihnen zu. «Der Jüngling ... Wollt ihr ihn im Stich lassen?»

Weitere schlossen sich ihnen an. «Die Ritter», riefen sie, «sie werden uns töten. Lauft, so schnell ihr könnt.»

Magdalena stellte sich ihnen entgegen. «Sie drohen nur. Seht doch, wir sind in der Überzahl.»

Doch sie hatte keinen Erfolg. Noch mehr scherten aus, liefen in alle Richtungen davon. Nur einer kam ihnen entgegen. Erschöpft vom schweren Aufstieg schleppte er sich zu Thunfeld.

«Die Würzburger», schnaufte er, «sie werden erst kommen, wenn wir gegen die Knechte des Bischofs kämpfen. Sie wollen sehen, ob wir es ernst meinen.»

Thunfeld schaute zurück auf sein Heer von sechzehntausend Wallfahrern. So weit sein Auge reichte nur Streiter für die gerechte Sache, gläubige Menschen, die mit großem Herzen losgezogen waren, um ihren Jüngling zu befreien. Zahlenmäßig war man dem Feind noch immer um ein Vielfaches überlegen. Doch was fehlte, war der Mut, für seine Überzeugung einzustehen. Er sah, wie sich die vorderen Reihen auflösten, die Furchtsamen davonrannten, als sei der Teufel hinter ihnen her. Das würden auch die Würzburger sehen, und damit war klar: Die Schlacht war verloren, bevor sie überhaupt begonnen hatte.

«Zieht euch zurück», sagte Hutten, «und niemandem wird etwas geschehen. Mein Wort darauf.»

Magdalena wollte es nicht wahrhaben. Selbst wenn Hunderte, Tausende der Mut verließ, war man noch immer in der Überzahl.

«Ihr mögt den Hasenfüßen Angst einjagen», sagte sie, «aber die Wackeren sind treu. Sie werden standhalten.»

Hutten blickte mitleidig auf sie herab. «Du zeigst großen Mut, Mädchen, aber täusche dich nicht. Wenn nur ein Ritter sein Schwert gegen euch erhebt, wird er nicht eher ruhen, bis er den Feind bis auf den letzten Mann geschlagen hat. Ich rate dir im Guten: Lass es sein.»

«Ihr jagt uns keine Angst mehr ein.»

«Er hat recht.» Magdalena fuhr herum, schaute entsetzt zu Thunfeld auf seinem Pferd.

«Was sagt Ihr da?»

«Diese Männer taugen nicht für eine Schlacht. Es ist besser, wenn wir uns zurückziehen.»

«Eine weise Entscheidung», bekräftigte Hutten.

«Habe ich Euer Wort auf einen sicheren Rückzug?»

«Wenn Ihr jetzt geht, wird niemandem ein Haar gekrümmt.»

«So sei es.» Thunfeld wendete sein Pferd, gab den Befehl zum Rückzug.

«Er lügt!», schrie Magdalena. «Sie werden uns nicht in Frieden ziehen lassen.»

«Schweig!», fuhr Thunfeld sie an. «Wenn die Würzburger gekommen wären, hätten wir eine Chance gehabt. So aber haben wir nicht mehr zu bieten als Gebete und fromme Wünsche. Wir dürfen froh sein, dass er uns überhaupt ziehen lässt. Geh nach Hause. Es ist vorbei.»

Das war sein letztes Wort. Er befahl den Wallfahrern den Rückzug.

«Verräter!», schrie sie ihm nach. Dann fiel sie auf die Knie. Zu beiden Seiten entfernten sich die Wallfahrer, jeder ging in seine eigene Richtung, zurück blieb sie, alleine auf weiter Flur.

*

«Sie ziehen ab!», rief der Folterknecht. «Wir haben gewonnen.» Er polterte gegen die Kerkertür. «Hast du gehört, heiliger Jüngling? Deine Apostel haben die Hosen voll. Rennen davon wie die Weiber.»

Ein grauenhaftes Lachen, das in Hans' Ohr drang und die letzte Hoffnung zerschmetterte. Aus. Vorbei. Seine Anhänger hatten ihn aufgegeben, die letzte Chance auf Befreiung war vertan. Nun brauchte der Bischof kein Geständnis mehr von ihm, niemand forderte mehr eine Erklärung. Der Bischof könnte sich Zeit lassen, ihn einfach vergessen, ihn in diesem Höllenloch verfaulen oder gleich von einem Knecht erschlagen lassen. Er war jetzt so gut wie tot.

Der süße Geschmack seines Bluts hatte eine Ratte angelockt. Sie knabberte an seinem Zeh, er spürte davon nichts. Der Unterschenkel war wie abgetrennt und damit jedes Gefühl erlahmt. Mit einem kraftlosen Wischer ließ sie sich nicht verjagen, im Gegenteil, sie stellte das Fell auf und fiepte ihn an, als hätte er gefälligst still zu halten, während sie fraß.

Aber auch das störte ihn nicht mehr allzu lange, was sollte es einen Sterbenden schon scheren, wenn sich die Aasfresser über ihn hermachten. Er war ein totes Stück Fleisch, das bisschen Leben, das er noch in sich hatte, würde sich bald verabschieden. So zog wenigstens die Ratte noch einen Vorteil aus ihm.

Der Riegel flog auf, die Tür wurde aufgestoßen. War es jetzt so weit?

«Pah, was für ein stinkendes Elend», schimpfte der Knecht. Er packte ihn und schleifte ihn hinaus in den Gang, von dort aus die Stufen hoch in den Burghof und weiter bis zur Festungsmauer. Das Licht blendete ihn, die Sonne brannte in seinen Wunden, die Luft war so klar und rein, dass er husten musste. Blutige Speichelfäden tropften auf den Stein, er sah Schuhe, die vor ihm zurücktraten, bis er endlich zu Boden fiel. Die Schuhe, auf die er nun schaute, waren aus feinem Leder mit einer goldfarbenen Spange daran.

«Stellt ihn auf die Beine.»

Zwei Knechte zogen ihn hoch. Mit Mühe konnte er das Gleichgewicht halten. Durch die halb geöffneten Augen erkannte er den Bischof, neben ihm weitere feine Herren, die ein Taschentuch vor Mund und Nase hielten.

«Ich wollte, dass du das siehst», sagte der Bischof und

zeigte ins weite, grüne Feld, «bevor du deinem Schöpfer gegenübertrittst. So schwach und vergänglich ist dein Ruhm, dass sie davonlaufen, bevor der erste Schlag geführt worden ist. Nun sag mir, Jüngling, wo ist dein Reich, dein Volk, das dich vergöttert, als wärest du der neue Messias?»

Hans hörte die Worte kaum, er hatte den Weg ins Jenseits bereits angetreten. Was er aber auf der Wiese erkennen konnte, war ein Mädchen, ganz allein auf weiter Flur, kniend, die zu ihm heraufschaute. Hätte es längere Haare gehabt, dann hätte es durchaus seine Magdalena sein können.

«Ich will dir eine letzte Gnade erweisen», sagte der Bischof. «Wirf dich vor mir nieder und schwör deiner Irrlehre ab. Gestehe, dass du ein Betrüger und Scharlatan bist, und dass du nie die Heilige Jungfrau gesehen hast. Tust du es, will ich dir einen schnellen Tod schenken. Tust du es nicht, dann wirst du sterben wie ein Märtyrer.»

Das Mädchen auf der Wiese erhob sich und rannte auf die Festungsmauer zu.

«Hans!»

Er kannte diese Stimme.

«Hans, ich bin es. Magdalena!»

«Magdalena», wiederholte er kraftlos.

«Widerrufe», mahnte der Bischof. «Hier und jetzt.»

«Aber seht Ihr nicht?», sagte Hans. «Dort ist Magdalena … meine Braut, meine Königin.»

«Jetzt zitiert er auch noch die heilige Dirne herbei», hörte er jemand sagen.

«Das Weib, das Jesus die Füße gewaschen hat.»

«Er phantasiert.»

«Werft ihn in den Kerker zurück, Euer Gnaden. Er ist nicht bei Verstand.»

«Ich sehe sie», sagte Hans, «sie kommt, um mich zu befreien.»

«Nur deine Beichte wird dich erlösen», sagte der Bischof. «Nun, wie entscheidest du dich?»

«Dort.» Hans zeigte hinüber, doch mit einem Mal war Magdalena verschwunden. War es nur ein Hirngespinst gewesen, ein letzter Streich seines sterbenden Verstands oder eine letzte Folter auf dem Weg zum Scheiterhaufen?

«Führt ihn weg», befahl der Bischof.

«Magdalena», seufzte Hans, während er die harten Hände der Knechte spürte, wie sie ihn von der Festungsmauer zerrten und ihn zurück in sein dunkles Höllenloch brachten. «Geheiligt seist du und voll der Gnade. Bald werde ich bei dir sein ...»

«Was sollen wir jetzt tun?», fragte jemand.

Der Bischof blickte hinaus in die Weite. Aus einer Senke trat ein Mädchen hervor. Sie rannte und fiel, stand auf und rannte weiter, geradewegs auf ihn zu.

«Bringt mir die Anführer.»

«Dann wird Blut fließen, Herr.»

«So sei es.»

# 27

Das Wort des Unterhändlers Konrad von Hutten war nicht viel wert gewesen. Obwohl er Thunfeld einen sicheren Rückzug versprochen hatte, war es auf dem Kirchhof des Dorfes Büttelbrunn zu einem Blutbad gekommen. Die Reiter des Bischofs waren ihnen gefolgt, um die Anführer festzusetzen, und wie es zu erwarten gewesen war, hatte sich das nicht ohne Auseinandersetzung durchführen lassen. Am Ende des kurzen Gemetzels lagen etwa vierzig wehrlose Bauern erschlagen in ihrem Blut, mehrere Dutzend Verletzte flehten um Gnade, rund einhundert Wallfahrer wurden gefangen genommen und auf die Burg des Bischofs gebracht. Thunfeld und seinen Rittern gelang die Flucht.

Wessen die Reiter des Bischofs auch nicht habhaft werden konnten, war die Gefährtin des Jünglings. Sie schien seit jenem Sonntagmorgen vor der Burg wie vom Erdboden verschluckt. Keiner wusste, wo sie abgeblieben war. Dabei hatte Magdalena nichts anderes getan, als sich der Schwerkraft zu ergeben. Verzweifelt und aller Hoffnung beraubt, war sie den steilen Festungsberg hinuntergestolpert, gestürzt und hatte beim Aufprall das Bewusstsein verloren. Sie war von einer barmherzigen Seele aufgelesen worden. Die gläubige Bäckersfrau hatte sie mit nach Hause genommen und ihr ein Lager bereitet. Es hatte vier

Tage gebraucht, bis sich Magdalena vom Schock der gescheiterten Befreiung erholt hatte. In dieser Zeit hatte sie sich in der Backstube nützlich gemacht und dabei erfahren, wie knapp der Bischof einem Aufstand in seiner Stadt entkommen war. Obwohl die Bürgermeister und Räte der Stadt verboten hatten, den Wallfahrern zu Hilfe zu kommen, herrschte im gemeinen Volk Aufruhr. Insbesondere die Frauen und Kinder trieben die Männer zum Handeln an, waren aber letztlich gescheitert. Zu groß war die Angst gewesen, dem Bischof und seinen Knechten alleine gegenüberzustehen, wenn der Tross der Wallfahrer wieder abgezogen sein würde.

Nun war es Freitagmorgen geworden, und verwirrende Nachrichten geisterten durch die Stadt.

«Die Räte und die Edlen sind zur Burg bestellt worden.»

«Hundert Kriegsknechte marschieren auf.»

«Jetzt ist es so weit. Sie werden den Jüngling töten.»

«Heilige Jungfrau Maria, steh ihm bei.»

Als Magdalena davon hörte, war sie nicht zu halten.

«Wo willst du hin?», fragte sie ihre Beschützerin, die Bäckersfrau.

«Hinauf zur Burg.»

«Du kannst da nicht hin. Es ist viel zu gefährlich.»

«Ich will ihn sehen, ein letztes Mal.»

«Und wenn sie dich erkennen?»

«Mir egal.»

«Sei nicht dumm. Du spielst mit deinem Leben.»

Magdalena streifte die Schürze ab und verließ die Backstube über den Hinterausgang. Der Weg zwischen den Häusern führte sie schnell hinunter zum Main, jetzt nur noch über die Brücke kommen, auf die andere Seite, wo die Burg gebieterisch über dem Maintal prangte. Aber war das eine gute Idee? Man suchte immer noch nach ihr. Die Torwachen waren angewiesen, alle jungen Frauen genauer zu überprüfen. Sollte sie das Risiko eingehen?

«Wohin des Weges so früh am Morgen?»

Ein Mainfischer kam mit einem leeren Korb an ihr vorbei, geradewegs von einem der Wirtshäuser, vor ihnen am Ufer lag sein Boot.

«Wollt Ihr mich mit hinübernehmen?», fragte sie ihn anstandslos.

«Was kannst du zahlen?»

Herrgott, gab es in dieser Stadt nichts umsonst? Sie kramte in ihrer Tasche und hielt ihm eine Münze hin.

«Komm, steig ein», sagte er mit einem Lächeln. Er stieß das schmale Boot mit einer langen Stange ab, blieb im hinteren Drittel stehen und stocherte gegen die Strömung an. «Die Brückentore sind verschlossen», sagte er. «Sie wollen kein Risiko eingehen. Was willst du also auf unserer Seite?»

Das ging ihn wirklich nichts an. «Mein Meister schickt mich.»

Er sah die in Mehl getauchten Rockstöße. «Wir haben auch gute Bäcker auf unserer Seite.»

«Sicher. Ich will ihnen auch keine Konkurrenz machen.»

«Aber?»

Sie kamen dem Ufer nahe, dort, wo die übrigen Fischerboote lagen. Darüber, auf der Anhöhe stand ein Kloster, in den Gassen herrschte Betrieb. Alle strebten sie einem Platz zu. Die Knechte waren bereits versammelt und sorgten für Ordnung.

«Ach, du willst zur Hinrichtung», sagte der Fischer. «Ich fürchte, du kommst umsonst.»

«Warum?»

«Es sind nur die hohen Beamten, Bürger- und die Quartiermeister geladen. Das einfache Volk muss draußen bleiben.»

«Freust du dich denn so sehr darauf?»

«Es zerreißt mir das Herz. Unser Jüngling muss alleine dem Tod ins Auge sehen, umringt von seinen Feinden. Ich könnte vor Zorn mit einer Axt dazwischenschlagen.»

Jetzt war es zu spät, darüber zu klagen, dachte Magdalena. Vor ein paar Tagen, als das Heer der Wallfahrer am Festungsberg stand, da hätte Hans seine Hilfe gebraucht.

Der Fischer legte an, Magdalena stieg aus. «Habt Dank für Eure Hilfe», sagte sie.

«Wo willst du hin?»

«Den Berg hinauf, zum Kloster.»

«Ich sagte dir bereits, du kommst nicht dorthin. Die Knechte werden dich verjagen.»

«Aber es muss doch einen Weg geben …»

«Wenn ich dir helfe, vielleicht.»

✳

Die Kerkertür flog auf. Ein höhnisch grinsender Folterknecht hielt die Ketten bereit. «Zeit zu sterben, du Hund.»

In der Nacht zuvor war das Urteil gesprochen worden. Der Bischof hatte nicht lange gefackelt, ein ordentliches Gerichtsverfahren, das sich über Tage, vielleicht Wochen hingezogen hätte, sah er als überflüssig an. Die Aussagen von zwei Augen- und Ohrenzeugen seiner Predigten waren ausschlaggebend für den Urteilsspruch gewesen. Hans hatte die Heilige Jungfrau gelästert. Darauf konnte es nur eine Antwort geben: den Tod.

Einen Widerruf seiner Predigten konnte und wollte Hans nicht mehr geben. Warum auch? Er musste sterben, allein um des Friedens willen im Volk und zum Beweis, dass nur einer im Land das Wort Gottes verkünden durfte, und das war der Bischof und seine Priester.

«Los, steh auf!»

Hans lag kraftlos in der Ecke. In den letzten Tagen hatte er so viele Schläge und Misshandlungen über sich ergehen lassen müssen, dass er nun nicht einmal mehr einen Finger rühren konnte. Der Folterknecht stellte ihn auf die Füße. «Was ist los mit dir, heiliger Jüngling? Wo sind deine Wunder geblieben? Willst du dich nicht davonzaubern?»

Er lachte, stieß Hans auf den Gang hinaus. Dort warteten bereits zwei andere im gleichen Zustand wie er – verprügelt, gebeugt, gebrochen. Die Reiter des Bischofs hatten sie bei ihrer Verfolgung geschnappt. Der eine hatte zum Sturm auf die Burg aufgerufen, dem anderen sei die Gottesmutter erschienen. Hans erkannte sie nicht und die beiden hielten auch ihren vorlauten Mund, als sie ihn sahen. Ein kurzer Blick genügte für die Gewissheit, gemeinsam den letzten Weg anzutreten.

Sie stolperten die Stufen hinauf in den Burghof. Dort nahm sie ein grobschlächtiger Kerl in Empfang – der Henker. Eigentlich wäre er auch als Raufbold durchgegangen, übel gelaunt und durstig.

«Wer ist der Jüngling?», blaffte er die Folterknechte an.

Einer stieß Hans zu Boden. «Das ist er. Mach mit ihm,

was du willst. Wir haben nichts mehr mit ihm zu schaffen.»

«Ist er untersucht worden?»

«Was ... untersucht?»

«Hat er ein Mal oder ein anderes Kennzeichen?»

«Wofür?»

Also nicht. Der Henker holte aus einem Sack eines seiner Werkzeuge hervor, eine Schere, mit der man getrost auch in die Schlacht hätte ziehen können, so spitz und riesig war das Ding.

«Stellt ihn auf die Knie.»

Die Folterknechte taten es, unschlüssig, was der finstere Kerl damit bezweckte.

Als er jedoch begann, Hans die Haare bis auf die Kopfhaut abzuschneiden, ahnten sie, wonach er Ausschau hielt.

«Du suchst ein Teufelsmal.»

So erfreulich die Erkenntnis auch war, sie jagte ihnen Angst ein. Sie taten einen Schritt zurück, beobachteten genau, wie er die Kopfhaut von Hans nach einem verräterischen Mal absuchte. Jede ungewöhnliche Form war verdächtig und würde auch sie in beträchtliche Schwierigkeiten bringen, denn: Ein Teufel konnte leicht überspringen, ohne dass man es bemerkte.

«Glück gehabt», sagte der Henker am Ende seiner Untersuchung. «Und jetzt vorwärts, das Bad ist hergerichtet.»

Er schnappte sich seinen Sack voller Gerätschaften, schulterte ihn und ging voraus. Ihm folgten die drei Todgeweihten unter ständigen Hieben und Stößen der beiden Folterknechte.

Hans bekam davon kaum noch etwas mit. Die Helligkeit blendete ihn, er war ausgehungert, müde und der Leiden überdrüssig. In der Nacht hatte er seinen Frieden mit sich und seinem baldigen Ende gemacht. Es gab nichts mehr zu hoffen und nichts mehr zu erwarten, nur noch die Augen für immer schließen zu dürfen.

Einzig Magdalena spielte noch eine Rolle. Was war aus ihr geworden? Hatten sie die Reiter gefangen genommen? Wurde sie wie er verhört, geschlagen, gedemütigt? Er gäbe die letzten Minuten seines Lebens darum, wenn er sie noch einmal sehen könnte.

*

«Halt! Keinen Schritt weiter.»

Der Ring um den Schottenanger – der Hinrichtungsplatz unterhalb der Festung – war eng gesteckt. Auf die Länge einer Pike standen die Knechte auseinander, ein Durchkommen war unmöglich.

«Habt ein Einsehen», sagte der Fischer, «wir wollen zu unserem Haus. Die Gastwirte warten auf ihre Lieferungen.»

«Wo liegt dein Haus?», fragte der Knecht.

«Gleich ein Stück weiter.»

«Dann geh außen herum. Hier kommst du nicht durch.»

Auf dem Hinrichtungsplatz standen die geladenen Bürger- und Quartiermeister, die Priester, Mönche, Beamten, Richter und Rechtsgelehrten, Adelige und wer sonst noch in Stadt und Land das Sagen hatte. Die Stimmung war ausgelassen, fast hätte man meinen können, hier fände ein Fest statt, und das war es auch in gewisser Weise. Es war ein Fest für alle, gegen die Hans gepredigt hatte – die Herren. Niemand würde sich das entgehen lassen. Endlich hatte der Bischof den Unruhestifter dingfest gemacht, in Rekordzeit zum Tode verurteilt, und heute würde er endlich seinen verdienten Lohn für all die Schmähungen und aufwieglerischen Reden bekommen. Der Scharfrichterblock stand bereit, daneben ein Pfahl und darum Reisig und Holzscheite. Den Rauch sollte man noch bis ins verfluchte Taubertal sehen, damit all seine Anhänger wussten, dass ihr heiliger Jüngling seine gerechte Strafe erhalten hatte. So schnell würde es niemand mehr wagen, gegen die gottgegebene Ordnung aufzubegehren.

Magdalena und der Fischer gingen an der langen Reihe der Wachen vorbei. Irgendwo würde es die Gelegenheit geben, hindurchzuschlüpfen. Sie waren gerade so weit gekommen, als sie den Weg zum äußeren Stadttor kreuzten. Die Anwohner blickten auf den Weg hinunter, warfen Blumen, beteten, manche riefen den Namen des Jünglings.

«Was ist da los?», fragte Magdalena.

Die Antwort darauf sollte sie umgehend erhalten. Zwei Folterknechte bahnten den Weg für ihre Gefangenen durch eine Menge von wohlhabenden Bürgern, auch einfache Priester und Mönche waren darunter. Sie schimpften und sprachen Schmähungen aus, Steine flogen und auch Fäuste, es wurde gespuckt und fauler Unrat geworfen.

«Verfluchter Teufel!»

«Bastard!»

«Sohn einer Hure!»

Zwei der drei Verurteilten duckten sich unter den Beschimpfungen weg, einer blieb stehen, die Treffer schienen ihm nicht viel auszumachen. Magdalena fuhr der

Schreck in die Glieder. «Ist das Hans?» Sie rannte ohne nachzudenken auf ihn zu.

«Bleib hier!», rief der Fischer ihr nach, aber sie war nicht mehr zu halten.

«Geht zur Seite!», schrie sie die aufgebrachten Bürger an, «lasst mich durch.» Sie drängte sich vorbei und trat in die Beine der Angreifer, bis sie endlich zu Hans durchgekommen war. Eigentlich hätte sie erleichtert sein sollen, doch beim Anblick ihres Geliebten fuhr ihr der Schreck in die Knochen.

Was hatten sie nur mit ihm gemacht? Das wunderschöne goldene Haar war verschwunden, das Auge blau geschwollen, die Lippe gesprungen, die Nase saß krumm und dick. Das zerrissene Hemd war mit Blut und Fäkalien besudelt, auf dem Körper Striemen und Stiche. Er humpelte, seine Zehen waren schwarz, wenn sie es richtig deutete, dann hatte man ihm die Nägel ausgerissen.

«O Hans!» Sie fiel ihm um den Hals. «Was haben sie dir nur angetan?»

Während sie dieses dünne Gerippe hielt, trafen sie Steine am Rücken, es schmerzte, aber sie hielt stand. Kein Stein sollte ihn mehr treffen. Jemand zerrte an ihr.

«Scher dich fort, du verrücktes Weibsbild.»

Doch sie ließ nicht locker. «Hans. Sieh mich an. Erkennst du mich?»

Das eine Auge rollte zur Seite, das Lid halb geöffnet. «Magdalena?»

«Ja, ich bin's, deine Magda ...»

Weiter kam sie nicht, der Folterknecht gab ihr eine in die Seite, dass sie zu Boden stürzte.

«Weg von meinem Gefangenen!»

Der Schmerz nahm ihr die Luft zum Atmen, eine passende Antwort starb auf ihren Lippen. Dafür schob sich ein Gesicht von oben in ihr Blickfeld. Die Augenbrauen nach unten gekrümmt, die Augen aufgeregt.

«Ist das nicht ... seine Gefährtin?»

«Wer?», fragte einer.

«Na, die des Jünglings.»

«Bist du sicher?»

«Ich habe sie in Niklashausen gesehen, an seiner Seite. Längere Haare hatte sie, andere Kleidung, aber das Gesicht ... eindeutig, das ist sie.»

Noch mehr Gesichter beugten sich über sie. Alle zeigten die gleiche Verachtung. Jemand spuckte ihr ins Gesicht, ein anderer trat sie.

«Verfluchtes Teufelsweib.»

«Hängt sie auf.»

«Ersäuft sie im Main.»

Die Rettung kam in Form des Henkers. Er stieß die anderen weg.

«Stimmt das?», grollte er. «Bist du das Weib des Ketzers?»

Ihr Blick ging zu Hans. Er war auf die Knie gesunken, den Kopf gebeugt, Blut tropfte aus seinem Mund, während er die Schläge wehrlos über sich ergehen ließ.

Um Himmels willen. Das gleiche Schicksal würde auch ihr blühen. Sie zitterte vor Angst.

Der Henker wiederholte seine Frage. «Bist du das Weib des Ketzers? Sprich, bevor ich dich zum Richtplatz mitnehme.»

«Sie ist es!», rief jemand.

«Schlag ihr den Kopf ab.»

Magdalena schnappte nach Luft. Herr, gib mir die Kraft, flehte sie, aber die Kraft reichte nicht aus.

«Nein», sagte sie, und im selben Moment brach es aus ihr heraus. «Verschont mich, ich bin es nicht.» Sie schluchzte um ihr Leben.

«Sie lügt.»

«Das Hurenweib.»

Jemand ging dazwischen, schubste die Kerle weg. «Seid ihr verrückt geworden?», schrie der Fischer sie an. «Das ist meine Nichte. Sie hat nichts mit dem Teufelsanbeter zu tun.» Und noch bevor jemand widersprechen konnte, packte er sie und zog sie aus dem Pulk heraus. «Schnell, lauf», sagte er zu ihr. «Dort drüben ist mein Haus. Die Tür ist offen.»

«Haltet sie fest. Sie will fliehen.»

Der Fischer gab ihr einen Stoß auf das Haus zu, sie stolperte, fing sich, rannte, so gut sie es noch konnte. Hinter ihr verteidigte sich der Fischer gegen die Anfeindungen, er teilte aus, wie er einsteckte.

Eine Tür öffnete sich, darin stand ein Mädchen mit Zöpfen. Sie winkte Magdalena heran. «Hierher», sagte sie, «komm.»

Magdalena dachte nicht weiter darüber nach, ob es das richtige Haus war, sie wollte nur weg, in Sicherheit sein vor diesem mordlüsternen Volk. Kaum hatte sie die Türschwelle hinter sich gebracht, rief die Kleine herzzerreißend nach draußen: «Papa!»

War sie es oder war sie es nicht?

Hans spürte dumpfe Schläge auf seinem Körper. Sie rüttelten ihn, traten und verhöhnten ihn. Aber das war ihm gleich. Nur diese eine Frage zählte: War sie es gewesen?

«Magda ...», würgte er leise hervor. Der Rest ihres Namens erstickte im Blut, die Zunge war geschwollen, einige Zähne fehlten, die der Aussprache Halt hätten geben können.

Durch das eine Auge sah er den blauen Himmel, davor dunkle, hasserfüllte Fratzen, die auf ihn einschrien. Was gäbe er darum, noch einmal unter dem Kirschbaum zu liegen und das Blöken seiner Schafe zu hören, saftig grünes Gras in den Händen zu spüren, das Summen der Bienen, den Duft von Veilchen. Seine Flöte würde er dann nehmen, eine lustige Weise anstimmen, singen und ein neues Lied dichten. Ein erfrischender Schluck aus dem Weinschlauch würde ihn ermuntern, das eine oder andere frivole Wort in den Mund zu nehmen.

*Wie gemalt sind ihre Brüste,*
*drück sie fest, der Po ist rund ...*

Doch die Welt hatte kein Einsehen. Ein Folterknecht packte ihn und stieß ihn voran.

«Verfluchter Hurensohn. Nur Ärger mit dir.»

Die Worte klangen wie eine gute Erinnerung in seinen Ohren. Sein Leben war unstet gewesen, nur auf Freude und Leichtigkeit bedacht. Schwere Arbeit, Verzicht und Leid waren nicht seins. Er war ein Kind der Muse. Das Leben war viel zu kurz, um es der Arbeit zu opfern.

Das brachte ihm zwar Ärger ein, aber er wusste, es war nur der Neid, der sie auf ihn schimpfen ließ. Was hätten sie darum gegeben, so viel Mut wie er aufzubringen und sich aus dem Kerker des Zwangs und der Abhängigkeit zu befreien. Er war viel größer und freier als sie, schon immer gewesen. Es war seine Natur und sein Schicksal. Es gab keinen Grund zu klagen. Sein Leben würde bald enden, viel zu früh für einen Freigeist und Lebenskünstler wie ihn, aber er hatte in den zwanzig Jahren mehr gelebt als viele andere in ihren fünfzig. Sollten sie sich zu Tode schuften, das Knie vor ihren Unterdrückern beugen, er würde aufrecht gehen.

Der Empfang, den man ihm machte, war ein guter Beginn seines letzten Auftritts. Hunderte der feinsten Herren waren zugegen, zu ihrem Schutz ebenso viele Knechte, die das weitläufige Gelände gegen unbefugte Zuschauer abriegelten. Auch wenn er nicht mehr hören konnte, was man ihm alles zurief, er deutete es als einen fröhlichen Geist, man würde nicht lügen, wenn man von Begeisterung sprach. Da prostete man ihm zu, andere wiesen ihm die Bühne – einen Scheiterhaufen mit einem Pfahl. Einzig seine Instrumente hatte er nicht zur Hand, er würde die Massen alleine mit seinem Gesang zum Jubeln bringen müssen, auch wenn ihm der Mund angeschwollen war. Auch auf einen Tanz mussten seine Zuhörer verzichten. Das eine Bein gebrochen, die Zehen abgestorben, der Arm war ebenfalls zu nichts mehr zu gebrauchen.

Doch bevor es so weit war, sollte sein Chor, der nur aus den zwei erbarmungswürdigen Gefährten bestand, das Vorspiel geben. Zugegeben, es war ein kurzes Trauerspiel und seines Auftritts nicht würdig. Der Zeremonienmeister führte den Ersten zu einem schnöden Holzklotz, ließ ihn niederknien, den Kopf auflegen und schlug in einer durchgehenden Bewegung zu.

Das Volk schrie auf, jubelte, klatschte und forderte eine Zugabe. Der Zweite, der sich mit Händen und Füßen wehrte, erregte besonderes Wohlgefallen. Man machte seine Verrenkungen und kläglichen Versuche nach, sich zu entziehen, amüsierte sich köstlich über seine letzten flehentlichen Worte, bis ihm das Wort im Hals erstarb und der Körper kraftlos zu Boden fiel.

Nun war es an Hans. Der Henker trat an seine Seite.

«Wirst du mir das gleiche Bad zubereiten?», fragte er ihn.

Der Kerl, dessen Laune sich seit dem Kerker auf dem Festungsberg deutlich gebessert hatte, musste ihn enttäuschen.

«Für dich habe ich mir etwas Besonderes ausgedacht.»

✷

«Das war knapp», sagte der Fischer. «Es hätte nicht viel gefehlt, und sie hätten dich an Ort und Stelle erschlagen.»

Magdalena kauerte an dem kleinen Holztisch in dieser dunklen und kärglich eingerichteten Fischerhütte. Den Kopf auf die Unterarme gelegt, haderte sie mit ihrer Feigheit.

«Ein Blitz soll mich treffen, die Pest vergiften ... Warum habe ich das getan?» Sie heulte drauflos.

Das Mädchen an ihrer Seite verstand nicht. Sie schaute fragend zu ihrem Vater, der zuckte nur mit den Schultern.

«Ich kenne niemanden, der den Mut aufgebracht hätte», sagte er und setzte sich zu ihr an den Tisch, «auch kein Mannsbild.»

«Aber ich bin seine Gefährtin ... sein Weib. Ich hätte …» Wieder überkam sie ein Schwall voller Selbstvorwürfe.

Das Mädchen strich ihr übers Haar. «Weine nicht», sagte es, «morgen scheint wieder die Sonne. Hat meine Mama immer gesagt.»

Doch was als Beruhigung gemeint war, verstärkte nur noch die Verzweiflung, die letztlich zu einem Entschluss führte. Sie wischte sich die Tränen aus dem Gesicht, erhob sich. «Ich kann ihn nicht alleine sterben lassen.»

«Was hast du vor?», fragte der Fischer.

«Ich gehe mit ihm ins Feuer.»

Der Fischer hielt sie zurück. «Du bist jung. Du hast dein ganzes Leben noch vor dir.»

«Mein schändliches Dasein endet mit seinem Tod.»

Sie riss sich los und ging zur Tür. Das Mädchen hastete ihr nach, hielt sie am Rockzipfel fest.

«Geh nicht», sagte es, «da draußen sind böse Menschen. Sie werden dir ein Leid antun.»

Magdalena hielt inne. Das Kind mochte gerade mal drei oder vier Jahre alt sein, und doch war es schon so mutig. Sie ging vor ihm in die Hocke, nahm sein Gesicht in beide Hände. «Deine Mama kann stolz auf dich sein, aber ich muss jetzt gehen.»

«Mama ist fort», antwortete die Kleine. «Sie ging wie du nach einem Streit mit Papa.»

Magdalena seufzte. Ein kurzer Blick zum Fischer, der sich die Stirn rieb. Aber für Mitleid war jetzt weder der Ort noch die Zeit. Sie musste gehen. «Das tut mir leid», sagte sie und gab dem Mädchen einen Kuss. «Dein Papa ist ein tapferer Mann. Hör immer schön auf ihn, er wird dich beschützen.»

Sie erhob sich, öffnete die Tür und ging hinaus. Hunderte Jubelrufe schlugen ihr entgegen. Sie nahm die Beine in die Hand, vielleicht war es noch nicht zu spät.

Zurück blieb das Mädchen und schaute ihr verzweifelt nach.

«Bleib hier!», rief sie Magdalena zu.

Aber es war vergebens.

Sie drehte sich zu ihrem Vater um. «Papa. Tu doch was.»

«Es ist ihre Entscheidung, Kind.»

«Ich will nicht, dass sie geht.»

Darauf wusste er nichts zu sagen, also lief die Kleine los.

*

Sein letztes Lied: *Maria, du Holde*. Er hatte es selbst gedichtet, damals im Wald, zwischen den Birken, als das Sonnenlicht zwischen den Ästen hindurchgestochen war und er ihre Präsenz zum ersten Mal wahrnahm. Ihre süßen Worte, die Glückseligkeit, die sie ihm schenkte, und das Wissen, in ihrer Obhut zu sein, hatten ihn zu einem neuen Menschen werden lassen. Eine Wiedergeburt.

So würde es auch dieses Mal sein.

Mit den süßen Worten seines Lieds würde er sich aus diesem Jammertal verabschieden und in ihrem Schoß wiedergeboren werden. Was konnte es Schöneres geben. Der Schmerz, der ihn auf diesem Weg erwartete, war nichts, verglichen mit dem Lohn.

Sein Publikum konnte es kaum erwarten, ihn auf diese Reise zu schicken. Sie standen im Kreis um ihn herum, die

Bühne gehörte ihm allein, niemand würde es wagen, sie ihm streitig zu machen.

Der grobe Geselle legte die Flamme ans Reisig, das Feuer loderte, es war Zeit zu beginnen.

«Maria, du holde Gottesmutter ...»

Seine Stimme war eingerostet, die Kehle ausgetrocknet und die Zunge dick. Der aufsteigende Rauch war seiner Darbietung nicht förderlich. Wenn er nur seine Hände bewegen und auf der Flöte die Melodie spielen könnte ... Aber sie waren gebunden, es musste ohne gehen.

«Segne du, Maria, segne mich, dein Kind, dass ich hier den Frieden, dort den Himmel find ...»

Die Zeilen kamen an, auch wenn sie halb verschluckt waren. Die feinen Herren waren begeistert, jubelten ihm zu, schlugen sich auf die Schultern, dass sie Zeuge dieser wunderbaren Darbietung sein durften. Ja, jubelt und frohlocket, denn das Himmelreich ist mir nah. Ich werde eurer gedenken, wenn ich heute am Tisch mit meinem Schöpfer speise.

Die Flammen züngelten hoch, sein Bett war bereitet. Es knackte und knisterte um ihn herum, in den Füßen ein brennender Schmerz. Wer für die Kunst lebt, muss ihn aushalten können. Gleich noch eine Zeile hinterher.

«Segne all mein Denken, segne all mein Tun, lass in deinem Segen Tag und Nacht mich ruhn ...»

Die Hunde machten sich über die kopflosen Gefährten her, sie leckten, bissen, rissen, was sie zwischen die Zähne bekamen. Ihm würde dieses schändliche Schicksal erspart bleiben. Sein Lohn war biblisch. *Asche zu Asche, Staub zu Staub.* Der Wind würde ihn davontragen und über das ganze Frankenland verbreiten, mit ihm seinen Geist, der von der Freiheit sprach und der Liebe zum Schönen. Mochte seine Asche auf fruchtbare Erde treffen und einen neuen Hans Behem hervorbringen.

Die Haut platzte, das Blut kochte in dem Moment, als es hervortrat. Sein Bauch, seine Brust, ein einziges Feuer. Noch eine Zeile, bis ihm die Kehle riss.

«Maria, breit den Mantel aus, mach Schirm und Schild für uns daraus ...»

Das letzte Wort war gesungen, der Atem stockte, es brannte wie heißes Pech in Lungen, Hals und Mund. Ein Schrei.

Die Zuhörer klatschten dankbar, die letzte Vorstellung war gespielt. Der Scheiterhaufen verschwand hinter einer dichten Wand aus Rauch. Der Vorhang fiel.

✳

«Nein!»

Magdalena fiel schluchzend auf die Knie. Der Schottenanger hatte sich geleert, die feinen Bürger der Stadt gingen in ihre Amtsstuben zurück, in die Beichtstühle und Sakristeien, in ihre Paläste und vornehmen Stadthäuser, an den Schanktresen oder gleich ins Badehaus. Die Welt war um einen Bösewicht ärmer, die Katastrophe war abgewendet worden, nun konnte man wieder beruhigt zum Tagesgeschäft übergehen.

Magdalena hatte den Schutzring um den Hinrichtungsplatz nicht durchbrechen können, erst als die Zuschauer dieses obskuren Spektakels den Heimweg antraten und die Wachen auf die Burg zurückbeordert wurden, konnte sie ungehindert an die Feuerstelle heran. Allerdings nicht ganz, denn zwei Knechte, mit Pike und Schwert bewaffnet, sicherten den Ort und die Arbeit eines dritten, der die Asche in eine Schubkarre lud. Kein einziges Stück Knochen, kein Kleiderfetzen oder sonst etwas, das an Hans Behem erinnerte, durfte für die Nachwelt erhalten bleiben. Zu groß war die Gefahr, dass der Jüngling ein zweites Leben als Märtyrer bekam. Seine sterblichen Überreste mussten allesamt verschwinden. Mit der Asche in der Schubkarre ging es bergab zum Main, wo sich in einer letzten Wallung eine schwarzgraue Wolke über das Wasser erhob und von Wind und Wasser mitgenommen wurde.

Asche zu Asche und Staub zu Staub. Nichts währt ewig, und schon gar nicht ketzerische Reden eines Schafhirten. Sollte sich die Welt daran ein Beispiel nehmen, wie man in Würzburg mit Gotteslästerern fertig wurde. Der Bischof hatte die alten Verhältnisse wiederhergestellt. Er war durch den Sieg noch stärker geworden als zuvor. Wein für alle, es gab guten Grund zum Feiern.

«Komm, lass uns gehen», sagte der Fischer zu Magdalena, und das Mädchen an seiner Seite legte den Arm um sie.

«Wir können zusammen etwas spielen», sagte es zur Aufmunterung. «Schau, ich habe einen Kreisel.»

Magdalena wischte sich die Tränen aus dem Gesicht. «Das ist ein schöner Kreisel.»

«Und zu Hause habe ich noch eine Flöte.»

«Sie kann sehr gut spielen», bestätigte der Fischer.

«Willst du es hören?»

Magdalena nickte und stand auf. «Kannst du auch dazu singen?»

«Wie ein Engel», erwiderte der Fischer.

## 28

Der kurze Sommer des Hans Behem ging zur Neige, das bunte Laubwerk des Herbstes tanzte im Wind, der Glocken Klang rief zum Bußgebet.

Auf dem Main holten die Fischer die Netze ein. Der Fang reichte fürs Abendessen, was übrig blieb, ging an die Armen, Bettler und Versehrten, die vor den Stadttoren Barmherzigkeit von den vielen Wallfahrern erflehten. Denn die Wallfahrt nach Niklashausen war mit dem Tod von Hans keineswegs zum Erliegen gekommen. Noch immer strömten Hunderte, Tausende ins Taubertal und machten auf ihrem Weg in Würzburg Halt, nicht zuletzt des Schottenangers wegen, jenes Orts, an dem Hans das Martyrium erlitten hatte. Dort knieten sie nieder, beteten, brachten Blumen und Früchte, nahmen aber auch eine Handvoll Erdreich mit, bevor sie hinunter zum Main gingen und dort ein Gefäß mit Wasser füllten. In diesen Elementen steckten die letzten Überbleibsel des heiligen Jünglings, seine Asche, mehr noch, sein Geist war über den Fluss gekommen, so wie durch den Segen der Priester gewöhnliches Wasser sich zu Weihwasser wandelte.

Den Herren in Würzburg und Mainz konnte das nicht gefallen, obwohl sie sich so viel Mühe gemacht hatten, alle Spuren des Jünglings zu verwischen. Der Mainzer hatte ein Interdikt für Niklashausen ausgesprochen, niemand durfte unter Androhung der Exkommunikation mehr dorthin wallen, beten und den Jüngling preisen. Der Graf von Wertheim, der eigentliche Herr des kleinen Ortes, hatte sich in Mainz und Würzburg für seine Untätigkeit zu rechtfertigen, der Abriss der vielen Strohhütten war nur ein kleiner, untauglicher Versuch, die Niklashäuser zu strafen, beziehungsweise den Boden für eine erneute, ortsfremde Besiedelung zu entziehen. Die kleine Kirche war auf Anordnung des Mainzer Bischofs niederzureißen, die Erlaubnis für den Ablass entzogen. Nichts sollte mehr an Hans Behem erinnern.

Doch sie hatten die Rechnung ohne das Volk gemacht. Noch viele Jahre lang sollte der Jüngling in Erinnerung und Verehrung bleiben, die Unterbindung der Wallfahrt eine lebenslange Aufgabe.

Von Jeronimus und Ulrich verlor sich jede Spur, nachdem sie nach Aschaffenburg auf das Schloss des Mainzer Bischofs gebracht worden waren. Es brauchte nicht viel Phantasie, um sich ihr Schicksal auszumalen. Lutger von Schwarzenberg war noch in der Nacht von Hans' Gefangennahme geflüchtet. Dass er richtig daran getan hatte, bewies die Leiche Clarissas, die tauberabwärts aus dem Wasser gezogen wurde. Niemand wusste, wer ihr den Schädel eingeschlagen hatte, es konnte nur ein Gottesurteil gewesen sein, das ihren gewaltsamen Tod herbeigeführt hatte.

Albrecht Achill wusch seine Hände in Unschuld. Ja, das liederliche Frauenzimmer sei eine Zeitlang in seinen Diensten gewesen, aber nur der Überführung des Niklashäuser Scharlatans wegen. Vermutlich sei sie von den ketzerischen Horden aufgedeckt und mit aller Niedertracht zu Tode gebracht worden. Außerdem könne und wolle er sich nicht länger mit dieser Sache beschäftigen, er hatte andere, wichtigere Dinge zu tun, sein Schwanenorden sollte die Machtverhältnisse in Süddeutschland neu bestimmen.

Der geflüchtete Ritter Thunfeld stellte sich dem Bischof schließlich freiwillig, nachdem er zu dem Schluss gekommen war, dass eine dauerhafte Flucht für ihn und seine Familie keine Option war. Gegen Abtretung aller seine Besitztümer und den erneuerten Eid, dem Würzburger Bischof treu zu dienen, ließ dieser Gnade walten und gab ihm die Freiheit zurück.

So blieb nur noch eine Person übrig, die die beiden Bischöfe suchten – Magdalena. Im gemeinen Volk fand der Aufruf nach ihrer Ergreifung und Festsetzung keinerlei Widerhall, Magdalena war und blieb die Gefährtin des heiligen Jünglings und damit unantastbar. Ihre Spur verlief sich in Gerüchten von Tod und Flucht in ein anderes Land, und da sie auch sonst nicht mehr öffentlich in Erscheinung trat, fiel sie dem Vergessen anheim. Nur eine Person wusste um ihren Aufenthalt, und das war Simon, der Fischer, der ihr seinerzeit Zuflucht gewährt hatte.

Er stand in einem Boot auf dem Main, holte sein Netz ein und blickte hinüber ans Ufer, wo seine Tochter Clara spielte, neben ihr eine junge Frau mit kurzen, rötlichen Haaren. Sie winkte ihm zu, auf dass der Fang ein guter werde.

«Magst du meinen Papa?», fragte Clara, vor ihr zwei Stoffpuppen mit strohigen Haaren. Die eine trug Hosen, die andere ein Kleid. Sie hielten sich an den Händen.

«Ja, ich denke schon», antwortete Magdalena nach kurzer Überlegung.

«Wann werdet ihr heiraten?»

Magdalena lachte auf. «So weit sind wir noch lange nicht.»

«Warum?»

«Weil ...» Sie musste nachdenken. Wie brachte man es einem Kind bei, dass man sich nicht so schnell von der alten Liebe trennen konnte, auch wenn sie unwiderruflich verloren war?

«Weißt du, das Herz ist ein seltsames Ding. Es kann nicht so schnell vergessen wie der Kopf.»

«Was will es denn vergessen?»

Magdalena schaute über den Fluss. Er floss unmerklich dahin, nur wenn man genauer hinsah, bemerkte man eine Bewegung. Die rote Abendsonne glitzerte auf der Oberfläche, sie verstellte den Blick hinüber zur anderen Seite der Stadt, wo die hohen Kirchtürme aufragten und die Menschen ihrer gewohnten Arbeit nachgingen, als sei nichts geschehen.

«Vielleicht ist vergessen das falsche Wort. Vergessen wird es niemals. Loslassen ... das ist es, was ich meine.»

«Loslassen? Verstehe ich nicht.»

«Das wirst du, eines Tages, wenn du älter bist.»

Eine Frau und ein Mann kamen des Weges, unsicher, wo sie sich befanden.

«Wo geht es zum Schottenanger», fragten sie, «wo der heilige Jüngling gestorben ist?»

«Den Berg hinauf», antwortete Magdalena, «haltet euch an die Kirchturmspitzen.»

«Sei gedankt und Gott segne dich und dein Kind.»

«Siehst du», sagte Clara erfreut.

«Es ist nicht mein Kind ...»

«Dann deine Schwester», verbesserten sich die beiden Pilger.

Egal, Magdalena ließ sie in dem Glauben. «Wenn ihr mit eurem Gebet fertig seid, hier ist die Stelle, an der die Asche des Jünglings ins Wasser geschüttet wurde.»

Die Nachricht erhellte ihre Gesichter. Der Mann holte sofort ein Gefäß aus seinem Beutel, hielt es ins Wasser. «Hab Dank für deine Hilfsbereitschaft», sagte die Frau. «Wir wünschten, wir wären früher gekommen ... als der Jüngling noch lebte.»

«Woher kommt ihr?»

«Aus Böhmen.»

«Das ist wahrlich ein weiter Weg.»

«Es ist so ein Unglück.» Sie schüttelte den Kopf, schniefte. «Die Herren töten jede gute Seele auf Erden.»

«Was habt Ihr denn vom Jüngling gehört, dass Ihr so weit reist?»

Es schien, als fiele der Frau eine Last vom Herzen, jetzt, da sie erzählen konnte, wie die Botschaft von Hans bis ins ferne Böhmen gewirkt und den Menschen dort Glauben und Hoffnung zurückgegeben hatte. Erinnerungen an den vor vielen Jahren getöteten Jan Hus wurden geweckt und dass seine Saat sich über alle Lande verteilt hatte. Die Herren seien Teufel, wenn sie das wahre Wort töten wollten. Schon bald, prophezeite sie, würde sich der gemeine Mann erheben und das gotteslästerliche Treiben beenden.

«Wehe den Herren, denn ihr Ende ist nah.»

«Euer Wort in Gottes Ohr», bestätigte Magdalena. «Nun solltet Ihr Euch aber beeilen. Ich hörte, dass der Bischof wieder Knechte aussendet, die den Schottenanger gegen Wallfahrer abriegeln. Die Angst sitzt ihm im Nacken.»

«Das wird ihm nichts nutzen», sagte der Mann. «Nach uns kommen weitere, und noch mehr, das ganze Land ist in Aufruhr. Zu Tausenden strömen sie herbei ...»

Diese Worte hatte Magdalena schon einmal gehört und auch erlebt. Letztlich hatten sie nichts genutzt. Mut und Entschlossenheit fehlten im entscheidenden Augenblick. Sie hatten Hans das Leben gekostet.

«Gehabt Euch wohl», sagte Magdalena, «und wenn Ihr ins Taubertal kommt, dann sprecht ein Gebet für mich.»

Die beiden versprachen es und gingen los.

«Warum hast du ihnen nicht gesagt, dass du die Gefährtin des Jünglings warst?», fragte Clara.

«Hätte es etwas geändert?»

Clara zuckte mit den Schultern. «Vielleicht. Du hättest ihnen eine Freude gemacht.»

Magdalena schaute den Main entlang. Er lag still und friedlich da. Ein Vogel sang in den Zweigen, die Sonne hatte noch ausreichend Kraft, um sie zu wärmen.

Nein, sie hatte lang genug gekämpft. Ab jetzt wollte sie darüber nachdenken, was sie mit dem Rest ihres Lebens anstellen wollte. Sie mochte Simon, den Fischer, und er mochte sie. Clara brauchte eine Mutter und sie eine neue Aufgabe. Ihr Beutel mit den Geldstücken und Edelsteinen war gut versteckt. Sie würde lange darüber nachdenken, welche Entscheidung sie traf.

«Hast du deine Flöte dabei?»

Clara zog sie aus der Tasche. «Soll ich dir etwas spielen?»

«Ich kenne da ein Lied», sagte Magdalena vertraulich, «ein ganz schön freches. Ein Freund von mir hat es immer gesungen ... Du darfst aber deinem Vater nichts davon sagen. Es ist unser Geheimnis. Versprochen?»

«Versprochen. Sing es mir vor.»

Magdalena räusperte sich, die Erinnerung lag ihr schwer auf dem Herzen. Hans würde in seinen Liedern weiterleben. Der Gesang der Lerche über ihr ermunterte sie, der Main zu ihren Füßen wurde zur Tauber. Aus dem Glitzern des Wassers formte sich sein Gesicht. Die Haare blond gelockt, die Augen grün wie Smaragde.

«Jetzt mach schon», drängelte Clara. «Papa kommt bald zurück.»

Eine Träne rann Magdalena über die Wange. Sie spürte seine Hand auf ihrer Brust, seinen Atem in ihrem Ohr. Sie seufzte, dann begann sie.

«Wo bleibt sie nur, mein schöner Schatz.
Ich bin bei ihr mit einem Satz ...»

# Epilog
## Die Zwölf Artikel von Memmingen

Rund fünfzig Jahre nach dem Tod von Hans Behem wurden in Memmingen die zwölf Memminger Artikel für alle Oberallgäuer Bauern angenommen. Die Zwölf Artikel gehören zu den Forderungen, die die Bauern im deutschen Bauernkrieg gegenüber dem Schwäbischen Bund erhoben.

Sie gelten als die erste Niederschrift von Menschen- und Freiheitsrechten in Europa, und die zu den Zwölf Artikeln führenden Versammlungen gelten als erste verfassungsgebende Versammlungen auf deutschem Boden.

Ein Auszug:

*Jede Gemeinde soll das Recht haben, ihren Pfarrer zu wählen und ihn zu abzusetzen, wenn er sich ungebührlich verhält.*

*Die Leibeigenschaft ist wider göttlichen Willen.*
*Wir wollen frei sein und frei bleiben.*

*Es ist nicht gottesgemäß, dass der arme Mann nicht Gewalt hat, Wildbret, Geflügel und Fische zu fangen.*

*Die Wälder sollen der Gemeinde wieder zurückgegeben werden, damit jeder seinen Bedarf an Bau- und Brennholz decken kann.*

*Die Frondienste sollen verringert werden und nicht über das festgesetzte Maß hinausgehen.*

*Ehrbare Leute sollen die Pachtabgabe neu festsetzen, damit der Bauer seine Arbeit nicht umsonst tut, denn ein jeglicher Tagwerker ist seines Lohnes würdig.*

*Gerechte und des Vergehens angemessene Strafen für jeden, gleich welchen Standes.*

*Die Erbschaftssteuer soll ganz und gar abgeschafft werden, damit Witwen und Waisen nicht weiterhin so schändlich beraubt werden.*

# Hans Behem: Ein Revolutionär? Ein Rattenfänger? Ein Heiliger?

Den Musiker und Viehhirten Hans Behem (auch Behaim oder Böhm) hat es tatsächlich gegeben. Er wurde um 1458 im unterfränkischen Helmstadt geboren und stammte aus einer bitterarmen Familie von Tagelöhnern und Bauern. Er musste früh die Heimat verlassen, um sich ein eigenes Auskommen zu sichern, der elterliche Kleinstbetrieb warf zu wenig ab.

Die Quellen beschreiben Hans als einen jugendlichen Toren, der zu nichts Anständigem taugte, am wenigsten zu einer geregelten Arbeit. Ein Nichtsnutz und Herumtreiber, der obendrein natürlich nicht lesen und schreiben konnte – wie auch, Bildung musste man sich leisten können, und das konnten damals die wenigsten.

Hochtrabende Gedanken seien ihm genauso fremd gewesen wie die Kenntnis des Vaterunsers oder irgendeiner Bibelstelle. Die Unkenntnis christlicher Basisformeln war in einer tiefreligiösen Gesellschaft, die unverrückbar an den Teufel wie auch an die Erlösung im Himmelreich glaubte, damals außergewöhnlich. Jedes Kind konnte die Zehn Gebote aufsagen, das Gegrüßest-seist-du-Maria beten, die Beichtformel im Schlaf sprechen. Hans Behem dagegen soll bei seiner Befragung auf der Festung des Würzburger Bischofs nicht imstande gewesen sein, auch nur die grundlegendsten christlichen Gebete fehlerfrei wiederzugeben.

Man kann sich das Erstaunen und die Ratlosigkeit des

Bischofs und seiner Berater vorstellen, jetzt, da sie diesem gefürchteten Aufwiegler, dem vermeintlichen Propheten der heiligen Jungfrau, endlich habhaft geworden waren. Wie um alles in der Welt hatte es dieser Viehhirte von gerade mal zwanzig Jahren nur geschafft, das ganze Land mit seinen ketzerischen Reden in Aufruhr zu versetzen?

Eine Erklärung könnte darin liegen, dass Hans Behem nicht der über alle Grenzen hinweg verhassten Priesterschaft angehörte, er hatte auch keine Schule besucht oder gehörte sonst einer Vereinigung an, die ihn förderte – er war nur ein Mensch ohne Arbeit und Brot, einer von vielen hungernden Bauern und Tagelöhnern jener Zeit. Hans Behem gehörte selbst zu der untersten Schicht, die auch sein Publikum wurde, und genau das war sein Vorteil gegenüber anderen Predigern, die seinerzeit zuhauf auftraten.

Ein weiterer Mosaikstein zur Erklärung seines Erfolgs: Hans war ein junger und vermutlich gut aussehender Mann. Anders ist es kaum zu erklären, warum er so viel Rückhalt bei Frauen und Mädchen hatte, die von Anfang bis Ende seines kometenhaften Aufstiegs an seiner Seite waren, ihn erst ermöglicht haben. Er muss wie ein Popstar des Christenglaubens auf sie gewirkt haben, wie Jesus Christ Superstar in den wilden siebziger Jahren.

Dass er zudem auf Hochzeiten und Feiern sang und sowohl die Pauke als auch die Flöte spielen konnte, soll seine Beliebtheit bei den Frauen gestärkt haben. Spielleute standen zwar nicht im besten Ruf, aber viel mehr Freude und Ablenkung gab es im Leben der arbeitenden Menschen damals nicht.

Bei diesen Feiern hatte Hans Augen und Ohren ganz

nah am Volk. Er wusste, was die Menschen bewegte, er teilte ihr Leid – und genau das für den kurzen Zeitraum einer Feier zu lindern, war seine Aufgabe als Musikant. Er wusste, wie er sie anzusprechen hatte, damit sie ihm Essen, Trinken und Geld gaben und ihn wieder engagierten, sonst wäre er schnell seinen Job als Unterhalter los gewesen.

Rückblickend fügt sich ein Steinchen an das andere, warum ausgerechnet der Herumtreiber Hans die besten Chancen hatte, Zehntausende aus allen Teilen des Reichs in das kleine und unbedeutende Niklashausen zu locken und sie mit seinen Reden gegen die Obrigkeit aufzustacheln, dass den Herren in Mainz, Würzburg und Nürnberg angst und bange wurde.

Einzig eine Sache bleibt im Dunkeln, die auch die bisherigen Erklärungen über den Wandel des Musikanten zum Propheten nicht zufriedenstellend auflösen konnten. Was war im Leben des Hans Behem passiert, dass er von heute auf morgen seine Musikinstrumente zerstörte und behauptete, die Gottesmutter würde ihm fortlaufend erscheinen mit dem klaren Auftrag, die Menschen auf den rechten Weg zurückzuführen?

Im noch jungen Leben von Hans muss etwas Entscheidendes passiert sein, schließlich gab er seinen Broterwerb gänzlich auf und schlug einen Weg ein, der ihn zum Ketzer machte. Er wusste natürlich, dass das ein Spiel mit dem Feuer war. Aber vielleicht dachte er einfach gar nicht so weit in die Zukunft. Die aktuelle Not war groß, womöglich größer als die Furcht vor dem Tod.

Zu diesem Zeitpunkt kommt ein weiterer Gedanke ins Spiel, über den viel spekuliert wurde. Wie konnte der Analphabet Hans überhaupt solche Reden schwingen, die in der Mehrzahl zwar einfaches Volk, aber auch Frauen und Männer von Stand glauben ließ, dass er tatsächlich mit dem Göttlichen in Kontakt stand? Ja, der Wunderglaube war groß in jener Zeit, und das Wunder wuchs mit seiner Unerklärbarkeit, aber war es nicht schon an sich ein Wunder, wie der einsame Viehhirte plötzlich inmitten von Zehntausenden Menschen aus nah und fern stand und sie mit seinen einfachen Worten gegen die Obrigkeit aufstachelte? Wie konnte ihm das gelingen?

Der *Einflüsterer* kann die Antwort darauf sein – ein Mann, der in einigen Drucken hinter Hans steht (siehe Abbildung auf dem Buchdeckel) und ihm die Worte, die er sagen soll, vorspricht. Einige gehen von einem Eremiten aus, einem Begarden, der in einer winzigen Höhle an den Hängen in Niklashausen gelebt haben soll, ein der Bibel und der Worte kundiger Mann, der nicht davor zurückschreckte, die Missstände offen zu benennen.

Die Theorie ist nicht weit hergeholt, sie würde erklären, warum der bildungsferne Hans Behem in der Lage war, religiöse Streitreden für sich zu entscheiden.

Eine zweite Person war aber wohl ebenso notwendig, um den Ort von Behems Wirken zu einer *Wallfahrtsstätte* zu machen. Der Pfarrer von Niklashausen war die geistliche Autorität in dem kleinen Flecken, ohne seine Zustimmung und tatkräftige Mitarbeit wäre es nicht zu dem landesweiten *Laufen* gekommen, wie man den Zustrom der Menschen damals nannte. Und er hatte einigen Grund, sich über den Zustrom der Menschen zu freuen. Obwohl es in seiner kleinen Marienkirche seit Jahren einen kleinen Ablass für schuldbeladene Sünder gab, konnte er, zu-

*Begardenhöhle am Mühlberg in Niklashausen*

mindest mit dem wirtschaftlichen Erfolg, nicht zufrieden sein. Die großen Wallfahrten gingen zum Heiligen Blut in Walldürn oder anderswohin, wo das Geld der Wallfahrer für Wohlstand und Sicherheit in dieser kargen Zeit sorgte. Er hat vermutlich die Chance ergriffen, die Hans ihm und seiner Kirche bot, vielleicht war er selbst an der Ideenfindung beteiligt.

Ähnlich muss es den in Niklashausen damals lebenden Menschen gegangen sein, den Bauern, Knechten und

Mägden, sicherlich alles gottesfürchtige Menschen. Von einem anfänglichen oder gar anhaltenden Widerstand gegenüber dem heiligen Jüngling ist jedenfalls nichts überliefert. Sie kannten Hans am besten, wussten um seinen Charakter, sein Treiben, seine Glaubwürdigkeit.

Hans muss die Zweifel im Handstreich überwunden haben, der bald einsetzende Pilgerstrom und die daraus resultierenden Umsätze dürften den letzten Kritiker mundtot gemacht haben. Und eigentlich verwundert es nicht, dass diese Botschaft auf offene Ohren traf: Er sprach das allgemeine Elend laut und deutlich an, pochte auf Gerechtigkeit und ein Auskommen für die armen Leute. Wer hätte sich dem verweigern wollen? Er war ihr Retter, ihr Prophet und Messias, der es mit den Fürsten in Würzburg und Mainz aufnahm. Zehntausende Fremde erkannten in ihm einen von göttlicher Hand geführten und beschützten Propheten, ähnlich dem Zimmermannssohn aus Galiläa. Wieso sollte sich die Geschichte nicht wiederholen?

Die Zeit drängte, das Elend war allerorten längst dem Erträglichen entwachsen, der Befreiungsschlag gegen die verdorbene Priesterschaft und den erpresserischen Adel war zwingend, Hans war ein Günstling des Moments. Er erhob sich wie ein Phönix aus der Asche einer gottlosen Welt und wurde für die kurze Dauer von drei Monaten der wiedergeborene Messias.

Seine Geschichte war über Jahrhunderte hinweg nahezu in Vergessenheit geraten; heute ist sie es nicht mehr. Im Vierhundertseelendorf Niklashausen an der Tauber gibt es ein kleines Museum, die *Pfeiferstube* im Alten Rathaus. Dort kann man Einblick nehmen in eine Dokumentation über Leben und Wirken des berühmten Pfeifers von Niklashausen.

Berühmt kann man den Hans sicherlich nennen, hat er doch noch berühmtere Fürsprecher. Kein Geringerer als Friedrich Engels hat in seinem Traktat über die *Vorläufer des großen Bauernkriegs zwischen 1476 und 1517* auf das Wirken des Hans Behem hingewiesen als frühes Beispiel für eine sozialrevolutionäre Bewegung in Deutschland. Rainer Werner Fassbinder hat Hans Behems Geschichte 1971 in seinem ersten Fernsehfilm *Niklashauser Fart* verarbeitet. Er tritt als Figur in Romanen unterschiedlichster Autoren auf, von Will Vesper bis Christa Wolf.

In Hans' Heimatgemeinde Helmstadt bei Würzburg gedenkt man des berühmten Sohns mit einer Skulpturengruppe.

Zudem gibt es im belletristischen Bereich einige Veröffentlichungen, die im Wikipedia-Artikel zu «Hans Böhm (Pauker von Niklashausen)» aufgelistet sind.

Wer sich wissenschaftlich dem Pfeifer nähern möchte, sei auf das Standardwerk von Klaus Arnold verwiesen: *Niklashausen 1476* (Verlag Valentin Koerner, Baden-Baden, 1980).

Mir selbst hat es große Freude bereitet, dem Hans Behem ins 15. Jahrhundert zu folgen. Er ist sicherlich ein Held mit Licht- und Schattenseiten, ein leidenschaftlicher Fürsprecher der armen Leute, beseelt von einem göttlichen Auftrag, an den er selbst wohl auch geglaubt hat, und von Empörung. Die Menschen starben wie die Fliegen, während andere in Saus und Braus lebten. Und darum erinnert man sich wohl noch heute an den Propheten von Niklashausen.

# Quellen

S. 5:
Graphik von Rudolf Schiestl (1878 bis 1931)

S. 18:
Die Ballade von den Armen und den Reichen, zit. nach: Die lasterhaften Balladen und Lieder des François Villon. Nachdichtung von Paul Zech, München 1962, Seite 39.

S. 40:
Das Lied, das Hans Behem bei mehreren Gelegenheiten anstimmt («Wo bleibt sie nur, mein schöner Schatz ...») stammt von dem Minnesänger Tannhäuser.

S. 114 f.:
Münzel, Uli (Komment.); Schweizer, Hans Jörg (Übers.): Baden im Spiegel seiner Gäste, in: Badener Neujahrsblätter, Nr. 55 (1980), S. 41–50.

S. 394:
Begardenhöhle. Foto: Roman Rausch

Wie schom beim Vorgängerroman «Die letzte Jüdin von Würzburg» möchte ich Herrn Prof. Dr. Rainer Leng für die wissenschaftliche Begleitung und seinen guten Rat danken.

## Roman Rausch bei rororo

Das Caffeehaus

Der falsche Prophet

Die Kinder des Teufels

Die Kinderhexe

Die letzte Jüdin von Würzburg

*Kommissar-Kilian-Reihe*

Tiepolos Fehler

Wolfs Brut

Die Zeit ist nahe

Der Gesang der Hölle

Der Bastard

Das Mordkreuz

Die Seilschaft

*Balthasar-Levy-Reihe*

Und ewig seid ihr mein

Code Freebird (nur als E-Book erhältlich)

Weiß wie der Tod

FSC
www.fsc.org
MIX
Papier aus verantwortungsvollen Quellen
FSC® C083411

Das für dieses Buch verwendete Papier ist FSC®-zertifiziert.